AU NOM DE LA VÉRITÉ

Après une brillante carrière juridique, Viveca Sten s'est lancée dans l'écriture. Véritable phénomène en Suède, sa série mettant en scène l'inspecteur Andreasson et Nora Linde a été publiée dans une quinzaine de pays, vendue à plus d'un million d'exemplaires et adaptée à la télévision. Diffusée en France sur Arte sous le titre *Meurtres à Sandhamn*, la série a réuni plusieurs millions de téléspectateurs.

Paru au Livre de Poche :

AU CŒUR DE L'ÉTÉ

DANS L'OMBRE DU PARADIS

DU SANG SUR LA BALTIQUE

LES NUITS DE LA SAINT-JEAN

LA REINE DE LA BALTIQUE

RETOUR SUR L'ÎLE

LES SECRETS DE L'ÎLE

VIVECA STEN

Au nom de la vérité

ROMAN TRADUIT DU SUÉDOIS
PAR RÉMI CASSAIGNE

ALBIN MICHEL

Titre original :

I SANNINGENS NAMN
chez Forum Bokförlag, Suède.

ISBN : 978-2-253-10399-8 – 1re publication LGF

À Helen,
parce que tu es toujours là.

Les enfants dormaient. Le soleil ne s'était pas encore levé sur la prairie devant les baraques rouges, les coques des voiliers remontés sur la rampe en bois étaient encore luisantes de rosée.

Chaque bâtiment abritait deux chambrées de huit. Huit filles et huit garçons, certains encore fluets, aux joues rondes, d'autres avec le premier duvet ou les seins en bourgeon de la puberté.

Il avait attendu un moment caché derrière un tronc. Il rabattit son bonnet et regarda alentour. Le jour se levait vite, les oiseaux gazouillaient de plus en plus fort.

Il s'approcha.

La fenêtre de la baraque la plus proche était entrebâillée. Dedans, on devinait des silhouettes endormies, cheveux ébouriffés et visages bronzés. Les fronts humides de chaleur, les bras pendant hors des lits.

Il observa soigneusement la porte. Elle ne semblait pas fermée à clé, on n'apercevait pas de verrou dans l'interstice entre battant et chambranle.

Il tourna la tête et embrassa la zone du regard. À quelques centaines de mètres de là logeaient les moniteurs, mais la vue était bouchée par des pins. Ils avaient veillé tard, les lumières s'étaient éteintes à minuit passé.

Un léger clapotis rompit le silence. Une sterne venait de plonger vers un banc de poissons. Quelques éclaboussures à peine visibles, puis la surface lisse de l'eau se referma.

Ce serait l'affaire d'un instant, il savait exactement comment il allait s'y prendre.

JEUDI 12 JUIN 2014

1

— Ne fais pas cette tête, Benjamin.

Åsa Dufva s'efforçait de sourire pour encourager son fils.

— Il y a plein d'enfants qui seraient contents de partir en camp de voile.

Benjamin ne répondit pas, assis au bord du lit, tête penchée et portable à la main. Une faible mélodie électronique montait de son jeu.

Åsa plia un autre jean et le rangea dans la valise ouverte au milieu de la chambre. Elle avait déjà mis plusieurs tee-shirts et un sweat à capuche, ainsi qu'une combinaison de voile et un vieux gilet de sauvetage donnés par une copine.

— Tu vas sûrement te faire très vite de nouveaux amis. Il y aura peut-être aussi quelques enfants de ton école ?

Benjamin continuait à se taire. Le regard comme collé à l'iPhone que son père lui avait offert.

Åsa serra la mâchoire en songeant au cadeau d'anniversaire de Christian, tout juste six mois plus tôt. Benjamin avait été si content qu'il n'avait même pas remarqué que Christian n'était resté qu'à peine une heure à la fête. Mais Åsa, elle, l'avait bien vu s'éclipser, la mine stressée, bien avant les autres. Si pressé de rentrer retrouver Ninna et le bébé.

Benjamin leva alors les yeux.

— Je dois vraiment y aller ?

Sa voix manquait de conviction. Jamais il ne s'opposerait à la volonté de son père.

Åsa ouvrit la bouche, mais la referma aussitôt.

Elle aurait dû dire à Christian que ce camp de voile était une mauvaise idée. Ce n'était pas parce que lui avait aimé ça que ce serait pareil pour son fils. Benjamin n'était pas sportif comme son père, ni particulièrement extraverti et sociable. Il préférait rester dans son coin, assis sur le canapé avec un jeu vidéo.

Mais comme d'habitude, Christian avait obtenu gain de cause. Il avait déjà tout organisé quand il avait annoncé que Benjamin avait été pris au camp. Ça durerait sept jours, Åsa irait le chercher la veille de la Saint-Jean. Demain, Christian et Benjamin prendraient le bateau pour Sandhamn, puis gagneraient l'île de Lökholmen, juste en face, où se déroulait le camp.

Åsa soupira.

— N'oublie pas de te brosser les dents matin et soir, dit-elle d'un ton bien trop guilleret.

Elle plia un dernier pull.

— Tu as entendu ce que j'ai dit sur le brossage des dents ?

— Je vais être le plus petit.

Benjamin leva à nouveau les yeux de son portable.

— La plupart seront au collège, plus en primaire comme moi.

C'était vrai. Il serait parmi les plus jeunes, et il était presque le plus petit de sa classe. Là aussi, il se distinguait de son père, qui était grand et large d'épaules.

Åsa s'assit sur le lit, tout près de l'enfant. Il était adossé à la cloison, jambes étendues. Sa frange châtaine lui tombait sur les yeux, mais Åsa savait qu'il valait mieux ne pas la lui remonter. Ça ne ferait que l'énerver.

Sans croiser son regard, il ajouta :

— Et je ne sais pas faire de la voile.

— C'est pour ça que tu vas dans ce camp. Pour apprendre.

Åsa essayait d'être encourageante, mais dut se forcer pour garder une voix neutre.

C'était Christian qui obligeait son fils à partir, pas elle. Si Åsa avait pu décider, ils seraient allés chez ses parents au Småland, comme ils avaient l'habitude de le faire la semaine avant la Saint-Jean.

Mais lâcher un commentaire sarcastique sur Christian qui croyait pouvoir régler tous ses problèmes à coups d'argent n'arrangerait rien pour Benjamin.

— C'est juste une semaine, dit-elle. Ça va passer vite. Tu sais bien que papa tient à ce que tu y ailles.

Elle ne put s'empêcher de lui ébouriffer les cheveux, mais il se déroba aussitôt, comme toujours.

Il allait bientôt être neuf heures, il fallait qu'elle finisse la valise pour qu'il puisse se coucher. Christian devait passer le prendre à sept heures et demie demain matin, et elle était encore fatiguée de sa longue garde à l'hôpital. Comme toujours, les sages-femmes étaient en sous-effectif.

Åsa se leva et sortit un pyjama du tiroir supérieur de la commode. Il était en flanelle bleu clair, l'étoffe en était lisse et douce sous les doigts.

Une boule d'inquiétude grandissait dans son ventre.

Même si c'était Christian qui avait insisté pour que Benjamin aille au camp, c'était elle qui devait consoler son fils. Et ce n'était pas lui qui s'inquiétait que Benjamin soit triste et que la maison lui manque.

— Ça va bien se passer, répéta-t-elle, en se demandant qui elle cherchait à rassurer, Benjamin ou elle. Tu vas super bien t'amuser dans l'archipel.

2

Nora Linde referma le procès-verbal d'interrogatoire et repoussa le dossier. Lundi, le procès allait commencer. La dernière chose qui lui restait avant le mariage.

Nora sourit. À quinze heures, le jour de la Saint-Jean, Jonas et elle allaient se marier dans la chapelle de Sandhamn. La petite Julia ouvrirait le cortège et Wilma, la fille de Jonas, serait demoiselle d'honneur, Adam et Simon tous les deux garçons d'honneur.

Nora surveillait déjà plusieurs sites météo. Jonas riait de son impatience à s'assurer qu'il ferait beau le jour de leurs noces. Pour le moment, le soleil brillait à la fenêtre de son bureau de l'Agence de lutte contre la criminalité financière, mais à la Saint-Jean, le temps était notoirement instable.

Son regard tomba sur l'écran de son ordinateur, et son sourire disparut.

Ce matin était arrivé un nouveau mail anonyme concernant le procès. Son contenu était le même que celui des précédents, des accusations agressives contre leur témoin principal.

CROYEZ PAS CE SALAUD !

C'était mal écrit et haineux, impossible d'identifier l'expéditeur.

On frappa à la porte entrouverte. Levant la tête, Nora vit sur le seuil Jonathan Sandelin, procureur principal de la première chambre financière.

— Je te dérange ? demanda-t-il en ôtant ses fines lunettes de corne.

— Pas du tout. Entre.

Nora lui indiqua le siège tendu de tissu vert en face de son bureau. Son chef s'y installa en jetant un coup d'œil à l'étiquette du dossier qu'elle venait de reposer : « B 1216-14, l'État contre Niklas Winnerman et Bertil Svensson ».

— Je me disais bien que tu serais en train de préparer l'audience de la semaine prochaine.

Nora hocha la tête.

Elle avait consacré beaucoup de temps ce printemps à préparer ce procès contre Byggallians, une société de construction dont le PDG avait tellement puisé dans les caisses qu'elle avait fini par faire faillite. Elle l'avait mis en examen pour abus de biens sociaux aggravé et requis une lourde peine de prison.

— Comment tu te sens ?

— Ça va, merci.

L'ALCF avait connu plusieurs échecs retentissants ces dernières années. Plusieurs procès importants avaient été perdus en première et seconde instance, et les médias n'avaient pas tardé à souligner l'absence de succès de l'administration.

Nora savait que leur directrice générale tenait absolument à redresser la barre.

— Cette fois, on va gagner, ajouta-t-elle.

— Tu n'as pas peur que le PDG ne se disculpe ?

Jonathan maîtrisait le dossier, comme toujours.

Le PDG, Niklas Winnerman, avait nié en bloc dès le départ, et sa ligne de défense était claire : l'ALCF se fourvoyait et cherchait à condamner un innocent. « *Shit happens*, comme l'avait exprimé l'avocat de la défense lors d'un des premiers interrogatoires. Faire une mauvaise affaire n'est pas un crime. Pas encore, en tout cas. »

— Le témoignage du directeur commercial sera décisif, concéda Nora.

Elle balaya d'un geste le dossier brun clair.

— Je viens de relire le procès-verbal. Christian Dufva jure que c'est Winnerman qui a entièrement géré l'affaire qui a conduit à la faillite. Winnerman a veillé personnellement à ce qu'ils versent dix millions de couronnes pour un permis de construire sans aucune valeur. Puis il a réussi à cacher l'argent à l'étranger avant d'être inquiété.

— Ce n'est pas une petite somme, dit Jonathan.

Nora ne put qu'acquiescer.

— Beaucoup trop pour une entreprise de cette taille. Quand les factures des fournisseurs ont commencé à affluer, la société n'a pas tardé à demander à être déclarée en faillite.

Une porte claqua dans le couloir. La journée s'achevait, la plupart des bureaux seraient bientôt vides.

— Si l'administrateur de la faillite n'avait pas soupçonné des irrégularités, il s'en serait sans doute tiré, continua Nora.

— Si je me souviens bien, ce PDG a procédé de façon assez sophistiquée, dit Jonathan en croisant une jambe sur l'autre.

Nora hocha la tête.

Winnerman s'était abrité derrière une société-écran en se servant d'un homme de paille pour prendre les coups à sa place. Un certain Bertil Svensson, marginal sévèrement alcoolisé qui avait ses quartiers sur un banc du centre commercial de Hallunda. Pour dix mille couronnes et quelques bouteilles d'eau-de-vie, Svensson avait signé tous les papiers et endossé la responsabilité de l'affaire, afin d'éviter qu'y apparaisse le nom de Winnerman. Il était lui aussi mis en examen, pour complicité.

— C'est bien pour ça que le témoignage du directeur commercial est si important, répondit Nora. Avec son aide je vais pouvoir convaincre la cour du déroulement des faits.

L'amertume de Christian Dufva était manifeste lors de ses interrogatoires. Nora était persuadée qu'il ferait tout son possible pour envoyer au trou son ancien associé. Il exprimait sa frustration sans détour : ils avaient collaboré dix ans durant pour cette société, et voilà comment il était récompensé.

— On n'a jamais pu retrouver la trace de cet argent, n'est-ce pas ? fit Jonathan.

— Hélas non.

C'était le gros point noir. L'argent avait été directement versé sur un compte anonyme à l'étranger. En l'occurrence, ils ne disposaient que d'indices. Aucune preuve que les dix millions avaient atterri dans les poches de Winnerman. Leila Kacim, la jeune et énergique inspectrice criminelle qui avait enquêté sur cette affaire, avait eu beau retourner toutes les pierres, ils restaient pour le moment bredouilles. Nora savait que la défense s'en servirait pour démolir l'accusation durant le procès.

— Tu as une idée d'où ces fonds ont pu passer ? demanda Jonathan.

Nora secoua la tête.

Winnerman n'avait pas ces millions sur son compte, ça avait été soigneusement contrôlé. Il remboursait l'important crédit du trois-pièces qu'il habitait en centre-ville et possédait avec sa sœur une maison de vacances sur Ingarö. Il n'avait pas d'autres ressources.

Nora avait beaucoup réfléchi à cet argent disparu, sans parvenir à une théorie qui tienne la route.

Devait-elle mentionner les mails anonymes ?

Elle hésita : jusqu'alors, elle n'y avait pas accordé grande importance. Ce genre de chose arrivait de temps en temps à la plupart des procureurs.

Avant qu'elle ait le temps de rien dire, Jonathan se leva.

— On dirait malgré tout que tu as la situation bien en main. Tant mieux.

Il s'arrêta sur le seuil.

— Au fait, tu dois savoir qu'un poste de procureur principal adjoint va se libérer après l'été. Alors mieux vaudrait un bon résultat cette fois…

Il haussa les sourcils d'un air entendu, et Nora ne put s'empêcher de sourire. Elle y songeait depuis l'instant où elle avait entendu parler de cette nouvelle fonction. Elle avait déjà commencé à réfléchir à la meilleure manière de formuler sa candidature.

— Pour ta gouverne, sache que la directrice générale suit ce procès de près, ajouta Jonathan en sortant. Ne la déçois pas.

3

Il allait être quatre heures, la boulangerie allait fermer. Il avait dû se presser pour pouvoir se ravitailler.

En ressortant sur le perron de la boutique, son sac de pain à la main, il aperçut la petite fille.

La haie de lilas qui séparait la boulangerie de la maison voisine était éclatante, l'air chargé du lourd parfum de ses grappes violettes. Les chaises en fonte blanche où les clients pouvaient s'asseoir pour goûter baignaient dans le soleil de l'après-midi.

Aujourd'hui, il était seul en terrasse. La saison n'avait pas encore vraiment commencé, même s'il faisait chaud comme en plein été.

La fillette portait une robe en coton bleu clair qui lui arrivait juste au-dessus des genoux, dont les bretelles étaient attachées en nœud papillon sur la nuque. Elle était chaussée de tongs presque de la même couleur.

Quel âge pouvait-elle avoir ? Onze ans, peut-être ? C'était exactement le bon âge, elle était encore une enfant. Au soleil printanier, son nez s'était déjà couvert de taches de rousseur – le mois de mai avait été exceptionnellement beau. Il avait passé beaucoup d'après-midi sur des bancs publics devant des écoles ou des crèches. Personne ne faisait attention à un homme banal qui prenait le temps de profiter des premiers rayons du printemps.

Il s'approcha de quelques pas.

Les cheveux bruns de la fillette étaient attachés en queue de cheval, dont quelques mèches s'étaient échappées. Des mèches bouclées, et cela aussi l'attirait. C'était comme ça qu'il les aimait, il pouvait presque les sentir, soyeuses entre ses doigts.

On devinait où sa poitrine allait un jour éclore.

La fillette ne se doutait pas qu'il l'observait. Son attention se portait vers un gros labrador sur le perron de l'auberge de Sandhamn. Au bout de sa laisse mal attachée à la rampe qui montait à la salle à manger, le chien était assis, langue pendante.

Elle s'en approcha et tendit la main pour le flatter. L'animal se leva et s'empressa de se laisser caresser. Il leva le museau, la queue frétillante.

C'est en tombant à genoux devant l'animal qu'elle dénuda son omoplate et sa fine nuque.

Elle pencha la tête, et cette invitation ne lui échappa pas. Le soleil éclairait directement sa peau fine, plus claire que le reste du corps, lisse et intacte, car d'habitude protégée du soleil par les cheveux.

Il imaginait cette peau douce et nue. La sensation de ce léger duvet au bout de ses doigts, la sensation excitante d'un jeune corps.

Sa main se crispa autour du sachet de pain. Il se lécha les lèvres et avança le menton pour mieux voir.

— Pardon…

Une femme imposante en jean moulant lui tapa sur l'épaule.

— Vous m'empêchez de passer, dit-elle.

Il marmonna des excuses, évitant instinctivement de croiser son regard. Il fit semblant de humer une grappe de lilas.

Ne pas attirer l'attention. C'était instinctif.

Quand la femme se fut frayé un passage, il releva la tête. La fillette avait filé. Ne restait plus que le chien noir sur le gravier.

Mais il allait rester plusieurs jours à Sandhamn. Et revenir demain acheter du pain.

4

Thomas Andreasson eut à peine le temps d'ouvrir la porte de l'appartement de Söder qu'Elin lui passa devant pour se précipiter aux toilettes. Qu'il ait dû utiliser la clé du verrou à sept points lui indiqua que Pernilla était encore au travail.

Certes, elle l'avait prévenu par SMS et lui avait demandé de passer chercher Elin à la maternelle, alors que c'était son tour. Mais c'était le troisième soir cette semaine qu'elle faisait des heures supplémentaires, il avait espéré qu'ils se retrouveraient au moins à la porte.

Thomas referma derrière lui et pendit sa veste en jean usée. Passa la main dans ses cheveux clairs.

— Qu'est-ce qu'on mange ?

Revenue de la salle de bains, Elin ôta ses chaussures roses aux pointes ornées d'une Barbie.

— Tu t'es lavé les mains ?

Elle leva ses deux paumes.

— Maman rentre bientôt ?

— J'ai bien peur qu'on dîne juste tous les deux.

— Maman n'est encore pas là ce soir ?

Le petit visage d'Elin se fripa. Thomas la souleva et la fit voler plusieurs fois vers le plafond. La chatouilla sous le menton jusqu'à ce qu'elle retrouve le sourire.

— On pourra manger sur le balcon, si tu veux.

Thomas retourna la fillette vers la fenêtre du balcon. Dehors, la vieille cour intérieure où le temps s'était arrêté depuis la construction de l'immeuble au début du vingtième siècle.

— Qu'est-ce que tu dirais du hamburger maison de papa ?

— Je veux que maman mange avec nous.

Elin cacha son visage contre son épaule.

Thomas ne sut que répondre. Il se contenta de tapoter la tête de sa fille avant de la reposer par terre. Puis il gagna la cuisine, dans l'ombre à cette heure de la journée. Il lui restait bien un demi-paquet de viande hachée au réfrigérateur, non ? Ça devrait suffire pour deux personnes.

Il resta adossé au plan de travail.

Pernilla occupait ce nouveau poste de cheffe de marque au sein de la grande société de télécom nordique depuis dix mois. Elle travaillait sans arrêt, Elin avait raison. Quand Pernilla n'était pas au bureau, elle passait son temps au téléphone et sur son ordinateur portable. Les SMS bipaient en continu et elle vérifiait ses mails dès son réveil. La plus grande partie des week-ends était consacrée à « préparer la semaine ».

La sonnerie de son portable le tira de sa morosité.

Le nom de Margit Grankvist s'afficha à l'écran. Ils s'étaient quittés à l'hôtel de police de Nacka quelques heures plus tôt seulement. Pourvu que ce ne soit pas une urgence, se dit-il en songeant à Elin.

— Il faut que tu me rendes un service, dit Margit sans préambule.

Comme d'habitude, sa cheffe allait droit au but.

— De quoi s'agit-il ?

— Tu peux piloter la réunion de l'équipe demain matin ? J'ai obtenu un rendez-vous chez le dentiste à huit heures. Une dent de sagesse qui se déchausse.

Contrairement à son habitude, Margit avait paru accablée tout l'après-midi.

— Bien sûr. Pas de problème.

— Merci. Je pense arriver vers dix heures. Si le dentiste ne m'a pas achevée.

La plaisanterie semblait plutôt forcée.

Thomas raccrocha et rangea son téléphone dans sa poche arrière.

C'était beaucoup grâce à Margit qu'il avait pu revenir, malgré sa démission l'été précédent. Il s'était laissé tenter par un poste au sein d'une compagnie de sécurité privée. Depuis avril, il avait réintégré son ancien service, et Thomas savait qu'elle avait dû faire des pieds et des mains pour qu'on l'y autorise.

Il sortit une poêle fatiguée et la posa sur la cuisinière.

Quand on avait proposé à Pernilla son nouveau poste, il l'avait encouragée à l'accepter, sans mesurer à quel point elle allait être accaparée par son travail.

Sans compter ses déplacements incessants d'une capitale nordique à l'autre. Il commençait à en avoir vraiment assez de voir cette valise à roulettes attendre en permanence dans l'entrée.

Une routine s'était installée : Elin était récupérée soit par son père, soit par sa grand-mère paternelle, qui heureusement donnait volontiers un coup de main. Thomas était devenu très doué pour préparer à manger pour deux mais, sans l'aide de sa mère, ils n'auraient pas pu faire face au quotidien. C'était une vraie chance que tout ait été si calme depuis qu'il avait repris son poste à la police.

Il y avait quelques pains à hamburgers au congélateur. Thomas les sortit, coupa oignons et tomates avant d'aller chercher du Ketchup dans le placard.

À la fenêtre de la cuisine, il vit un homme de quarante-six ans, l'air amer, avec des rides naissantes entre le nez et la bouche. Il lui fallut un instant pour réaliser que c'était son propre reflet.

Le nouveau poste de Pernilla avait presque exactement coïncidé avec le moment où il avait été contacté par son ancien collègue Erik Blom, parti quelques années plus tôt dans le privé. Erik lui avait fait une bonne proposition, avec un salaire nettement supérieur à ce qu'il gagnait dans la police. L'enthousiasme de Pernilla à changer de travail avait eu un effet d'entraînement. Il était peut-être temps de se recycler ? Ce n'était pas bon de s'enliser, s'était-il persuadé.

Mais tandis que Pernilla commençait sa nouvelle vie de cheffe, Thomas s'était senti prisonnier derrière son bureau. Il devait rédiger des rapports de sécurité, assister à des réunions sur les budgets et les offres. Rien ne devait coûter cher, il fallait sans cesse veiller aux marges.

Après seulement un mois, il devait se faire violence pour aller travailler. Sa vie de policier lui manquait plus qu'il ne l'aurait jamais imaginé. Les commentaires secs de Margit, ses conversations quotidiennes avec Aram Goris et ses autres collègues. Le sentiment de servir à quelque chose.

Cela semblait banal, mais tout ça comptait bien plus qu'il ne le pensait quand il avait accepté son nouveau poste.

Il avait fini par appeler Margit. Lui avait demandé s'il pouvait revenir : il avait cru aspirer à autre chose, mais la réponse n'était pas dans le secteur privé.

Erik avait été déçu au-delà de ce à quoi il s'attendait : ils ne s'étaient presque plus reparlé depuis. Et Pernilla lui avait dit qu'il était fou de réintégrer la police de Nacka. « Ne viens pas te plaindre, après. »

C'était peut-être là qu'avait commencé à se creuser le fossé entre eux.

Thomas sortit la viande hachée et claqua la porte du réfrigérateur.

— Tu es fâché, papa ?

Elin le regardait dans l'embrasure de la porte.

— Mais non, ma grande.

Il se pencha pour lui caresser la joue.

— Ne t'inquiète pas. Papa a juste refermé la porte un peu trop fort. Ça n'a rien à voir avec toi.

Il regarda l'heure. Cinq heures et demie. Pernilla ne rentrerait probablement pas avant huit heures, au mieux.

Il en avait tellement assez.

5

— Il y a quelqu'un ? lança Jonas à peine la porte ouverte.

— Je suis à la cuisine, répondit Nora d'une voix sourde pour ne pas réveiller Julia.

Il allait bientôt être neuf heures et demie, et leur fille de quatre ans dormait déjà. Simon avait disparu avec ses copains pour fêter les grandes vacances et Adam était comme d'habitude chez sa petite amie Freja.

Jonas rejoignit Nora à la table de la cuisine et lui posa un léger baiser sur la bouche. Ses cheveux bruns étaient humides de la bruine qui était arrivée dans la soirée, quelques gouttes pendaient encore aux galons argentés de son uniforme de pilote. Il défit sa cravate et s'affala sur la chaise en face de Nora.

Montrant de la tête les papiers étalés sur la table, il demanda :

— Tu t'occupes des préparatifs du mariage ?

— J'essaie de finir le plan de table. Tu imagines le nombre de combinaisons possibles avec quarante-cinq invités ?

— C'est si important que ça ? Ça se passera bien de toute façon.

— Tiens.

Elle lui passa le bloc.

— Prends le relais, si tu veux. Décide donc qui va s'asseoir à côté de ta frangine et de son mari. Pour ne pas parler de ta tante.

— On se calme…

Jonas saisit la main de Nora et la tint contre sa joue. Quand il lui souriait ainsi, ses sentiments reprenaient le dessus. Comme d'habitude.

Je t'aime tellement.

— Pardon, dit-elle. Je ne voulais pas te sauter dessus comme ça dès ton retour. C'est juste un peu trop en ce moment. D'abord le procès la semaine prochaine, puis le mariage juste après… Il faudrait que je puisse me couper en deux pour arriver à tout faire.

À la façon dont Jonas se redressa elle pressentit un problème.

— Qu'est-ce qu'il y a ? fit-elle en retirant sa main.

— Comment ça ?

— Tu as l'air de vouloir me dire quelque chose.

Nora se cala au dossier de sa chaise en attendant sa réponse.

Jonas n'avait jamais été doué pour faire semblant. Ses yeux n'avaient-ils pas un peu papilloté ?

Il ôta sa veste et la pendit au dossier d'une des chaises de la cuisine. Elle sut ainsi qu'il cherchait à gagner du temps.

— Mais allez, dis, fit-elle. Je vois bien qu'il y a quelque chose.

— J'ai eu un appel de l'unité planning.

Nora se doutait de ce qui allait suivre.

— Ah oui ?

Elle n'avait pu retenir le ton tranchant de sa voix. Jonas posa une main sur son bras.

— Ils veulent que je prenne un vol pour Bangkok samedi.

Nora lâcha son stylo.

— Mais alors tu seras absent la semaine prochaine ! C'est impossible, tu le sais, non ? J'ai le procès de lundi à mercredi, et ensuite il faut qu'on aille tout de suite à Sandhamn préparer le mariage.

Jonas avait l'air gêné : Nora comprit qu'il avait déjà dit oui. Avant même de lui en parler.

— C'est une situation de crise, plaida-t-il. Ils ont déjà épuisé la liste des pilotes en stand-by, sinon ils ne m'auraient pas appelé. Comme c'est la semaine de la Saint-Jean, beaucoup sont absents.

— Mais nous allons nous marier ! s'écria-t-elle en montant dans les aigus.

Ils ne se disputaient pour ainsi dire jamais. Avec Henrik, il y avait sans cesse des frictions et des querelles ouvertes. Jonas, lui, était différent. Ces cinq dernières années, les enfants avaient rarement entendu des éclats de voix dans la maison.

Mais la gentillesse avait sa contrepartie : Jonas ne savait pas dire non. S'il détestait bien une chose, c'étaient les conflits.

— Ne t'inquiète pas, dit-il doucement.

Il se plaça derrière Nora et commença à lui masser la nuque et les épaules. Il essayait de lui faire retrouver sa bonne humeur : c'était tellement évident que c'en était gênant.

— Je file samedi soir et j'atterris à Bangkok dimanche matin. Ensuite, j'ai quarante-huit heures de repos et je rentre mardi soir. Je serai de retour à Stockholm tôt mercredi matin, c'est large.

— Mercredi matin ?

Nora le dévisagea.

— Seulement deux jours avant la cérémonie ?

— De toute façon, nous n'avions pas prévu d'aller à Sandhamn avant jeudi, non ?

— Et s'il y a un problème ? On n'aura plus aucune marge d'erreur !

Comment pouvait-il être aussi peu compréhensif ? Être loyal envers son employeur était une chose, mais il y avait des limites.

— Tu vas rentrer complètement crevé, avec le décalage horaire et tout.

— Ne t'inquiète pas. Je n'aurai pas le temps de me décaler en si peu de jours.

Nora fit la moue.

Sur la table s'étalaient les noms des invités sur de petits papiers. Il y avait tant à faire avant le mariage, tant de détails à régler. Allait-elle devoir se charger de tout toute seule ?

— Parfois, on doit répondre présent. Toi qui travailles tant, tu dois bien le savoir.

La pique porta, mais elle ne se laissa pas démonter.

— Mon grand procès commence lundi. Comment va-t-on faire pour Julia, si tu n'es pas là ? Je vais être prise toute la journée.

Jonas lâcha ses épaules et rectifia l'alignement de quelques papiers sur la table. Puis il alla prendre un torchon pour essuyer des taches à la place de Julia.

— Est-ce qu'Adam ne pourrait pas nous donner un coup de main ? suggéra-t-il. Ou Simon ? C'est juste l'affaire de quelques jours. Si Wilma était rentrée à temps, je lui aurais demandé, mais elle ne se pose que mercredi soir.

La fille aînée de Jonas, qui avait travaillé un an comme jeune fille au pair aux États-Unis, devait rentrer juste à temps pour le mariage.

Nora défit la barrette qui retenait ses cheveux et la rattacha.

Adam ne commencerait son job d'été à l'épicerie Westerberg, à Sandhamn, qu'après le week-end de la Saint-Jean. Simon était lui aussi à la maison. Les garçons pouvaient naturellement se relayer pour aller chercher leur petite sœur.

Mais elle était encore remuée, réticente à changer ses plans.

Il y avait tant de préparatifs pour cette noce. Toutes les invitations, les discussions avec le Sands Hotell où la fête aurait lieu. Elle était inquiète que quelque chose se passe mal. Et la petite voix qui lui chuchotait qu'un grand procès la semaine où elle se mariait n'était pas franchement l'idéal n'arrangeait rien.

Jonas s'accroupit à côté d'elle et la tira à lui.

— On ne va quand même pas se disputer pour ça ? dit-il, les lèvres tout près de sa tempe. Maintenant qu'on va enfin se marier, toi et moi.

La colère de Nora fondit comme neige au soleil. Elle appuya son front contre le sien.

— Promets-moi de rentrer mercredi matin. Je ne tiens pas à me retrouver toute seule comme une idiote devant l'autel.

Elle lui adressa un sourire pâle.

— Promets-le-moi.

6

Minuit approchait, les lumières de l'immeuble d'en face s'étaient éteintes l'une après l'autre. Mais Niklas Winnerman n'arrivait pas à trouver la paix.

Aller se coucher ne servirait à rien. Hier, il était resté éveillé au lit jusqu'aux petites heures du matin, la tête en ébullition. Comme toutes les nuits depuis des mois.

Quoi qu'il arrive, il ne fallait pas qu'il finisse en prison. Il ne se faisait aucune illusion sur ce qui l'y attendait. Ses créanciers avaient été clairs sur ce qu'il encourrait, s'il ne remboursait pas à temps. Ils avaient de bons contacts derrière les verrous.

À la seule évocation du sort qui l'attendait en détention, Niklas se mit à transpirer.

À plusieurs reprises, il avait joué avec l'idée de mettre lui-même fin à tout ça. La société avait disparu, l'œuvre de sa vie était détruite. Chaque fois qu'il voyait les garçons, Albert et Natan, la mauvaise conscience le rongeait. Ils étaient bien trop jeunes pour ce qu'il leur faisait subir.

Mais il savait qu'il fallait un courage d'une autre trempe pour accomplir un tel acte. Il était lâche, et se méprisait aussi pour ça.

Niklas fixa la façade noire béante qui le regardait dehors. C'était un affreux immeuble des années soixante, qui faisait tache parmi les bâtiments Belle Époque du quartier.

L'impatience lui grouillait sous la peau. Il se leva pour aller chercher de l'eau minérale à la cuisine. Il avait réussi à se passer d'alcool depuis lundi. Il savait qu'il lui fallait garder les idées claires, tant de choses étaient en jeu dans les prochains jours.

Il remplit son verre et but si avidement qu'il en renversa un peu. Des gouttes coulèrent le long de son menton. Mais l'eau ne le soulageait pas : comme il avait envie d'un vrai verre !

La sirène d'une ambulance retentit dans le lointain.

Lundi, le procès allait commencer, puis le témoignage de Christian l'anéantirait.

Niklas sortit son portable, qu'il regarda fixement. Il avait déjà appelé Christian tant de fois, l'avait prié, supplié de retirer son témoignage.

Il connaissait son numéro par cœur.

Allait-il encore essayer ? Christian ne répondait jamais à ses appels, il les rejetait aussi facilement qu'il écraserait un moustique énervant.

Niklas s'agrippa au plan de travail, si fort que ses phalanges blanchirent. Puis il ouvrit le congélateur. La bouteille de vodka était tout au bout de l'étagère du haut, givrée. Comme si elle l'attendait.

Le verre se couvrit de buée quand il le remplit. Il l'avala d'un coup et, enfin, le calme se répandit dans son corps. Il se resservit et but encore une grande gorgée.

Sa vodka à la main, il regagna le séjour, s'assit dans le fauteuil et tripota son portable avant de se décider à poser l'index sur le numéro de Christian.

Comme d'habitude, pas de réponse.

Le regard de Niklas se porta sur l'ordinateur fermé sur la table basse.

Il fallait qu'il résiste à l'envie. Mais ça le démangeait, le lançait, le tiraillait comme toujours.

C'était le jeu qui l'avait mis dans cette merde. Il ne fallait pas, il n'avait pas les moyens de perdre encore plus d'argent.

L'ordinateur s'anima sous ses yeux, palpitant de promesses, l'attirant à lui.

Tout est possible, semblait-il lui chuchoter. *Tu peux regagner ce que tu as perdu, assez pour payer tes dettes. Tu pourras prendre un nouveau départ.*

Accorde-toi ça.

Il avait vraiment besoin de se changer les idées.

Niklas saisit l'ordinateur, déplia l'écran. L'excitation se répandit dans tout son corps. *Pas longtemps*, pensa-t-il. *Une demi-heure, maximum. Puis je me déconnecte et je vais dormir.*

— C'est moi qui décide, murmura-t-il avant de boire une grande rasade de vodka.

VENDREDI 13 JUIN

7

Christian Dufva se blinda avant de sonner à la porte. Après quelques secondes de silence, il entendit des pas approcher.

Bientôt, Åsa ouvrit. Elle indiqua un sac et un duvet sur le sol de l'entrée.

— Voilà les affaires de Benjamin, dit-elle sans un bonjour.

Christian ferma les yeux quelques secondes.

Il était tellement las de l'amertume d'Åsa. Elle avait eu tout ce qu'elle demandait, elle était restée dans le grand appartement de Vasastan, avec une bonne pension alimentaire. Il s'était mis en quatre pour se plier à toutes ses exigences lors du divorce. Et pourtant, elle continuait de le regarder avec dégoût.

— Comment tu vas ? tenta-t-il malgré tout.

— Ce ne sont plus tes affaires.

À son grand soulagement, Benjamin arriva en courant et les interrompit.

— Salut ! fit Christian en l'embrassant. Tu verras, ça va être super. Le soleil brille et tu pars pour ton tout premier camp de voile.

Benjamin hocha la tête et Christian souleva son sac.

Il n'avait pas l'intention de laisser Åsa lui gâcher sa journée, il attendait avec impatience de partir dans l'archipel avec Benjamin. Ils passaient trop peu de temps ensemble, désormais.

— Tu peux prendre le duvet, Benjamin ? Il faut y aller.

Christian partit le premier vers l'ascenseur. Il appuyait sur le bouton d'appel quand son portable sonna.

En voyant le nom qui s'affichait à l'écran, sa bonne humeur disparut.

Niklas ne pouvait-il pas le laisser tranquille ?

— Fais attention !

La voix de son père fit faire un faux pas à Benjamin, qui tomba à la renverse au moment de descendre par l'avant du bateau. Deux garçons plus âgés déjà à terre éclatèrent de rire. Benjamin se sentit rougir.

Pourvu qu'ils n'aillent pas au camp.

Le bac était plein de parents et d'enfants qui se rendaient à Lökholmen, il le devinait à tous les bagages. La plupart avaient des sacs de voile et de courses bien remplis, beaucoup portaient leur gilet de sauvetage sous le bras.

Presque tous les enfants étaient accompagnés de leurs deux parents.

— Allez, viens, Benjamin. Arrête de traîner.

Papa était impatient, comme dans la voiture jusqu'à Stavsnäs, où ils étaient montés à bord du bateau de la compagnie Waxholm. Benjamin avait été si content quand papa était venu le chercher, puis son portable avait sonné et ça avait tout gâché. Le téléphone avait sonné encore plusieurs fois sans qu'il réponde, et à chaque fois il semblait plus irrité. Benjamin s'était blotti sur le siège passager et avait joué sur son portable jusqu'à se rendre malade et devoir cesser.

Papa s'était déjà engagé sur l'étroit sentier forestier qui traversait l'îlot de Trollharan, où accostait le bac. Benjamin se dépêcha de ramasser son sac de couchage et courut derrière lui.

Ils passèrent devant des poubelles, puis parvinrent au ponton qui menait à Lökholmen. Le port de plaisance était sur la droite, avec son large chemin en caillebotis le long des rochers, où quelques bateaux étaient amarrés.

En tournant la tête, Benjamin découvrit le camp de voile de l'autre côté de la baie. Une douzaine de petits voiliers étaient remontés à terre sur une large rampe. Des roseaux vert clair poussaient devant et, plus loin, on apercevait des baraques rouges. Le drapeau suédois était hissé au sommet d'un grand mât, au centre d'une esplanade d'herbe sablonneuse.

Un gros yacht franchissait l'étroite passe du port. Sur le pont avant, Benjamin vit un garçon de son âge : probablement se rendait-il aussi au camp.

— Ne reste pas là à rêvasser, Benjamin. Viens voir comme c'est bien.

Benjamin se pressa pour le rattraper.

Papa franchit la vaste pelouse devant le restaurant de l'île, une grande tente blanche devant un bâtiment aux airs de chalet de montagne. Le sentier continuait de l'autre côté et, quand Benjamin arriva au sommet de la pente, il vit qu'il ne restait plus qu'une cinquantaine de mètres avant le camp de voile.

Arrivé le premier, papa alla demander à une fille en short en jean où son fils allait loger.

Benjamin attendit en retrait.

— Viens avec moi, dit papa en revenant vers lui. Tu vas dormir dans une maison qui s'appelle l'Étoile. Sympa, non ?

Il le guida vers une des baraques rouges et ouvrit une porte blanche déjà entrebâillée.

— Ça doit être là.

De part et d'autre d'un petit vestibule s'ouvraient deux grandes pièces peintes en blanc. Chaque dortoir était équipé de lits superposés calés contre le mur. La plupart des places étaient déjà occupées, sacs et gilets de sauvetage pêle-mêle sur les matelas. Mais il restait une place libre près de la fenêtre.

Papa alla y poser les affaires de Benjamin.

— Tu vas dormir là, ça va être bien, non ?

Il regarda par la fenêtre.

— Tu auras même une petite vue sur la mer. Pas mal. La meilleure place du dortoir.

Benjamin vit des traces de pas sur le lino gris-bleu poussiéreux et, sous son lit, un papier de bonbon froissé.

Ça devait être la pire place, puisque personne d'autre ne l'avait prise.

— Qu'est-ce que tu en dis ?

— Ça va, se dépêcha de répondre Benjamin.

Papa avait l'air stressé.

— Tu rangeras tes affaires là-dedans.

Il toucha un des placards en regardant à nouveau son téléphone. C'était la quatrième fois depuis leur arrivée, Benjamin avait compté.

Sur la porte était affichée une liste de noms. Il y en avait huit, un pour chacun des lits de la chambre.

— Tu connais quelqu'un, là-dedans ? demanda papa.

Benjamin s'approcha pour lire :

Linus Andersson
Markus Grönvall
Lukas af Helsing
Sebastian Grandin
Samuel Karlberg
Oscar Hagander
Martin von Post
Benjamin Dufva

Benjamin secoua la tête. Pourquoi son nom était-il en dernier ? Est-ce que ça voulait dire quelque chose de particulier ?

— Ça ne fait rien, dit papa. Vous allez sûrement devenir copains très vite. Ça se passe comme ça d'habitude dans les camps. Surtout à vos âges.

Quelque chose s'adoucit dans son regard. Les rides de son front se lissèrent, il ne semblait plus aussi fatigué.

— J'avais seulement dix ans la première fois que je suis venu ici, dit-il. Ça a dû être le plus bel été de ma vie, je me suis fait plein de nouveaux amis.

Dans son sourire, Benjamin aperçut un peu de son ancien papa, celui d'avant le divorce.

Il y avait une vie avant et après ce qui était arrivé. Un papa d'avant et un d'après.

Benjamin lut au bas de la liste :

Moniteurs : `William Sjölund` et `Isak Andrén`.

Il ne connaissait pas non plus les noms des animateurs, et se demanda s'ils étaient sympas.

Le portable de papa sonna. La sonnerie retentit dans le dortoir. Ses traits se durcirent aussitôt, sa bouche se contracta quand il sortit le téléphone. Une seconde, Benjamin crut qu'il allait à nouveau refuser l'appel, comme il l'avait fait toute la matinée. Mais cette fois, il répondit.

Benjamin ne saisit que des bribes, en gros que papa ne pouvait pas parler pour le moment. Puis :

— Tu n'entends pas ce que je dis ?

Papa avait soudain hurlé si fort que Benjamin sursauta.

— Arrête d'appeler. Laisse-moi tranquille, nom de Dieu !

Quand il remit le portable dans sa poche arrière, il avait le visage blême.

Sans crier gare, il cogna son poing droit dans sa paume gauche. Ça claqua comme une violente gifle.

Benjamin dévisagea son père. Il ne l'avait jamais vu aussi en colère et n'osait pas émettre le moindre son, encore moins lui demander ce qui se passait. Il prêta plutôt l'oreille au brouhaha qui parvenait de la pelouse, le bruit de centaines de voix sous le soleil.

Tous semblaient si joyeux.

Benjamin resta absolument immobile, concentré sur un point du mur où pendaient les lambeaux d'une toile d'araignée.

— Ça doit être l'appel, maintenant, finit par dire papa.

Sans donner d'explication, il sortit de la pièce, et Benjamin le suivit.

La lumière vive l'éblouit au sortir de la pénombre du dortoir, et ses yeux mirent un petit moment à s'habituer. Puis il chercha un visage connu parmi tous ceux qui bavardaient sur la pelouse.

Maman avait dit qu'il retrouverait quelques copains, mais il n'en voyait pas un seul. Au contraire, la plupart des participants paraissaient plus âgés, exactement comme il le redoutait.

Un peu plus loin, quelques filles pouffaient à l'ombre d'un grand pin. Est-ce que c'était de lui qu'elles se moquaient ?

— Viens par ici, Benjamin, dit papa en se dirigeant vers une table où était posée une grande corbeille.

Elle était pleine de téléphones. Benjamin comprit que c'était là qu'on devait laisser argent et portables. Maman le lui avait expliqué hier soir. Personne ne pouvait garder son téléphone au camp. Et on n'était autorisé qu'une heure par jour à aller acheter des bonbons.

Un gars avec un bandana coloré autour de la tête monta en haut d'un perron et annonça dans un mégaphone gris :

— C’est le moment du rassemblement et de l’appel. On dit au revoir aux parents.

Il leva une main et fit un signe d’adieu exagéré.

— À dans une semaine. Ne vous inquiétez pas, on va bien s’occuper de vos enfants.

Les enfants étaient répartis par groupes : Vert, Bleu, Rouge et Jaune.

Benjamin était dans le groupe Bleu, avec ceux qui savaient déjà un peu naviguer. Il savait que c’était faux, il n’avait accompagné son père en mer que quelques fois. Mais papa avait estimé que c’était son niveau, sans écouter ses objections.

— Bon, dit papa. Ton groupe est là-bas, sous le drapeau bleu. Souviens-toi de toujours obéir aux moniteurs.

Il se pencha et donna à Benjamin une tape dans le dos.

Benjamin aurait voulu se serrer dans ses bras, l’obliger à rester. Mais ça aurait été ridicule, surtout devant les autres enfants.

Les poils de barbe de papa étaient devenus gris, il n’y avait encore jamais pensé. Ses cheveux aussi étaient gris, on ne voyait presque plus leur couleur brune.

La lumière du soleil était vive près de l’eau, là où se rassemblait le groupe Bleu. Papa mit ses lunettes noires.

— Bon, il est temps que je file, mon grand, dit-il d’un ton plus doux. J’espère que tu vas vraiment bien t’amuser cette semaine.

Son portable sonna à nouveau. Et à nouveau ses traits se durcirent d’un coup.

— Bonne semaine, dit-il, et il tourna les talons avant que Benjamin ait le temps de lui dire au revoir.

Puis il disparut en direction de Trollharan, où le bac bleu était en train d'accoster. Son téléphone était écrasé contre son oreille.

8

Quand Niklas Winnerman entra dans la salle de réunion, Jacob Emilsson était déjà installé d'un côté de la longue table ovale en acajou. Tout autour de lui, des piles de documents et plusieurs classeurs ouverts.

Niklas espérait que la pastille contre la toux qu'il venait de se fourrer dans la bouche cacherait sa mauvaise haleine. L'arrière de son crâne palpitait malgré le Magnecyl.

— Ah, vous voilà, dit Emilsson avec un sourire froid, rappelant à son client qu'il avait vingt minutes de retard. Nous avons pas mal de choses à revoir aujourd'hui. Après le week-end, ça commence pour de bon.

Derrière Niklas se pressait d'entrer l'assistante d'Emilsson, des dossiers plein les bras. Ils s'étaient déjà vus, elle s'appelait Carin – ou bien Carmen ?

— Un café ? proposa Emilsson en indiquant sur un plateau une élégante thermos et trois tasses sur leurs soucoupes.

Niklas hocha la tête.

Sortir du lit avait été une épreuve et il n'avait pas pris de petit déjeuner, s'était juste mis sous la douche et avait laissé l'eau couler. Son ventre se retournait au souvenir de la veille. Il était resté debout jusqu'à quatre heures, la bouteille de vodka était vide dans l'évier. Et ce qu'il avait fait pendant ce temps… Il ne pouvait pas y penser. Savait juste qu'encore une fois il s'était mis dans la merde.

Ça n'arrivera plus, se promit-il en s'agrippant à l'assise du fauteuil.

— Vous n'avez quand même pas l'intention d'aller comme ça au procès ? dit l'avocat.

Niklas secoua la tête, mais ne put s'empêcher de faire la grimace. C'était comme si on lui plantait de petits clous au-dessus des sourcils.

— Vous devez mettre une chemise et un beau costume, continua Emilsson. Une cravate, mais pas trop colorée, de préférence grise ou bleu foncé. Et il faudra vous raser correctement pour avoir l'air présentable.

Niklas se passa la main sur le menton, là où il s'était coupé. Ça avait beaucoup saigné, il avait dû se mettre un pansement. Le reste de son rasage était à l'avenant.

L'assistante lui tendit une tasse de café, qu'il vida d'un trait. Il se sentit un peu mieux quand la caféine se répandit dans son corps. Il se laissa retomber contre le dossier et ferma les yeux.

— Vous devez prendre ça au sérieux, insista Emilsson. Sinon, je ne pourrai pas vous aider.

— Je sais, marmonna Niklas. Je comprends.

Il avait beau être arrivé en retard au rendez-vous, il n'était pas pour autant idiot.

— Je suis seulement… (Il s'interrompit.) Il est un peu tôt.

Il était onze heures, mais Jacob Emilsson ne sourcilla pas.

— La procureure va tout faire pour vous faire plonger, dit-il. Elle a requis quatre ans de prison pour abus de biens sociaux aggravé. Ce serait une grosse perte de prestige pour elle comme pour l'ALCF si elle ne gagnait pas.

Il croisa les bras, faisant apparaître ses boutons de manchettes.

— Le plus gros problème est votre ancien associé, Christian Dufva. C'est son témoignage qui peut vous envoyer au trou.

Il faisait soudain trop chaud dans la pièce, Niklas sentit sa chemise lui coller au dos. Il se vit dans les yeux d'Emilsson, totalement découragé.

La terreur familière le prit à la gorge. Il ne fallait pas qu'il finisse en prison. Il était prêt à tout pour l'éviter.

— Dites-moi ce que je dois dire. Je ferai tout ce que vous voudrez.

9

Benjamin lorgna vers les autres enfants affairés à préparer leurs bateaux. Ils se trouvaient sur la rampe en bois de la baie, où les Deux-Couronnes du groupe Bleu étaient remontés en ligne.

La plupart semblaient savoir exactement ce qu'ils faisaient. Beaucoup étaient déjà allés chercher leurs voiles dans la remise et s'activaient à pousser leur bateau à l'eau.

Au moins, Clara et Stina, avec qui il allait naviguer, se connaissaient. Elles étaient dans la même classe à l'école Carlsson, en centre-ville. Elles avaient un an de plus que lui et venaient de finir leur cinquième.

— Comment ça se passe, ici ?

Isak surgit à côté de Benjamin. Il portait une casquette à l'envers que chevauchaient ses lunettes de soleil. Benjamin lui donnait dix-neuf ou vingt ans. Il était presque aussi grand que son père.

— Bien, je crois…

Sa voix lui parut beaucoup trop fluette. Surmontant sa timidité, Benjamin indiqua un bout qui pendait.

— Je ne sais pas bien à quoi ça sert.

Isak rit, mais sans mépris, et Benjamin se détendit. Isak avait l'air cool.

— Pas grave, dit-il. Il y a beaucoup à apprendre ici, au début. Tu verras, à la fin de la semaine, tu navigueras comme un dieu.

Les trois garçons du bateau voisin étaient presque prêts à appareiller. Ils regardaient Benjamin avec impatience. L'un d'eux était celui qui était sur le pont avant du yacht, dans la passe du port. Il s'appelait Samuel et logeait aussi à l'Étoile.

— Allez, dépêchez-vous, dit Isak en regardant Clara et Stina, qui n'avaient pas non plus l'air de savoir comment s'y prendre. *Yalla, yalla !*

Clara dévisagea Benjamin. Puis elle se pencha pour chuchoter quelque chose à l'oreille de Stina, qui pouffa. Stina était mignonne, avec des cheveux blonds en touffe ébouriffée. Clara, courts cheveux bruns, paraissait plus décidée.

— Allez, leur enjoignit Isak. On y va. Vous savez quoi faire. Ce matin, vous avez navigué avec un guide. Maintenant, le moment est venu de partir en solo.

Il donna une tape à la coque la plus proche et en profita pour contrôler le gouvernail.

— Vous n'avez qu'à faire exactement comme on a dit au briefing, et tout sera tip-top. Les moniteurs seront tout le temps en vue dans les hors-bords. Nous ne vous quittons pas des yeux, ne l'oubliez pas. En plus, il est très difficile de chavirer avec un Deux-Couronnes, mais si ça devait arriver, un petit bain ne peut pas faire de mal. Prêts ?

Il salua avec trois doigts.

— Quand je fais ça, vous répondez comme ça, avec trois doigts. Ça veut dire « toujours prêt ».

Stina donna un coup de coude à Benjamin en ricanant. Est-ce qu'elle aussi trouvait que l'animateur causait trop ?

— Venez avec moi, dit Isak en se dirigeant vers la remise.

Il les aida à prendre les bonnes voiles et à les installer. Quand Isak leur montrait, ça ne prenait que quelques minutes, ça avait l'air tellement simple.

— Les gilets de sauvetage sont mis ? demanda-t-il en inspectant les équipages de tous les voiliers. Vous êtes passés aux toilettes ? Vous avez bu un verre d'eau ?

Benjamin hocha docilement la tête.

— Bien, alors on va faire un dernier appel, et on file.

Isak les comptait sans arrêt, dès qu'ils changeaient d'activité ou se réunissaient pour manger.

Benjamin grimpa à bord du voilier à la suite de Stina en essayant de l'imiter. Clara s'installa à l'arrière et posa la main sur le gouvernail, comme s'il allait de soi qu'elle allait barrer.

— Ça va super bien se passer ! leur lança Isak.

10

La fillette ne s'était pas montrée quand il était revenu à la boulangerie. Il fit le tour du port en essayant de l'apercevoir.

Il passa devant les pontons du club nautique KSSS et prit un café au bar Ankaret en guettant la robe bleue. Mais elle n'était visible nulle part, pas même sur la plage de Fläskberget où il avait fini par aller chercher. Il n'y avait que quelques personnes en train de bronzer sur des draps de bain.

Elle était intéressée, il l'avait compris à sa façon coquette de balancer sa queue de cheval, de bouger ses hanches graciles.

Avec l'expérience il avait appris à voir quand ils étaient d'accord. Garçon ou fille, peu importait, il le savait, c'était tout. Les signaux étaient là. Des fesses qui bougeaient de façon suggestive, une invitation secrète quand ils se léchaient les lèvres.

Il allait être quatre heures de l'après-midi, mais le soleil de juin était encore haut. Il faisait à peine nuit en cette saison, le bleu du ciel devenait seulement plus foncé quelques heures durant autour de minuit.

Parfois, il veillait jusqu'au retour du jour, ou surfait sur des sites qui proposaient ce qu'il cherchait jusqu'à ce que son désir s'estompe. Mais cela faisait bien trop longtemps qu'il n'avait pas eu quelqu'un pour de bon.

Il décida d'aller prendre un hot-dog au kiosque. S'il ne la trouvait pas entre-temps, il prendrait le bac pour Lökholmen.

Son petit bateau à moteur était amarré au fond de la baie. Il était presque seul dans le port de plaisance, tant mieux. C'était l'avantage de la basse saison. Il n'avait jamais aimé être à l'étroit, préférait éviter les foules et les groupes.

Et puis il ne voulait pas courir le risque – même s'il était faible – d'être reconnu. Il avait purgé sa peine du côté de Göteborg, et avait déménagé à Stockholm pour une existence plus anonyme.

Il n'y avait pas de queue au kiosque de l'embarcadère, il acheta un hot-dog et une boisson et se posta à quelques mètres de là.

Là-bas, du côté de l'épicerie, une fillette arrivait. Était-ce elle ?

On klaxonna dans son dos, il dut s'écarter pour laisser passer un monte-charge qui venait chercher des marchandises à bord du cargo *Oliver*.

Sa vue à nouveau dégagée, il comprit que c'était une autre fillette. Pas aussi jolie. Plus âgée, les cheveux plus courts.

Il détourna le visage et termina son hot-dog avant de jeter l'emballage par terre. Le bac allait bientôt partir, autant commencer à se diriger vers l'hôtel des Navigateurs pour attendre l'embarquement.

Il était contrarié de ne pas la voir. Sandhamn n'était pas une si grande île que ça, il ne devait pas falloir plus de dix minutes pour inspecter le port. Il aurait dû la voir quelque part. Si elle était encore sur l'île.

Il se rappelait son épaule nue quand elle s'était penchée pour caresser le chien, imaginait son ventre plat sous sa jupe, avec un léger renflement autour du nombril. Il aurait tant voulu peigner ses cheveux entre ses doigts.

Mais il y avait d'autres opportunités. Le camp de voile avait commencé pour la saison sur Lökholmen. Hier, il avait vu les enfants rassemblés sur la grande esplanade. Puis tous les parents étaient partis.

Combien de gosses pouvait-il y avoir dans ce camp ? Soixante-dix, peut-être quatre-vingts ? Les moniteurs ne devaient pas être plus d'une vingtaine. Ils n'étaient pas non plus si vieux que ça.

Ça faisait beaucoup d'enfants à surveiller.

11

Ils étaient sortis de la baie et faisaient à présent voile vers le large, vers le phare Svängen, devant la passe de Sandhamn.

Clara tenait le gouvernail et donnait des ordres, comme si elle avait barré toute sa vie. Benjamin et Stina étaient assis près du mât. Benjamin tenait l'écoute de la grand-voile, tandis que Stina s'occupait du foc.

Ils laissaient derrière eux un sillage d'écume. Un des hors-bords d'encadrement les dépassa, et son conducteur les salua de la main. Benjamin répondit de même. Ce n'était pas si mal, finalement. Il se risqua à sourire à Stina.

Au bout d'une heure, le vent commença à fraîchir, il arrivait en biais de l'arrière, gonflant de plus en plus la grand-voile. Benjamin devait se cramponner pour ne pas lâcher.

À présent, les autres Deux-Couronnes n'étaient plus que des têtes d'épingle. Un banc de nuages s'était développé, et le ciel commençait à virer au gris. La température baissait, tandis que les vagues forcissaient.

Benjamin jeta un coup d'œil à Clara : c'était allé si vite, impossible de distinguer les autres bateaux maintenant. Elle semblait elle aussi surprise qu'ils soient arrivés si loin.

— Où sont passés tous les autres ? cria-t-elle dans le vent. On était censés rester groupés.

Benjamin scruta l'horizon. Où étaient passés les hors-bords d'encadrement qui ne les avaient pas quittés jusque-là ? Ils étaient deux pour dix voiliers. Ça semblait beaucoup quand il faisait beau, mais à présent, il aurait donné cher pour qu'ils aient été plus nombreux.

— Je ne sais pas, dit-il.

Le vent était mordant. Il avait froid aux jambes et n'avait pas pris de pull.

Clara poussa soudain un cri :

— Attention !

Une grosse vague déferlait, surgie de nulle part.

Elle se brisa avec fracas sur le flanc du voilier, un choc si violent que Benjamin faillit perdre l'équilibre. Des trois enfants, c'est Clara qui reçut le plus gros de la vague. Ruisselante, elle essaya de s'essuyer le visage du revers de la main.

— Merde, merde, merde ! cracha-t-elle en s'ébrouant en vain.

Elle dégoulinait de la tête aux pieds.

— Qu'est-ce qu'on fait maintenant ? Je suis trempée.

Benjamin essaya de cacher sa peur.

Clara aurait dû savoir, c'était son genre. Il n'y avait en revanche pas beaucoup d'aide à espérer du côté de Stina, qui les regardait d'un air inquiet en se rongeant l'ongle du pouce.

— On ne va pas bientôt rentrer ? demanda-t-elle. Il y a tellement de vent.

Elle jeta un regard angoissé à Clara.

— Et si on se retourne et qu'on n'arrive pas à se redresser ?

Le ciel commençait à prendre une couleur de plomb. Les crêtes des vagues crépitaient tout autour du bateau.

— On n'a pas le droit de rentrer sans autorisation, dit Benjamin.

Isak avait interdit de faire demi-tour tout seul, ça pouvait être dangereux.

Benjamin tourna la tête en espérant voir surgir un hors-bord d'encadrement. Isak avait promis qu'ils n'avaient pas à s'inquiéter, qu'ils resteraient tout le temps à proximité.

On ne voyait presque plus Lökholmen, l'île se fondait avec ses voisines. Tout était brouillé. Vers l'est, il n'y avait plus qu'une étendue de mer grise. Au briefing, on leur avait dit qu'ils finiraient en Estonie s'ils continuaient à naviguer dans cette direction, il n'y avait plus d'autre île après Sandhamn.

— Je veux rentrer, gémit Stina, au bord des larmes.

Clara serra la mâchoire. Elle semblait si furieuse que Benjamin préféra se taire.

— On fait demi-tour, cria-t-elle. Benjamin, prêt à choquer l'écoute ? Stina ?

Stina hocha la tête et Benjamin se prépara. Il n'osait pas contredire Clara, malgré l'interdiction de rebrousser chemin sans prévenir.

— *Go !* cria Clara dans la bourrasque.

Benjamin lâcha le cordage, et la voile blanche se mit à claquer dans le vent déchaîné. La bôme s'agitait comme la queue d'un tigre furieux.

Soudain, le voilier fut violemment secoué et se mit à gîter dangereusement. Tout alla très vite. Le vent était beaucoup trop fort.

— Borde l'écoute ! hurla Clara.

Le bateau commença à prendre l'eau par bâbord. Benjamin se mit à crier quand il en eut jusqu'aux genoux. Mais Stina se jeta de l'autre côté du voilier qui s'était relevé affreusement et elle pencha la moitié de son torse au-dehors pour rétablir l'équilibre.

— Benjamin, aide-moi ! cria-t-elle. Je n'y arrive pas toute seule !

Benjamin était incapable de bouger. Il la fixait sans que ses bras et ses jambes lui obéissent.

Ce n'est pas en train d'arriver, pensa-t-il en fermant les yeux. *On va couler dès le premier jour.*

— Benjamin ! glapit Stina.

Quelques secondes durant, tout resta suspendu. Le bateau sur le point de couler, le mât déjà couché, la voile trempant dans l'eau. Clara essayait d'enjamber la barre pour venir en aide à Stina.

Une nouvelle vague déferla, Benjamin vit sa crête crépitante d'écume.

Puis tout se calma.

Sans comprendre, Benjamin vit la bôme se rabattre vers l'autre bord et le bateau se redresser de lui-même.

Soudain, l'horizon fut à nouveau droit.

Il parvint à saisir l'écoute principale et tira dessus de toutes ses forces malgré ses doigts mouillés qui glissaient sur le bout. La voile répondit. Elle se gonfla de vent et le bateau prit de la vitesse dans son nouveau cap. Ils repartirent vers Lökholmen comme s'il ne s'était rien passé.

Benjamin se laissa glisser au fond du cockpit dans dix centimètres d'eau. Il était trempé de la tête aux pieds, tous ses muscles lui faisaient mal et il avait une grosse écorchure au genou. Le sang formait dans l'eau des cercles rouge pâle qui s'estompaient, bientôt rincés.

Stina pleurait et Clara avait le regard noir.

— Je déteste ce foutu camp ! s'exclama-t-elle.

12

Assis à côté d'Aram Goris, Thomas tripotait une tasse de café. Il était tendu, il le sentait bien. Quand Margit convoquait aussi précipitamment une réunion d'information, c'était rarement pour de bonnes nouvelles. Mais tout le monde était là, la salle était pleine.

Il avait beau ne s'être écoulé que six mois, beaucoup de choses avaient changé pendant l'absence de Thomas. La grande réorganisation de la police au goût du jour avait été mise en branle, beaucoup de ballons d'essai lancés sans que tous soient rattrapés au vol.

Même Margit était stressée, Thomas ne l'avait jamais vue ainsi. Tous les postes de chef étaient suspendus et devaient faire l'objet de nouvelles candidatures, sans tenir compte de l'ancienneté ni des qualifications.

Adrian Karlsson franchit le seuil. C'était la dernière recrue de la section investigation, il était auparavant policier en uniforme et avait participé à plusieurs grosses interventions à Sandhamn.

La porte s'ouvrit à nouveau et Kalle Lidwall vint s'asseoir à côté de Thomas. Avec sa nouvelle barbe fournie, il avait perdu d'un coup son air poupin qui le faisait passer pour un jeune homme malgré ses presque quarante ans.

Margit s'installa en bout de table. À son expression de souffrance, Thomas se dit que sa visite en urgence chez le dentiste n'avait pas l'air d'avoir beaucoup servi.

— Nous avons reçu plus de précisions sur la nouvelle organisation, annonça-t-elle. Il va y avoir d'importants changements dans le district de Nacka. Je me doute que tous ne vont pas susciter vos applaudissements.

Aram posa sa tasse de café et la repoussa un peu.

— Rien n'est encore sûr, continua Margit, mais il semble que la section investigation sera déplacée à Flemingsberg.

Thomas lut le même étonnement que le sien sur le visage de ses collègues.

Karin Ek, la secrétaire de la section, réagit la première :

— On ne va pas pouvoir rester ici ? Tu plaisantes ?

— Selon la nouvelle proposition, le service va être complètement délocalisé. Nacka se réduira à un service de police locale à partir de 2015.

— Ils ne peuvent quand même pas faire ça ! objecta Adrian.

— Hélas, si.

Flemingsberg, songea Thomas. *Sur la commune de Huddinge ?* On avait déjà décidé d'y déplacer l'École de police. Le tribunal de Södertorn, qui s'y trouvait également, était de plus en plus sollicité ces derniers temps. Ça faisait une trotte depuis Nacka.

— Pourquoi faire simple quand on peut faire compliqué ? grommela Aram.

Kalle prenait soigneusement des notes dans son calepin relié de cuir.

— Et qu'en sera-t-il de nos postes ? demanda Adrian en passant la main dans ses cheveux châtains.

Il avait été promu inspecteur sept mois plus tôt. Le principe « dernier entré premier sorti » allait le frapper de plein fouet.

— Trop tôt pour le dire, répondit Margit. Tous les cadres doivent à nouveau poser leur candidature à leur poste, mais je crois, ou plutôt j'espère, que la section sera déménagée telle quelle. J'ai moi-même été relevée de mes fonctions et nommée provisoirement remplaçante sous le nouveau statut N1.

Elle fit la grimace.

— Remplaçante, à mon âge, grogna-t-elle.

Thomas soupira. La police du district de Nacka était une des meilleures unités du pays, avec un très haut taux d'élucidation. Qu'on veuille démanteler une unité qui fonctionnait si bien, cela dépassait l'entendement. En ce qui le concernait, il devrait passer davantage de temps dans les embouteillages matin et soir. Ce serait plus compliqué pour déposer et aller chercher Elin à l'école, en tout cas si Pernilla continuait à travailler à ce rythme.

Il n'avait pas envisagé de tels changements quand il avait demandé à revenir. Ça allait apporter de l'eau au moulin de Pernilla, qui avait vu d'un si mauvais œil qu'il quitte son poste dans la société de sécurité.

— Tant qu'on n'en sait pas davantage, on ne change rien à nos petites habitudes, conclut Margit. Je vous tiens au courant dès que j'ai du nouveau.

13

Nora tendit les bras devant elle et tourna plusieurs fois la tête. Elle avait le dos et les épaules raides après plusieurs heures passées à relire le dossier du procès.

L'inquiétude refusait de la quitter.

Lundi, elle allait se battre pour faire condamner Niklas Winnerman. Mais l'argent n'avait toujours pas été retrouvé, et l'assurance qu'elle avait affichée devant Jonathan était en train de se déliter.

Elle se leva pour aller échanger quelques mots avec Leila Kacim. Elles étaient dans le même couloir, à quelques bureaux de distance. Même si le procès commençait lundi, elle espérait encore que Leila trouverait quelque chose qui puisse expliquer où étaient passés ces dix millions.

La porte était ouverte, Nora entra.

— Tu es occupée ?

Leila était en train de farfouiller dans son sac à main. Elle avait quinze ans de moins que Nora et travaillait à l'ALCF depuis 2012. Elle avait consacré beaucoup de temps à l'instruction du dossier, s'occupant de tout le volet policier de l'enquête.

Elle fit signe à Nora d'entrer, sans cesser ses recherches.

— Il faut que je trouve un tampon.

Elle fit une grimace.

— Mauvais jour.

Une photo du chien de Leila trônait sur son bureau. C'était un newfoundland, un molosse brun de presque soixante-dix kilos. Nora n'avait jamais entendu parler d'aucun petit ami, en revanche Bamse était omniprésent.

Leila reposa son sac avec un soupir de soulagement.

— Excuse-moi deux secondes, dit-elle avant de disparaître, un tampon hygiénique à la main.

Les pensées de Nora revinrent au procès. Il n'était jamais possible de prévoir comment le tribunal allait réagir. Beaucoup de juges considéraient les délits financiers comme rébarbatifs et compliqués. Les catégories criminelles traditionnelles étaient difficiles à appliquer aux transactions modernes, qui n'étaient pas non plus aisées à présenter avec pédagogie dans une salle d'audience.

— Espérons que l'avocat Emilsson n'aura pas de nouvel atout dans sa manche, dit Leila en revenant.

Jacob Emilsson était connu pour frapper dur quand il défendait ses clients. D'un autre côté, la nouvelle présidente du tribunal avait elle aussi une certaine réputation. Barbro Wikingsson était une juriste expérimentée qui ne tolérait aucun numéro de cirque dans sa salle d'audience. Si nécessaire, elle ne se privait pas de remettre à leur place les avocats les plus chevronnés.

Ou les procureurs.

Nora croyait à une condamnation, sans quoi elle n'aurait pas prononcé de mise en examen. Mais elle ne pouvait pas s'empêcher de s'inquiéter. Elle pensait qu'ils auraient retrouvé la trace de l'argent chez Winnerman à l'heure qu'il était.

Ce poste vacant mentionné par Jonathan la hantait.

— Du nouveau des impôts ? demanda-t-elle.

Avec l'aide de l'administration fiscale, ils avaient tenté d'obtenir des renseignements sur le détenteur du compte aux îles Caïmans où les dix millions détournés avaient été transférés. Il existait une convention fiscale entre la Suède et les Caïmans qui aurait dû faciliter ce genre d'échange d'informations. Mais ça s'était éternisé. Les autorités caïmanaises avaient répondu poliment, puis plus rien. Nora n'avait toujours aucune preuve concrète que c'était Niklas Winnerman le véritable titulaire du compte, sans quoi l'affaire serait entendue.

Leila secoua la tête.

— Malheureusement non. Ils insistent, mais ils n'ont aucun moyen contraignant qui puisse accélérer le processus là-bas. Je me suis rappelée à leur bon souvenir pas plus tard que ce matin.

Elle lâcha un petit sourire ironique. Elle n'avait que trente et un ans, mais ne s'en laissait pas conter.

— Mets la pression à Bertil Svensson, s'il a dessaoulé, dit Nora.

Ce n'était pas la première fois qu'elles tombaient sur un homme de paille. Perpétuellement imbibé, Bertil Svensson disait qu'il ne se rappelait aucun détail. Naturellement, il n'avait aucune idée de la raison pour laquelle l'argent avait aussitôt été transféré sur un compte aux Caïmans.

— Tu sais combien de fois Svensson m'a répété que sa mémoire lui jouait des tours ? dit Leila. C'en est presque caricatural.

Nora regarda sa montre. Il était grand temps de quitter le bureau. Jonas et Julia devaient la prendre au métro Slussen pour partir directement à Sandhamn. Inutile de rentrer à Saltsjöbaden pour aussitôt repartir dans la direction opposée.

Jonas devait les accompagner sur l'île, puis revenir en ville samedi pour se rendre à l'aéroport d'Arlanda. Cette perspective continuait à la contrarier.

— Il faut que je file, dit-elle.

Leila la salua de la main et saisit une pomme sur son bureau.

Les épaules toujours raides, Nora se massa la nuque avec deux doigts tout en ouvrant sa boîte mail pour un dernier contrôle avant de baisser le rideau pour le week-end.

En voyant le titre haineux, elle comprit aussitôt.

Elle resta quelques secondes immobile avant de cliquer sur le mail. Même langage que les fois précédentes, sans aucun doute le même expéditeur. De nouveau, la cible était son témoin principal, Christian Dufva.

Quelques lignes, au milieu, la mirent particulièrement mal à l'aise :

> IL MENT, CETTE PAUVRE MERDE. IL MENT SUR TOUT ET ÇA VA MAL SE PASSER POUR TOUS CEUX QUI LE CROIENT. TOI AUSSI !

Elle aurait dû le signaler à la sécurité. Jusqu'à présent, elle s'était contentée d'ouvrir ces mails sans s'en préoccuper, ni même en parler à Leila.

Nora regarda l'heure. Elle était déjà en retard.

Elle s'occuperait de ça lundi, là il fallait qu'elle file.

14

— Vous me rendez fou ! s'écria Isak.

Devant lui, Benjamin se fit tout petit. Il n'osait pas regarder Clara et Stina, à côté de lui.

Isak les avait pris à part au réfectoire. C'était étrange d'être seuls dans ce grand bâtiment d'ordinaire rempli du brouhaha des conversations. Un mince rayon de soleil entrait par la fenêtre la plus proche.

— Ça ne tourne pas rond dans votre tête, ou quoi ? continua Isak. Vous connaissez les règles. On reste groupés, on va tous dans la même direction. Vous n'avez pas écouté mes instructions ?

— On était tellement mouillés, tenta Stina, les lèvres tremblantes comme au moment où le Deux-Couronnes était sur le point de chavirer. Et tous les hors-bords avaient disparu…

— On en a parlé ce matin, la coupa Isak. Personne ne doit partir tout seul de son côté, c'est trop dangereux. Comment vous surveiller si vous faites toutes les bêtises qui vous passent par la tête ?

Benjamin regarda Clara à la dérobée. Il vit qu'elle était furieuse, mais elle ne disait pas un mot.

C'était l'idée de Clara de faire demi-tour. Mais Benjamin n'avait pas l'intention de se défausser.

— Il aurait pu se passer n'importe quoi, continua Isak.

Il enfonça ses mains dans ses poches.

— En plus, les hors-bords n'étaient pas loin du tout. Mais il y avait un autre voilier qui menaçait de se retourner, et cet équipage avait besoin d'aide avant vous. C'est comme ça que ça se passe en mer. Vous devriez être suffisamment grands pour piger ça.

Il s'adoucit un peu.

— Bon, maintenant on oublie tout ça. Mais j'espère que ça vous servira de leçon. Fini les blagues pour le reste de la semaine, compris ?

On voulait juste rentrer, pensa Benjamin.

Clara leva le menton. Elle avait l'air aussi furieuse que dans le bateau.

— C'est compris ? répéta Isak.

15

— On va finir par rater le ferry pour Harö, si on ne se dépêche pas, lança Thomas depuis la chambre.

Il jeta des vêtements de rechange et quelques slips dans un sac. Pernilla était toujours devant son ordinateur ouvert sur la table de la cuisine. Il était cinq heures passées, et il leur faudrait une bonne heure pour gagner Stavsnäs à l'heure de pointe. Le dernier bateau partait à six heures vingt.

— J'arrive ! cria-t-elle. Il faut juste que j'envoie ce mail.

Thomas était parti tôt du commissariat pour récupérer Elin et passer prendre à l'appartement bagages et provisions. Il referma la fermeture éclair de son sac et entra dans la chambre d'Elin.

Comme d'habitude, des poupées Barbie jonchaient toute la pièce, mais Elin jouait par terre avec sa tablette. L'idéal féminin des années cinquante côte à côte avec Internet. Étrange que Barbie soutienne malgré tout la comparaison.

— C'est l'heure de remonter en voiture, ma grande. On doit filer.

Thomas saisit son sac à dos.

— Je m'occupe de ça, pour ne pas que ça se perde.

Il glissa la tablette parmi les vêtements et Elin le suivit en traînant les pieds, sa poupée favorite sous le bras.

— Tous les deux, en tout cas, on y va, lâcha-t-il par la porte de la cuisine.

Pernilla lui lança un regard.

— J'ai presque fini, dit-elle en pianotant sur le clavier. Voilà.

Elle replia l'écran. Puis rangea démonstrativement son ordinateur dans son vaste sac à main et se leva.

— Ce n'était pas si terrible, non ?

Pernilla prit la main d'Elin.

— Maintenant, il faut qu'on se dépêche, pour que papa ne soit pas encore plus grognon.

Thomas soupira. Il détestait qu'elle se serve de leur fille pour communiquer avec lui.

— Laisse Elin en dehors de ça.

— C'est toi qui as commencé.

Thomas ravala une réplique cassante. Il se contenta de prendre les clés de la voiture, les sacs et les provisions, et sortit.

16

Quand Nora arriva dans la véranda vitrée de la villa Brand, Jonas s'était déjà installé dans le vieux fauteuil en osier près de la fenêtre. Il était là depuis aussi longtemps que Nora s'en souvienne. Tante Signe avait l'habitude d'y lire le soir. Quand Nora avait hérité de sa villa, garder son fauteuil chéri avait été une évidence.

Les nuages étaient bordés d'or, les derniers rayons du soleil teintaient le ciel de traînées roses. *Assieds-toi et profite, ma fille.*

— C'est tellement embêtant que tu doives partir en Thaïlande demain, dit Nora en passant les bras autour du cou de Jonas. C'est vraiment impossible de trouver quelqu'un d'autre pour y aller à ta place ?

— Je serai de retour largement à temps, ne t'inquiète pas. J'ai dû patienter une année entière depuis que je t'ai demandée en mariage, alors je n'ai pas du tout l'intention de rater la cérémonie.

Jonas l'attira sur ses genoux. Adossée à l'accoudoir, Nora essaya de se détendre.

— Je dois être un peu nerveuse à l'approche de ce procès, dit-elle après un moment. Jonathan m'a dit que la directrice générale avait demandé des nouvelles de l'affaire.

— Tu vas régler ça brillamment.

— Il a aussi mentionné ce poste vacant de procureur principal adjoint.

Jonas n'avait pas l'air d'entendre. Il fit glisser deux doigts sur son cou et descendit le long du col en V de son pull.

— On devrait peut-être aller se coucher. Pour que je ne te manque pas trop…

Nora secoua la tête.

Elle venait de coucher Julia, et ne voulait pas prendre le risque de la voir débarquer en pleins ébats. Il ne suffisait pas que la lampe soit éteinte pour que leur fille s'endorme.

Et puis le dossier du procès lui tournait toujours dans la tête. Elle ne tenait pas en place, peinait à se concentrer, ses pensées n'avaient pas arrêté de battre la campagne pendant le dîner.

— Je n'arrive pas à ne pas penser à ces millions détournés par Winnerman, dit-elle. Tout serait tellement plus simple si on pouvait les retrouver.

— Tu as vu ce beau coucher de soleil ?

Jonas semblait l'écouter d'une oreille. À la télévision, dans le salon, le présentateur météo annonçait le temps des cinq prochains jours. Les prévisions promettaient du soleil. Pas de pluie sur sa couronne de mariée.

— Cet argent qui s'est envolé…, continua malgré tout Nora. On s'est dit que Winnerman l'avait planqué quelque part en attendant que le procès soit terminé.

Mais en passant en revue sa situation financière, je n'ai pas pu m'empêcher de penser à autre chose.

— Ah oui ?

Le regard de Jonas s'était perdu derrière les îlots Jutkobbarna, où les cieux somptueux se reflétaient à la surface de la mer. Le soleil avait beau avoir disparu, il faisait encore assez clair pour lire un livre dehors. Un parfum de lilas en fleur se glissait par une fenêtre ouverte de la salle à manger.

Nora aurait dû profiter de cette belle soirée, plutôt que de ressasser le cas de cet escroc.

— Winnerman a déjà un important emprunt pour son appartement, reprit-elle. Et je viens de découvrir qu'il avait fait un nouvel emprunt par SMS, avec des intérêts astronomiques.

— Beaucoup le font, sinon il n'y aurait pas tout le temps de la pub pour ça à la télé.

— Imagine qu'il s'agisse d'autre chose. Peut-être qu'on ne trouve pas l'argent parce qu'il l'a déjà dépensé ? Il est peut-être accro au jeu ou quelque chose de ce genre.

Les doigts de Jonas se mirent à glisser sur ses bras nus. Ça la chatouillait un peu au ventre quand il lui passait l'index sur la peau.

Nora se blottit contre lui et huma son after-shave, un doux mélange de pomme verte et d'aiguilles de pin. Ça rappelait la forêt diffuse à l'intérieur de l'île, où elle allait si souvent se promener. Elle adorait les sentiers étroits où le soleil filtrait entre les cimes des arbres.

— Vous ne l'auriez pas découvert au cours de l'enquête préliminaire ? murmura Jonas.

Donc, au moins, il l'écoutait.

— Pas forcément.

Les enquêteurs avaient évoqué cette hypothèse au début, avant d'abandonner l'idée, faute de preuves. Lors de la perquisition chez Winnerman, ils n'avaient rien trouvé qui puisse suggérer une dépendance au jeu. Pas de billets de loterie, pas de reçus des courses de Solvalla. Son ordinateur professionnel avait été saisi, mais rien là non plus. Et aucune trace d'un ordinateur privé. Directement interrogé, Winnerman avait déclaré se contenter de celui de son bureau.

Leila s'était concentrée sur les mouvements bancaires, et avait interrogé toutes les parties concernées. *Follow the money* était le principe roi de l'ALCF.

Les doigts de Jonas glissèrent sur la clavicule de Nora. Son corps répondit, bien qu'épuisé par la semaine.

— Laisse tomber ça, lui souffla-t-il à l'oreille. C'est vendredi, tu sais.

— Maaaamaaan ! fit une petite voix dans l'escalier. Je veux faire pipi !

17

Benjamin ne trouvait pas le repos. S'il avait eu son portable, il aurait joué un moment, comme à la maison. Il aurait tant aimé y être, dans son lit. Nallis lui manquait, l'ours en peluche qu'il serrait toujours avant de s'endormir.

Benjamin imaginait le visage de maman, et les larmes lui brûlaient l'intérieur des paupières. Il n'avait pas appelé à la maison ce soir, il avait trop honte de s'être fait gronder par Isak.

Il faisait sombre dans le dortoir, Benjamin ne voyait pas les garçons dans les autres lits. Ils allaient tous dans la même école. Il était le seul nouveau de la bande.

Après le dîner en commun au réfectoire – le Hangar –, il était resté dans son coin sans que personne vienne lui parler. Il avait fini par aller se coucher dans son duvet bleu marine. Il était le seul à en avoir un. Tous les autres avaient apporté des draps et fait leur lit.

Le garçon au-dessus de lui se mit à ronfler. Il s'appelait Oscar. Il avait à peine salué Benjamin.

Ça grinça en bas d'un des lits superposés. Puis une voix grave chuchota :

— Seb, mec, tu dors ?

Benjamin ne reconnaissait pas la voix, mais elle semblait provenir de la couchette du bas en face de la sienne. C'était là que dormait Samuel, celui qui avait tellement râlé qu'ils mettent tant de temps à préparer le Deux-Couronnes ce matin.

Le père de Samuel était impliqué dans le club de voile, il était apparemment très riche et connaissait le directeur. Samuel s'en était vanté au dîner : son père était quelqu'un d'important, il donnait plein d'argent au club.

Benjamin ouvrit les yeux, mais difficile de distinguer autre chose que de vagues silhouettes dans le noir.

— Seb ? entendit-il à nouveau.

— Quoi ? marmonna une voix endormie au-dessus de Samuel.

— Qu'est-ce que tu penses du débutant ? Celui qui était à la bourre cet après-midi.

— Rien de spécial.

— J'ai entendu dire qu'il avait paniqué aujourd'hui. Apparemment, il s'est mis à chialer alors qu'ils allaient chavirer.

Benjamin se figea. Est-ce que c'était de lui qu'ils parlaient ?

— Chut, et s'il t'entendait ?

Le premier ricana.

— Bah, il dort sûrement. Au fait, tu as vu son gilet de sauvetage ? Il est tout pourri.

Benjamin n'avait guère réfléchi à son gilet de sauvetage d'occasion mais, en arrivant au camp et en voyant les modèles dernier cri qu'avaient les autres, il avait réalisé combien le sien était mal fichu. La plupart avaient des gilets plats qui ressemblaient à des vestes matelassées. En plus, le sien était taché.

Il y eut un moment de silence.

Benjamin avait besoin de se lever pour aller faire pipi, mais il resta immobile. Au cas où les autres seraient encore réveillés.

Il entendit alors à nouveau la voix de Samuel :

— Je parie qu'il a pleuré avant de s'endormir. Putain, l'angoisse.

Benjamin avait la bouche sèche. Même s'il était triste et avait envie de rentrer chez lui, il n'avait pas pleuré, non.

Il tenta de déglutir : impossible.

— Laisse tomber, mec. On peut dormir, maintenant ?

Un grand bâillement.

— Bonne nuit.

Oscar ronfla au-dessus de lui et se retourna. Il y eut un choc sourd quand il heurta le mur.

— Quel boulet !

Il sembla à Benjamin que c'était Samuel – si c'était bien lui – qui avait lâché ça dans le noir.

Puis le silence se refit.

Benjamin n'osait pas respirer, de peur qu'ils découvrent qu'il avait tout écouté.

Ses larmes montaient, mais il serra les dents. Tout plutôt qu'on l'entende pleurer.

18

Isak s'affala sur le canapé en tissu rouge du QG, la salle de réunion des moniteurs. Il était dix heures et demie passées, il venait de faire un tour pour contrôler que tout le monde était bien couché dans le groupe Bleu.

Il était vraiment content d'avoir eu ce job. Comme la plupart des moniteurs, il avait lui-même fréquenté les camps de voile. Ses parents avaient une maison de vacances sur Ingarö, et apprendre la voile était une façon de se fréquenter. Même s'ils étaient sur le pont de sept heures à minuit, il appréciait l'esprit du camp, l'occasion de se faire de nouveaux amis – qui surtout ne savaient pas ce qui lui était arrivé.

Maman et papa avaient été si fiers quand il leur avait annoncé qu'il avait été retenu comme moniteur. Papa, surtout, s'était illuminé. Disparue d'un coup, la moue de déception qu'il montrait si souvent à l'égard de son cadet. Cette moue qu'il avait tout le temps l'an dernier.

David Rutkowski, le directeur du camp, franchit le seuil. David avait deux ans de plus que lui, et était un ami proche du grand frère d'Isak. Son frère avait probablement dit un mot en sa faveur, sans quoi il n'aurait sans doute eu aucune chance.

C'était l'heure du rapport et de la planification de la journée suivante. Comme d'habitude, David tenait son carnet noir à la main. Un élastique retenait les pages pour que les feuilles libres ne s'envolent pas.

La porte se rouvrit, et d'autres moniteurs entrèrent. On commençait à être à l'étroit et il faisait chaud. Le long des murs, les canapés se remplirent rapidement. Maja, une nouvelle monitrice, comme Isak, s'installa à la dernière place vacante, à côté de lui. Elle se débarrassa de ses bottes de voile qui lui montaient jusqu'aux genoux et se massa un pied avec une grimace.

— Une ampoule, expliqua-t-elle en se tournant vers lui. Pas de chaussettes et des bottes neuves. Débile.

Elle avait de belles dents, blanches et régulières. Quand elle souriait, ses yeux évoquaient ceux d'un chat.

— Comment ça s'est passé pour vous aujourd'hui ? demanda-t-il en lorgnant discrètement le balancement de ses seins.

Elle lui rappelait son ancienne petite copine, Tina, qui était partie quand il était tombé malade.

— Putain, ce que ça a soufflé cet après-midi ! D'où il venait ce grain ? Personne ne l'avait annoncé !

Isak hocha la tête.

— Ça a été un peu chaud dans notre groupe, dit-il. Quelques jeunes ont paniqué et un bateau a commencé à rentrer de son propre chef avant qu'on ait le temps de le rattraper. Je leur ai passé un sacré savon.

Maja sourit et rabattit ses mèches blondes derrière l'oreille. Elle semblait si nature. Pas le genre de fille qui passait son temps à se coiffer et à se pomponner.

— Tu t'occupes du groupe Jaune, hein ? demanda-t-il.

Le groupe Jaune travaillait la navigation et le repérage des routes sur les cartes marines. Les enfants devaient avoir déjà une bonne expérience de la voile.

— Oui. On a passé une bonne journée, malgré le temps. On était vers le nord, donc à couvert du gros du vent. Mais ça soufflait bien au retour.

La pièce était à présent bondée, certains s'étaient assis par terre. La porte restait ouverte pour aérer.

David frappa dans ses mains.

— Bon, on commence. Les prévisions de la météo marine semblent bonnes pour demain. Matinée ensoleillée et quelques nuages dans l'après-midi, vent de quatre à six mètres par seconde.

Isak regarda à la dérobée Maja, à moitié couchée sur le canapé, la main sous la joue. Comme si elle l'avait senti, elle tourna la tête vers lui et lui fit un clin d'œil.

Isak songea à aller au sauna quand ils auraient fini. Ça lui ferait du bien de se vider la tête un moment. Le sauna était son endroit favori pour décompresser, la chaleur qui lui pénétrait le corps le calmait toujours. C'était mieux que les médicaments.

Peut-être pourrait-il convaincre Maja de se joindre à lui ?

David passa en revue le planning, les îles où ils se rendraient le jour suivant, et quels animateurs seraient de garde samedi soir.

— Malheureusement, nous n'avons pas encore trouvé de moniteurs remplaçants, mais nous y travaillons.

Deux animateurs ne s'étaient pas présentés pour raisons de santé. Dont Wille, qui devait être responsable des Bleus avec Isak.

Son absence inquiétait Isak, mais il n'en avait rien dit à David. Il ne voulait pas commencer son séjour au camp en montrant un manque de confiance en soi, pas maintenant qu'il était presque guéri et qu'il avait obtenu ce job.

Il y avait une vingtaine de responsables pour soixante-quinze jeunes, et David pensait que Wille allait arriver demain.

Il fallait juste qu'il ne fasse pas de vagues en attendant.

— Dites-vous bien que cette semaine, nous avons des jeunes dans le pire des âges, dit David. Des ados dans la phase la plus pénible de la puberté.

Maja se redressa.

— J'ai trouvé un portable dans le dortoir Sterne, dit-elle. Les filles étaient en train de poster des photos sur Instagram. Elles ne m'ont même pas vue arriver. La propriétaire du téléphone est Lisa Gunnarsson.

Ce nom ne disait rien à Isak. Il n'avait pas encore appris par cœur les soixante-quinze noms, seulement ceux de son groupe.

— Elle ne l'avait pas laissé en arrivant ? demanda quelqu'un.

— Si, mais il semble que ses parents lui aient donné un téléphone de secours, à tout hasard.

Maja fit la grimace.

— Elle a laissé son vieux portable et a gardé le nouveau.

David n'avait pas l'air particulièrement étonné.

— D'autres téléphones pourront sûrement encore faire surface cette semaine, dit-il. Une partie de ces gamins sont pourris gâtés. C'est sans doute la première fois qu'on exige d'eux la moindre chose, comme faire son lit ou débarrasser la table.

Il referma son carnet.

— Gardez bien à l'œil vos jeunes. Pas de blagues cette semaine. Pas de remake de *Sa Majesté des Mouches* pendant le séjour.

19

Un bruit dans le vestibule fit sursauter Niklas dans son lit. Son cœur se mit à tambouriner dans sa poitrine, son front se couvrit aussitôt de sueur.

Il lui fallut quelques secondes pour réaliser que ce devait être l'ascenseur qui montait.

Il devait se ressaisir. Il ne pouvait pas être terrorisé à chaque bruit inattendu. Il fallait qu'il garde son calme.

Son regard chercha son téléphone sur la table de chevet. Le boîtier noir luisait au clair de lune qui entrait par une fente du rideau.

Le dernier SMS était arrivé tard hier soir, à peu près à cette heure-ci.

Il faut payer.

Trois mots qui lui avaient tellement noué l'estomac qu'il avait dû se précipiter aux toilettes pour vomir.

Niklas s'aperçut qu'il serrait la mâchoire à s'en faire mal aux dents. Il ouvrit la bouche et fit quelques mouvements pour relâcher la tension. Tourna la tête dans les deux sens jusqu'à entendre craquer.

Il changea de position dans le lit : il savait le sommeil très loin.

Il repensa à son rendez-vous, un mois plus tôt, quand, aux abois, il était allé trouver cet homme qui se faisait appeler Arturas.

La banque menaçait de saisir son appartement, de le jeter à la rue. Il ne pouvait pas perdre son logement, il savait l'impression que ça ferait au tribunal s'il était sans domicile.

Les intérêts exigés par Arturas étaient usuraires, mais il n'avait pas le choix. Contre tout bon sens, il avait accepté ses conditions. Il devait rembourser sous trente jours, aussitôt le procès passé.

Le prêteur l'avait dévisagé en silence de derrière son bureau, tandis que la sueur coulait dans le cou de Niklas.

Arturas était élégant, en pantalon à pinces et pull en V. De l'écran de son ordinateur portable émanait une lueur bleuâtre. Sur son bureau, la photo d'une femme avec un petit garçon blond dans les bras. Comme chez n'importe quel employé de banque.

Pourtant, Niklas avait eu des frissons en entendant Arturas tambouriner à deux doigts sur la surface lisse de la table.

Va-t'en ! criait une voix dans sa tête.

Arturas avait fait un signe à son homme de main au moment où Niklas pensait déguerpir.

Le sbire, un type imposant qui n'avait jusque-là pas fait un bruit, s'était approché d'un coffre-fort dans un coin de la pièce. Il en avait sorti des liasses de billets comme s'il manipulait des packs de lait.

Principalement des euros et des dollars. Puis il les avait emballés dans un banal sac de supermarché, qu'il avait tendu à Niklas. « Tiens, avait-il dit avec un fort accent, à la différence d'Arturas, qui parlait un suédois presque parfait. Et n'oublie pas d'où ça vient. »

Il allait trouver une issue, s'était promis Niklas, tellement enfoncé dans son fauteuil qu'il devait lever le menton pour pouvoir regarder Arturas dans les yeux. Ça allait s'arranger, d'une façon ou d'une autre. Au pire, il persuaderait sa frangine de vendre la maison d'Ingarö.

Mais rien ne s'était passé comme prévu, et sa dette était à présent plus abyssale que jamais.

Tout comme sa peur.

SAMEDI 14 JUIN

20

David Rutkowski tourna le robinet de la cuisine et se rinça le visage à l'eau glacée. Il ne s'était pas couché avant une heure, et le réveil de son téléphone avait sonné à six heures et demie. Il avait le corps raide et les yeux collés, mais c'était toujours comme ça au début d'un camp.

Wille venait de le prévenir qu'il avait toujours la gastro.

David fit la grimace. Isak étant nouveau, il avait vraiment espéré que Wille serait assez remis pour les rejoindre dans la matinée.

Il se rendit au réfectoire et aperçut Isak à l'une des longues tables où les derniers enfants étaient en train de finir leur petit déjeuner.

Le soleil brillait par la large porte donnant sur l'eau. L'ancien hangar à bateaux peint en rouge transformé en réfectoire était exposé plein ouest. Les parois comme les poutres de la charpente étaient en bois brut. Ici et là, de vieux gilets de sauvetage et des bouées pendaient à de simples clous.

Le visage encore mouillé, David rejoignit Isak, attablé devant une assiette de céréales au fromage blanc.

— Malheureusement, Wille est toujours malade, annonça-t-il. Il ne viendra pas aujourd'hui non plus. Il vient d'envoyer un message.

Il crut voir Isak sourciller, mais il ne dit rien.

— S'il y a quoi que ce soit, tu n'as qu'à me faire signe, reprit-il en posant la main sur l'épaule du jeune homme. Je peux t'aider avec les Bleus en attendant. Wille va sûrement se pointer demain.

Isak se contenta de hocher la tête.

— Au fait, fit David, vous deviez bien aller à Alskär aujourd'hui ?

— C'était l'idée.

— On vient de décider que les Jaunes iraient aussi. Ce serait bien si tu pouvais donner un coup de main pour transporter le pique-nique.

— Pas de problème.

Isak sembla aussitôt ragaillardi. David se doutait que c'était à cause de Maja, il avait bien vu qu'il ne la quittait pas des yeux hier soir.

David tourna les talons et se dirigea vers le ponton où étaient amarrés les autres bateaux : Laser, C55 et Hobie Teddy. Dans son dos, il entendit Isak dire à quelques garçons qui traînaient encore à table :

— Grouillez-vous, les gars. On se retrouve aux bateaux dans dix minutes.

Benjamin et Stina étaient allés chercher les voiles à la remise et les avaient accastillées quand Isak se pointa.

Une brise légère soufflait sur la crique, les roseaux ondulaient dans le vent. Des reflets de soleil miroitaient à la surface de l'eau devant Trollharan.

Ça allait mieux se passer aujourd'hui, se dit Benjamin. Il le fallait.

— Vous n'êtes que deux ? demanda Isak. Où est passée Clara ?

Benjamin regarda autour de lui.

— Aucune idée.

Dès qu'il était arrivé au bateau, il avait commencé l'accastillage. Après le savon de la veille, il n'avait pas envie d'être encore à la traîne.

Stina ne dit rien, elle se contenta de hausser les épaules, mal à l'aise.

— Elle va sûrement arriver, dit Benjamin en continuant de passer l'écoute.

Les autres étaient quasiment tous prêts à partir, plusieurs voiliers flottaient déjà en bas de la rampe en bois. Ils étaient vingt à se partager sept Deux-Couronnes.

Isak se passa la main dans les cheveux.

— Je vais vérifier dans les baraquements. Pendant ce temps, finissez de préparer le bateau.

Benjamin termina l'accastillage avec l'aide de Stina. Allaient-ils essayer de mettre à deux le bateau à la mer, ou attendre que Clara se pointe ? Il regarda sa coéquipière Stina, qui avait l'air indifférente. La coque était lourde, alors il s'assit au bord du ponton, les pieds ballants dans le vide.

Isak revint, l'air soucieux.

— Elle n'y était pas. (Il se tourna vers Stina.) Quand l'as-tu vue pour la dernière fois ?

— À l'appel. Avant le petit déjeuner.

Comme d'habitude, le groupe s'était rassemblé derrière le réfectoire peu avant huit heures. Isak les avait comptés avant de les laisser aller manger.

— Mais tu ne l'as pas vue après ça ?

Stina secoua la tête.

— Benjamin ?

— Non, je ne l'ai pas vue non plus.

Benjamin commençait à se sentir mal. Aurait-il dû faire plus attention, étant donné qu'ils faisaient équipe ? Mais ce n'était quand même pas sa faute si Clara n'était pas à l'heure. Ils n'avaient pas échangé un mot après l'engueulade d'Isak hier soir, juste filé comme des rats chacun de son côté.

Isak donna un coup de sifflet si strident que tout le monde s'arrêta.

— Est-ce que quelqu'un a vu Clara après le petit déjeuner ?

Aucune réponse.

— Allez, quoi !

Isak regarda l'heure à sa montre de plongée.

— Vraiment personne n'a parlé à Clara ce matin ?

Il se tourna vers le Deux-Couronnes le plus proche, déjà à flot. Les trois filles de l'équipage, Lova, Tindra et Sofie, étaient à moitié couchées sur le ponton, gilets de sauvetage attachés.

— Est-ce que vous savez où est passée Clara ?

— Je ne l'ai pas vue, dit Lova en tripotant un cordon de son gilet.

— Tindra ? Sofie ?

Elles secouèrent la tête.

— Ok. Vous allez attendre ici jusqu'à ce qu'on la retrouve. Je reviens vite.

Isak tourna les talons, avant de s'arrêter net.

— Benjamin, viens m'aider. Va voir du côté des toilettes, moi je prends le réfectoire.

Il regarda à nouveau sa montre.

— Les autres, vous attendez ici, pas question que quelqu'un d'autre disparaisse entre-temps.

21

Christian Dufva était assis à la table de la cuisine, le journal du matin déplié devant lui. La fenêtre était ouverte, mais l'air ne circulait presque pas. L'appartement exigu était déjà chaud, avec le soleil de l'après-midi ce serait un vrai sauna.

Rien à faire, il regrettait son ancien appartement, dont Åsa était en ce moment même en train de profiter. Il y avait un grand balcon et plein de fenêtres qui laissaient entrer la fraîcheur.

Christian soupira et revint aux pages économie qui proposaient une grande enquête sur la fraude dans le secteur du bâtiment, avec à l'appui l'avis catégorique d'un expert issu de l'École polytechnique.

Dans toutes les branches, il y avait toujours des donneurs de leçons.

Ninna donnait de la bouillie à Emil, assis sur ses genoux. En agitant ses petites mains, Emil avait déjà sali les longs cheveux blonds de sa mère.

— Ça s'est bien passé avec Benjamin, hier ? s'enquit-elle.

Christian aurait préféré qu'elle consacre toute son attention au bébé. Il avait trop de choses en tête pour le moment, pas vraiment le courage de bavarder.

— Très bien, répondit-il en tournant une page.

— Espérons qu'il se plaira dans ce camp, fit-elle en sauvant sa tasse de café des mains d'Emil.

Christian se culpabilisait perpétuellement à propos de Benjamin. Il savait qu'il aurait dû prendre plus souvent de ses nouvelles, mais la constante agressivité d'Åsa décourageait ses tentatives. Elle n'avait pas voulu entendre parler de garde partagée et il avait fini par renoncer. Désormais, il ne l'avait que quelques week-ends ici et là. De plus, l'appartement de Ninna était si petit, il y avait à peine la place pour un couple et un bébé.

Benjamin avait l'air triste quand Christian l'avait laissé au camp. Mais ce serait bien pour lui de se faire de nouveaux copains. Bien d'avoir de nouvelles stimulations, autre chose que la haine qu'Åsa ressassait à l'égard de son ex-mari. Elle étouffait l'enfant avec sa sollicitude, comme elle l'avait fait durant tout leur mariage, quand tout tournait autour de Benjamin, au détriment de leur couple.

Il lui suffisait de penser à la mine accusatrice d'Åsa quand il était passé chercher son fils pour que le découragement le reprenne sournoisement. « Il ne veut pas aller à ce camp, lui avait-elle craché dans la cage d'escalier, tandis que Benjamin se dirigeait vers l'ascenseur. Il n'y va que pour toi. »

Christian n'avait pas cherché à lui répondre. De toute façon, rien de ce qu'il faisait ou disait ne trouvait grâce à ses yeux. Dès l'instant où elle avait appris l'existence de Ninna, elle n'avait plus songé qu'à lui empoisonner la vie.

Ninna donna la dernière cuillerée de bouillie à Emil et alla prendre un bout de papier absorbant pour lui essuyer la bouche.

— Tu es tellement silencieux, dit-elle derrière son épaule. Tu es inquiet pour le procès ?

Christian marmonna une réponse inaudible.

— Ça doit être super pénible pour toi de devoir témoigner au tribunal contre ton ancien associé. Je ne comprends pas qu'on le laisse en liberté, il devrait être en détention à l'heure qu'il est.

Elle lui tendit Emil.

— Tu peux le prendre un moment, que je puisse déjeuner ?

Elle attrapa une tranche de pain, qu'elle tartina de marmelade avant de poser dessus une tranche de fromage. Elle resserra la ceinture de sa robe de chambre vert clair couverte de taches de nourriture pour bébé, mais Christian vit malgré tout le balancement de sa poitrine généreuse. Quelque chose se réveilla en lui.

— Je ne comprends toujours pas comment Niklas a pu te faire ça, dit Ninna, la bouche pleine. J'espère qu'ils vont l'enfermer pour longtemps.

Le nez contre les cheveux d'Emil, Christian respira son odeur de bébé.

Emil, bien trop petit pour comprendre le mal que les gens pouvaient se faire. La vie était simple, quand elle se réduisait à manger et dormir.

Christian ne voulait pas penser à Niklas pour le moment.

Son ancien associé n'arrêtait pas de chercher à le joindre, sans répit. Il ne restait que deux jours : mardi, il déposerait son témoignage devant le tribunal.

Cette nuit, encore une fois, il avait eu du mal à dormir.

Il tendit la main et la posa sur celle de Ninna. Sans elle, qu'aurait-il fait cette dernière année ? Ses bras avaient été son refuge dans les pires moments de désespoir, quand Åsa le harcelait.

Lorsqu'ils s'étaient rencontrés, elle était DRH d'un des sous-traitants de la société pour laquelle Christian travaillait. Elle portait toujours des robes fendues et faisait attention à ce qu'elle mangeait. Aujourd'hui, elle ne se préoccupait plus de son poids, mais elle était plus belle que jamais.

— On ne peut jamais savoir à qui faire confiance, murmura-t-il, les lèvres contre la tête d'Emil.

22

Isak traversa à petites foulées la pelouse jusqu'au Hangar. L'esplanade, quelques minutes plus tôt remplie d'enfants, était à présent déserte. Un pull bleu avait été oublié par terre, la porte d'une des baraques était restée grande ouverte.

Le réfectoire était vide quand il y glissa la tête, à l'exception d'une des dames de service qui débarrassait le petit déjeuner.

— Est-ce que tu aurais vu une de mes gamines ? cria-t-il pour couvrir le bruit du lave-vaisselle. Clara Rosman, treize ans, groupe Bleu ?

Katja, la cantinière, qui avait un an de plus qu'Isak, secoua la tête.

— Pas ici. Tu as vérifié de l'autre côté ? Elle s'est peut-être trompée de ponton ?

Clara savait très bien que les Deux-Couronnes étaient dans la crique de Skothalarfladen, et non devant le Hangar. Mais dans le doute Isak se précipita de l'autre côté du bâtiment, vers le soleil levant.

Le groupe Jaune était en train de partir. Il vit Maja de dos dans un des hors-bords d'accompagnement qui venait d'appareiller. Plus loin, devant Telegrafholmen, il aperçut les catamarans du groupe Rouge.

Il s'arrêta sur la véranda et se força à passer lentement en revue tout ce qu'il avait sous les yeux. Les vieilles mines sur leur socle blanc, les rochers gris à gauche. Le caillebotis en bois qui longeait le rivage jusqu'à la remise à voiles à seulement quelques mètres de lui.

Pas de Clara.

Son énervement monta d'un cran. Cette gamine gâchait la vie à tout le groupe avec ses lubies. Elle se cachait sûrement quelque part en espérant qu'ils partiraient sans elle.

Était-ce une vengeance puérile pour le remontage de bretelles de la veille ? David avait raison, les filles n'étaient pas faciles à cet âge.

Mais où se cachait-elle donc ?

Isak tourna les talons et se hâta de remonter le sentier forestier vers les toilettes, qui se trouvaient derrière une butte, au-dessus du réfectoire, avec les douches. Il tomba sur Benjamin qui en venait.

— Tu l'as retrouvée ? lança le moniteur.

— Non, il n'y avait personne.

Benjamin le regarda, l'air nerveux.

— Tu as bien regardé partout, ouvert les portes et bien cherché ?

— Il n'y avait personne, promis.

Isak regarda à nouveau sa montre. Dix heures vingt, tous les autres étaient déjà partis.

— Bon, laisse-moi réfléchir.

Allait-il prévenir David qu'une fille de son groupe manquait à l'appel ? Non, elle était forcément dans les environs. Il allait refaire un tour, il la trouverait sûrement. Il n'avait pas vérifié le sauna, elle s'y était peut-être cachée ?

— On cherche encore une fois dans tous les bâtiments, dit-il en s'efforçant de paraître calme pour ne pas inquiéter davantage Benjamin, qui avait déjà l'air terrorisé. Tu prends les baraquements des garçons, moi ceux des filles et le sauna. On part du réfectoire et on fouille tout.

Ils étaient sur une île, Clara ne pouvait pas être bien loin.

23

David était en train d'envoyer un SMS quand Isak entra dans le QG. Il était onze heures vingt.

— On ne la trouve pas, dit-il en essayant de reprendre son souffle. On a cherché partout.

Il avait passé une heure à courir dans tous les sens en appelant Clara, de plus en plus désespéré.

Ses doigts le picotaient comme l'an dernier quand son état s'était dégradé, et son tee-shirt était trempé de sueur. Il parvenait encore à contenir son angoisse, mais il entendait déjà les reproches de son père : il n'était pas à la hauteur pour être moniteur, ils n'auraient jamais dû le laisser partir après ce qui s'était passé…

Depuis une heure, tous ceux qui étaient encore au camp avaient participé aux recherches. Quelques-uns avaient été envoyés à l'auberge de jeunesse et Sofie, Lova et Tindra étaient allées au port interroger les plaisanciers. Benjamin et Stina cherchaient sur Trollharan.

Les moniteurs en mer avaient confirmé que Clara n'était partie avec aucun des autres groupes.

— Reprenons encore une fois, dit David d'un ton sévère qu'il n'avait encore jamais utilisé. Tu as compté les enfants avant le petit déjeuner. Quelle heure était-il alors ?

— C'était un peu avant huit heures.

Les gamins s'étaient rassemblés comme d'habitude sur l'esplanade à l'est du réfectoire, sur les bancs placés en U. C'était un matin tout à fait ordinaire.

— Tu es absolument sûr que Clara était là ?

Isak réagit vivement au ton de David :

— Mais oui, je te l'ai dit. Tu crois que j'invente ? *Calme-toi.*

— J'ai mes gamins à l'œil, ajouta-t-il en se détestant d'avoir l'air de s'excuser.

David lui adressa un regard qui fit battre son cœur de plus belle.

Si seulement il avait tout géré autrement. Il aurait pu échanger quelques mots avec Clara et Stina après l'appel, leur demander si tout allait bien après ce qui s'était passé la veille, ou leur dire quelques mots d'encouragement plutôt que de leur faire des reproches.

Si seulement il avait consacré cinq minutes à Clara au lieu d'aller chercher son petit déjeuner.

Qu'est-ce qui lui avait pris de les engueuler comme ça hier ?

— Comment s'est-elle comportée au moment de l'appel ? demanda David. Est-ce qu'elle était fâchée ? Tu es absolument sûr de l'avoir comptée ?

Isak chercha dans ses souvenirs. Clara était exactement comme d'habitude. Elle ne se distinguait en rien. Il ne se rappelait même pas comment elle était habillée.

Les enfants des autres groupes étaient passés pendant qu'il faisait l'appel. Comme toujours, il y avait quelques retardataires mal réveillés. Il avait recompté plusieurs fois, chaque fois il était arrivé à vingt.

S'était-il trompé ? Non, ils étaient tous là avant d'entrer au réfectoire.

— Elle était là, c'était exactement comme d'habitude.

Il paraissait plus hésitant qu'il n'aurait voulu. Mais la tension se voyait aussi sur le front luisant de David.

— Qu'est-ce que tu vas faire ? demanda Isak.

Midi approchait. Clara avait à présent disparu depuis trois heures et demie.

David tripota son portable. Ses doigts moites laissèrent des traces sur l'écran.

— Il faut appeler la police.

24

Pernilla versa le café dans la thermos et prit le panier à pique-nique sur le plan de travail.

— Et voilà, dit-elle à Thomas en refermant le couvercle en osier sur les sandwichs et brioches. Tout est prêt.

Sa voix avait une douceur inattendue, comme si elle avait décidé que ce serait une bonne journée, après la soirée glaciale de la veille. Ils avaient à peine échangé deux mots durant le trajet en voiture jusqu'à Stavsnäs, et s'étaient endormis en se tournant le dos.

Thomas non plus ne voulait pas de dispute.

Il lui tapota la joue et prit le sac contenant les maillots de bain et les jeux de plage d'Elin. C'était une journée parfaite pour une excursion sur Alskär. Elin adorait cette petite île au nord-est de Sandhamn, avec son beau sable blanc. Sa plage peu profonde était idéale pour partir à gué en exploration vers les rochers en face.

Nora et Jonas devaient les rejoindre avec Julia. Elin n'avait ni frère ni sœur et Julia était une petite dernière : les deux filles étaient devenues très copines depuis un an, elles réclamaient toujours de jouer ensemble.

Thomas descendit jusqu'au ponton mettre les sacs dans le bateau, un Buster plus tout jeune. Il vérifia la jauge de carburant et s'assura que la petite ancre était bien là. Quand on remontait le bateau sur le sable, il y avait toujours un vieux mal embouché pour venir se plaindre qu'on bloquait la plage.

— Thomas ! cria Pernilla par la fenêtre ouverte de la cuisine. Téléphone !

Il se dépêcha de remonter du ponton. Pernilla vint à sa rencontre dans l'entrée, son portable à la main. Il tourna le coin de la maison en voyant que c'était Margit.

— Oui ?

— Est-ce que tu serais sur Harö, par hasard ?

Elle semblait soucieuse.

— Exact.

— Pardon si je te dérange, mais il s'est passé quelque chose à Sandhamn, au camp de voile. Apparemment, une fillette de treize ans a disparu. Tu aurais la possibilité d'y faire un saut, pour en avoir le cœur net ?

— Depuis combien de temps a-t-elle disparu ?

— Quelques heures.

Pour des ados disparus depuis si peu de temps, on ne déclenchait normalement pas d'intervention policière. À moins qu'il existe des menaces ou un contexte particulier. Mais c'était toujours inquiétant quand des jeunes étaient concernés. Surtout si près de l'eau.

Thomas ne put s'empêcher de jeter un œil à Elin qui jouait avec des cailloux au bord de la plage. Elle avait son gilet de sauvetage.

— Est-ce qu'on soupçonne un acte criminel ? demanda-t-il automatiquement.

— Trop tôt pour le dire. La fille a été vue pour la dernière fois ce matin à huit heures, et tout était normal, selon le directeur du camp. Ils l'ont cherchée partout.

Thomas regarda sa montre : presque midi.

Le soleil était haut dans le ciel, un hors-bord passa devant le ponton. Le Buster tangua sur les remous qui roulèrent dans les roseaux.

— Je peux y aller, dit-il. On allait juste partir se baigner. Je ferai un tour au camp après avoir déposé Pernilla et Elin.

— Merci beaucoup. La fille est quand même bien jeune.

— Vous avez alerté le sauvetage en mer ?

— Ils sont au courant. Les parents aussi. On leur a demandé de rester chez eux en surveillant leur téléphone, au cas où leur fille se manifesterait. Malheureusement, elle n'a pas de portable, puisqu'ils ont tous été consignés au début du camp.

Un bref silence.

— Ce n'est pas n'importe quel camp de voile, précisa Margit. La cheffe régionale de la police a appelé. Elle connaît une des huiles qui a envoyé son fils là-bas.

— Je comprends. Je t'appelle dès que j'y suis.

Pernilla s'était approchée de Thomas. Elle tenait un chapeau blanc d'une main et le panier de l'autre.

— On ne devait pas partir pour Alskär ?

— Il faut que je passe à Lökholmen vérifier un truc pour Margit. Mais je vous dépose d'abord, Elin et toi, et je vous rejoindrai.

Pernilla s'assombrit.

— Mais tu es en congé aujourd'hui. Il n'y a vraiment personne d'autre pour s'occuper de ça ?

Tout le printemps, elle n'avait pas arrêté d'envoyer des SMS au dernier moment pour prévenir qu'elle était en retard, ou qu'elle devait s'occuper de quelque chose à la dernière minute. Et malgré tout, il fallait qu'elle lui fasse des reproches.

Thomas soupira.

— Il n'y a pas que toi qui as un boulot à assurer.

25

Il était midi et demi quand Thomas entra dans la crique de Skothalarfladen devant Lökholmen. Il y avait plusieurs places libres au ponton de l'école de voile, où il s'amarra rapidement à un catway en Y avant de débarquer.

Un garçon d'une vingtaine d'années avec des lunettes et des cheveux bruns ondulés arriva à sa rencontre sur le caillebotis entre terre et ponton. Thomas remarqua de loin sa mâchoire crispée et son visage cramoisi. Il tendit la main pour se présenter.

— Thomas Andreasson, de la police de Nacka. C'est au sujet de la fillette disparue.

— David Rutkowski, je suis directeur du camp cette semaine. Merci d'être venu si vite.

Ils se dirigèrent vers les baraquements tandis que David lui résumait la situation et leurs recherches de la matinée.

Soudain un garçon accourut, la casquette à l'envers. Il brandissait un portable et parlait si vite que Thomas avait du mal à comprendre ce qu'il disait.

— Je crois qu'on l'a retrouvée, cria-t-il. La compagnie Waxholm vient d'appeler. Ils ont réussi à joindre un membre d'équipage du ferry du matin ! Ils ont eu à bord une très jeune fille qui correspond au signalement de Clara.

— On parle bien du ferry qui part de Sandhamn ? demanda Thomas.

Le garçon s'empressa de hocher la tête.

— Voici Isak Andrén, précisa David. C'est le moniteur du groupe Bleu, auquel appartient la fille.

Isak était tellement survolté qu'il ne tenait pas en place.

— Elle a raconté qu'elle avait oublié sa carte d'abonnement et qu'elle allait chez sa grand-mère à Stavsnäs. L'équipage a eu pitié d'elle et l'a laissée monter sans payer.

— Les idiots, marmonna David.

— Elle était seule ? glissa Thomas pendant qu'Isak reprenait haleine. Est-ce que les gens de Waxholm ont mentionné un adulte avec elle ?

— Apparemment non.

Thomas ne prit pas la peine de faire remarquer que c'était bon signe. Si la fille était montée à bord contre son gré, elle ne serait sûrement pas allée inventer un baratin sur sa carte oubliée.

— Ils savent où elle est allée ensuite ? demanda Thomas.

— Non. Juste qu'elle est descendue à Stavsnäs.

Les yeux d'Isak se remplirent à nouveau d'inquiétude. Il était évident que ces nouvelles de la compagnie Waxholm lui avaient fait oublier un instant que la fillette était toujours portée disparue.

— Quelle heure pouvait-il être ? demanda Thomas.

David répondit aussitôt :

— Le ferry du matin quitte Sandhamn à huit heures et quart et met environ une heure pour arriver à Stavsnäs.

Quelque chose clochait.

— Comment a-t-elle réussi à se rendre à Sandhamn depuis Lökholmen ? s'étonna Thomas.

— Elle a dû se glisser à bord du bac.

— J'ai fait l'appel à huit heures, dit Isak en se frappant le front. Clara a dû courir tout de suite jusqu'au bac, qui part à huit heures cinq. Elle y est arrivée à un cheveu près.

Et elle a aussi eu le ferry à un cheveu près, songea Thomas.

— La question est de savoir où elle est maintenant, dit-il.

— Vous croyez qu'elle a aussi pu baratiner le chauffeur du bus pour se rendre en ville ? demanda David. Il faut qu'on téléphone à nouveau à ses parents. Elle est peut-être rentrée chez elle à l'heure qu'il est.

Thomas regarda alentour. Autant faire un tour, maintenant qu'il était là, au cas où ce coup de fil ne donnerait rien.

— Pendant ce temps, vous voulez bien me faire visiter ? dit-il à Isak. Où loge-t-elle ?

Le jeune moniteur le conduisit vers un des derniers baraquements. Une bouée au mur indiquait son nom : Eider.

— C'est là, dit-il en ouvrant la porte. Son lit est à bâbord, je veux dire à droite.

Le dortoir, avec ses huit lits, était dans un joyeux désordre. Le sol jonché de vêtements. Des serviettes et des chaussures dépareillées éparpillées dans tous les coins. Thomas se demanda si c'était à ça que ressemblerait la chambre d'Elin d'ici quelques années.

— Vous savez comment peuvent être les ados, lâcha Isak avec un signe de tête.

C'était sans doute censé être une plaisanterie, mais le ton était forcé. Le garçon était d'une pâleur frappante.

Ce n'est qu'un gosse, se rappela Thomas.

— Et vous, comment ça va ? dit-il en posant une main sur son épaule.

Isak semblait au bord des larmes.

— Quand on a perdu un enfant dont on a la responsabilité, on ne se sent pas très bien, murmura-t-il.

Il ôta sa casquette pour la tortiller entre ses mains.

— Je l'ai grondée hier pour un truc qui s'était passé pendant la sortie de voile. Je n'aurais pas dû y aller aussi fort, elle n'aurait peut-être pas fugué…

Sa voix se cassa.

Thomas n'était pas convaincu qu'Isak soit le seul à devoir porter le chapeau.

— Une fille de cet âge devrait quand même comprendre qu'on ne peut pas filer comme ça sans rien dire à personne.

À ce moment David ouvrit la porte à la volée.

— Clara n'a rien, haleta-t-il. Je viens de joindre son père. Elle venait d'arriver.

Thomas était soulagé, mais pas particulièrement surpris. Rien n'indiquait vraiment qu'il ait pu y avoir quelque chose de criminel derrière cette disparition. De fait, ils n'avaient même pas eu le temps de faire une déclaration dans les formes.

— Elle est chez elle ? s'exclama Isak.

— Elle a aussi réussi à prendre le bus, expliqua David. Puis elle a resquillé dans le train de banlieue pour rentrer chez elle. La situation est sous contrôle.

— Ouf, lâcha Isak en se laissant tomber sur un des lits.

Il se prit la tête entre les mains.

— Très bien, dit Thomas en lui donnant une tape sur l'épaule. Alors je m'en vais. Mais quelqu'un devrait dire deux mots à cette fille.

26

Le camp de voile avait été en ébullition toute la matinée. Les moniteurs avaient couru dans tous les sens en criant un prénom, les hors-bords étaient revenus avant de disparaître à nouveau.

Vers l'heure du déjeuner, quelques filles étaient venues jusqu'à son bateau demander s'il avait vu une certaine Clara. Il avait fait non de la tête en s'efforçant de paraître soucieux. Avait marmonné qu'il les préviendrait s'il voyait quelque chose. Puis le trio avait continué : de là où il était, à l'arrière, il les avait vues faire la tournée des bateaux. Deux blondes, la troisième avec des traits asiatiques.

Et voilà qu'elles revenaient sur son ponton. Que voulaient-elles, cette fois ?

Il allait bientôt être une heure, il venait de déjeuner d'une saucisse avec des œufs au plat. Plusieurs bateaux étaient partis, mais d'autres étaient arrivés. Lundi, avec un peu de chance, il se retrouverait comme avant seul dans la crique de Kroksö, la plus reculée du port de plaisance. Avant la Saint-Jean, d'habitude, il n'y avait pas grand monde ici et dans la passe de Trollsund.

La plus grande des filles, celle qui avait surtout parlé la dernière fois, s'arrêta devant son bateau. Ah oui, elle s'appelait Sofie.

— Monsieur ? appela-t-elle. Excusez-nous.

Il plissa les yeux dans sa direction. Sa casquette était bien rabattue, mais il n'avait pas ses lunettes de soleil. C'était bête de les avoir laissées dans l'habitacle, il ne voulait pas qu'on puisse se souvenir de son apparence. Il mit sa main en visière.

— Vous revoilà déjà ? dit-il.

— C'était juste pour vous dire qu'on avait retrouvé Clara, il n'y a plus à s'inquiéter.

Il hocha pensivement la tête, l'air paternel.

— Je suis bien content d'entendre ça. Mais où était-elle passée ?

— Elle est rentrée chez elle sans rien dire à personne. Elle est en ville.

Elle leva les yeux au ciel.

— Elle avait fugué ?

— Oui, répondit la fille asiatique en opinant énergiquement.

Elle avait un short retroussé très court, les ongles vernis en rose vif.

— Il faut qu'on y aille, dit Sofie. On devait juste prévenir tout le monde sur le port. Qu'on sait où elle est, je veux dire.

Elle parut faire une petite révérence avant de tourner les talons. Il trouva irrésistible cette rapide flexion de ses petits genoux tout doux.

— Au revoir. Pardon pour le dérangement.

Il salua de la main le trio et retourna au fond du cockpit. Mais il décida de se prendre une bière fraîche au réfrigérateur. La capsule céda avec un petit bruit de succion et disparut par-dessus bord.

Ça confirmait ce qu'il pensait : ils ne surveillaient pas bien les enfants.

Hier, il était allé se promener dans la forêt et était passé près des maisons rouges. La zone n'était pas clôturée, on y entrait librement. Les portes des baraquements n'étaient pas fermées à clé, plusieurs étaient même grandes ouvertes.

Ça n'avait pas dû être sorcier de s'enfuir de là. Mais que la fille soit arrivée jusqu'en ville l'étonnait, il aurait plutôt cru qu'elle serait allée se cacher quelque part.

Lökholmen était plus vaste qu'on ne croyait, il fallait presque une heure pour faire le tour de l'île, à travers les broussailles et les pins.

Il regarda les filles disparaître sous le soleil éblouissant.

Tant pis, de toute façon elles n'étaient pas à son goût. Trop grandes et adultes dans leurs manières, sans ce regard inexpérimenté qui l'attirait.

Il but une gorgée de bière et réfléchit.

Clara avait donc fugué et était rentrée chez elle par ses propres moyens. Ça avait été la mobilisation générale, il l'avait vu de ses propres yeux. Les flics avaient été appelés, il était presque sûr que le type qui avait accosté à l'heure du déjeuner en était un. Quelque chose dans sa posture. Ils étaient partout pareils.

L'ambiance était à présent morose dans le camp, il le sentait. Les animateurs devaient être épuisés par le stress, abattus d'avoir manqué à leur devoir de vigilance. Un drame qui était retombé comme un soufflé puisque la fugitive s'était pointée en parfaite santé chez elle.

Il but quelques gorgées de bière en profitant de l'amertume qui restait en bouche. Se plut à imaginer ce qui se passerait si un autre enfant disparaissait du camp.

Probablement que la mobilisation ne serait pas aussi importante, et ne donnerait pas lieu à des mesures ni à une intervention de la police aussi rapides.

Ils avaient déjà crié au loup.

C'était une fois de trop.

27

Isak regardait les enfants du groupe Bleu rassemblés sur le quai en bois de la crique de Skothalarfladen. Depuis le départ de la police, il n'avait quitté personne des yeux, veillant sur eux comme un faucon et bondissant dès que l'un d'eux voulait aller aux toilettes. Il les avait déjà comptés à quatre reprises, la bouche sèche chaque fois qu'il arrivait à dix-huit.

Au déjeuner, David l'avait pris à part pour lui proposer de prendre quelques jours de congé. Rentrer chez lui, prendre un peu de recul. Mais Isak avait refusé. Il se sentirait encore plus mal s'il rentrait. L'angoisse reviendrait pour de bon.

Il savait comment papa réagirait. Peut-être ne le laisserait-on même pas revenir quand on saurait ce qui s'était passé.

Et puis Wille était toujours absent.

— Cet après-midi, on va juste rester là, se la jouer soft, dit-il aux gamins, en essayant d'avoir le même entrain que le premier jour.

Il avait encore un poids sur la poitrine et ne pouvait s'empêcher de glisser une main dans sa poche pour s'assurer que le tube de médicaments y était bien. Il le prenait toujours avec lui, par sécurité.

— On peut traverser en bateau le détroit de Korsö, continua-t-il. Puis on retrouvera les autres groupes pour goûter sur la plage de Trouville. Vous connaissez ? C'est la plage de sable la plus célèbre de Sandhamn.

Quelques-uns hochèrent la tête en reconnaissant le nom, mais Isak se demandait ce qu'ils pensaient vraiment. Avaient-ils perdu tout respect pour lui, après ce qui s'était passé ? Quand ils avaient compris que la situation lui avait échappé ?

Clara n'allait pas revenir, et Stina avait été si choquée qu'elle avait elle aussi demandé à rentrer. Ses parents étaient déjà en route.

Benjamin leva la main.

— Avec qui je vais être ?

Isak avait complètement oublié que Benjamin n'avait plus personne dans son équipe de voile.

Samuel et Seb étaient les seuls à ne pas être trois sur leur voilier. Ils étaient en quatrième, dans la même école. Le petit Benjamin, tout timide, n'était pas de leur trempe, c'était évident.

Les gamins de quatorze ans étaient avachis sur le ponton, l'air blasé. Deux gosses qui se la jouaient beaucoup, Isak l'avait vu au premier coup d'œil. Mais c'était peut-être aussi bien qu'ils fassent connaissance. Si ça ne marchait pas, il pourrait toujours changer les groupes demain.

— Tu embarqueras avec Samuel et Seb cet après-midi, dit Isak.

Samuel toisa Benjamin, les yeux mi-clos.

— *Lui*, avec nous, c'est obligé ?

— Il pourrait aller sur un autre bateau, non ? fit Seb.

Benjamin fixait le sol.

Isak ouvrit la bouche pour moucher les deux garçons, mais se souvint de la scène avec Clara et Stina.

Il ne fallait pas y aller trop fort.

Il se frotta le front, à la recherche d'une solution. Les enfants commençaient à s'impatienter. Les filles chuchotaient entre elles, Sofie pouffa.

— Vous savez quoi, dit-il aux deux plus grands, vous allez essayer de vous arranger comme ça aujourd'hui, et on verra ce qu'on fait demain.

Il avait l'air de les supplier, quel nul.

— Je ne veux pas de bêtises en mer, ajouta-t-il. C'est compris ?

Samuel secoua la tête en donnant un coup de coude à Seb.

— Très bien, dit Isak. Maintenant, on prépare les bateaux, si on veut partir un jour.

28

Quand Thomas approcha d'Alskär, il était presque deux heures. De loin, il aperçut Elin et Julia qui jouaient sur la plage avec Nora. Elles avaient bâti un grand château de sable avec de profondes douves. Il entendait leurs rires ravis depuis le Buster.

Plusieurs draps de bain étaient étendus sur le sable, mais il ne voyait pas Pernilla.

Nora aperçut Thomas et fit un signe de la main. Puis elle s'approcha du bord pour guider l'avant du bateau.

— Comment ça s'est passé ? Pernilla a dit que c'était le branle-bas au camp de voile. Une fillette disparue, c'est ça ?

Thomas remonta les jambes de son pantalon et sauta à l'eau pour pousser le bateau. Elle était froide, tout au plus seize degrés. Une température de juin.

— Fausse alerte. La gamine a filé chez elle. Maligne, la filoute, elle a réussi à rentrer en ville sans argent.

— Quel soulagement qu'il ne lui soit rien arrivé.

Les traits soucieux de Nora se lissèrent.

— Difficile d'imaginer pire, soupira-t-elle. Envoyer son enfant au camp et apprendre qu'il a disparu…

Simon devait faire un camp de voile en juillet.

— Pauvres moniteurs, dit Thomas. Ils ont eu le temps de se faire un sacré souci avant d'apprendre que la fillette allait bien.

Il noua son amarre à un arbre. Deux kayaks étaient remontés un peu plus loin, et un petit voilier mouillait à l'ancre. Quelques légers nuages glissaient dans le ciel.

— Où est Pernilla ? demanda Thomas en regardant alentour.

— Elle est allée faire une promenade. Elle va sûrement revenir bientôt.

Nora le regarda à la dérobée.

— Tout va bien entre vous ? Pernilla n'avait pas l'air très en forme.

Thomas balaya un peu de sable collé à l'avant de son bateau.

— Oh, tu sais comment c'est des fois.

Nora le dévisagea.

D'habitude, Thomas pouvait parler de tout avec elle. Mais impossible d'évoquer son couple. Il éprouvait pourtant une envie irrépressible de jouer cartes sur table. De lui confier combien leur quotidien s'était appauvri, qu'il se posait de sérieuses questions sur leur avenir.

Son regard se porta sur Elin, l'enfant qu'ils avaient si longtemps attendue.

— Elle est fâchée que tu aies été forcé de travailler aujourd'hui ? crut deviner Nora.

— Quelque chose comme ça.

Nora lui prit le bras et ils se dirigèrent vers les filles.

— Tu n'es pas le seul. Mon futur mari s'envole pour Bangkok ce soir. Tu viens de le rater.

Elle s'ébroua, un geste qu'il connaissait si bien.

— Il a promis d'être rentré mercredi. Mais le timing est mauvais, j'ai un procès super important de lundi à mercredi, une affaire d'abus de biens sociaux aggravé. Un PDG qui a détourné plusieurs millions de sa société.

Elle donna un coup de pied dans le sable.

— Il a été forcé de remplacer un collègue. Tu connais Jonas, il faut toujours qu'il rende service.

Elle semblait fâchée, mais en nommant Jonas, l'expression de ses yeux s'adoucit.

Thomas sentit une pointe de jalousie. Cela faisait longtemps que Pernilla ne l'avait pas regardé de cette façon.

29

Benjamin était assis sur un banc adossé au Hangar, transformé en discothèque pour la soirée. Des haut-parleurs noirs déversaient de la musique à fond. Sur les tables du réfectoire repoussées sur le côté, des bols de pop-corn et de Curly.

Il appuya sa nuque contre le mur en regrettant de ne pas avoir son portable : au moins, il aurait eu quelque chose à faire. Mais il ne pouvait pas encore regagner le dortoir. S'il partait trop tôt, il y aurait des questions.

Samuel et Seb entrèrent nonchalamment dans la pièce et Benjamin se figea.

L'après-midi avait été un calvaire. Samuel tenait la barre, mais refusait de lui parler. Il préférait passer par Seb pour lui donner des ordres : « Dis-lui de ramener le foc », « Est-ce qu'il a pigé qu'on allait virer de bord ? » Benjamin ne comprenait pas pourquoi il faisait ça. Ce n'était pas comme s'il lui avait fait quelque chose. Ils se connaissaient à peine.

Il savait qu'il aurait dû protester dès que Samuel avait commencé à le chercher, mais il en était incapable : pas là, assis à un mètre seulement l'un de l'autre. Alors il s'était aplati. L'avait fermé, comme un con. Avait fixé l'horizon en comptant les minutes qui les séparaient du retour. En même temps il était conscient que Samuel le méprisait de ne pas oser réagir. Il se méprisait lui-même.

Si seulement il pouvait rentrer à la maison. Mais il n'avait rien dit à maman quand il lui avait parlé au téléphone après le dîner. Elle se serait inquiétée, et de toute façon elle n'y pouvait rien.

Encore cinq jours, et tout serait fini.

Il perçut un mouvement du coin de l'œil : soudain, il vit Samuel et Seb campés face à lui.

Son ventre se serra.

Seb se pencha sur lui. Renifla bruyamment.

— Sérieux, ça pue vraiment le cochon ici. Pas étonnant que Clara n'ait pas supporté de t'avoir dans le bateau. Elle n'en pouvait plus, dit-il en se fourrant une poignée de Curly dans la bouche. Tout le monde le dit.

Une poudre jaune s'était collée à la commissure de ses lèvres, ça lui faisait une bouche de méchant clown.

— Personne ne veut faire de voile avec toi, renchérit Samuel. Pourquoi tu ne rentres pas plutôt chez maman ? Les petites fiottes comme toi n'ont pas leur place ici.

Benjamin essaya de l'ignorer. Il fixait obstinément le haut-parleur le plus proche.

Samuel posa un pied sur la tennis de Benjamin, lui écrasant les orteils. Il était à moins d'un mètre de lui. Son ventre à la hauteur de sa tête.

L'enfant se plaqua contre le mur pour s'écarter, mais Samuel était toujours bien trop près.

La plupart des filles étaient en train de danser. Justin Bieber braillait, les basses faisaient vibrer le sol.

Benjamin espérait qu'un moniteur allait se pointer. Mais ils bavardaient tous sur la véranda, il avait vu un attroupement en arrivant. Isak était avec Maja du groupe Jaune.

Samuel lui frappa l'épaule. Malgré la douleur, Benjamin s'efforça de rester impassible.

Sa gorge se noua. Une idée folle le traversa : *Allez, maintenant je me lève et je lui mets mon poing dans la gueule*.

Mais il resta là, les joues brûlantes.

À cet instant, Isak entra. *Viens par ici*, pensa Benjamin. *S'il te plaît, Isak*.

Comme s'il avait lu dans ses pensées, le moniteur se dirigea vers eux.

— Ça se passe bien ? dit-il en posant le bras sur les épaules de Samuel. Comment ça va, mec ? Tu es déjà allé danser ?

Il désigna de la tête la piste de danse pleine, admiratif.

— En tout cas, les filles ont l'air sur le coup, commenta-t-il en leur adressant un clin d'œil.

— C'est cool, fit Samuel.

On aurait dit deux copains qui bavardaient tranquillement. Benjamin en profita pour filer.

David était assis sur les rochers en face du Hangar. De là on entendait la musique pulser et, en face, on apercevait les pontons de Sandhamn dans la chaude lumière du soir. Des touristes se baladaient sur les promenades de bord de mer.

Fichue journée.

Il venait d'avoir une conversation houleuse avec Björn Ekholm, le directeur du club, qui n'avait pas pris de pincettes. David s'était fait sacrément remonter les bretelles, et le jugement de Björn sur Isak n'était pas tendre. Mais David comptait bien garder pour lui cet aspect des choses. Pas question d'informer Isak de l'opinion d'Ekholm. Pas maintenant qu'il était si secoué par la disparition de Clara.

Le volume sonore augmenta, la musique devint tonitruante dans son dos. David soupira. Il fallait qu'il leur demande de baisser un peu. Certes, ils étaient seuls sur ce côté de l'île, mais il ne fallait pas exagérer.

En se levant, il aperçut Isak sur le ponton, avec Maja. Ils parlaient à l'écart, tout au bout.

Maja était une fille bien, calme et stable. Nouvelle elle aussi, mais avec de bonnes recommandations du camp de voile de Vitsgarn. Peut-être que grâce à elle Isak se sentirait mieux ? David le savait fragile. Par Linus, son frère, il était au courant des circonstances de l'effondrement du jeune homme l'année précédente.

Avait-ce été une erreur de le prendre comme moniteur ?

David ne voulait pas le penser. Mais il était soulagé que Wille arrive demain.

DIMANCHE 15 JUIN

30

Benjamin était certain d'avoir jeté son gilet de sauvetage sous le lit. Mais il ne le retrouvait pàs et il devait se dépêcher de rejoindre les autres. Isak allait à nouveau le gronder s'il n'arrivait pas à l'heure.

Il se coucha sur le ventre pour regarder sous le lit une énième fois. Toujours rien. Il ne fallait pas qu'il soit en retard. Mais il ne pouvait pas non plus se présenter sans gilet de sauvetage.

Le stress faisait tambouriner son cœur.

Je veux rentrer à la maison.

Il se le répétait en boucle tandis qu'il fouillait dans sa valise.

Où était-il donc passé ? Quelqu'un aurait-il pu le mettre au débarras ?

Benjamin se leva. Même s'il n'y trouvait pas son gilet, il pourrait en emprunter un en attendant.

Avec un soupir de soulagement, il se dépêcha de sortir.

Isak était campé sur le quai en bois quand Benjamin accourut.

— Où tu étais passé ? hurla-t-il. Tout le monde t'attend. J'allais partir à ta recherche.

Benjamin n'avait jamais vu Isak aussi en colère, pas même quand il les avait grondés vendredi dernier.

— J'ai compté le groupe plusieurs fois, et personne ne pouvait m'expliquer où tu étais passé !

— Je ne retrouvais plus mon gilet de sauvetage, haleta Benjamin.

— Mais tu sais pourtant qu'il faut garder tes affaires en ordre !

— Pardon. Je ne recommencerai pas.

Isak avait toujours l'air furieux.

Samuel surgit.

— Mais c'est celui de Clara, dit-il en attrapant le gilet que Benjamin s'était procuré et en montrant une étiquette que l'enfant n'avait pas vue dans sa hâte.

Le sang de Benjamin se glaça. On n'avait pas le droit de prendre des trucs au débarras ?

— Tu as pris le gilet de quelqu'un ? demanda Isak. Au lieu de chercher le tien ?

Benjamin était sûr d'avoir entendu un des animateurs dire qu'on pouvait se servir dans le débarras, mais il n'osa pas protester.

— Pardon, murmura-t-il à nouveau. Je ne voulais pas…

Isak se contenta de secouer la tête. Puis il brandit une carte marine.

— Allez, on y va, dit-il en désignant les Deux-Couronnes alignés. On doit aller jusqu'à Harö aujourd'hui, ça va prendre un bon moment.

Benjamin attendait qu'il dise quelque chose sur le changement d'équipage dont il avait parlé hier. Mais il était de si mauvaise humeur qu'il eut peur de le lui rappeler.

Samuel ricana dans le dos d'Isak, ça le décida.

— Pardon, fit-il en tapant sur le dos du moniteur. Je ne devais pas aller sur un autre bateau aujourd'hui ?

Il essayait de parler aussi bas que possible pour que Samuel et Seb ne l'entendent pas.

D'abord, Isak ne parut pas comprendre ce qu'il voulait dire. Puis il répondit, bien trop fort :

— Mais pourquoi ? Ça ne s'est pas bien passé hier avec Samuel et Seb ? Vous aviez l'air de passer un bon moment à la boum.

Il roula sa carte.

— Bon. Tu peux échanger avec Tindra si tu veux, pour naviguer avec Sofie et Lova aujourd'hui. C'est peut-être bien que vous ne formiez pas toujours les mêmes équipages.

Il frappa sur l'épaule de Tindra.

— Pas vrai, les filles ?

Benjamin sentit ses genoux se dérober de soulagement. À ce moment-là, Samuel croisa son regard et fronça le nez avec une grimace de dégoût. *Pouah, ce que tu pues !* Puis il ricana à nouveau.

31

Le soleil du soir avait chauffé la surface lisse du rocher que Benjamin avait trouvé au nord-ouest de l'île. Les vagues s'y brisaient et quelques poussins d'eider y barbotaient sous la surveillance de leur mère. Couché sur le dos, Benjamin fixait le ciel, les mains sous la nuque.

Il avait filé après le dîner. Le cours de théorie était fini pour la journée, tout le monde avait quartier libre jusqu'à l'extinction des feux à dix heures.

Finalement, la journée ne s'était pas si mal passée, se dit-il, tombant de sommeil. Les filles étaient gentilles, Sofie lui avait offert un chewing-gum. Même la voile avait assez bien marché.

Le repas le rendait un peu somnolent : il ferma les yeux, sentant qu'il allait s'assoupir.

Soudain, une ombre lui masqua le soleil. En ouvrant les yeux, il se retrouva nez à nez avec Samuel.

Comment était-il arrivé jusque-là ? Il devait l'avoir suivi depuis le Hangar.

Benjamin se redressa en hâte et découvrit alors Seb de l'autre côté : impossible d'accéder au sentier pour rentrer.

— Qu'est-ce que vous faites là ? dit-il en s'efforçant d'avoir l'air impassible.

— Qu'est-ce que tu fais là ? l'imita Samuel.

— Rien.

— Rien, l'imita à nouveau Samuel.

— Laisse tomber.

— Toi, laisse tomber.

Benjamin tenta de se lever, mais Samuel lui asséna un coup si violent qu'il retomba. Il regarda autour de lui à la recherche de quelqu'un qui puisse l'aider. Mais ils étaient absolument seuls. C'était d'ailleurs pour ça qu'il était venu là, pour être tranquille.

Samuel se rapprocha et Benjamin se traîna à reculons. Le rocher formait un triangle dont Seb bloquait l'issue.

Samuel le poussa à nouveau violemment et Benjamin rampa encore d'un mètre environ, à présent dangereusement près du bord. L'eau était à plusieurs mètres en contrebas. Ici, pas de sable : sous la surface luisante, on n'apercevait que des rochers et des graviers.

Sa bouche tressaillit : d'un instant à l'autre il allait fondre en larmes.

Samuel s'approcha encore, acculant l'enfant.

— Ça sent le putois, ici, dit l'adolescent en flairant en l'air. C'est quoi, ton problème ? Tu prends pas de douches ?

Bien sûr que si, aurait voulu protester Benjamin. *Tous les jours*.

— On veut t'aider, dit Samuel. À rester propre.

Benjamin ne comprenait pas.

— File tes vêtements, ordonna Samuel.

— Hein ?

— File-moi tes vêtements.

Il le frappa à l'épaule, et comme Benjamin n'obéissait pas, il lui donna un coup de pied dans le tibia. La douleur irradia dans tout son corps.

Benjamin ôta maladroitement son tee-shirt et Samuel le lui arracha des mains.

— Le reste aussi.

Benjamin quitta ses chaussures et son pantalon. Le granit était froid sous ses cuisses nues, il serra ses bras autour de son corps.

— N'oublie pas le calbute.

— S'il te plaît, non…

Un coup violent au-dessus de l'oreille lui donna le tournis.

Quand il enleva son caleçon, de la morve lui coulait du nez. Entièrement nu, il ne savait pas comment se cacher.

Samuel souleva le tas de vêtements et le flaira à nouveau.

— Qu'est-ce que ça pue, fit-il en se tournant vers Seb d'un air dégoûté. Tu as déjà senti pire que ça ?

Seb se pinça le nez avec un sourire.

— Putain ! s'exclama Samuel en tenant les habits à bout de bras.

Et, d'un petit coup de poignet, il balança le tout par-dessus bord.

— Dis-moi merci. On dit merci à quelqu'un qui essaie de vous aider.

— Merci, chuchota Benjamin, tétanisé.

Mais quand Samuel se pencha pour ramasser ses tennis, il ne put se contenir.

— S'il te plaît, non ! bégaya-t-il.

— Maintenant, peut-être qu'elles seront propres, ricana Samuel en les jetant aussi à l'eau.

Benjamin regarda fixement ses vêtements qui flottaient. Le tee-shirt était déjà en train de s'éloigner. Les chaussures coulaient.

— Mate ça, Seb, lança Samuel. Ce mec est obligé de laver ses vêtements dans la mer. Quel putain de loser !

Seb pouffa.

— Il va falloir te foutre à l'eau si tu veux les récupérer, sourit Samuel. Comme ça au moins, tu chlingueras moins.

32

Thomas venait d'éteindre sa lampe de chevet quand le téléphone de Pernilla bipa à côté du lit.

— Tu ne l'as pas coupé ? grogna-t-il dans le noir sans se retourner.

Comme d'habitude, il n'avait mis qu'une minute à s'assoupir.

— Pardon, dit Pernilla en allumant. Il faut juste que je vérifie un truc.

Couché sur le flanc, Thomas l'entendit se redresser pour lire le message.

— Dis, il s'est passé un truc au boulot. Il va falloir que je file à Copenhague mardi prochain. Ça peut prendre plusieurs jours.

— Il faut que tu décides ça maintenant ? fit-il, encore à moitié endormi. Ça ne peut pas attendre demain ?

— Arrête d'être grognon.

Thomas n'avait ni l'envie ni le courage de discuter.

— On ne peut pas dormir ? marmonna-t-il en redressant son oreiller.

— Tout de suite.

Elle se glissa hors du lit et Thomas l'entendit chercher sa serviette dans l'entrée. Quelques secondes plus tard, elle revint au lit. À en juger par son remue-ménage, elle installait son ordinateur sur ses genoux.

Nouveau *ding*, cette fois de l'ordinateur. Puis le portable rebipa.

— Mais quoi, franchement, grommela Thomas.

Il se tourna pour voir ce qui se passait. Le sommeil était en train de lui échapper.

— Qu'est-ce que tu fabriques ?

— Pardon, je vais couper le son. Il faut juste que je lise quelques mails avant d'éteindre. Dors, toi.

Elle lui parlait comme elle faisait avec Elin. D'habitude, cela ne gênait pas Thomas que Pernilla travaille au lit mais cette fois, l'énervement prit le dessus :

— Je voudrais éteindre, en fait. Figure-toi que j'ai un boulot qui m'attend demain. Je dois me lever avant six heures.

— Tu es obligé de te fâcher ?

— Je ne suis pas fâché.

— Mais enfin, Thomas, ce n'est quand même pas la fin du monde !

On aurait dit que c'était lui qui exagérait, pas elle. Un comble.

— Je dois juste lire mes mails, écrire une ou deux réponses rapides. Ça ne va pas prendre longtemps.

Combien de fois avait-il entendu ce refrain ?

Après son détour à Lökholmen, elle avait boudé le reste de la journée. Thomas avait dû faire attention à ce qu'il disait. Mais là, bon sang, ça allait bien.

Lunettes sur le nez, Pernilla était plongée dans la lecture d'un mail.

C'en était trop.

— Si tu dois travailler, tu devrais aller t'installer dans le séjour, ou à la cuisine, dit-il. Ici, c'est une chambre, pas un bureau.

Pernilla n'eut aucune réaction. Mais au bout de quelques secondes, elle referma l'écran de son ordinateur et enfila son peignoir. La porte de la chambre se referma en claquant.

Thomas s'étira pour éteindre. Puis il rabattit la couette sur sa tête, bien décidé à se rendormir, alors qu'il était maintenant complètement éveillé.

Ninna dormait profondément, tout comme le petit Emil dans son lit de bébé devant la fenêtre. Christian Dufva fixait l'obscurité, les yeux brûlants.

Niklas avait encore appelé et, comme d'habitude, il avait refusé l'appel. Mais son pouls s'emballait à chaque fois : il lui suffisait de voir le numéro de Niklas s'afficher pour se mettre à stresser.

Jadis, ils avaient été si bons amis, tous les deux.

Les premières années, ils étaient collègues dans une des plus grosses entreprises suédoises de bâtiment. Ils s'étaient appréciés d'emblée, avaient bien travaillé ensemble et collaboré à plusieurs importants chantiers. Peu à peu, ils avaient commencé à parler de se lancer ensemble dans un projet à eux. Ils avaient baptisé leur entreprise Byggallians AB, clin d'œil à ce qu'ils étaient l'un pour l'autre : des alliés. Aujourd'hui et pour toujours.

Ninna ronfla.

Comme il lui enviait sa capacité à s'endormir immédiatement. Il se tournait et se retournait depuis plusieurs heures, connaissait par cœur le moindre pli des draps. Il faisait beaucoup trop chaud dans la chambre, mais il ne voulait pas risquer de réveiller Emil en ouvrant la fenêtre, son lit était juste dessous.

Ses pensées continuaient à tourner en vrille.

Leur premier bureau à Stockholm se limitait à une pièce, avec deux bureaux face à face. Mais ça avait été une période faste : l'ambiance était excellente, ils avaient de l'énergie à revendre et riaient beaucoup. Ils se fréquentaient en famille, leurs épouses s'entendaient bien. Benjamin aimait jouer avec les fils de Niklas, même si Albert et Natan étaient un peu plus âgés.

Christian ferma les yeux.

Ils avaient été de bons associés. De bons amis, presque des frères. Puis tout avait viré à la catastrophe.

33

Nora savait qu'il lui fallait dormir en vue du procès du lendemain, mais elle renonça quand il fut minuit passé. Elle alluma sa lampe de chevet et attrapa son ordinateur.

Quand Jonas était là, elle évitait de travailler au lit, mais ce soir elle était seule. Elle s'était contentée de replier le couvre-lit de son côté, sans l'ôter.

Comme elle ne s'était pas connectée de tout le week-end, elle alla directement relever ses mails. Son regard fut aussitôt attiré par un titre menaçant. De plus en plus mal à l'aise, elle ne put s'empêcher de cliquer sur le message.

Les mots en majuscules lui sautèrent au visage :

SALE PUTE ! TU BRÛLERAS EN ENFER SI TU CROIS CHRISTIAN DUFVA ! IL MENT POUR SAUVER SA PEAU ! IL MENT SUR TOUT !!! COMMENT PEUX-TU TE FIER À SON TÉMOIGNAGE ?!?
TU LE PAIERAS, COMME LUI...

Nora frissonna. Elle fixa les lignes du texte, cligna des yeux.

Si Jonas avait été à la maison, il l'aurait rassurée, aurait balayé ces bêtises d'un revers de la main. Là, elle avait l'impression que ces éclats de haine s'immisçaient sous sa peau. C'était la première fois qu'elle recevait des menaces si brutales contre sa propre personne depuis qu'elle était procureure.

Son ventre se noua. Cette nuit, elle était seule avec Julia dans l'appartement. Adam et Simon passaient le week-end chez Henrik, ils ne revenaient que demain.

Nora ne put s'empêcher de lorgner vers la fenêtre de la chambre, dont le store était à moitié descendu. Ils habitaient au troisième étage, personne ne pouvait les voir. Pourtant, elle alla tirer le store jusqu'en bas, en s'assurant qu'aucun interstice ne laissait passer les regards.

Les menaces contre les procureurs n'étaient pas inhabituelles : plus d'un sur trois en avait déjà reçu. Voilà quelques années, une procureure avait retrouvé sa porte d'entrée explosée après avoir mis en examen plusieurs membres d'une ligue de motards. Mais les délits financiers ne suscitaient pas de tels agissements, plus communs lors de mises en examen pour violences ou trafic de drogue.

La logique de Nora se noyait tandis que son pouls s'emballait. Elle se cramponnait à son ordinateur, aurait voulu déglutir, mais n'arrivait pas à produire assez de salive.

La porte de l'appartement était bien fermée, elle avait vérifié avant d'aller se coucher. Mais la porte de bois clair n'était pas équipée de chaîne, elle ne résisterait pas à un ou deux bons coups de pied.

À un raclement au niveau de la fenêtre, Nora se figea et tenta de voir si quelqu'un la guettait de dehors, malgré le store tiré. Elle se dépêcha de refermer l'ordinateur et d'éteindre sa lampe pour faire le noir complet dans la chambre. Puis elle attendit sans bouger.

Un craquement dans l'appartement la fit sursauter, mais elle comprit bientôt que ça ne venait que du réfrigérateur. Elle resta aux aguets de longues secondes. Sa gorge se serra encore davantage, tandis qu'elle essayait de retenir son souffle.

Julia. Elle était seule dans sa chambre.

Nora sortit du lit et se glissa jusqu'à la porte fermée de la chambre d'enfant, qu'elle ouvrit le plus silencieusement possible.

La fillette dormait profondément, le front en sueur, la couette baissée. Tout semblait paisible, mais Nora alla descendre le store jusqu'en bas.

Elle resta près de la fenêtre, se plaqua contre le mur pour ne pas se montrer et tendit l'oreille, à l'écoute de bruits insolites.

Elle avait la chair de poule.

Julia ne bougeait pas.

Le faible raclement retentit à nouveau. Puis tout redevint silencieux.

34

Benjamin s'était couché avant Samuel et Seb, en remontant son duvet sur sa tête pour ne pas qu'on le voie. Quand Isak était passé leur dire bonne nuit, il avait fait semblant de dormir, même s'il n'osait pas se détendre avant que les autres se soient endormis.

Il devait s'être assoupi d'une façon ou d'une autre car, quand il rouvrit les yeux, il faisait nuit noire. On n'entendait que les légers ronflements de la couchette du dessus, où Oscar était étendu sur le dos.

Les pensées moulinaient dans sa tête. Pourquoi Samuel le traitait comme ça ? Benjamin ne lui avait rien fait. Rien dit de méchant, rien pris. La seule chose qu'il pouvait se reprocher, c'était l'emprunt du gilet de sauvetage. Mais il était dans le débarras et il n'avait jamais eu l'intention de le voler, juste de l'utiliser pendant quelques heures. De toute façon, Clara n'était plus là.

Il étouffa un sanglot.

Il avait réussi à repêcher ses vêtements en se laissant glisser au bas de la pente jusque dans l'eau froide. Une de ses chaussures avait disparu. Il avait eu beau plonger, elle restait introuvable. Il avait fini par enfiler son tee-shirt et son jean trempés avant de courir pieds nus jusqu'au camp.

Une des monitrices l'avait aperçu avant qu'il n'ait le temps de regagner son dortoir. « Tu es tombé à l'eau ? lui avait-elle demandé avec un sourire. Fais plus attention à l'avenir. »

Benjamin ne lui avait pas dit la vérité.

Lui aussi voulait s'enfuir, comme Clara. Mais que dirait papa ? Lui qui trouvait qu'il n'y avait rien de mieux qu'un camp de voile. Et maman serait triste pour lui.

Samuel renifla dans son sommeil, et Benjamin retint son souffle.

Oserait-il parler à Isak ?

Non, impossible, Isak était déjà fâché contre lui. Depuis la fugue de Clara, il avait changé, il se mettait en colère pour un rien. Benjamin se rappelait comme il l'avait grondé pour quelques minutes de retard.

Isak ne prendrait pas son parti.

Benjamin lorgna vers le lit de Samuel.

Parler à un adulte n'était pas une bonne idée. Si Samuel apprenait qu'il avait cafté, ce serait encore pire.

35

Minuit était passé depuis longtemps quand Niklas Winnerman chercha à tâtons la serrure du porche. Après dix heures du soir, le code cessait de fonctionner et il fallait une clé pour entrer.

Il n'aurait pas dû boire autant, se reprocha-t-il en se rappelant toutes les fois où il avait pensé la même chose. Son procès allait commencer dans quelques heures à peine, il faudrait qu'il ait les idées claires. Ça ne se faisait pas d'arriver au tribunal avec la gueule de bois.

Mais le poids qui lui oppressait la poitrine s'était allégé dès qu'il avait franchi le seuil du pub. Le brouhaha et la musique lui avaient calmé les nerfs. Après quelques verres, il avait presque pu se détendre et oublier ce qui l'attendait le lendemain matin au tribunal. Le seul fait de se trouver parmi des gens qui ne connaissaient pas son histoire rendait tout plus facile.

La serrure était comme grippée. En tentant de la forcer, il lâcha sa clé. Elle tinta en tombant par terre.

Niklas se pencha. Où était-elle passée ? Difficile de voir dans le noir, la lampe du porche semblait à nouveau grillée.

— Flemmard de concierge ! marmonna-t-il en cherchant du bout des doigts.

Ce n'était quand même pas si dur que ça de changer une ampoule !

Des pas vifs derrière lui. Puis un coup violent dans les côtes. Tout se passa si rapidement qu'il n'eut pas le temps de réagir. Il perdit l'équilibre et tomba sans pouvoir se retenir. Son menton heurta le sol, ses lunettes volèrent.

— Qu'est-ce qui te prend, imbécile ? lâcha-t-il, en se mettant à quatre pattes. Ça va pas la tête ?

Il n'avait vu personne en gagnant le porche, d'où sortait donc ce malade ?

Un nouveau coup de pied dans le flanc lui arracha un gémissement. Un autre coup, plus fort encore. Niklas se recroquevilla pour protéger son ventre de ses bras. Le dernier coup l'avait atteint en pleines côtes. Le suivant produisit un craquement dans son thorax, et ses poumons se vidèrent.

Niklas gémit. Il s'arc-bouta en attendant le coup suivant. Sa respiration reprit lentement. L'oxygène parvint à ses poumons, même s'il était transpercé de douleur chaque fois que sa poitrine se soulevait.

Il devinait l'autre dans la pénombre.

Ne me tue pas, supplia-t-il, en sentant le vent froid de la nuit sur sa nuque.

Un nouveau coup de pied toucha ses reins et engourdit tout son système nerveux comme de l'eau glacée. Puis la douleur explosa.

— Stop, pitié, lâcha-t-il, pantelant. Je n'ai rien fait.

Le silence qui suivit décupla sa peur.

— Qu'est-ce que vous voulez ? tenta-t-il. Prenez mon portable, mon portefeuille aussi. Mais arrêtez !

Et là, au moins, on lui répondit. Si près de son oreille qu'il sentit l'haleine chaude de son agresseur contre son lobe.

— Où est notre argent ? lui chuchota une voix rauque.

Niklas Winnerman reconnut immédiatement l'accent qui lui avait donné des frissons la première fois qu'il l'avait entendu.

L'homme de main d'Arturas.

Lentement, il prit conscience du sol froid sous son corps, du gravier qui écorchait sa peau nue là où sa chemise était remontée. Son cœur s'emballait, son corps palpitait, comme si chaque pulsation était la dernière.

Il déglutit encore et encore en cherchant les mots justes qui le délivreraient du sbire lituanien.

— Je vais tout vous rembourser, c'est promis, parvint-il à lâcher en y croyant lui-même. Je le jure sur tout ce que vous voudrez. Dites à votre chef que vous aurez tout cette semaine.

— Tu as trois jours. Au plus tard mercredi.

— Je vous en prie…, haleta Niklas. Vous récupérerez tout, avec les intérêts. Mais ne me frappez plus…

Une seconde, il crut que l'homme allait le laisser tranquille.

Le dernier coup de pied fut si violent qu'il partit en arrière et se heurta l'arrière de la tête contre l'escalier. Une pluie d'étoiles scintilla devant ses yeux, puis tout fut noir.

LUNDI 16 JUIN

36

L'adrénaline compensait le manque de sommeil, mais Nora était encore secouée quand elle franchit les contrôles de sécurité du tribunal.

Le mail de menace avait beau paraître beaucoup moins inquiétant à la lumière du jour, elle y avait regardé à deux fois avant de sortir de chez elle. Elle n'arrêtait pas de penser à ce raclement devant sa fenêtre et avait embrassé Julia un peu plus fort en la déposant à la maternelle.

Nora s'arrêta devant l'écran d'affichage pour trouver la salle d'audience. Sa serviette pesait lourd, elle se demandait pourtant si elle n'avait rien oublié.

Une voix impersonnelle retentit dans les haut-parleurs :

— Procès du ministère public contre Niklas Winnerman et Bertil Svensson. L'audience principale va commencer. Les parties et leurs représentants sont priés de se présenter salle 5.

Nora gravit les marches. Les inculpés et leurs avocats attendaient déjà devant la porte.

Niklas Winnerman semblait s'être battu. Il avait un pansement sur une arcade sourcilière et une écorchure au menton. Il se tenait les côtes et grimaçait en se déplaçant.

À côté, son avocat Jacob Emilsson semblait encore davantage tiré à quatre épingles dans son costume trois pièces.

À l'intérieur, sur l'estrade, siégeait la juge, la conseillère Barbro Wikingsson. La raie des cheveux sombres qui lui tombaient jusqu'aux épaules lançait des reflets argentés.

D'un côté, elle avait le greffier Dennis Grönstedt et une jurée, Annika Sandberg, une femme corpulente à la coiffure abondamment laquée. Les autres jurés, un sexagénaire aux cheveux rares et un homme à la peau sombre dans la force de l'âge, étaient assis de l'autre côté.

Ils se trouvaient dans une des plus anciennes salles du tribunal, grande hauteur sous plafond et lambris sombres.

Nora prit place à gauche de l'estrade. La présidente Wikingsson prononça quelques mots d'accueil et s'acquitta des formalités. Puis elle adressa un signe de tête à Nora.

— Je passe donc la parole à la procureure Linde pour exposer plus en détail les chefs d'accusation.

Nora avait beau exercer la fonction de procureure depuis cinq ans, son pouls s'accéléra quand toute l'attention se focalisa sur elle. Elle s'accorda quelques secondes de silence tandis qu'elle promenait son regard sur la salle, en s'arrêtant tout particulièrement sur Niklas Winnerman.

— Je demande que Niklas Winnerman soit condamné pour abus de biens sociaux aggravé et Bertil Svensson pour complicité d'abus de biens sociaux aggravé. J'affirme que Niklas Winnerman a abusé de sa position de confiance en tant que PDG de l'entreprise Byggallians AB et par là causé un grave dommage à cette société. Bertil Svensson l'y a aidé.

Elle laissa ses paroles porter en regardant les jurés à la dérobée. Annika Sandberg et les deux hommes étaient penchés en avant. Bien. Deux alliances polies brillèrent quand Annika appuya son menton sur sa main.

— Niklas Winnerman a fait verser par la société par actions Byggallians une somme de dix millions de couronnes à la société par actions Druvan en paiement d'un droit à construire sans valeur. Les fonds, à peine reçus par Druvan, ont été transférés vers une banque des îles Caïmans, un paradis fiscal, par l'intermédiaire de Bertil Svensson. Christian Dufva, l'ancien associé de Niklas Winnerman, témoignera de la façon dont ce dernier a agi dans le dos de son partenaire, en abusant sciemment de sa position de confiance.

Winnerman, qui était jusqu'alors resté les yeux baissés, sursauta au nom de Dufva.

— Niklas Winnerman comptait que son escroquerie passerait pour une mauvaise affaire, mais elle a conduit son entreprise à la ruine. Le méticuleux administrateur de la faillite a alors découvert que l'insolvabilité de Byggallians avait été causée par un PDG sans scrupules estimant que l'argent de la société lui appartenait en propre.

— Nous allons peut-être garder le plaidoyer pour plus tard, madame la procureure ? lâcha sèchement Barbro Wikingsson.

Nora savait qu'elle y était allée un peu fort, mais le message semblait avoir porté. Annika Sandberg faisait une mine de désapprobation et le juré dans la force de l'âge, Martin Nbeke, secouait la tête.

Du coin de l'œil, Nora vit Jacob Emilsson poser une main rassurante sur l'avant-bras de son client.

Elle se tourna à nouveau vers la cour.

— Au cours des prochains jours, je vais montrer comment Niklas Winnerman a créé une société dont la seule finalité était d'extorquer des fonds à son entreprise. Il a trompé ses collaborateurs, il a trompé son associé et il s'est servi de Bertil Svensson pour masquer son escroquerie.

Barbro Wikingsson fronçait les sourcils. Nora devait faire attention pour ne pas risquer un nouveau rappel à l'ordre. Mais elle avait décidé d'utiliser tout de suite des mots frappants et de répéter aussi souvent que possible la somme escroquée, dix millions.

Ce montant ferait réagir les jurés, elle le savait.

Devait-elle mentionner le fait que cet argent n'avait toujours pas été retrouvé ? Parfois, c'était un avantage de parler soi-même d'une faiblesse avant que l'avocat de la défense ne s'en charge. Mais pourquoi réveiller un ours qui dort ?

Nora décida d'attendre.

— Niklas Winnerman a dérobé à l'État ainsi qu'à sa propre entreprise la somme de dix millions de couronnes, conclut-elle. Il mérite pour cela une peine de prison significative.

Niklas Winnerman s'était redressé sur son siège. Raide, les yeux injectés de sang, il dévisageait Nora.

— Merci, madame la procureure, dit la juge Wikingsson. La parole est donc à l'avocat de la défense Emilsson.

37

Thomas s'installa à son bureau et alluma son ordinateur pour rédiger ses rapports de la matinée. Il avait bu plusieurs tasses de café, mais se sentait toujours aussi mou et déconcentré. Malgré la fenêtre entrebâillée, l'air était étouffant.

Il avait beaucoup trop tardé à s'endormir, longtemps après que Pernilla fut revenue se glisser à son côté. Ils ne s'étaient pas reparlé, elle n'avait pas bougé quand il s'était levé.

Il y avait beaucoup de non-dits entre eux, mais Thomas ne savait pas comment les aborder. Peut-être que tout allait se tasser quand la pression diminuerait au travail de Pernilla. Elle disait souvent que ça ne tarderait pas à aller mieux, même si rien n'en donnait l'impression.

Après la réunion du matin, Thomas avait recueilli la déposition d'un jeune de dix-neuf ans qui s'était fait agresser devant un bar. Sorti fumer devant l'entrée, il avait reçu « une beigne », selon son expression. Le coup était si violent qu'il était tombé et s'était cassé une côte. Sa mâchoire était restée enflée une semaine.

« C'était sans aucune raison, assurait-il. Je n'avais jamais vu ce type. »

Ce n'était pas la première fois que Thomas entendait ce genre d'histoire, mais cette fois il y avait des témoins. Deux filles qui avaient vu le trentenaire ivre porter le coup sans prévenir. Le garçon de dix-neuf ans avait répondu aux questions de Thomas avec sérieux, mais pâle et nerveux dès le premier instant. Ses cheveux filasse auraient eu besoin d'un shampoing et ses yeux luisaient de malaise. Il n'osait plus retourner au bar où il avait été frappé, et disait avoir peur de sortir le soir dans la rue.

Thomas prévoyait une mise en examen pour violences simples. Comme l'agresseur n'avait jamais été condamné, la peine prononcée devrait être conditionnelle. Sans doute assortie d'une compensation de sept ou huit mille couronnes, l'amende standard pour ce type de dommage. Pas sûr que l'argent apaise les cauchemars de la victime. Ni qu'il se sente aussi en sécurité qu'avant son agression.

— Tu es occupé ?

Aram était sur le seuil de son bureau, un gobelet de café à la main. Thomas accueillit avec reconnaissance cette occasion de se changer les idées.

— Entre, fit-il en lui indiquant un siège. Je finirai ça plus tard.

— Week-end difficile ? demanda Aram. Tu as l'air d'avoir fait la fête toute la nuit.

Ses cernes noirs se voyaient-ils tant que ça ? Thomas se défaussa d'un geste de la main.

Aram et lui avaient beau se fréquenter, ils n'étaient pas assez proches pour qu'il lui parle de ses problèmes de couple. Surtout que Pernilla s'entendait bien avec Sonja, la femme d'Aram.

Il imaginait très bien ce qui se dirait chez les Goris s'il avouait la vérité à son collègue. Que Pernilla était tellement absorbée par son travail qu'ils ne se voyaient presque plus. Et que les rares fois où ils étaient réunis, ils passaient leur temps à se chercher des poux dans la tête.

— Tu sais comment c'est, quand on a des enfants en bas âge, se borna-t-il à dire.

— Bien content d'en avoir fini avec cette purge, dit Aram en vidant son gobelet, qu'il jeta dans la corbeille. Dans notre usine, la fabrication est bel et bien terminée.

Les filles d'Aram avaient huit et onze ans.

Peut-être était-il injuste ? Ils travaillaient ensemble depuis plus de cinq ans, et il avait une confiance absolue en Aram. Thomas ne pouvait pas souhaiter meilleur collègue. Autrefois, Margit et lui avaient fait équipe, mais depuis qu'elle était devenue cheffe de la section investigation, c'était Aram qui l'avait remplacée auprès de Thomas.

Et pourtant, il ne pouvait pas s'ouvrir à lui aussi librement qu'il l'avait fait avec Nora.

— Qu'est-ce que tu penses de la nouvelle organisation ? demanda Aram. Tu as eu le temps d'y réfléchir un peu ? Qu'on échoue à Flemingsberg, je n'aurais jamais cru ça.

Avant que Thomas ait le temps de répondre, son portable bipa. Il le sortit de sa poche.

Un bref SMS de Pernilla :

Je dois filer à Copenhague dès aujourd'hui. Désolée. Tu dois aller chercher Elin. P.

Il ne s'émut même pas en lisant ce message : dès la veille, il s'était fait à l'idée de rester seul avec Elin ces prochains jours. Mais la lassitude le gagnait. Pernilla laissait tout tomber et disparaissait dès que son travail l'appelait.

Thomas ne se faisait aucune illusion : son boulot ne passait pas avant celui de Pernilla, leurs années de vie commune le lui avaient enseigné. Presque vingt ans, si on ne comptait pas leurs années de séparation. En plus elle gagnait nettement plus que lui, pas de quoi être fier de son salaire de policier.

Mais elle aurait au moins pu lui demander s'il pouvait passer prendre leur fille à la maternelle. Ne pas le mettre comme ça devant le fait accompli.

Il soupira.

— Mauvaise nouvelle ? demanda Aram.

— C'est juste Pernilla qui doit filer, un voyage imprévu pour le boulot.

Thomas posa son portable sur son bureau, et joignit les mains derrière sa nuque.

— C'est ça de vivre avec une femme qui fait carrière, dit-il.

Il entendait bien lui-même combien ça sonnait faux, mais il était trop tard pour retirer ces paroles.

38

C'était au tour de Niklas Winnerman de donner sa version.

Nora se cala au fond de son siège. Même si l'avocat de la défense allait donner une autre version des faits, c'était elle qui avait planté le décor. Elle avait au moins emporté l'adhésion des jurés, surtout d'Annika Sandberg, qui avait à plusieurs reprises manifesté son approbation.

Les phases d'un procès étaient soigneusement définies dans le code de procédure pénale, comme une pièce de théâtre divisée en plusieurs actes. Après les réquisitions de l'accusation venaient la réponse de la défense, puis l'examen des faits, l'audition des parties et des témoins, les plaidoiries finales et, enfin, le jugement.

Comme attendu, Niklas Winnerman et Bertil Svensson avaient nié en bloc. Ils allaient à présent avoir l'occasion de se présenter sous leur meilleur jour, guidés par leurs avocats.

Jacob Emilsson avait déjà commencé à se pavaner à l'autre bout de la salle.

Barbro Wikingsson lui donna la parole.

— Niklas, commença Jacob Emilsson. Comment en sommes-nous arrivés là ?

La question était purement rhétorique, bien sûr.

— Je voudrais que nous reprenions cette histoire du début, Niklas, pour nous faire une idée correcte de la succession des faits.

Emilsson sourit à la cour.

— L'accusation a décrit un homme d'affaires sournois cherchant à s'enrichir. Aussi voudrais-je, Niklas, que vous nous racontiez ce qui s'est vraiment passé.

Emilsson avait prononcé le prénom de Winnerman trois fois en soixante secondes. Aux oreilles de Nora, c'était une grossière imitation du style des tribunaux américains, mais en général l'homme savait ce qu'il faisait.

— Quand avez-vous commencé à penser à cette affaire, Niklas ? demanda Emilsson.

Winnerman leva le menton, dévoilant sa grande écorchure. Il paraissait encore mal à l'aise et raide.

— C'était en décembre 2012. J'ai été contacté par un représentant de la société Druvan, qui disposait d'un droit à bâtir très intéressant. J'ai tout de suite senti que notre entreprise pourrait l'exploiter avec profit.

— Comment fonctionne un droit à bâtir, concrètement ? Pouvez-vous nous l'expliquer, à nous qui ne sommes pas de la partie ?

— On appelle ça un « droit à bâtir », mais il s'agit plutôt d'une concession foncière. Une sorte d'entente entre une commune et un maître d'œuvre qui accorde un droit exclusif à bâtir sur un terrain communal.

— Qu'est-ce qui définit la valeur d'un tel droit à bâtir ?

— Toutes sortes de facteurs : la situation purement géographique du terrain, les communications, la proximité de commerces.

— Donc une concession sur la commune de Solna, tout près du centre de Stockholm, a moins de valeur que, disons, en Laponie ?

— Tout à fait.

— Comment avez-vous déterminé la valeur de ce droit à bâtir en particulier ?

— En faisant des comparaisons. Nous travaillions déjà dans des communes autour de Stockholm. Il n'a pas été difficile de définir un ordre de prix raisonnable.

Sous l'apparence d'une conversation à bâtons rompus, Emilsson semait des informations nouvelles chaque fois qu'il faisait ouvrir la bouche à son client.

— Dans ce cas précis, vous avez convenu d'un prix de dix millions de couronnes. Comment l'avez-vous justifié ?

— C'était un bon prix, car la durée de la concession était de presque cinq ans. Cela nous donnait tout le temps de développer le projet. Nous comptions construire des logements. Il en manque beaucoup à Stockholm, ça aurait été très rentable.

— Vous vouliez donc faire une bonne affaire ?

Niklas Winnerman hocha la tête, avec un léger empressement.

— Exactement. Je me suis peut-être un peu trop enflammé, mais j'étais persuadé qu'on allait se faire un sacré paquet d'argent si on y allait.

Tu peux le dire, pensa Nora. *Dix millions dans ta poche*.

— Comment avez-vous été contacté par Druvan ? demanda Emilsson.

— Par mail.

— Aviez-vous déjà été en affaires avec Druvan précédemment ? Comment saviez-vous que c'était un acteur sérieux ?

Winnerman se tortilla sur son siège.

— Il y a beaucoup d'acteurs de confiance dans cette branche, comme nous.

Comme vous autrefois, compléta en silence Nora.

— Que s'est-il passé ensuite ?

— Nous avons échangé des mails. À la fin, nous avons convenu d'un rendez-vous. J'ai rencontré leur avocat, qui avait tous les documents nécessaires.

— Où a eu lieu cette rencontre ?

— Dans une salle de réunion de la Gare centrale.

— Pas chez eux, donc ?

— Non. Druvan a son siège à Örebro, ils ont proposé qu'on se voie au centre de conférences de Vasagatan. Ça m'arrangeait d'être dispensé du voyage.

Jacob Emilsson l'écoutait attentivement, comme si chaque mot prononcé par son client contenait une information absolument nouvelle. Mais tout ça était dans les procès-verbaux des interrogatoires menés par Leila, Nora les avait lus plusieurs fois.

— Vous ne vous êtes vus qu'à deux, cette fois-là ? demanda Emilsson.

— Oui. Leur PDG aurait dû être là aussi, mais il avait eu un empêchement. La grippe.

— Et ensuite ?

— Je suis rentré, je me suis plongé dans les calculs. J'en suis arrivé à la conclusion qu'il fallait faire affaire, c'était tout simplement trop intéressant pour refuser.

— C'est à ce moment que vous en avez parlé à votre associé ?

— C'était juste avant Noël, Christian était parti avec sa nouvelle famille. J'ai décidé d'aborder le sujet à son retour en janvier. Mais je lui avais déjà mentionné l'affaire.

— Parlez-nous de vos discussions avec votre associé.

— J'ai décrit la proposition à Christian, je lui ai montré tous les actes et mes calculs. Il a trouvé lui aussi que c'était une affaire intéressante et rentable.

— Il dit au contraire qu'il vous en a énergiquement dissuadé.

Les joues de Niklas Winnerman s'empourprèrent.

— Je ne comprends pas pourquoi il prétend ça. Il était d'accord avec moi pour faire le deal.

Emilsson se caressa pensivement le menton.

— Mais vous avez signé seul tous les actes ? demanda-t-il. La signature de Christian Dufva est absente de tous les documents.

— Nous devions signer tous les deux. Mais le jour J, Christian a eu une gastro. C'était pressé, Druvan avait reçu une autre proposition, et l'affaire risquait de nous filer sous le nez.

Nora se demanda si la cour percevait le ton défensif de Winnerman. Le juré le plus proche, Sven-Åke Hult, nota en tout cas quelque chose.

— Nous aurions dû signer le contrat ensemble, Christian et moi, admit Niklas Winnerman. Mais il nous arrivait de signer chacun de son côté.

Son hésitation s'entendait à présent clairement.

— Ça peut arriver, n'est-ce pas ? dit Jacob Emilsson en se tournant vers la cour. Ne nous est-il pas à tous arrivé d'écorner les règles ?

Il sourit avec indulgence.

— Continuez, Niklas.

— Dès que tout a été signé, j'ai envoyé le contrat par coursier et j'ai procédé au virement du montant de la vente.

— Le montant de la vente, répéta Emilsson. Parlons-en. C'était une somme conséquente. Je suppose que vous avez été très prudent pour un tel versement.

Niklas Winnerman écarta les mains.

— Ça a l'air de faire beaucoup d'argent, mais ce n'est pas une somme si énorme dans ce contexte. Nous avons eu des projets à cinquante millions, voire plus.

But contre son camp.

Nora vit aussitôt qu'Annika Sandberg et Sven-Åke Hult tiquaient : dix millions, c'était une somme terriblement élevée, surtout si cet argent avait fini dans les poches d'un escroc.

— J'étais bien entendu toujours très prudent avec l'argent de la société, ajouta Winnerman.

Trop tard : même le greffier, le fluet Dennis Grönstedt, affichait une moue de désapprobation. Que pouvait-il gagner, dans les vingt-cinq mille couronnes par mois ? Il lui faudrait plus de trente ans pour amasser dix millions. Avant impôts.

Jacob Emilsson comprit immédiatement qu'ils faisaient fausse route.

— Et puis vous avez eu une terrible malchance ? dit-il.

— Tout a capoté, marmonna Winnerman en se tenant les côtes.

— Pouvez-vous développer un peu ? Qu'est-ce qui a mal tourné ?

— Il n'aurait pas dû y avoir de problème avec un paiement de ce montant, mais en même temps, nous avons rencontré des difficultés inattendues sur un autre projet. D'un coup, l'entreprise s'est mise à manquer de liquidités.

— Ne pouviez-vous pas aller demander un crédit-relais à votre banque ?

— Nous en avions déjà un. La banque n'a pas voulu l'augmenter, en tout cas pas quand il s'est avéré que la concession ne valait rien. La banque nous a coupé les vivres : s'ils avaient agi autrement, l'entreprise s'en serait sortie.

Niklas Winnerman se passa la main sur le front. Ses cheveux gris étaient clairsemés, laissant voir la peau pâle de son crâne.

— Gagner de l'argent avec notre activité ne posait aucun problème quand ça se passait bien, mais dès qu'il y a eu ces difficultés… On s'en serait sortis avec un prêt supplémentaire de quelques mois.

Nora l'entendit presque gémir.

— Quand avez-vous compris que quelque chose clochait avec cette concession ? demanda Emilsson.

— Quand j'ai contacté la commune, dans les semaines qui ont suivi la signature du contrat. Ils m'ont envoyé un document complémentaire qui indiquait des restrictions inconnues à sa validité.

— Inconnues ? Que voulez-vous dire ?

— Personne ne m'avait montré ces dispositions en amont.

— N'auriez-vous pas dû vérifier ?

— J'aurais vraiment aimé l'avoir fait.

Niklas Winnerman baissa les yeux.

— Il y a beaucoup de choses que j'aurais aimé faire autrement.

Et si son apparence pitoyable n'était pas une négligence, mais une stratégie consciente ? Ce n'était pas impossible, vu la façon dont Emilsson posait les questions, en laissant Winnerman se corriger lui-même. L'avocat était roué, Nora devait le lui accorder.

— J'ai fait confiance au contrat, reprit tout bas Winnerman. Il y avait des garanties que tout soit en ordre, et nous disposions de cinq ans pour exploiter la concession.

— Des garanties ? Quel genre de garanties ?

Nora vit Barbro Wikingsson et Annika Sandberg se redresser dans leur fauteuil.

— Le vendeur garantissait explicitement la durée de validité dans le contrat. J'ai supposé que tout était OK, d'habitude c'est possible. Quand j'ai découvert la vérité, l'argent était déjà parti.

— Vous n'avez pas tenté de récupérer le montant de la vente ? De contacter l'avocat ?

— Il n'était pas joignable.

— Pourquoi ?

— Il ne répondait pas au téléphone. J'ai envoyé des mails, mais pas de réponse. L'adresse de Druvan s'est révélée être une boîte postale à Örebro. Du jour au lendemain, tout avait disparu.

Pas mal, l'histoire qu'il servait à la cour. Nora attendait la suite. Tous les jurés s'étaient un peu penchés en avant, attentifs.

Jacob Emilsson regarda son client.

— Exactement comme l'argent, dit-il. Lui aussi, parti en fumée.

— Je n'ai aucune idée d'où il est passé.

— Non, et la procureure non plus.

Emilsson se tourna à nouveau vers l'estrade, en martelant chaque mot :

— Pour résumer, vous niez en bloc, et la procureure n'a en réalité aucune preuve que vous l'ayez empoché.

39

Il s'arrêta derrière d'épaisses broussailles, au-dessus du sentier reliant l'école de voile et la forêt de pins. C'était un endroit idéal, juste à l'orée du bois tout en étant à couvert. Impossible de le voir depuis le port de plaisance, et la végétation le cachait efficacement depuis le camp.

Pourtant, il n'était qu'à une vingtaine de mètres de l'arrière des maisons rouges.

Pas un mouvement dans le camp.

Il regarda bien autour de lui, sans voir personne. Aucun mécano occupé à réparer voiles ou accastillages, aucune dame de service à la cuisine.

C'était juste avant l'heure du déjeuner, les enfants étaient en mer sur les voiliers, accompagnés de tous les hors-bords d'encadrement. Le reste du personnel avait dû aussi sortir pour déjeuner, c'était une belle journée pour une excursion.

Une belle journée pour beaucoup de choses.

Il ôta ses lunettes de soleil et découvrit qu'une fenêtre du baraquement le plus proche était restée ouverte. Comme les autres, il était bâti sur une chape de béton, avec un remblai de grosses pierres grises sous le bâtiment proprement dit. Et il semblait aussi déserté que les autres.

De là où il était, il avait une vue sur toute la pelouse, et là aussi, c'était le calme complet. Il hésitait pourtant, malgré son excitation. Oserait-il s'avancer ?

Il évaluait les risques, tout en trépignant. Par ce temps, la sortie de voile durerait toute la journée. Si quelqu'un se pointait, il pourrait toujours dire qu'il s'était perdu. Ce ne serait sûrement pas la première fois que quelqu'un du port de plaisance s'égarait sur la zone du camp.

Il y avait toujours une excuse.

Par prudence, il attendit encore une minute avant de traverser le sentier et de se diriger vers la baraque Étoile. La porte peinte en vert n'était pas fermée à clé, exactement comme il s'y attendait.

Il se glissa sans bruit à l'intérieur et s'arrêta sur le seuil du dortoir de droite.

C'était donc là que logeaient les enfants. L'idée l'excita, son sang se mit à affluer plus vite.

La liste sur la porte lui donnait les noms. Huit garçons se partageaient ce dortoir. Quelques-uns devaient avoir le bon âge, onze-douze ans, avant la puberté.

Un petit sourire pointa sur ses lèvres quand il imagina les corps nus dans les lits. Les bras bronzés, la peau blanche là où les vêtements avaient fait obstacle au soleil.

Garçons ou filles, ça n'avait pas beaucoup d'importance. Ceux qui voulaient la même chose que lui étaient tout aussi intéressants, quel que soit le sexe.

Il avait espéré trouver quelques vêtements qu'il puisse toucher, mais aucun ne traînait. Il y avait des draps sur presque tous les matelas, sauf près de la fenêtre, où il vit un duvet en boule qui semblait appartenir à un enfant de petite taille.

Il avança jusqu'au duvet et le porta à son visage. Il huma son parfum, le fit sien.

Il est jeune, pensa-t-il avec bonheur.

Pas d'odeurs pubertaires, pas de sueur d'ado pour gâcher la sensation. À l'intérieur du duvet était cousue une étiquette au nom soigneusement écrit en majuscules : BENJAMIN DUFVA.

— Benjamin, murmura-t-il. Il s'appelle Benjamin.

Sa bouche s'assécha, il dut se lécher plusieurs fois les lèvres.

La palpitation familière commença dans son caleçon. La joie et l'amour qu'il aurait voulu partager avec lui. Une seule fois seulement ça avait mal tourné.

Il se rappelait ce garçon, son cou mince autour duquel ses mains s'étaient refermées quand ses cris étaient devenus trop perçants. Son regard vitreux quand il s'était enfin tu.

Au pied du lit, il y avait quelques vêtements fripés, à l'envers. Il se pencha et saisit un tee-shirt bleu clair en boule. Sa taille confirma ce qu'il avait espéré, son propriétaire ne pouvait pas avoir plus de dix ans, onze au maximum.

Une rapide vérification lui confirma qu'il avait correctement fermé la porte. Par la fenêtre, c'était toujours aussi calme, personne pour l'entendre ou le déranger. Il se pencha pourtant pour la fermer.

Le tee-shirt sentait exactement comme le duvet.

Benjamin, pensa-t-il à nouveau, tombant à genoux, la tête inclinée.

Avec un soupir de bonheur, il glissa une main dans son pantalon tandis que de l'autre il agrippait le duvet.

Il inspira profondément dans le tissu luisant et lâcha un gémissement d'excitation.

40

— C'est à présent au tour de la procureure d'interroger le prévenu, annonça Barbro Wikingsson, la bouche tout près du micro.

L'audience avait repris après la pause déjeuner. La somnolence post-prandiale allait bientôt sévir, le greffier Dennis Grönstedt bâillait déjà.

Jacob Emilsson avait présenté Niklas Winnerman sous son meilleur jour avant le déjeuner. C'était maintenant à Nora de procéder au « contre-interrogatoire », comme on disait dans les séries télé.

Niklas Winnerman était affalé à côté de son avocat : en qualité de prévenu, il n'avait pas à venir à la barre des témoins pour répondre.

— C'était passionnant d'entendre tous les détails de cette histoire, commença Nora en se tournant vers lui. Mais cela soulève indéniablement un certain nombre de nouvelles questions.

Le menton de Niklas Winnerman semblait encore plus enflé que le matin, tout son corps était tordu. Ses deux fils adolescents étaient dans le public, mais il ne regardait pas de leur côté.

— Vous avez donc été contacté par un représentant de la société Druvan, qui vous a proposé de faire affaire ?

— Oui.

— Par mail, de provenance inconnue ?

Winnerman se tortilla.

— Ça n'a rien d'inhabituel dans notre secteur. On prend souvent contact par mail.

— Je comprends, dit Nora. Comment avez-vous préparé votre première rencontre avec le représentant de Druvan ? Avez-vous pris des renseignements sur cette société ?

— Non.

— Avez-vous demandé des références ? Un rapport sur le crédit de cette société ?

— Non.

Nora haussa un peu les épaules.

— Vous avez aussi évoqué votre surprise quand cette concession s'est avérée ne pas tenir la route. Vous n'aviez pas contacté la commune avant de signer le contrat ?

— Non, fit Winnerman d'une voix sourde.

— Pardon ?

— Non, je ne l'ai pas fait.

— Pourquoi ? Est-ce qu'on ne procède pas ainsi normalement ?

— Peut-être bien.

Winnerman desserra légèrement sa cravate.

— Vous devez mieux nous expliquer ça, dit Nora. Est-il difficile de contacter une commune ? N'ont-ils pas un service dédié à ce type de dossier, qui répond au téléphone aux heures de bureau ? Et pourtant, vous avez omis de le faire. Était-ce intentionnel ?

— Non, j'ai seulement…

— Seulement quoi ?

— C'était juste avant Noël. Il y avait tant à faire. Et puis le contrat présentait des garanties explicites, comme je l'ai dit. L'accord stipulait une concession valable cinq ans.

Niklas Winnerman lorgna en direction de son avocat.

— Je croyais que tout était en ordre, ajouta-t-il.

— Vous l'avez déjà dit, rétorqua Nora.

Avant de poser la question suivante, elle laissa passer quelques secondes pour s'assurer la pleine attention de la cour.

— Cet avocat que vous avez mentionné, comment s'appelait-il déjà ?

— Anders Johansson.

— Un nom assez commun. En fait, ce sont les prénom et patronyme les plus fréquents en Suède.

— Ah bon ?

— Figurez-vous qu'il n'y a aucun avocat au registre du barreau qui porte ce nom et qui exerce dans un cabinet à Örebro.

Niklas Winnerman ne parvint pas à prendre un air suffisamment étonné.

— Mais ça, vous le saviez déjà, n'est-ce pas ? fit Nora.

— Comment aurais-je pu le savoir ?

— Oui, comment auriez-vous pu le savoir ?

Nora laissa la question en suspens.

Tous les jurés écoutaient avec concentration. Les doigts de Dennis Grönstedt volaient sur son clavier.

— Probablement parce que cet avocat n'a jamais existé, dit-elle en martelant chaque mot. Parce que tout ce que vous venez de nous raconter n'est que pur mensonge. Pour cacher qu'en mettant sur pied une affaire inventée vous avez extorqué dix millions à votre entreprise.

— Attendez, là…

Nora ne lui laissa pas la possibilité de protester.

— Ce n'est pas rien, ce que vous voulez nous faire croire, le coupa-t-elle en haussant la voix. D'abord, on vous aurait contacté au sujet d'une affaire à plusieurs millions de couronnes sans que vous vous donniez la peine de vérifier de plus près ou de parler avec la commune intéressée. Ensuite, vous auriez rencontré un avocat qui n'existe pas selon le registre du barreau. Et, troisièmement, ce serait un pur hasard si tous les actes ne portent que votre signature, puisque votre associé aurait eu *comme par hasard* une gastro.

Elle se cala au fond de son siège, les bras croisés sur sa poitrine.

— Y croyez-vous seulement vous-même ?

41

Benjamin borda un peu l'écoute de la grand-voile et se risqua à adresser un timide sourire à Sofie, à l'arrière. Sa main droite posée sur la barre, elle mâchait un bonbon.

Le soleil brillait, la sortie en mer de l'après-midi s'était bien passée. Apparemment, il n'avait pas fait de nouvelle bourde. Sofie et Lova n'avaient pas l'air de considérer comme une punition de naviguer à nouveau avec lui aujourd'hui.

Ils avaient accosté sur l'île d'Alskär et déjeuné sur la plage. Fricassée et œufs au plat, Benjamin avait toujours aimé ça. Ils faisaient à présent voile vers l'ouest avec les autres bateaux du groupe Bleu. Ils étaient à peu près au milieu, ni en tête ni à la traîne, et passaient à hauteur de Korsö.

Sofie bâilla à s'en décrocher la mâchoire. Quelques mèches brunes s'étaient détachées de sa queue de cheval qui dépassait de sa casquette bleu clair. Elles venaient de temps en temps caresser ses joues quand le vent soufflait.

Sofie faisait ce qu'elle voulait, sans sembler se soucier de ce que disaient ou pensaient les autres. Benjamin aurait bien voulu être comme elle.

— Qu'est-ce qui se passe, en fait, entre Samuel et toi ? demanda-t-elle soudain.

Benjamin sursauta. L'inquiétude lui serra à nouveau le ventre rien qu'à entendre ce nom.

— Qu'est-ce que tu veux dire ? répondit-il, en espérant que son malaise ne se voyait pas.

Elle le regarda calmement.

— Samuel ne t'aime pas, c'est évident. (Elle fronça le nez.) Il est désagréable avec toi, et n'arrête pas de te chercher.

Benjamin ne savait pas s'il appréciait que Sofie ait elle aussi remarqué combien Samuel était méchant, ou s'il avait honte que ce soit aussi évident.

Oui, Samuel était sans arrêt après lui. Mais il ne voulait pas passer pour le souffre-douleur de service.

— Je n'ai rien fait de particulier, marmonna-t-il en rougissant.

Il détourna le visage en feignant de contrôler l'écoute.

Un autre Deux-Couronnes les avait rattrapés et voguait à présent bord à bord, à une vingtaine de mètres d'eux. Heureusement, ce n'était pas le voilier des deux brutes.

— Samuel est horrible, dit Sofie. Il peut être vraiment insupportable quand quelqu'un ne lui revient pas. Tu es prévenu.

Lova fit un signe de la main à l'équipage de l'autre voilier, deux filles et un garçon, comme eux.

— On le connaît un peu, dit-elle. On était dans la même école, en primaire. Il était déjà pénible à l'époque, il pouvait partir en vrille en se mettant à hurler. Ses yeux devenaient tout noirs, trop bizarres quoi.

Elle se mordit précautionneusement une peau d'ongle, inspecta le bout de son doigt.

— Mais personne n'osait rien dire, compléta Sofie. Parce que ça le rendait complètement barge. En plus, son père connaissait le directeur.

— Samuel est hyperactif, expliqua Lova. Il avait un assistant de vie scolaire au début du primaire, mais ça le rend dingue qu'on en parle.

Elle en parlait comme d'une évidence, quelque chose que tout le monde aurait dû savoir.

Benjamin comprit que les filles s'inquiétaient pour lui.

L'eau crépita un peu dans le sillage du voilier.

— Essaie de garder tes distances avec Samuel, conclut Sofie. Il peut faire n'importe quoi quand il perd le contrôle.

42

Nora but quelques gorgées d'eau tiède. La lumière du jour filtrait par les fenêtres plombées. Il était temps d'interroger le coïnculpé Bertil Svensson.

Son avocat avait dû lui dire de s'arranger au mieux. Certes, Svensson s'était correctement rasé, mais son veston peluchait et son jean était raide de crasse. Sa cravate élimée était si mal nouée qu'elle ne faisait que souligner sa déchéance.

L'apparence n'était pas sans importance, les jurés et les juges étaient aussi des êtres humains. Une allure soignée inspirait davantage confiance qu'une tenue mitée. Ce n'était pas pour rien si les prévenus issus des catégories sociales les plus élevées recevaient des peines plus clémentes que les défavorisés, aussi injuste que ce soit.

Fanny Ferlin allait avoir fort à faire pour défendre son client.

Nora avait lu son dossier, et connaissait bien le passé de Svensson. Jadis, il avait été chauffeur routier à travers toute la Suède. Il avait roulé sans encombre pendant plus de vingt ans, vivant en couple stable. Mais une plaque de verglas et un jeune de dix-huit ans au permis de conduire tout neuf avaient changé sa vie. Quand, après des heures d'intervention, on avait extirpé Svensson de la carcasse de son camion, ses vertèbres étaient définitivement abîmées.

La préretraite et des douleurs permanentes l'avaient achevé. Son couple s'était brisé, plus de logement, une existence réduite à chercher à se procurer alcool et médicaments à n'importe quel prix.

Au moins, Fanny Ferlin semblait être parvenue à le convaincre de se présenter à jeun.

Barbro Wikingsson nota quelque chose puis regarda l'avocate de Svensson.

— Je donne la parole à la défense.

Fanny Ferlin se racla la gorge.

Elle portait un corsage à manches longues, d'où dépassait un papillon tatoué aux couleurs vives. Nora réalisa combien les choses avaient changé depuis qu'elle-même avait passé son diplôme. De son temps, il aurait été exclu qu'une jeune juriste un peu ambitieuse se fasse tatouer, du moins pas sur une partie visible du corps. Mais Fanny Ferlin avait quinze ans de moins qu'elle et appartenait à bien des égards à une autre génération.

— Bertil, commença l'avocate avec la même familiarité que Jacob Emilsson avec son client juste avant. Parlons de ces documents contractuels que vous auriez soi-disant signés.

Bertil Svensson se redressa un peu, mais il semblait toujours voûté. Vaincu.

— Avez-vous la moindre formation économique ?

— Non, on ne peut pas dire ça.

— Avez-vous jamais étudié l'économie ?

— Pas vraiment.

— Avez-vous déjà travaillé dans le domaine économique ?

— Non.

— Je m'en doutais un peu.

Nora comprenait sa tactique : Fanny allait marteler le message selon lequel Svensson n'avait rien compris à ce qu'il avait signé.

— Donc comment auriez-vous pu comprendre que ces documents vous conduiraient à des actes répréhensibles ?

C'était pour le moins une question orientée. Non autorisée, puisque l'interrogatoire n'était pas contradictoire. Mais Barbro Wikingsson n'y fit pas objection. Peut-être laissait-elle une marge de manœuvre à Fanny pour compenser les libertés prises par Nora ?

— Je n'en avais aucune idée, répondit Svensson.

— Bertil, poursuivit Fanny Ferlin. Réfléchissez bien avant de répondre à ma question suivante.

Elle posa la main sur son bras.

— Aviez-vous l'intention de participer à une entreprise criminelle ?

— Absolument pas.

Bertil Svensson s'anima et s'adressa directement à Barbro Wikingsson – Fanny avait dû réussir à le coacher un peu.

— Si je l'avais compris, jamais je n'aurais signé, dit-il avec un tremblement dans la voix. Je le jure.

— Je vous crois, dit Fanny Ferlin. Comme sûrement toutes les personnes ici présentes.

Elle pencha la tête de biais.

— Mais pourquoi alors avoir accepté d'être nommé PDG d'une société sans vous renseigner davantage à ce sujet ?

— Mais j'étais bourré !

Dennis Grönstedt cacha d'une main un sourire involontaire.

— En plus, j'avais besoin de cet argent, continua le prévenu. Avec cette somme, j'allais pouvoir louer une chambre avant qu'il neige.

Annika Sandberg secoua tristement la tête.

La tactique de l'avocate semblait marcher, même si Nora trouvait qu'elle imitait l'interrogatoire de Winnerman. Fanny Ferlin n'était pas bien vieille, mais elle s'en tirait mieux que ne l'escomptait Nora.

— Avez-vous terminé, maître ? demanda Barbro Wikingsson.

— Oui, merci, madame la présidente.

Fanny Ferlin reposa son stylo sur la table, manifestement contente de son intervention.

— La parole est donc à la procureure.

Nora tassa la pile de papiers qu'elle avait devant elle et attendit de croiser le regard de Bertil Svensson.

— Revenons si vous le voulez bien à ce 11 janvier 2013, commença-t-elle. Le jour où vous avez rencontré Niklas Winnerman. Il est venu vous trouver au centre commercial de Hallunda et vous a proposé une somme d'argent pour endosser le rôle de PDG de la société Druvan. Est-ce que j'ai bien compris ?

Bertil Svensson se voûta encore davantage, si la chose était possible.

— J'ai juste signé quelques papiers, dit-il. Ça n'a pris que quelques minutes. Qu'est-ce que j'en sais, moi, de quoi il s'agissait ?

— Vous n'avez pas trouvé bizarre qu'on veuille vous donner un tel rôle ? dit Nora. PDG d'une société, c'est un poste assez qualifié.

— Je n'ai pas pensé comme ça.

— Est-ce habituel que des gens vous proposent de signer des papiers pour de l'argent ?

— Non, marmonna Svensson, si bas qu'Annika Sandberg dut se pencher pour l'entendre.

— C'est ce que vous dites…, répliqua Nora d'un air entendu. Alors que vous avez déjà été condamné pour un délit similaire.

Elle brandit le jugement qui indiquait que, quelques années auparavant, Svensson avait été condamné pour faux en écritures comptables dans une entreprise. Cette fois-là aussi, il avait été à la hâte nommé au conseil d'administration avant que le délit ne soit découvert. Ça lui avait valu quelques mois de prison.

— Je ne sais pas, grommela-t-il.

— Vous savez ce que je crois ? Je crois que vous étiez prêt à signer n'importe quoi, tant qu'on vous payait.

— C'est pas vrai.

Nora ne se laissa pas démonter par sa réponse butée.

— Comment s'est passée la remise de l'argent ? demanda-t-elle.

Bertil Svensson se gratta la nuque.

— J'étais avec quelques potes au centre commercial, à Hallunda donc. C'était avant le déjeuner, on avait bu quelques bibines.

Il lorgna en direction de Niklas Winnerman, qui détournait le visage.

— Il est venu me voir, il voulait causer. Ça avait l'air simple, juste quelques papiers à signer.

— Et pour ça, il devait vous remettre dix mille couronnes ?

— Non.

Nora se figea. Svensson avait déjà reconnu tous ces faits. Avait-il l'intention de se rétracter ?

— Que voulez-vous dire ?

— D'abord, il ne voulait me donner que huit sacs. Mais ça ne suffisait pas pour trois mois de loyer. Alors je lui ai dit direct que j'avais besoin de dix mille cinq, sinon on laissait tomber.

Bertil Svensson continuait à déblatérer. La bouche de Fanny Ferlin avait pris un pli figé.

— Alors il est allé tirer plus d'argent.

— Au distributeur, vous voulez dire ?

— Il était HS, du coup il est allé à la banque.

Nora tiqua. Ça, c'était nouveau. Elle ne se rappelait pas que Svensson l'ait mentionné lors de ses interrogatoires.

— La banque ?

— Oui, à Hallunda. Je veux dire pas Nordea, l'autre.

Il était temps de conclure : les jurés tout comme Dennis Grönstedt commençaient à avoir l'air de s'ennuyer ; même Barbro Wikingsson semblait déconcentrée.

Mais Nora espérait avoir fait passer son message : Bertil Svensson était un homme dont la signature pouvait s'acheter.

— J'affirme que vous saviez exactement dans quoi vous vous engagiez, asséna-t-elle. Mais vous vous fichiez bien des conséquences, puisque vous étiez bien payé par votre employeur, Niklas Winnerman.

43

Niklas Winnerman se laissa tomber sur le siège des toilettes, le visage dans les mains. La douleur fut immédiate : impossible de trouver une position où ses côtes cassées ne le fassent pas souffrir au moindre mouvement. Le médecin des urgences lui avait prescrit de puissants antalgiques, mais ils ne le soulageaient pas beaucoup.

Les radios avaient montré d'importantes fissures sur deux côtes, mais Dieu merci pas d'autres fractures. Il était en revanche couvert de bleus et avait subi une légère commotion cérébrale.

« D'habitude, c'est au bout d'environ une semaine que ça fait le plus mal, lui avait dit le docteur avec une mine compatissante. Malheureusement, il n'y a rien à faire pour les côtes. Des antalgiques et une semaine d'arrêt maladie, c'est ce que nous avons l'habitude de prescrire. Du repos. »

Du repos. Niklas avait failli éclater de rire. Mais ça aussi, ça faisait mal.

La pause durait vingt minutes, après quoi il devait regagner la salle d'audience étouffante.

La porte des toilettes s'ouvrit et des voix retentirent, que Niklas ne reconnut pas. Apparemment deux jeunes gens qui parlaient d'un copain mis en examen pour violences.

— Putain, c'était juste une baffe, dit l'un. Que le type avait méritée. C'est dingue qu'Asse fasse de la taule pour ça.

Niklas ferma les yeux en essayant de trouver une meilleure position. Son corps tremblait de manque de sommeil, il n'avait pas dormi plus de quelques heures, il était quatre heures du matin passées quand il était rentré de l'hôpital.

Jacob Emilsson lui avait déjà demandé plusieurs fois comment ça allait, mais Niklas ne pouvait pas lui avouer ce qui s'était passé. Personne ne connaissait son addiction au jeu, et il imaginait la réaction de l'avocat s'il venait à l'apprendre.

Si la vérité éclatait au grand jour, son sort serait scellé.

Pas question que la chose parvienne aux oreilles de cette maudite procureure. Un mobile parfait qu'elle n'hésiterait pas à brandir devant la cour.

À présent, son flanc gauche lui faisait encore plus mal, et une migraine sourde avait commencé à palpiter à l'arrière de son crâne.

Niklas se passa les mains sur le visage. Comment allait-il tenir le reste de la journée ?

44

Leila Kacim attendait Nora devant la salle d'audience, comme elle le lui avait discrètement demandé par SMS malgré l'interdiction des portables au tribunal. Elle était assise sur une banquette sous la fenêtre et consultait son téléphone, qu'elle rangea dès que Nora sortit de la salle, dans le sillage de l'ex-femme de Niklas Winnerman et de leurs deux fils.

Elles se mirent un peu à l'écart, et Nora lui résuma l'interrogatoire de Bertil Svensson et ses derniers développements.

— Svensson dit que Winnerman est allé tirer de l'argent dans une banque du centre commercial de Hallunda. Ça te dit quelque chose ?

Leila secoua la tête, faisant se balancer sa longue tresse noire.

— Non, mais lors des auditions, il n'était pas à jeun, pas une seule fois d'ailleurs. C'était comme interroger un poisson rouge : pas le moindre souvenir.

Nora se doutait de quelque chose de ce genre.

— De quelle banque s'agit-il ? demanda Leila.

— Il ne l'a pas dit, juste que ce n'était pas Nordea. Combien d'autres peut-il y en avoir ?

Nora vit qu'elle avait éveillé l'intérêt de l'enquêtrice, dont les yeux sombres se mirent à briller.

— Il suffit peut-être de googliser ?

Elle ressortit son portable.

— Je me disais que cette agence bancaire devait avoir des caméras de surveillance, reprit Nora. On pourra peut-être visionner les images de ce jour-là ?

— Si l'enregistrement existe encore après si longtemps.

Il s'était presque écoulé un an depuis la faillite de Byggallians. L'affaire était restée des mois chez l'administrateur judiciaire avant d'être signalée à l'Agence de lutte contre la criminalité financière. Suite à quoi elle avait été placée dans la pile des dossiers à traiter.

Il était peu vraisemblable que les enregistrements aient été conservés, mais pas impossible.

— Ça peut valoir la peine d'essayer, dit Leila.

Si on trouvait une image de Niklas Winnerman tirant de l'argent dans le créneau horaire où Svensson disait avoir reçu les billets… Nora ne put s'empêcher de lorgner vers l'autre bout du couloir, où Jacob Emilsson allait et venait en gesticulant, le téléphone à l'oreille. Elle était curieuse de savoir comment il tenterait d'expliquer une coïncidence pareille.

À quelques mètres de là, Fanny Ferlin était assise avec Bertil Svensson sur un banc. Il buvait une canette de Coca-Cola. Ses mains tremblaient.

Leila leva les yeux de son portable.

— D'après Google, il y a deux banques au centre commercial de Hallunda. Handelsbanken et Nordea, sur laquelle on tire donc un trait.

— Tu peux vérifier avec Handelsbanken au plus vite ?

Elles ne disposaient pas de beaucoup de temps, le procès devait s'achever mercredi.

— Je les contacte tout de suite.

45

Nora regagna la salle en dernier, en s'excusant d'un sourire vers l'estrade.

— Je me tourne à présent vers maître Emilsson, dit Barbro Wikingsson. Avez-vous des questions pour Bertil Svensson ?

Jacob Emilsson rajusta sa cravate. À la différence de celle de Bertil Svensson, elle arborait un nœud Windsor parfait. Le soleil qui entrait par la fenêtre le nimbait d'une aura.

— Bertil, commença-t-il familièrement, la procureure prétend que vous avez rencontré mon client début 2013, plus précisément le vendredi 11 janvier. Comment pouvez-vous être aussi certain que c'est bien Niklas Winnerman qui est venu vous trouver ce jour-là ?

— Je crois que c'était lui.

Svensson se pencha au-dessus de Fanny Ferlin et désigna Niklas Winnerman.

— Celui qui est assis là, avec ses lunettes noires.

— Vous *croyez*, dites-vous ?…

Jacob Emilsson se caressa doucement le menton.

— Croire, on le fait à l'église. Ici, il vous faut être un peu plus précis.

— Il a dit qu'il s'appelait Niklas.

— Vous a-t-il donné son nom et son prénom ? S'est-il explicitement présenté comme Niklas Winnerman ?

— Je ne me rappelle pas s'il a utilisé son nom de famille. Mais il a dit Niklas.

— Vous a-t-il montré une carte d'identité ?

— Non.

— Avez-vous eu des contacts ultérieurs où vous avez eu confirmation que c'était bien lui ?

— Non.

— Et pourtant, vous le désignez dans ce procès.

La voix de l'avocat se fit plus grave :

— Mesurez-vous la gravité de l'accusation qu'implique votre déclaration ? Nous parlons d'un grave délit, qui peut valoir des années de prison à mon client.

Les yeux de Bertil Svensson se mirent à papilloter.

— Répondez à la question, chuchota Fanny Ferlin.

— Je crois que je le reconnais, marmonna le prévenu.

— Que portait-il, lors de votre rencontre ?

— Je ne me rappelle pas bien. Mais il avait les mêmes lunettes, à branches brunes. Et une casquette. Il ressemble à celui que j'ai rencontré.

— Il *ressemble* à celui que vous avez rencontré…

Emilsson se tourna vers Barbro Wikingsson d'un air dubitatif.

Nora changea de position sur son siège. Bertil Svensson était un peu à la peine.

— Il avait des cheveux bruns, murmura-t-il en se tassant. Et il était grand.

— Je peux vous dire que Niklas Winnerman mesure un mètre quatre-vingt-trois. Savez-vous quelle est la taille moyenne en Suède ?

— Non.

— Un mètre quatre-vingt-un et demi. Vous pouvez demander au bureau central des statistiques si vous ne me croyez pas. En outre, un tiers des Suédois ont les cheveux châtain foncé, comme mon client. Il y a donc des dizaines de milliers d'hommes qui ont la même taille et la même couleur de cheveux.

Il tambourina doucement du bout des doigts sur la table devant lui.

— Bertil, vous souvenez-vous de ce que vous avez dit quand votre avocate vous a demandé pourquoi vous aviez signé ces papiers ?

Le regard de Svensson passa de Jacob Emilsson à Fanny Ferlin, avant de revenir à lui. Il se mâchonnait la lèvre supérieure.

— Non, pas exactement.

— Vous avez dit que vous étiez bourré.

— Oui…

— Bourré comment ?

— Pas mal bourré.

— Pouvez-vous être plus précis ? Qu'aviez-vous bu ?

— J'avais pris quelques bibines avec les potes. Et un peu de vodka.

— Qu'est-ce que ça veut dire : un quart de bouteille, une demi-bouteille ?

— Sans doute plus d'un quart.

— En d'autres termes, vous aviez bu largement assez pour avoir plusieurs grammes d'alcool dans le sang. Nettement au-delà du seuil qualifiant un état d'ivresse aggravé.

— Mais je ne conduisais pas ! protesta le prévenu.

— Ce n'est pas non plus ce que je dis. J'essaie juste de mettre votre consommation d'alcool en perspective.

Jacob Emilsson hocha la tête à l'intention de l'estrade. Annika Sandberg, les coudes sur sa table, fronçait les sourcils.

Nora espérait que ce serait bientôt fini. L'interrogatoire de Bertil Svensson était en train de tourner à la catastrophe.

Quatre heures sonnèrent.

— La plupart des gens ne pourraient ni tenir debout ni avoir les idées claires après avoir bu autant, reprit Emilsson. Et pourtant, vous affirmez que c'est bien Niklas Winnerman que vous avez rencontré ce jour-là.

Nora savait exactement ce que cherchait à faire l'avocat. Il s'agissait de semer le doute, rien d'autre. Emilsson n'avait pas besoin d'apporter de preuves contraires, de présenter les résultats de sa propre enquête ni même de faire comparaître de nouveaux témoins.

C'était à Nora de prouver que Niklas Winnerman avait payé Bertil Svensson pour signer les papiers qui avaient permis d'escamoter l'argent.

Il suffisait qu'un seul des jurés se mette à douter.

46

Le dîner venait de s'achever, l'esplanade était pleine de jeunes qui attendaient les instructions pour les activités du soir.

Ils devaient se rassembler à six heures et quart. La plupart étaient déjà là, de petits groupes s'étaient formés sur les escaliers des baraquements. Quelques retardataires se pressaient d'arriver du réfectoire.

Benjamin s'était posé sur un banc encore éclairé par le soleil du soir. Distraitement, il triturait du pied une pomme de pin dans le sable. Il était repu et somnolent après les spaghettis bolognaise.

Samuel l'avait laissé tranquille toute la journée, et au cours de théorie, Sofie lui avait fait signe de s'asseoir près d'elle. Ils avaient partagé la même carte marine pour faire leurs exercices de navigation.

Il faisait chaud au soleil, c'était bon de juste se reposer un peu. S'il n'avait tenu qu'à Benjamin, on aurait pu sauter tout bonnement le programme de la soirée. Il n'avait aucune envie de bouger, il avait aussi un peu mal à la gorge, sans doute à cause du bain glacé qu'il avait dû prendre pour aller chercher ses vêtements.

— Salut !

Isak se pointa avec Wille, le nouveau moniteur qui s'occupait aussi des Bleus. Il avait des cheveux roux en brosse et était plus grand qu'Isak.

Benjamin s'étira, son ventre gargouilla un peu.

— Bon, écoutez tous, dit Wille en agitant une liasse de papiers. Voici le programme de ce soir : jeu de piste. L'équipe gagnante aura un chouette prix.

Isak prit le relais :

— Nous avons prévu de vous répartir en équipes de trois. Les questions sont dispersées sur toute l'île, et vous aurez une carte pour trouver les pancartes.

— On est obligés ? gémit Sofie, à moitié couchée contre un tronc d'arbre. On ne peut pas juste rester en mode cool ?

— Mais ça va être super fun, lui assura Wille avec un large sourire.

Isak rentra sa chemise dans le dos et parcourut le groupe du regard quelques secondes.

— Voyons voir. Qui va-t-on mettre ensemble ?

Samuel s'avança d'un pas.

— Benjamin peut venir avec Seb et moi.

Benjamin ouvrit de grands yeux. Mais à quoi jouait-il ? Jamais Samuel ne voudrait de lui-même faire équipe avec lui, jamais de la vie. Mais il ne semblait pas remarquer son air interloqué. Il collait Benjamin, et Seb vint se ranger de l'autre côté.

L'enfant chercha Sofie des yeux, mais Isak s'empressa de leur tendre une petite carte ainsi qu'une feuille et un crayon pour noter les réponses.

— Tenez, dit-il. Vous avez deux heures pour trouver les questions. Quand vous avez fini, revenez ici, pour qu'on corrige les réponses avant la collation du soir.

Il les encouragea d'un clin d'œil.

— Essayez de ne pas vous perdre, l'île est plus grande qu'on ne pense.

Il répartit le reste du groupe en équipes et distribua le matériel. Benjamin vit que Sofie et Tindra étaient ensemble, tandis que Lova était dans un autre groupe. Les équipes partirent les unes après les autres vers la forêt, à la recherche de la première question.

Benjamin déglutit en essayant de comprendre quelle idée Samuel avait derrière la tête. Impossible qu'il veuille l'avoir dans son équipe rien que pour se montrer sympa.

Hier soir, Benjamin avait fini par retrouver son gilet de sauvetage au fond d'un placard. Il était certain de ne pas l'y avoir mis.

Les paroles de Sofie résonnaient dans sa tête : « Essaie de garder tes distances avec Samuel. »

Au moment où il allait demander à être dans une autre équipe, Isak leva la main pour leur donner le signal du départ.

— Allez, filez, les gars.

Puis il retourna vers le local des moniteurs avec Wille. Maja arrivait de l'autre côté. Isak s'illumina littéralement et hâta le pas vers elle.

— Tu es bon en jeu de piste ? demanda Samuel en donnant un coup de coude à Benjamin. Moi je suis nul à chier.

Benjamin haussa un peu les épaules.

— Tu n'es pas fâché pour hier, hein ? ajouta Samuel. C'était juste pour rire.

Isak disparut du côté du Hangar.

— Regarde ! fit soudain Samuel en montrant le ciel.

Quand Benjamin leva la tête, l'adolescent lui frappa le menton.

— Ha ha, c'était encore pour rire !

Seb s'esclaffa, comme toujours quand son copain sortait quelque chose.

Benjamin se força à sourire. Le coup était trop fort pour être drôle.

Il avait besoin d'aller aux toilettes, mais Samuel se dirigeait déjà vers la forêt.

47

Nora quitta le tribunal dès la fin de l'audience. Elle voulait échapper à cette atmosphère étouffante et à sa sensation d'échec après l'interrogatoire de Bertil Svensson.

Par-dessus le marché, le métro était perturbé, il lui fallut une éternité pour gagner Slussen, où l'attendait son train de banlieue. Elle avait l'impression qu'il se traînait : il était six heures et demie passées quand enfin il stoppa à son arrêt.

Elle rentra en marchant aussi vite qu'elle le pouvait avec sa lourde serviette pleine de gros dossiers, et c'est en sueur qu'elle ouvrit la porte de chez elle.

— Il y a quelqu'un ?

— Maman !

Julia arriva du séjour en courant. On entendait le son d'une émission pour enfants.

— J'ai parlé avec papa !

Julia avait une grande tache de Ketchup sur son tee-shirt.

— Papa a appelé ?

— Papa vole.

Nora se pencha et souleva sa fille dans ses bras.

Adam arriva de la cuisine, une tartine de pâté de foie entamée à la main.

— Bonjour, maman, fit-il la bouche pleine.

— Bonjour, mon chéri. Est-ce que Jonas a appelé ?

— Il y a un quart d'heure.

Raté de si peu.

Adam chatouilla Julia sous le menton jusqu'à ce qu'elle se mette à pouffer, avant de tourner les talons pour repartir à la cuisine.

— Ah oui, le lait est fini, lança-t-il par-dessus son épaule.

— Attends, dit Nora. Reviens.

Elle dut se mettre sur la pointe des pieds pour l'embrasser sur la joue.

Deux semaines plus tôt, il avait été reçu au bac, dans la filière scientifique. Ils étaient allés l'attendre avec en pancarte une photo de lui âgé de dix mois. Un bébé sur une serviette, à peine séché du bain. Nora avait toujours aimé cette photo, elle se souvenait encore de cet instant où elle serrait ce petit corps sur sa poitrine. Cette odeur de bébé si particulière désormais impossible à évoquer.

Tu étais si petit, et maintenant tu es si grand.

Elle était une autre à l'époque, une Nora plus jeune. Plus naïve, mais aussi pleine d'enthousiasme, sans la moindre idée de ce qu'était la responsabilité d'un nouveau-né. À la fois morte de peur et intrépide. Complètement différente de la femme qui avait mis au monde Julia à quarante-deux ans.

Chaque année qui passait, elle reconnaissait davantage Henrik en son fils, même si sa personnalité mêlait l'assurance de son ex-mari et sa réserve à elle. Parfois, les gestes d'Adam étaient si semblables à ceux d'Henrik que ça lui faisait froid dans le dos.

Soudain, elle eut un vertige.

Nora reposa précautionneusement sa fille et se laissa glisser sur le tabouret à côté du miroir de l'entrée, tandis que Julia filait retrouver la télévision.

Quelle longue journée.

Elle ferma les yeux et appuya la tête contre le mur. Puis elle sortit son téléphone et composa le numéro de Jonas. Un message incompréhensible en thaï. Disant probablement que le numéro n'était pas joignable.

Elle aurait tant aimé lui parler un moment. Lui raconter le procès, comment les interrogatoires s'étaient passés. Juste entendre sa voix.

Elle était habituée à ce que Jonas soit absent, quand il avait de longues rotations. L'inquiétude l'envahit pourtant, même si son employeur était une des compagnies aériennes les plus sûres d'Europe.

Je suis simplement fatiguée à cause du procès, se dit-elle. *C'est nerveux.*

Elle regarda sa bague de fiançailles, un anneau d'or blanc serti de trois diamants. Les pierres scintillèrent à la lumière du plafonnier.

Sa demande l'avait prise au dépourvu l'été précédent. Ils étaient sur la véranda de la villa Brand, Nora emmitouflée dans une couverture, désespérée et secouée par un violent incendie qui venait d'avoir lieu sur l'île.

Que Jonas lui demande de l'épouser était la dernière chose à laquelle elle s'attendait à ce moment-là.

Mais sa réponse était allée de soi, même si, après son divorce, elle s'était promis qu'on ne l'y reprendrait plus.

Il fallait qu'elle mange. Et se change. Mais elle restait assise là, dans l'entrée. Elle dut cligner des yeux plusieurs fois.

Elle reprit son portable et composa à nouveau le numéro. Elle retomba sur la même voix et le même message en thaï.

48

Niklas Winnerman se frotta les yeux et sentit l'épuisement comme une poussée de fièvre. Il tendit le bras vers la bouteille de bière et la douleur lui transperça le flanc gauche, impossible de retenir un gémissement de douleur.

Ça avait été atroce d'entendre Nora Linde le désigner comme un salaud, surtout devant Albert et Natan. Après la première demi-heure, il n'avait plus eu le courage de regarder dans leur direction. L'audience achevée, il s'était dépêché de quitter les lieux sans leur parler, alors qu'ils l'attendaient devant le tribunal. Il ne voulait pas qu'ils viennent demain, il ne supportait pas de les savoir dans l'assistance tandis qu'on l'humiliait publiquement.

Niklas repoussa la poêle contenant l'œuf au plat et le bacon qu'il s'était préparés pour dîner et alla tout jeter à la poubelle.

Son portable sonna.

— Vous avez cherché à me joindre ?

Jacob Emilsson était toujours laconique au téléphone, il ne perdait pas de temps en formules de politesse. D'habitude, Niklas n'avait rien contre mais aujourd'hui, il aurait aimé que son avocat montre un peu plus de sollicitude.

— Je voulais juste savoir…

Il hésita.

— Comment trouvez-vous que ça s'est passé ?

Emilsson avait filé dès la fin de l'audience, sans que Niklas ait le temps d'échanger un seul mot avec lui. Après plusieurs bières, il avait laissé un message pour lui demander de le rappeler.

— C'était le premier jour de l'audience principale, répondit Jacob Emilsson.

Cette réponse ne disait rien à Niklas.

— Mais vous en avez pensé quoi ? insista-t-il.

Il entendit presque l'avocat soupirer.

— La procureure s'est montrée assez agressive.

Ça faisait du bien d'entendre qu'il n'était pas le seul à réagir aux manœuvres théâtrales de cette salope pour l'envoyer au trou. *Putain de bonne femme ! Pour qui elle se prend ?*

Dans la bouche de Nora Linde, tout ce qu'il avait fait paraissait plus grave.

— Qu'est-ce que Christian va dire, à votre avis ? demanda Niklas, tout en se détestant de laisser paraître son anxiété.

Jacob Emilsson lâcha un rire sec.

— Vous devriez le savoir mieux que moi.

L'audition de Christian était prévue le lendemain. Niklas en était malade.

Emilsson se racla la gorge.

— Désolé, mais je dois filer. Vous savez ce que c'est. On se voit demain au tribunal. Dix heures moins cinq devant la salle d'audience.

Il raccrocha avant que Niklas ait le temps de poser une autre question.

Niklas retomba au fond de son siège, téléphone à la main. Comme hypnotisé, il fit défiler son répertoire jusqu'à la lettre C.

Seul Christian pouvait l'aider.

La procureure avait besoin du témoignage de son ex-associé pour étayer l'accusation de délit. Ce n'était pas plus compliqué que ça. S'il renonçait à témoigner à charge, Niklas ne pourrait pas être condamné, Emilsson le lui avait plus ou moins dit aussi cash. « Faire de mauvaises affaires n'est pas illégal », avait-il affirmé.

Niklas avait déjà tenté sans répit de joindre Christian pour le supplier de faire marche arrière. Ces derniers jours, il n'appelait qu'ivre.

Il alla prendre une autre bouteille au réfrigérateur.

Il ne put retenir une plainte en se rasseyant, ses côtes le faisaient sacrément souffrir. Avec un gémissement, il sortit une plaquette de médicaments de sa poche, en fit sauter un cachet blanc qu'il avala avec une gorgée de bière.

Puis il fixa l'écran de son portable tandis que ses pensées allaient et venaient. Chaque fois, il arrivait à la même conclusion : hors de question de finir en prison à cause de Christian.

49

Benjamin suivait Samuel et Seb, même s'il était sûr qu'ils allaient dans la mauvaise direction. Ils étaient au nord de l'île, très loin du camp. Voilà plus d'un quart d'heure qu'ils avaient repéré la pancarte n° 7. Ils avaient beau chercher, ils ne trouvaient pas la suivante.

Samuel avançait d'un pas décidé.

Benjamin leva les yeux vers le ciel : la forêt de pins était beaucoup plus dense que du côté sud. Ils avaient dépassé la tour de Heineke et continué tout droit.

Il se demandait où étaient passés tous les autres.

On n'entendait que leurs pas, les pommes de pin qui craquaient sous leurs semelles et leurs halètements quand ils grimpaient sur les rochers.

Ils auraient dû tomber sur d'autres groupes.

Samuel s'arrêta dans une petite clairière au sol couvert d'aiguilles jaunes.

Benjamin avait vraiment besoin de faire pipi, il pourrait peut-être se soulager derrière un buisson ? Mais que feraient Samuel et Seb s'il ouvrait son pantalon devant eux ? Il décida de se retenir encore un peu.

— On ne devrait pas rentrer ? demanda-t-il. Il n'y a plus de questions, aussi loin du camp.

Samuel secoua la tête.

— La prochaine question est forcément dans le coin. Je vote pour qu'on reste par ici.

Il se tourna vers Seb, occupé à se gratter un bouton de moustique.

— Qu'est-ce que tu en dis ? On reste ici pour chercher ?

— Euh… oui, bien sûr.

Un peu de sang coulait de son bouton.

Le malaise de Benjamin augmentait de minute en minute. Il ne faisait pas confiance à Samuel, ne croyait pas à ses curieuses excuses d'hier soir sur les rochers, ni à ses soi-disant plaisanteries à son égard. Il regarda ses bottes en caoutchouc en pensant à sa tennis disparue dans l'eau.

— Mais il n'y a personne par ici, dit-il timidement, pour ne pas braquer l'adolescent. Il ne doit pas y avoir d'autres questions si loin.

Samuel agita la carte sous son nez.

— Tu veux dire que je ne sais pas lire une carte ?

— Non, pas ça. Juste qu'on devrait peut-être chercher ailleurs ?

Samuel s'approcha.

— Où par exemple ?

— Je ne sais pas bien. Plus près du camp.

Benjamin recula de quelques pas et se retrouva dos à un arbre.

— Tu penses qu'on s'est trompés de chemin ? fit Samuel. Qu'est-ce que tu en dis, Seb ? Tu es d'accord avec lui ?

— Laisse tomber, mec.

Seb essayait de la jouer cool, mais Benjamin sentait qu'il commençait à s'inquiéter. Il faisait encore jour, mais les pins cachaient le soleil du soir. La forêt avait plongé dans la pénombre, et la température baissait.

Benjamin frissonna.

— Tu n'aimes pas ma façon de lire une carte ? aboya Samuel en se plaçant de façon à lui barrer le chemin menant au camp. Est-ce qu'il y a autre chose que tu n'aimes pas ?

Il était campé sur ses jambes, les bras croisés.

De près Benjamin voyait comme il était costaud, large d'épaules, les bras musclés. Il avait les ongles rongés jusqu'au sang.

Benjamin songea à se glisser devant lui avant qu'il ait le temps de réagir. Il ne savait pas bien ce que l'adolescent avait en tête, mais l'expression de ses yeux l'effrayait.

Seb ne disait rien, continuait à triturer son bouton à vif.

— Vas-y, dis-le, insista Samuel.

Benjamin se rappela la fois où papa avait pilé en voiture pour ne pas écraser un lapin. Il avait l'air si pitoyable dans la lumière des phares, complètement terrorisé. Exactement comme lui en ce moment.

— Où tu crois que je me suis trompé de chemin ? cracha Samuel. Il faut qu'on tire ça au clair entre nous. Tu sais ce que les moniteurs disent tout le temps : en cas de conflit, il faut se parler.

La peur gonflait la langue de Benjamin.

— On ne pourrait pas juste rentrer ? parvint-il à chuchoter.

Samuel rit tout bas. Benjamin comprit qu'il jouissait de cette situation.

Il est complètement taré.

— On pourrait, oui, dit l'adolescent avec de l'excitation dans la voix. Si tu me le demandes assez gentiment.

Il commença à détacher sa ceinture de cuir brun et à l'ôter lentement des passants de son pantalon.

— Mais je ne crois pas que tu en sois capable, tu vois.

Il fit claquer sa ceinture par terre.

Un liquide chaud coula le long de la jambe de Benjamin et assombrit son jean.

— Regarde, s'exclama Samuel, les yeux pétillants. Il s'est pissé dessus !

Benjamin ne pouvait plus retenir ses larmes.

— Je veux rentrer, sanglota-t-il.

Samuel fit à nouveau claquer sa ceinture, et l'enfant pleura de plus belle.

— Laisse tomber, dit soudain Seb.

— Mais qu'est-ce que t'as ? fit Samuel. T'es une poule mouillée ou quoi ?

Seb leva les yeux au ciel.

— Je m'en fous de lui. Mais il faut qu'on boucle le jeu de piste avant qu'il soit trop tard, sinon les moniteurs vont nous engueuler.

Samuel serra plus fort sa ceinture de cuir.

— On aura bien le temps pour ça aussi.

50

Tétanisé, Benjamin ferma les yeux, n'attendant plus que le coup de fouet. Au même instant retentit une voix :

— Qu'est-ce que vous fabriquez, les garçons ?

Quand il rouvrit les yeux, Benjamin vit un homme portant une casquette rabattue et des lunettes de soleil. Il s'était arrêté parmi les buissons de myrtilles à une dizaine de mètres de là.

Soudain Benjamin parvint à nouveau à bouger. Il se précipita vers l'homme et lui dit, hors d'haleine :

— On est du camp de voile, on fait un jeu de piste, mais on ne trouve pas les indices. Est-ce que vous pouvez nous aider à chercher ?

Son cœur palpitait si fort que ses oreilles sifflaient. Il saisit l'homme par le bras gauche pour qu'il ne s'en aille pas.

— Comment tu t'appelles ? demanda l'homme.

— Benjamin.

L'homme lui adressa un sourire chaleureux. Puis il posa la main sur son épaule.

— C'est un très joli prénom.

Benjamin était bien décidé à ne pas bouger de là tant que Samuel et Seb seraient en vue.

— Et quel âge as-tu ? demanda son sauveur sans ôter sa main.

— Onze ans, j'en aurai douze en novembre.

— Un joli âge pour un joli prénom.

Du coin de l'œil, Benjamin vit que Samuel et Seb commençaient à reculer. Puis ils tournèrent les talons et partirent en courant vers le camp.

— Benjamin, hein ? fit l'homme comme s'il savourait son prénom.

C'était bizarre qu'il le répète comme ça, mais Benjamin était tellement soulagé qu'il n'y fit pas vraiment attention.

— Tout va bien, Benjamin ? On aurait dit que vous vous disputiez, tout à l'heure, non ?

— C'était rien, marmonna l'enfant, en espérant qu'il ne poserait pas d'autres questions.

Il faisait encore plus sombre à présent dans les bois, impossible de voir les arbres les plus lointains. Quelque chose se carapata dans un buisson derrière eux, mais pas de bête en vue.

L'homme se pencha pour regarder le pantalon de Benjamin dans la pénombre. Impossible de cacher les taches : l'enfant baissa la tête.

— Ça ne te dirait pas de venir un moment sur mon bateau boire un peu de Coca ? proposa l'homme sans faire de commentaire. On pourrait jouer à des jeux vidéo si tu veux, j'ai le wifi à bord.

En entendant la gentillesse de sa voix, Benjamin faillit se remettre à pleurer.

Il aurait tant aimé le suivre, ne pas avoir à retrouver Samuel et Seb. Mais il n'osait pas, à cause d'Isak. Il fallait qu'il se dépêche de rentrer. Isak serait fou furieux s'il arrivait une fois de plus en retard.

— Je dois y aller, dit-il à regret.

— Tu peux bien venir avec moi un petit moment, non ? Tu as l'air d'avoir besoin de te reposer un peu au calme.

Benjamin ne pouvait voir les yeux de l'homme derrière ses lunettes noires, mais il sentit affluer vers lui la chaleur qui en émanait.

Tout allait mieux à présent. C'était bon de rencontrer un adulte qui faisait attention à lui.

Il hésita. Un petit moment, ça ne pouvait pas être si grave…

Des voix de filles interrompirent ses réflexions. Il distingua Sofie et Tindra qui lui faisaient signe depuis un buisson.

— Benjamin, ça va ? cria Sofie.

Elles se dirigèrent vers lui.

— Il faut qu'on rentre, lança Tindra. C'est bientôt l'appel.

L'homme fronça les sourcils, puis il se hâta de dire à l'enfant en lui donnant une petite tape sur la joue :

— Tu peux passer demain si tu veux. Mon bateau est dans le port intérieur, c'est un Aqualine blanc, avec un habitacle bleu.

Avant que Benjamin ait le temps de répondre, l'homme avait tourné les talons et disparu dans les bois.

51

Les sonneries se succédaient tandis que Niklas Winnerman s'impatientait sur le canapé. Sa migraine refusait de passer, et impossible de trouver une position qui ne lui pèse pas sur les côtes.

Trois, quatre, cinq sonneries, puis le répondeur s'enclenchait, et la voix sèche de Christian demandait de rappeler ultérieurement.

Il n'avait plus répondu depuis qu'il s'était emporté contre Niklas vendredi dernier.

Inutile de laisser un message, Christian ne rappellerait pas. Mais il fallait que Niklas le force à l'écouter. Cet homme était sur le point de détruire sa vie, il lui devait au moins une conversation téléphonique.

Ça aussi, c'était l'œuvre de cette garce de Linde. Niklas la haïssait tant qu'il n'arrivait plus à avoir les idées claires.

Comment faire pour que Christian réponde ?

Niklas fit défiler les paramètres de son téléphone et trouva la fonction numéro caché. Dix minutes après, il composa à nouveau le numéro.

Une fois de plus, trois sonneries retentirent, mais au moment où il pensait que l'appel allait être transféré à la boîte vocale, il entendit la voix familière :

— Allô ?

— Christian !

— Ah, c'est toi.

À ces quelques mots Niklas devina que Christian avait hésité avant de décrocher. Trop tard.

— Je t'en prie, ne raccroche pas, dit-il en remarquant qu'il sanglotait. Donne-moi juste quelques minutes.

— Qu'est-ce que tu veux ?

Niklas se fit violence pour ne pas céder à la panique. Il fallait qu'il garde son calme, sa vie dépendait de cette conversation.

— Je suis désolé que ça se soit passé comme ça, répondit-il avec un calme de surface. J'ai essayé de te prévenir. Plusieurs fois.

— Qu'est-ce que tu veux ? répéta Christian.

Sa voix était si sourde qu'on l'entendait à peine.

Niklas chercha les mots justes, ceux qui convaincraient Christian de ne pas déballer sa colère demain au tribunal.

Lui aussi aurait voulu laisser libre cours à son ressentiment, son amertume d'avoir vu Christian se retourner contre lui, après toutes ces années. Mais il savait qu'alors son ancien associé raccrocherait violemment. Il fallait qu'il s'humilie, même s'il lui en coûtait.

S'il était condamné à la prison, il ne retrouverait jamais sa vie, il ne pourrait jamais rembourser ses dettes à Arturas. Ce que ses hommes de main lui feraient subir derrière les barreaux, Niklas n'osait même pas y penser.

Il serra le poing.

— Je voudrais te demander, j'aimerais que…, commença-t-il, aussitôt interrompu par le rire sans joie de Christian.

— Moi ce que j'aimerais, c'est ne jamais t'avoir rencontré. Qu'on n'ait jamais créé d'entreprise ensemble.

Niklas devinait que Christian secouait la tête, comme il le faisait toujours pour exprimer sa déception.

La honte le submergea, mais il ne pouvait pas se permettre de s'y abandonner.

— Tu ne dois pas témoigner contre moi demain, dit-il en serrant le goulot de sa bouteille de bière à moitié bue. Si tu fais ça, tu me détruis. Je vais aller en prison, Christian. Ils vont m'enfermer pour plusieurs années.

Il attendit une réaction. Le silence se prolongeait au bout du fil.

— Allô ? finit-il par lâcher.

Christian renifla.

Pleurait-il ?

Niklas entendit des bruits à l'arrière-plan. Une porte qui s'ouvrait. Des claquements de talons sur le sol, un gémissement de bébé.

— Christian, dit une voix de femme. Benjamin appelle sur le fixe. Il veut te parler, tout de suite.

— Il appelle de Lökholmen ? Du camp de voile ?

Sa voix était assourdie, Christian avait sans doute mis sa main sur le micro.

— Il faut que tu le prennes, insista la femme. Il a l'air dans tous ses états.

Au bout du fil, la voix de Christian se fit de nouveau distincte :

— Je ne peux plus te parler, dit-il, stressé.

Et il raccrocha.

Niklas posa lentement le portable sur la table. Il n'y avait rien à tirer de ce type. Aucun soutien à espérer de sa part.

Demain, il serait un homme mort.

Il saisit sa bouteille et la lança de toutes ses forces contre le mur, derrière le téléviseur. La bouteille éclata en mille morceaux, la bière éclaboussa le papier peint et le sol, dégoulinant le long du mur. Niklas cacha son visage dans ses mains et sanglota.

Il fallait empêcher Christian de venir à la barre des témoins, il était prêt à tout pour ça.

Quand il eut enfin la force de se lever, ses côtes étaient plus douloureuses que jamais. Il prit un nouveau cachet, tandis qu'une idée prenait forme dans sa tête.

Il n'y avait plus qu'à combattre le feu par le feu.

52

Benjamin piétinait d'inquiétude, le téléphone à la main. Il n'était pas allé avec les autres au réfectoire, mais s'était glissé en cachette au QG, où il y avait un poste fixe. La gorge serrée, il avait composé le numéro de papa. Son portable était occupé, mais il se souvenait du numéro de l'appartement de Ninna.

Tout se bloqua quand elle répondit. Il ne parvint d'abord pas à produire le moindre son, il lui fallut plusieurs secondes avant de parvenir à parler.

— Papa est là ? lâcha-t-il enfin en trébuchant sur les mots.

— C'est toi, Benjamin ?

— Papa est là ?

Son petit frère Emil pleurait fort à l'arrière-plan, mais Ninna l'ignora, comprenant que le fils de Christian était bouleversé.

— Qu'est-ce qui t'arrive, Benjamin ?

Difficile de contrôler sa voix :

— Je peux parler à papa ?

— Attends un peu. Il est au téléphone dans le séjour.

Benjamin s'efforçait de surveiller par la fenêtre sale. Il n'osait pas s'asseoir sur le canapé, au cas où la porte s'ouvrirait. Une mouche crevée était écrasée sur la vitre. Le combiné était chaud et poisseux dans sa main.

Pourquoi papa n'arrivait-il pas ?

Des pas à l'extérieur du bâtiment lui firent serrer encore plus fort le téléphone. Une branche craqua.

Réponds !

Par la fenêtre, il vit David arriver du réfectoire.

Benjamin fixa le téléphone, tandis que ses yeux s'emplissaient de nouvelles larmes.

S'il te plaît, papa !

Il ne fallait absolument pas que David le trouve là, les enfants n'avaient pas le droit d'entrer au QG sans autorisation.

Benjamin lâcha le combiné et regarda alentour, mais il n'y avait pas d'autre sortie, pas même de placard ou de toilettes où se cacher. Dans le coin cuisine, il serait immédiatement repéré, et impossible de se glisser sous aucun des canapés.

— David ? appela quelqu'un dehors.

Le responsable du camp s'arrêta à quelques mètres à peine du bâtiment. C'était Maja qui lui faisait signe. Un papier à la main, elle cria quelque chose d'inaudible. David rebroussa chemin et disparut.

Benjamin tremblait de tout son corps.

Il fixa le téléphone. Allait-il risquer un nouvel appel ? Il avait déjà essayé le numéro de maman, mais son portable était éteint. Elle travaillait sans doute, il n'était jamais allumé quand elle était à l'hôpital.

Penser à maman lui fit à nouveau monter les larmes aux yeux.

Il tendit une main vers le téléphone, puis se ravisa. David pouvait arriver d'une seconde à l'autre, c'était trop risqué. Son jean était trempé d'urine glacée, il fallait qu'il se change avant le rassemblement. Il ouvrit la porte et s'enfuit en courant.

53

L'eau était lisse comme un miroir dans la crique de Kroksöfladen. De temps en temps, la surface se ridait au passage d'un banc d'épinoches, mais sinon tout était immobile autour de lui, à l'arrière du bateau.

Il s'attardait dehors avec une bière forte, malgré les moustiques qui commençaient à s'agiter. Ça ne le dérangeait pas, ils ne le piquaient quasiment jamais. Peut-être ne le trouvaient-ils pas assez attirant, son sang pas assez sucré ? Cette idée l'amusa.

Ce soir, il avait rencontré Benjamin pour la première fois.

Benjamin.

Il répétait son nom en se remémorant sa sensation quand il avait posé la main sur l'épaule du garçon. Sa chaleur à travers l'étoffe du tee-shirt, sa jolie petite bouche aux lèvres roses.

Les deux grands n'étaient pas gentils avec lui, il l'avait bien compris en les surprenant dans la forêt. Mais avec leurs brimades, ils lui avaient préparé le terrain. Ils avaient tellement terrorisé le gosse qu'il était au bord des larmes quand il était arrivé.

En sauveur.

C'était un rôle nouveau, et cette pensée aussi le fit sourire. Ces jeunes ne savaient pas quel service ils lui avaient rendu. Parfois, il était difficile de gagner la confiance des enfants pour qu'ils viennent de leur plein gré, mais cette fois le gamin lui était servi sur un plateau.

C'était presque comme la dernière fois, avant que ça tourne à la catastrophe. Il veillerait à ce qu'il en aille autrement cette fois-ci.

À l'heure qu'il était, Benjamin était sûrement rentré au camp et se préparait pour la nuit. Il allait bientôt se brosser les dents et se glisser dans son duvet bleu.

Est-ce qu'il gardait son caleçon ou dormait tout nu ?

Il respira plus lourdement en imaginant Benjamin se mettant au lit.

Il se rappelait que le garçon dormait sous la fenêtre. D'habitude, elle restait ouverte, malgré les moustiques, sans quoi il faisait trop chaud dans le dortoir.

Un léger clapotis interrompit ses pensées. Un éclat argenté disparut sous le bateau, laissant de vagues ronds dans l'eau. Quand il leva les yeux, il vit un voilier arriver dans le chenal. Une femme était debout, une amarre à la main, prête à accoster.

C'était contrariant. Les autres bateaux avaient quitté le port de plaisance dans l'après-midi, il avait espéré rester seul encore quelques jours.

Il s'étira et finit sa bière. Il allait peut-être faire une promenade après le coucher du soleil. Passer au camp. Et dire bonne nuit à Benjamin.

54

Isak ouvrit la porte du QG et posa la caisse que David lui avait demandé d'apporter pour la réunion du soir. Il était dix heures et demie, ils devaient se retrouver dans un quart d'heure.

Son portable sonna.

Comme toujours, il éprouva un léger malaise en voyant « *papa* » s'afficher. Ces quatre lettres suffisaient pour qu'il se demande ce qu'il avait mal fait encore une fois.

Pourvu que son paternel n'ait pas appris la fugue de Clara. Que ce ne soit pas la raison de son appel.

Il n'avait pas le courage de s'entendre une fois de plus énumérer ses défauts et comparer à son frère et sa sœur aînés, qui n'avaient jamais douté de leurs capacités. Mia avait déjà terminé ses études de droit, et Andreas était à l'école polytechnique KTH.

Isak en avait tellement assez d'être mis plus bas que terre.

Il rêvait de faire des études de cinéma, mais papa partait du principe qu'il devait faire Sup de Co, comme lui, viser une carrière dans la banque ou la finance, un vrai métier. Mais les bulletins scolaires d'Isak étaient loin de ce qui était exigé pour y entrer, surtout après tous ses arrêts maladie en première.

Ses doigts se glissèrent dans sa poche pour chercher la boîte de médicaments pleine de cachets blancs. Il ne put s'empêcher de la serrer pour se rassurer.

Papa n'avait jamais admis qu'il était vraiment malade quand il s'était enfoncé dans les ténèbres de la dépression. « Isak est juste un peu fatigué », avait-il l'habitude de dire. Il fallait juste qu'il se secoue un peu, et tout irait bien. Il avait honte de la maladie de son fils, Isak en était conscient. Il aurait mieux valu qu'il se casse la jambe ou souffre d'une pneumonie, le genre de maladie qu'on pouvait expliquer aux amis et à l'entourage.

Une dépression, on n'en parlait pas ouvertement.

Le téléphone sonna pour la troisième fois. Isak joua avec l'idée de ne pas répondre, mais décrocha pourtant.

— Allô ?

— Quand est-ce que tu rentres du camp ?

Papa ne disait jamais bonjour.

— Comment ça ?

— Quand est-ce que tu rentres à la maison ?

— Jeudi soir.

— J'aurais besoin d'aller en ville tôt vendredi matin chercher des chaises pour la fête de la Saint-Jean. Il faudra que tu m'accompagnes pour m'aider.

Isak aurait voulu protester, dire qu'il avait déjà prévu d'accompagner David à une fête chez un type qui avait une maison de vacances sur une île privée. Maja y serait aussi. Isak avait été si content quand

David lui avait fait cette proposition : pour la première fois depuis longtemps, il avait le sentiment d'être inclus.

Mais impossible de dire non à papa.

— On sera rentrés quand dans ce cas ? demanda-t-il en espérant que sa frustration ne s'entendrait pas.

— Au plus tard à midi. Les invités arrivent à trois heures et il faudra tout installer.

David n'attendrait sûrement pas si longtemps.

— Ça ne m'arrange pas, tenta-t-il. Je comptais partir vers onze heures.

— Ne commence pas à faire des histoires, Isak. À jeudi.

Et l'écran s'éteignit.

Isak regarda fixement son portable, sentant monter l'angoisse familière qui ne trouvait pas d'issue. Le noir auquel il ne devait pas céder.

Au moins, son paternel n'avait pas l'air au courant de ce qui s'était passé avec Clara. Tant mieux.

Le téléphone sonna à nouveau, cette fois la ligne fixe du camp. Isak tendit le bras pour décrocher.

— Camp de voile de Lökholmen, dit-il machinalement. Isak à l'appareil.

— Bonjour, Isak, ici Christian Dufva, le papa de Benjamin. Pardon d'appeler si tard.

— Pas de problème.

— J'aurais besoin d'un renseignement.

— Bien sûr.

— Je comptais faire un saut demain soir, avec quelques affaires que Benjamin a oubliées, mais je ne me rappelle pas dans quelle maison il loge.

— C'est l'Étoile, la première baraque rouge quand on arrive de la crique de Skothalarfladen.

— Ah oui, c'est ça.

Christian Dufva rit, avec une chaleur qu'Isak n'avait jamais entendue chez son propre père.

— Au fait, quel lit occupe Benjamin, déjà ? reprit Christian. Je vais peut-être me pointer pour poser les affaires quand vous serez tous en mer.

Isak dut réfléchir.

— Il est à tribord, la couchette du dessous la plus proche de la fenêtre, côté gauche du dortoir.

— Très bien. Merci pour votre aide.

En raccrochant, Isak se dit que son père ne se serait jamais déplacé pour lui apporter quoi que ce soit. Il lui aurait dit de ne s'en prendre qu'à lui-même s'il ne faisait pas attention à ses affaires.

55

Curieusement, tout devint plus calme après le coup de téléphone. Niklas Winnerman laissa retomber ses épaules.

La journée du lendemain n'était plus qu'un profond trou noir qui allait l'engloutir. Le service qu'il venait de demander allait lui coûter cher, mais il en aurait pour son argent. De l'argent, il en devait de toute façon, et si la seule possibilité de le rembourser un jour était d'augmenter sa dette, il acceptait d'en passer par là.

Quelques verres de vodka avaient aussi contribué à l'apaiser. Le docteur lui avait dit de ne jamais prendre d'alcool avec les antalgiques qu'il lui avait prescrits. Qu'il aille au diable.

Niklas fit légèrement claquer ses lèvres en allant à la cuisine se servir un dernier verre. Après, il fallait qu'il dorme, qu'il reprenne des forces pour la journée du lendemain.

« Vous ne pourriez pas essayer de vous arranger un peu ? » lui avait dit Emilsson quand ils s'étaient retrouvés au tribunal, devant la salle d'audience. Demain, il allait lui montrer, à cet avocat content de lui. Il avait déjà sorti son plus beau costume, avec une élégante cravate Armani achetée dans sa boutique préférée d'Östermalm.

Il lorgna du côté de l'horloge, dont les aiguilles marquaient presque onze heures et demie. Puis son regard glissa vers l'ordinateur, sur la table.

Ce fut comme une décharge électrique. Comme chaque fois que l'envie le prenait. Une pulsion impossible à calmer. Un besoin dévorant qu'il fallait nourrir à tout prix.

Certains auraient parlé de « dépendance », mais il refusait de voir les choses ainsi. Il avait consulté un site. Lu la description des symptômes témoignant d'une véritable addiction : tout le temps était consacré au jeu, la vie sociale s'étiolait parce que les contacts humains devenaient sans intérêt. Une dépendance qui se manifestait par du stress, des mensonges et des troubles psychiques. Ça ne collait pas avec lui. Il n'était pas possédé. Il évitait juste d'en parler. Ni les garçons ni son ex-femme n'étaient au courant, mais il ne leur avait jamais menti. Au contraire, il n'avait jamais perdu le contrôle, malgré une année infernale.

Certes, il avait dû hypothéquer l'appartement et vendre ses actions. Quand les prêts par SMS n'avaient plus suffi, il avait dû prendre d'autres mesures. Et avait fini par aller trouver Arturas. Mais c'était *son* choix.

L'inquiétude lui retourna le ventre en songeant au Lituanien.

Ces derniers temps, il n'avait pas beaucoup gagné, mais quelque chose lui disait que la chance allait tourner. Que son heure était enfin venue. S'il arrivait à se refaire, il pourrait mettre de l'ordre dans sa vie, payer ses dettes, y compris celle qu'il avait contractée ce soir.

Le verre à la main, il s'assit devant l'ordinateur. Il ne lui fallut qu'un instant pour déplier l'écran et se connecter. Dès qu'il tapa les premières lettres, il se sentit gonflé à bloc.

Son sang bouillonnait, pétillait, palpitait. Ce soir, il allait regagner tout ce qu'il avait perdu. Il le sentait dans toutes les fibres de son corps.

Il avait l'habitude de visiter différents sites de jeu, selon son humeur. Cette fois, c'était un soir pour jouer aux dés.

MARDI 17 JUIN

56

Le soleil brillait par la fenêtre quand Isak ouvrit les yeux. Wille dormait encore profondément à l'autre bout de la chambre, sur le dos, la bouche à moitié ouverte.

Isak sourit.

C'était venu comme ça, de nulle part : il sentait que l'angoisse avait quitté son corps pour la première fois depuis la fugue de Clara.

Cette nuit, il avait bien dormi, sans ressasser ce qu'il aurait dû faire autrement. Il avait été mort de peur qu'on le renvoie, qu'il apparaisse clairement à tous, et surtout à papa, qu'il n'était pas à la hauteur. Mais ce matin, il se sentait à nouveau comme d'habitude, il avait la situation en main, et Wille était là.

Aujourd'hui, il allait appeler son paternel pour lui dire qu'il faudrait partir plus tôt s'il voulait qu'il l'aide à aller chercher ces fichues chaises. Il allait s'affirmer, pour une fois. Il voulait fêter la Saint-Jean avec Maja.

Hier soir, il était resté un moment à bavarder au bord du lit avec les garçons du groupe. L'ambiance semblait meilleure à présent. On voyait qu'ils avaient un peu fait connaissance. Seul Benjamin restait encore dans son coin.

Il dormait, enroulé dans son sac de couchage, quand Isak était arrivé : impossible de le prévenir que son père avait appelé. Ce n'était peut-être pas si étonnant que les grands ne fassent pas attention à lui : il était clairement le plus petit du groupe. En tout cas, c'était sympa de la part de Samuel et Seb de le prendre dans leur équipe pour le jeu de piste.

Isak se retourna dans son lit. Il était sept heures moins vingt, mais il faisait déjà chaud dans la chambre. Il avait le torse en sueur.

Les oiseaux gazouillaient à la fenêtre. Ça allait être une belle journée, se dit-il en s'étirant à nouveau. Il allait retrouver Maja au petit déjeuner et il allait faire beau. Tout allait mieux.

Un sentiment d'espoir envahit son corps.

Comme d'habitude, il y avait un appel avant le repas. Le groupe Bleu s'était rassemblé dans la clairière derrière le Hangar, et attendait avec impatience que le moniteur appelle leurs noms.

Isak compta : quinze, seize, dix-sept.

Il aurait dû y avoir dix-huit enfants.

Il recompta. Toujours que dix-sept.

Benjamin. C'était lui qui n'était pas là.

Son cœur se serra, mais il repoussa cette sensation.

— Est-ce que quelqu'un a vu Benjamin ? Samuel, tu sais où il est passé ?

Samuel parut s'offusquer.

— Qu'est-ce que j'en sais, moi ? Je ne suis pas sa mère, merde !

Seb pouffa, mais Isak n'avait pas le courage de les remettre à leur place.

Il se prit la nuque. Réfléchit.

— J'ai faim, dit Tindra.

— OK, dit Isak en indiquant le réfectoire. Filez manger pendant que je cherche Benjamin.

Il se dirigea vers les douches en maugréant. Il avait tant de fois dit aux gamins de faire attention à l'heure. Mais ça rentrait par une oreille pour ressortir par l'autre.

En passant il trouva Maja sur le perron d'Eider, un des baraquements des filles. Il l'avait aperçue un peu plus tôt qui allait aux douches. Aujourd'hui, elle avait des mocassins de voile à la place de ses bottes en caoutchouc. La vue de ses jambes bronzées fit vaciller sa volonté. Peut-être pourrait-il l'emmener au sauna ce soir ?

— Tu vas où ? lui demanda-t-elle.

Il y avait comme une invitation dans sa voix.

— Un de mes gamins a séché l'appel. Benjamin, tu sais, le petit. Il est vraiment dans la lune, celui-là.

Les cheveux blonds de Maja resplendissaient dans le soleil du matin.

— Tu as vérifié du côté des toilettes ? Il est sûrement là-bas avec une BD et il a dû oublier l'heure.

— J'allais justement vérifier.

Maja rassembla ses cheveux sur sa nuque et les noua avec un élastique. Puis elle descendit les quelques marches du perron. Soudain, ils furent tout proches, visage contre visage. Il regarda tout au fond de ses yeux bleu-gris.

Elle venait de se brosser les dents, ça sentait la menthe.

Isak posa sa paume sur sa joue. Sa peau douce était fraîche sous ses doigts.

— Tu es si jolie, murmura-t-il, en sentant Maja se hisser sur la pointe des pieds.

— Viens, chuchota-t-elle en l'entraînant dans la maison vide. Tout le monde est au réfectoire, il n'y a personne.

Elle lui prit la main et le conduisit dans un des dortoirs. Les stores étaient encore baissés, il faisait complètement sombre.

Maja le prit dans ses bras et se serra contre lui.

Ces yeux de chat.

Il aurait dû partir à la recherche de Benjamin. Mais Maja avait sûrement raison, le gamin devait traîner aux chiottes. Il trouverait bien tout seul le chemin du réfectoire.

Maja entrouvrit les lèvres, elles avaient aussi bon goût qu'il l'avait imaginé.

57

Christian Dufva venait de nouer sa cravate devant le miroir de l'entrée quand son portable sonna. Il avait eu un sommeil agité, s'était forcé à avaler une tartine et une tasse de café au petit déjeuner.

Numéro inconnu. Était-ce Niklas qui faisait une dernière tentative pour le convaincre ?

Il laissa le téléphone sur la table de l'entrée sans y toucher. Il était sur le point de partir pour le procès au tribunal de Stockholm. Au moins, tout serait bientôt fini.

Les sonneries cessèrent, le répondeur prit le relais. Après à peine une minute, nouvel appel. Nora Linde masquait aussi son numéro, est-ce que ça pouvait être elle ?

Christian hésita, puis décrocha.

— Oui ?

— Écoute-moi bien maintenant.

L'homme parlait avec un fort accent, sa voix était de si mauvais augure que Christian sentit sa bouche s'assécher immédiatement.

— Qui êtes-vous ? parvint-il à lâcher.

— Aucune importance, tu dois juste m'écouter.

Il y avait un grondement à l'arrière-plan, l'homme devait marcher dans une rue très fréquentée.

Christian se demanda pourquoi il ne raccrochait pas tout de suite. Quelque chose l'en empêchait. Sa cravate était trop serrée, il essaya d'une main d'en relâcher le nœud. Ça n'y changeait rien, il dut glisser un doigt dans le col de sa chemise pour avoir de l'air.

L'inconnu lui expliqua ce qui allait se passer s'il ne faisait pas exactement ce qu'il lui disait.

Comme dans un brouillard, Christian répéta qu'il comprenait, qu'il suivrait les instructions. Ne pas prévenir la police, sinon le pire arriverait. Sa famille paierait en premier.

Un *clic* retentit.

— Attendez ! S'il vous plaît ne raccrochez pas !

L'appel n'avait duré qu'une minute, mais c'était suffisant.

Un visage gris lui fit face dans le miroir. Il aurait voulu lisser ses cheveux, mais ses mains tremblaient trop, il n'arrivait pas non plus à rajuster sa cravate.

Si seulement il avait laissé cet appel basculer sur son répondeur. Ou tout simplement éteint son téléphone.

Une violente nausée lui monta à la gorge et il se précipita aux toilettes. Une bouillie de café et de tartine au fromage éclaboussa la faïence et la lunette. Quelques taches brunes atterrirent sur le mur. À la fin, il ne vomit plus que de la bile.

Il se laissa tomber par terre, la tempe contre le mur.

— Ça va, Christian ? demanda Ninna de l'autre côté de la porte. Qu'est-ce qui se passe ?

Un goût aigre dans la bouche : il arracha un peu de papier-toilette et s'essuya le visage.

— Christian ?

— J'arrive. Laisse-moi.

Ninna ne devait pas être au courant, personne ne devait être au courant.

« Interdiction de prévenir la police », ces mots tintaient encore à ses oreilles.

Que cet homme soit capable de mettre ses menaces à exécution, Christian n'en doutait pas une seconde.

Il vit le petit Emil. Ninna. Benjamin.

Il n'osait pas penser aux conséquences s'il échouait.

58

— À plus tard.

Maja embrassa Isak sur la bouche, rajusta son top et disparut en direction du Hangar retrouver le groupe Jaune. Isak consulta sa montre de plongée. Presque neuf heures, il allait devoir sauter le petit déjeuner, le rassemblement était prévu d'ici quelques minutes. Il fallait aussi qu'il vérifie si Benjamin s'était montré.

Il se passa la main dans les cheveux et eut tout juste le temps de ressortir sur le perron quand deux des filles qui logeaient là arrivèrent pour récupérer des affaires. Isak ne put retenir un sourire bête.

L'esplanadc s'était transformée en fourmilière où les enfants s'affairaient pour se préparer. Une demi-heure plus tôt, quand tout le monde était au petit déjeuner, elle était déserte. À présent, les jeunes couraient dans tous les sens pour chercher tout ce qu'ils devaient emporter en mer.

Isak se dépêcha de gagner la rampe en bois. Quelques-unes des filles avaient déjà ouvert la remise à voiles et étaient en train de sortir du matériel et des cordages.

— Benjamin est là ? demanda-t-il à Sofie et Lova, qui arrivaient les bras chargés de voiles.

Il était encore avec Maja en pensée.

— Non, mais il devrait venir nous aider.

Elles continuèrent jusqu'au Deux-Couronnes le plus proche, où elles empilèrent leur fardeau.

Isak recompta les enfants : toujours que dix-sept.

Un picotement familier se fit sentir au bout de ses doigts.

— Et toi ? demanda-t-il à Tindra, occupée à passer l'écoute d'un autre voilier. Benjamin n'était pas au réfectoire pendant le petit déjeuner ?

Elle secoua la tête.

— Je ne l'ai pas vu de la matinée, demande plutôt aux garçons.

Une grosse boule se forma dans son ventre, alors qu'il n'y avait aucune raison d'imaginer le pire. Benjamin avait sûrement oublié l'heure, comme l'avait dit Maja. Mais Isak commençait à regretter le moment qu'il avait passé avec elle. Il aurait dû plutôt chercher le garçon.

Wille arrivait, quelques cartes marines sous le bras.

— Je ne trouve pas Benjamin, se dépêcha de lui dire Isak, sans rentrer dans les détails. Est-ce que tu l'as vu ?

L'expression du visage de Wille lui donna la réponse. Son ventre se noua de plus belle.

— Bon, je pars à sa recherche, dit-il.

Wille ne semblait pas particulièrement inquiet, ce qui rassura Isak. Il se rongeait sûrement les sangs pour rien. Quelle était la probabilité qu'un autre jeune fugue ? Ça ne pouvait pas arriver deux fois dans le même camp.

La sueur se mit pourtant à lui perler au front tandis qu'il faisait la même ronde que quelques jours plus tôt, quand Clara avait disparu. Il secoua ses mains pour y retrouver ses sensations.

Une partie de lui aurait voulu mobiliser immédiatement tous les enfants pour fouiller le camp. D'un autre côté, il craignait que ça ne crée une panique inutile. Encore une initiative qui ferait peur aux gosses et à leurs parents.

David serait fou. Pour ne pas parler de la direction. Et tout le monde saurait qu'il ne tenait pas ses gamins à l'œil. Son paternel aussi.

Son cœur se mit à tambouriner, comme l'autre fois. Il haletait, le souffle court.

Il avait déjà cherché dans le réfectoire et les toilettes, sans succès. Les dortoirs étaient vides.

Où pouvait être passé Benjamin ?

59

Nora entra dans la salle 5 et alla s'asseoir à gauche de l'estrade du juge. Elle avait soigné sa tenue ce matin, veste de tailleur sur jupe crayon moulante, avec un peu plus de maquillage que d'habitude. C'était une sorte d'armure, et ça renforçait sa confiance.

En face d'elle siégeait Jacob Emilsson, arborant, comme toujours, épingle de cravate et costume trois pièces, malgré la chaleur estivale. Elle avait déjà salué les avocats et leurs clients avant d'entrer.

Niklas Winnerman semblait toujours éprouvé, avec son bleu sous le menton qui s'étalait, mais il présentait mieux qu'hier : une cravate d'un élégant bleu marine, et quelque chose de plus assuré dans la posture. Avec ses chaussures bien cirées, il ressemblait davantage au PDG prospère qu'il avait été jadis. Il affichait un calme inquiétant.

Nora lissa un pli de sa jupe et rangea ses papiers en piles soigneusement alignées. Aujourd'hui, il fallait que tout soit carré, l'interrogatoire de Christian Dufva ne devait pas déraper.

Ils auraient dû se retrouver un quart d'heure avant, mais il n'était pas au rendez-vous. *Il est sûrement juste retardé*, s'était-elle dit, les mains pourtant moites.

La porte s'ouvrit et Christian Dufva entra dans la salle d'audience. Nora lui adressa un sourire d'encouragement, mais il évita son regard. Ça devait être bien pénible pour lui. La plupart des gens étaient embarrassés la première fois qu'ils entraient dans un tribunal. Témoigner contre un ancien ami et associé devait être particulièrement éprouvant.

La présidente Wikingsson expliqua comment devait se dérouler la déposition du témoin : il devait d'abord prêter serment et son témoignage serait enregistré.

Christian Dufva hocha la tête pour indiquer qu'il avait compris, puis répéta le serment que lut la juge :

— Moi, Christian Dufva, jure et assure sur l'honneur et en conscience de dire toute la vérité, sans rien taire, ajouter ou altérer.

— Comprenez-vous bien qu'un faux témoignage est un délit ? insista Barbro Wikingsson.

Christian Dufva se passa nerveusement la main dans les cheveux et tripota son verre d'eau. Nora devina qu'il ne rêvait que d'une chose : fuir cette salle. Tant de choses dépendaient de sa déposition, il fallait vraiment qu'il soit à la hauteur aujourd'hui.

Elle avait prévu de démarrer par quelques questions simples sur ses liens avec Winnerman, pour qu'il se détende avant de passer à la partie difficile.

— Pouvez-vous nous dire depuis combien de temps vous connaissez Niklas Winnerman ? commença-t-elle.

Christian Dufva était toujours assis tout au bord de sa chaise. Il flottait dans son costume gris. Il devait avoir beaucoup maigri ces derniers temps.

— Depuis treize ans. Nous étions collègues avant de décider de fonder ensemble Byggallians. C'était il y a environ dix ans.

— Vous travailliez donc ensemble. Étiez-vous aussi amis ?

— On peut sans doute le dire. Nous nous sommes fréquentés en famille pendant tout ce temps.

— En famille, répéta Nora. Comme de bons amis.

Annika Sandberg secoua légèrement la tête, ce que Nora enregistra aussitôt. C'était exactement ce qu'elle voulait susciter chez les jurés : de l'indignation. Il existait une relation de confiance entre les deux hommes, qui avait été brutalement piétinée par l'un d'eux.

— Comment avez-vous réuni votre capital de départ ? demanda-t-elle. Il a dû vous falloir une somme importante pour vous lancer.

— Nous avons contracté un emprunt. J'ai emprunté avec mon appartement en garantie, et je crois que Niklas a fait pareil.

— Comment se présentait la structure financière de la société ?

— Nous avions chacun la moitié des parts.

Nora réagit comme si cette information était nouvelle. C'était une bonne vieille règle, au tribunal : ne jamais poser de question dont on ne sache pas déjà la réponse.

— Vos affaires ont-elles bien marché ?

Les traits crispés de Christian s'adoucirent quelque peu.

— Très bien. L'entreprise était en croissance chaque année, nous pouvions embaucher de plus en plus.

Il parvint presque à sourire.

— Alors vous devez avoir gagné beaucoup d'argent, n'est-ce pas ?

— Oui. Mais presque tout était réinjecté dans la société. Niklas estimait qu'il fallait attendre pour se verser des dividendes, et laisser l'argent dans la société. « Il faut investir dans l'avenir », comme il avait l'habitude de le dire.

Son regard s'éteignit à nouveau.

— Quelle est votre situation financière aujourd'hui ?

— Je n'ai plus d'emploi fixe et il est difficile d'en trouver un étant donné…

Christian Dufva s'agrippa au bord de sa table.

— Étant donné la situation. La plus grande partie de mon patrimoine était investie dans l'entreprise. J'ai divorcé il y a quelques années et j'ai dû dédommager mon ex-femme pour conserver ma part dans la société.

— Ça ne doit pas être facile, dit Nora.

— Non, pas facile.

Christian Dufva saisit son verre et but une gorgée d'eau. Il le reposa, mais ne parvint pas à le lâcher.

Nora décida de changer d'angle d'approche :

— Qu'est-ce qui vous a poussés à vous associer tous les deux pour lancer une entreprise ?

— Nous travaillions bien ensemble, nous étions complémentaires. Nous avions tous les deux l'idée de ne pas rester toute notre vie des esclaves salariés, mais de créer une affaire à nous pour gagner de l'argent.

— Gagner de l'argent, répéta Nora comme en passant, en lorgnant vers Dennis Grönstedt, que ce sujet avait fait réagir précédemment. Est-ce que ça intéressait Niklas ?

— C'était le plus motivé de nous deux.

— Pourquoi ?

— Niklas est habitué à un autre train de vie que ma famille et moi.

— Plus luxueux, vous voulez dire ? Pouvez-vous nous donner un exemple ?

Dufva sembla embarrassé.

— Niklas habite en centre-ville, finit-il par répondre, à Östermalm, le quartier le plus cher de Stockholm. Il a toujours aimé aller au restaurant, conduire de belles voitures. J'ai un style un peu plus simple.

Il pinça l'étoffe de son costume.

— Mes costumes ne sont pas particulièrement élégants.

Nora fit une petite moue.

— Est-ce que son salaire y suffisait ? Gagniez-vous vraiment tant d'argent que ça avec Byggallians ?

— Nous étions tout près d'en gagner beaucoup. Nous avions parlé de la revendre dans dix ans, quand nous aurions tous les deux quarante-cinq ans. Nous aurions alors pu en tirer une belle somme.

— Combien ?

— Difficile à dire, sûrement plusieurs millions, si l'entreprise avait continué à croître à ce rythme.

— Et maintenant, il n'y a plus rien à vendre ?

Les deux jurés à gauche de Barbro Wikingsson avaient pris un air désapprobateur. Annika Sandberg regardait Niklas Winnerman avec scepticisme.

— Il n'y a plus d'entreprise, lâcha Dufva.

Il s'affaissa sur son siège.

— Elle a cessé d'exister.

Il déglutit si fort que sa pomme d'Adam tressauta.

Nora sortit lentement un papier, surtout pour laisser aux derniers mots du témoin le temps de résonner.

— L'entreprise Byggallians n'existe donc plus, dit-elle lentement. Parlons des événements qui ont précédé sa faillite.

Elle vit Dufva serrer fort les poings. Elle pouvait comprendre sa colère, savait qu'elle n'était pas dirigée contre elle.

— La cour a précédemment entendu comment Niklas Winnerman avait acheté à la société Druvan un permis de bâtir sans valeur pour dix millions de couronnes. C'est bien ça ?

Un bref hochement de tête pour toute réponse.

— Le témoin veut-il avoir l'amabilité de répondre dans le micro ? demanda Barbro Wikingsson.

— Oui.

Christian Dufva se racla la gorge.

— C'est exact.

Il avait été très clair lors de son interrogatoire par la police : il avait expressément déconseillé cette affaire à son associé, l'entreprise ne disposant pas d'assez de liquidités, ce qui n'avait pas empêché Winnerman d'agir dans son dos. C'était intentionnel, au sens de la loi, Nora ne voyait pas d'autre interprétation.

Elle ne put s'empêcher de tourner la tête vers l'estrade. Dennis Grönstedt, qui commençait lui aussi à se dégarnir, était penché en avant. C'était en général bon signe.

Il ne manquait plus que quelques clous au cercueil.

Nora regarda autour d'elle.

— Au dire de Niklas Winnerman, il pensait qu'il s'agissait d'une bonne affaire, dit-elle. Il affirme que vous étiez d'accord là-dessus.

Dufva évitait de croiser son regard.

— N'avez-vous pas énergiquement protesté contre son idée de passer un contrat avec la société Druvan ?

— Je ne me souviens pas très bien.

Nora le dévisagea. La salle tangua une seconde.

— Quelque temps plus tard, vous avez à nouveau abordé le sujet, reprit-elle en s'efforçant de garder une voix assurée. Niklas Winnerman ne vous a-t-il pas alors certifié que vous n'aviez aucun souci à vous faire ?

Jacob Emilsson leva une main.

— Madame la présidente, il semble que la procureure pose des questions orientées.

Barbro Wikingsson le concéda.

— Je prierais la procureure de bien réfléchir à ses formulations.

Nora déglutit. Elle avait franchi les bornes. Mais elle avait devant elle un tout autre homme que celui qui lors de ses interrogatoires avait exprimé toute son amertume vis-à-vis de son ancien associé.

L'assise de son fauteuil était dure comme de la pierre.

— Je vais m'exprimer autrement, dit-elle posément, alors qu'elle avait envie de secouer Dufva. Si Niklas Winnerman n'avait pas conclu cette affaire de droit à bâtir, est-ce que cela aurait changé quelque chose à la situation économique de l'entreprise ?

— Oui, naturellement.

— Alors je vous pose la question : avez-vous déconseillé à Niklas Winnerman d'acheter ce droit à bâtir, oui ou non ?

— Je ne m'en souviens pas.

Christian Dufva parlait en fixant un point situé au-dessus de la tête de Nora.

— Je faisais confiance à Niklas, qui s'occupait de ses missions, comme moi des miennes.

Mais qu'est-ce qu'il me fait, là ?

Nora chercha parmi ses papiers, trouva le procès-verbal et l'agita en l'air.

— Lors de votre interrogatoire à la police, vous vous êtes exprimé tout à fait autrement. C'est écrit ici, noir sur blanc.

— C'est possible, répondit-il de manière à peine audible.

Nora se tourna vers la juge.

— La cour m'autorise-t-elle à lire un extrait des interrogatoires du témoin ?

Barbro Wikingsson hocha la tête.

— Monsieur Dufva, vous avez déclaré que vous aviez fortement déconseillé à Niklas de faire cette affaire, et qu'il vous avait assuré qu'il ne donnerait pas suite si elle se présentait mal. Vous avez aussi déclaré qu'il vous avait directement menti quand vous l'aviez un peu plus tard interrogé sur ce sujet.

Nora attendit une réaction. Les secondes passèrent. Comme Christian ne disait rien, elle tourna quelques pages. Dans la salle d'audience, on n'entendait plus que ce bruit de papier froissé. Au mur, le tic-tac de l'horloge résonnait de façon surnaturelle.

— Vous avez dit que votre directeur financier était venu vous prévenir que la caisse commençait à se vider, mais que Niklas Winnerman avait refusé d'admettre la situation.

Il n'était pas permis de se lever à l'audience, ni de s'approcher du témoin. Nora ne pouvait que se pencher autant qu'elle le pouvait au-dessus de la table.

— Avez-vous oublié *tout ça*, monsieur Dufva ? martela-t-elle.

Un sourire à peine perceptible passa sur les lèvres de Jacob Emilsson.

— Il a dû y avoir une sorte de malentendu.

Pour la première fois, Christian Dufva tourna la tête. Il regarda Winnerman.

— Niklas a fait une mauvaise affaire, dit-il à voix basse. Moi aussi, ça m'est arrivé. On ne peut pas le lui reprocher.

60

Isak passa en courant devant le réfectoire et se dirigea vers l'embarcadère. David était aux commandes d'un des hors-bords d'encadrement, en train d'appareiller.

— Attends ! haleta Isak. Il faut que je te parle.

Le directeur du camp tourna la tête. Il tendit une main et ramena le bateau vers le ponton.

Les dernières voiles en route vers le nord couvraient l'eau devant le Hangar, plusieurs yoles avaient déjà contourné Telegrafholmen. Aujourd'hui, c'était longue sortie pour tous les groupes.

— Il manque un enfant, cria Isak par-dessus le moteur. Je les ai comptés et recomptés, rien à faire.

— Calme-toi. Qu'est-ce qui s'est passé ?

Isak réalisa qu'il était au bord de la panique. Ses doigts étaient en train de s'engourdir. Il fallait qu'il se ressaisisse. Il se passa les mains dans les cheveux et expliqua, aussi calmement que possible :

— Benjamin, dans mon groupe, a disparu. Je ne sais pas où il est passé. J'ai cherché partout.

La mine insouciante de David disparut d'un coup. Il coupa le moteur d'un geste sûr et glissa la clé de contact dans son short.

— Bon, reprenons, dit-il en prenant pied sur le ponton. Quand l'as-tu vu pour la dernière fois ?

— Je ne l'ai pas vu aujourd'hui. Il n'était pas là au petit déjeuner, je le cherche depuis.

Isak s'interrompit. Il ne pouvait pas dire qu'il flirtait avec Maja au lieu de chercher Benjamin. Impossible d'avouer une chose pareille à David.

— Il a donc disparu ? Tu en es absolument sûr ?

David semblait calme. Mais son visage s'était empourpré.

Les oreilles d'Isak sifflaient. Il avait encore perdu un enfant.

Il était foutu.

— Il est introuvable, je t'assure. J'ai cherché pendant presque une heure, glapit-il. Et s'il avait fugué lui aussi, comme Clara… ?

— Qu'est-ce qui te fait croire ça ?

— Je ne sais pas, bégaya Isak. Mais il a disparu !

Il avait du mal à respirer. Ses jambes aussi s'engourdissaient. L'angoisse menaçait de nouveau de l'engloutir.

Pourquoi avoir pris ce boulot de moniteur de voile ?

David se frotta énergiquement la racine du nez en réfléchissant à la marche à suivre.

— Qu'est-ce qu'on va faire ? s'inquiéta Isak. On prévient les parents ?

— Il doit être planqué quelque part. On se donne une heure. Tes gamins sont toujours sur l'île ?

— Oui.

Wille et le groupe Bleu attendaient dans la crique. Il était dix heures dix, ils auraient dû être partis depuis longtemps.

C'est exactement comme la dernière fois, cria une voix dans la tête d'Isak.

— Alors on les met deux par deux, décida David. Qu'ils fouillent l'île systématiquement, comme on l'a fait quand Clara avait disparu. Occupe-toi de ça pendant que j'appelle la compagnie Waxholm. Je vais vérifier avec la capitainerie de Sandhamn que Benjamin n'a pas pris le bac.

David avait déjà sorti son portable et cherchait dans son répertoire.

Isak poussa un grand soupir. C'était un soulagement qu'il prenne le relais.

David posa une main sur le bras du jeune moniteur.

— On va le retrouver. Ne t'inquiète pas.

61

Elle était en train de perdre. Nora avait déjà vu des témoins changer de version à l'audience, mais pas au point de compromettre l'issue même du procès. Et jamais dans une affaire de cette importance.

Jusqu'ici, elle était convaincue que les éléments de preuve étaient suffisants pour obtenir une condamnation, mais à présent il apparaissait clairement qu'elle avait beaucoup trop compté sur le témoignage de Christian Dufva.

Et elle n'avait aucune idée de ce qu'elle allait faire.

Le procès lui glissait entre les mains de minute en minute. Au lieu d'un interrogatoire efficace, sa prestation ressemblait à un disque rayé. Ses phrases étaient de la bouillie, elle bégayait et se reprenait.

Avait-elle sérieusement cru pouvoir prétendre au poste de procureure principale adjointe ?

Ses aisselles poissaient désagréablement sous son chemisier.

Pourvu que personne n'ait remarqué sa panique.

— Vous avez vraiment oublié tout ce que vous aviez déclaré à la police ? tenta-t-elle à nouveau.

— Il est peut-être temps de conclure, madame la procureure.

Le regard neutre de Barbro Wikingsson quand elle rappela à l'ordre Nora n'arrangea rien.

La salle était comme d'habitude, la ventilation ronronnait en bruit de fond, mais tout partait en vrille. Elle ne s'était jamais sentie aussi désemparée.

L'audience allait bientôt être suspendue pour le déjeuner. Nora interrogeait Christian Dufva depuis des heures, mais elle avait beau tourner ses questions dans tous les sens, elle n'arrivait pas à tirer de lui autre chose que ce constat navré : Niklas Winnerman avait simplement fait une mauvaise affaire.

On commençait même à bâiller dans l'assistance clairsemée. Dennis Grönstedt prenait des notes sans conviction et Fanny Ferlin dessinait dans son carnet.

Nora ne pouvait pas laisser la cour quitter la salle d'audience sur une telle impression.

— Êtes-vous bien conscient d'avoir déposé sous serment ? s'exclama-t-elle.

Le sourire de Jacob Emilsson s'élargit encore.

Ces paroles mettaient à nu le désespoir de Nora mais ne risquaient pas de faire changer Christian Dufva de version. Pour lui, cela aurait été suicidaire. Malgré tout elle se devait de poser la question.

— Je sais, fit-il de la voix monocorde qu'il avait utilisée toute la matinée.

Il devait d'une manière ou d'une autre être sous influence, se dit Nora, il n'y avait pas d'autre explication.

— Cela s'appelle un parjure, asséna-t-elle. Vous encourez jusqu'à huit ans de prison si vous mentez au point d'influer sur l'issue du procès.

— Je comprends.

L'atmosphère étouffante de la salle d'audience semblait plus lourde que jamais, et le soleil de ce mois de juin n'arrangeait rien.

Seul Jacob Emilsson semblait totalement impassible.

Il fallait qu'elle fasse une dernière tentative :

— Comment pouvez-vous avoir changé si radicalement d'avis sur les actes de Niklas Winnerman depuis votre interrogatoire par les enquêteurs ?

— Je ne peux pas être tenu pour responsable de l'interprétation qu'a faite la police de nos conversations.

— Ce que vous appelez « interprétation » est un compte rendu de vos propres propos, et vous a été lu.

— Ce n'est pas moi qui l'ai rédigé.

— Vous affirmez donc que la police ment ?

— Ce n'est pas ce que j'ai dit.

— Mais si vous estimez que c'est inexact, c'est que la police a dû inventer, mais pourquoi l'aurait-elle fait ?

— Ce n'est pas à moi d'en juger.

C'était sans espoir.

Nora brandit à nouveau le procès-verbal.

— L'inspectrice qui a conduit cet interrogatoire, Leila Kacim, aurait donc inventé tout ça ?

— Je ne dis pas ça. C'est vous qui me mettez ces mots dans la bouche.

Nora parvint à ravaler un commentaire acerbe.

— Vous nous devez tout de même une explication, se borna-t-elle à dire. Je ne comprends vraiment pas pourquoi vous déclarez une chose à la police et son contraire à l'audience.

Christian Dufva ne répondit pas. Nora attendit.

— Je reconnais que j'étais très en colère et amer après la faillite, finit-il par répondre. J'ai tout mis sur le dos de Niklas, pour me disculper.

Nora l'aurait giflé.

— Mais enfin, vous avez déjà vu ces procès-verbaux, s'exclama-t-elle sans pouvoir empêcher sa frustration de percer insidieusement dans sa voix. Pourquoi n'avez-vous pas tout de suite demandé à les rectifier ?

Christian Dufva fit une grimace lasse et haussa les épaules. Il sortit un mouchoir, dont il s'épongea le front.

— C'est un procès important, ajouta Nora. On aurait pu espérer que vous y accordiez un peu d'attention.

Elle regretta aussitôt ces mots. Elle ne gagnerait en rien la sympathie des jurés en étant désagréable avec un témoin. Surtout convoqué par elle. *Règle numéro un : ne pas faire la leçon à ton témoin.*

— Madame la présidente, intervint Jacob Emilsson en levant la main. Excusez-moi, mais il me semble que nous avons entendu ces questions nombre de fois. Ne serait-il pas l'heure d'aller déjeuner, pour donner à la procureure une chance de reconsidérer sa ligne d'argumentation ?

Il souriait aimablement. Nora avait les joues en feu.

Barbro Wikingsson se tourna vers les jurés. Annika Sandberg opina si énergiquement que son double menton trembla.

— Nous en restons donc là, dit la présidente. L'audience est suspendue une heure, et reprendra à treize heures.

Elle adressa à Nora un regard au mieux compatissant. Ce qui n'arrangeait rien.

62

— Åsa, téléphone !

Jamila, la nouvelle aide-soignante, héla sa collègue sage-femme depuis l'accueil au moment où elle allait refermer derrière elle la porte de la salle 3. La future maman de tout juste vingt-deux ans qui y était alitée avait les larmes aux yeux qu'Åsa ne puisse pas rester auprès d'elle. Mais Åsa suivait trois accouchements en parallèle, impossible de s'attarder dans sa chambre.

On avait beau n'être qu'à la mi-juin, le sous-effectif commençait déjà à se faire sentir. Ce que ce serait en plein été, Åsa n'osait même pas y penser.

— Pas le temps, lui lança-t-elle. Dis que je rappellerai.

— Il dit que c'est urgent, il appelle d'un camp de voile sur Lökholmen.

Ça devait être Benjamin, se dit Åsa.

Il ne lui avait pas donné de nouvelles depuis deux jours. Dimanche dernier, il avait l'air si malheureux, mais elle avait eu beau insister, Benjamin s'était contenté de marmonner que tout allait bien. Åsa avait eu du mal à se détendre ce soir-là. Elle avait même failli appeler Christian, mais s'était ravisée à peine le numéro composé. Il y avait un gros risque que Ninna décroche. Elle refusait de parler de son fils avec cette femme.

Åsa hésita, la main sur la poignée de la porte de la 4, où une future maman de trois enfants luttait dans les affres des contractions. Benjamin savait qu'elle avait du mal à parler au téléphone quand elle était de garde. S'il appelait, c'est que ça devait être important.

Elle tourna les talons et gagna à petites foulées l'accueil où Jamila attendait, le téléphone posé à côté d'elle tandis qu'elle tapait fébrilement sur le clavier de son ordinateur.

— Bonjour, mon chéri.

Elle s'efforça de paraître insouciante, pour qu'il ne sente pas qu'elle s'inquiétait déjà.

— Comment ça se passe, dans l'archipel ? continua-t-elle. Tu as beau temps ?

— David Rutkowski à l'appareil. Je suis le directeur du camp de voile de Lökholmen, et je vous appelle au sujet de votre fils.

Åsa dut s'appuyer au mur.

— Il est arrivé quelque chose à Benjamin ? demanda-t-elle, d'une voix si perçante que Jamila tourna la tête.

— Je voudrais savoir si Benjamin ne serait pas chez vous par hasard, dit David.

— Chez moi ?

À sa voix, elle devinait que le directeur du camp n'était pas très âgé. L'idée la traversa de demander à parler à un adulte.

— Je ne sais pas bien comment vous le dire, continua David. Mais nous ne retrouvons pas Benjamin. J'espérais qu'il serait peut-être rentré chez vous.

— Comment ça ?

Jamila se leva pour la prendre par le bras.

— Tout va bien ? chuchota-t-elle.

Åsa secoua la tête et se détourna, concentrée sur l'appel.

— Pourquoi dites-vous que vous ne le retrouvez pas ? demanda-t-elle. Il était censé passer la semaine chez vous.

— A-t-il cherché à vous joindre ? Vous a-t-il téléphoné aujourd'hui ?

— Je ne sais pas. Je suis au travail, je ne peux pas avoir mon portable avec moi.

— Pouvez-vous vérifier s'il a cherché à vous joindre ces dernières heures ?

— Attendez. Je n'ai pas mon portable sur moi.

Åsa gagna en hâte la salle du personnel, combiné à la main. Elle ouvrit son casier, son sac à main était tout au fond. Les doigts gauches, elle y plongea la main et fouilla jusqu'à trouver son portable. Elle mit une éternité à l'allumer, sa main tremblait tellement qu'elle n'arrivait pas à presser la touche.

— Il est éteint, marmonna-t-elle au téléphone.

— Ne vous inquiétez pas, j'attends.

L'appareil se mit enfin en route. Åsa entra le code. La réception était mauvaise à l'hôpital, mais deux barres finirent par apparaître en haut de l'écran.

En revanche, aucune notification de message dans la boîte vocale. Les secondes passèrent, Åsa attendit. Espéra, les yeux rivés à l'écran.

— Je ne crois pas que Benjamin ait cherché à me joindre, finit-elle par dire.

— Bon. S'il appelle, pourrez-vous me le faire savoir aussitôt ?

Åsa appuya le front contre la porte de son casier et ferma les yeux.

Voilà quelques jours seulement, Benjamin était assis sur son lit tandis qu'elle lui préparait ses bagages. Elle avait vu son air malheureux, mais elle avait continué à bavarder en faisant comme si tout allait bien.

À présent, il avait disparu.

— Il ne peut pas être parti, dit-elle en s'efforçant de garder le contrôle de sa voix. Il n'a que onze ans. Il ne retrouverait pas tout seul le chemin de la maison.

— Je sais.

— Et puis il n'a pas de téléphone. Vous m'avez bien dit qu'il devait vous le laisser.

— J'aimerais vraiment pouvoir vous dire que je sais où il est, dit David, très tendu à présent. Nous avons cherché partout. Nous continuons.

Åsa fixait son iPhone avec un sentiment croissant d'irréalité.

— Est-ce que vous avez appelé son père ?

— Je voulais vérifier d'abord avec vous.

— C'est Christian, mon ex-mari, qui voulait que Benjamin fasse ce camp.

Sans réfléchir, Åsa rouvrit la porte donnant sur le couloir. Tout était comme d'habitude. Les voyants des salles 3 et 5 clignotaient, un chariot chargé de collations attendait devant la cuisine.

— Avez-vous prévenu la police ? demanda-t-elle.

David éluda :

— Pensez-vous qu'il ait pu rentrer à votre domicile sans en parler à personne ? Ou aller chez un copain ? Est-ce qu'il y a quelqu'un que nous devrions appeler pour vérifier ?

— Il faut que je rentre à la maison pour m'en assurer. J'y vais tout de suite. Je m'occupe aussi d'appeler Christian.

Åsa réalisa qu'elle marchait déjà vers les ascenseurs. Elle jeta le téléphone sur le comptoir de l'accueil et se mit à courir, son sac à main sous le bras, toujours en blouse blanche.

— On a besoin de toi à la 4 ! lui cria Jamila.

— Pas maintenant !

Benjamin a disparu.

63

Quand Thomas débarqua sur Lökholmen, il s'attendait presque à ce que quelqu'un lui crie qu'ils avaient déjà retrouvé le garçon chez l'un de ses parents, comme la dernière fois. Mais les signaux étaient mauvais : personne ne l'avait vu depuis une demi-journée.

Margit les avait rapidement mis au courant, Aram et lui, avant qu'ils quittent Nacka : le garçon disparu s'appelait Benjamin Dufva ; il avait onze ans, bientôt douze, mais était petit pour son âge ; ses parents étaient séparés.

Derrière lui, Aram descendit de la vedette de la police qui les avait conduits dans l'archipel. Ils restèrent debout sur le ponton, et Aram regarda alentour.

— Bien sûr, tu es souvent venu ici, dit-il, plus une constatation qu'une question.

Aram fixa les restes du château fort tout en haut de Trollharan. Une bannière jaune ornée d'un aigle de mer flottait au sommet d'une tour en pierre, au-dessus de hauts remparts.

— Qu'est-ce que c'est ? Disneyland ?

— Allez, viens, dit Thomas. On doit trouver le directeur du camp.

Ils traversèrent une esplanade couverte de pelouse, où des jeunes de douze et treize ans étaient penchés sur une carte marine étalée devant eux. Il était évident qu'ils étaient au courant de la disparition. Dès qu'ils virent arriver les deux hommes, on entendit des chuchotements.

David Rutkowski arriva des derniers baraquements. Il était plus préoccupé que la fois précédente. Son regard papillonnait par à-coups.

— Pouvons-nous nous installer quelque part pour parler sans être dérangés ? demanda Thomas.

— Allons au QG, c'est le local des moniteurs.

David les conduisit dans une pièce avec des canapés et des fauteuils élimés le long des murs et une cheminée en pierres de taille noires dans un coin.

Un autre moniteur, que Thomas avait déjà vu la fois précédente, les attendait déjà. Son visage était grisâtre, ses cheveux ébouriffés.

— Bonjour, dit Thomas. Isak, c'est bien ça ?

Le garçon hocha la tête.

— Comment ça va ? Il s'agit de votre groupe cette fois aussi ?

Thomas espérait pour lui que non, mais le jeune homme hocha à nouveau la tête.

— Reprenons depuis le début, dit Aram en prenant place sur un canapé.

Il sortit un stylo et son carnet qu'il ouvrit à une page vierge aux fines lignes bleues.

— Racontez-nous ce qui s'est passé aujourd'hui.

— Nous ne retrouvons pas Benjamin, dit Isak comme un somnambule.

— Nous avons appelé ses parents, ajouta David. Mais il n'a pas donné de nouvelles. Pas à sa mère en tout cas. Et impossible de joindre son père, son portable est éteint.

— Quand avez-vous vu Benjamin pour la dernière fois ? demanda Thomas.

— Hier soir, murmura Isak. Je suis passé voir les gamins vers minuit, ils dormaient tous dans leurs lits.

— Comment se fait-il que personne ne l'ait vu aujourd'hui ? demanda Aram.

Isak se passa la main dans les cheveux.

— Je n'ai pas remarqué qu'il avait disparu avant le petit déjeuner, répondit-il.

David lui jeta un coup d'œil. Il ouvrit la bouche comme pour dire quelque chose, puis sembla se raviser.

— Et les autres garçons du groupe ? fit Thomas. Ils savent quand même s'il était dans son lit ce matin, non ?

— Personne ne s'en souvient, dit David. Nous les réveillons à sept heures et demie, tout le monde est dans le pâté. C'est un sacré chaos quand ils doivent tous se lever et s'habiller.

— Qui les réveille ? demanda Aram en se tournant vers Isak. Vous ?

— Oui. J'ai tapé à la porte en criant que c'était l'heure de se lever. C'est comme ça que je fais d'habitude.

Sa voix se brisa :

— Mais je ne suis pas entré dans le dortoir.

Si seulement il y était entré, il aurait vu que Benjamin manquait. Thomas imaginait les questions qui moulinaient dans la tête du moniteur. Il était expert dans l'autoculpabilisation, savait tout sur les accusations qu'on se portait à soi-même quand il était trop tard.

Si seulement il s'était réveillé cette nuit-là, où Emily était morte dans son sommeil, âgée de trois mois seulement. Huit ans avaient passé, mais il se le reprochait encore tous les jours.

« Si » était un mot dangereux.

— Qu'avez-vous fait ce matin pour retrouver Benjamin, je veux dire, avant d'appeler la police ? demanda Aram, en notant des phrases courtes et distinctes.

— Nous avons cherché partout sur l'île et dans le camp, répondit David. Nous avons envoyé des groupes se renseigner dans le port de plaisance et chercher dans la forêt.

Il s'essuya le front, où perlaient de petites gouttes de sueur.

Ils avaient fait de leur mieux, mais Thomas savait qu'il y avait beaucoup de cachettes dans un endroit comme Lökholmen.

— Qu'en est-il des autres locaux ? Y a-t-il un autre endroit où il aurait pu se cacher ?

— Le camp n'est pas si grand. À part les dortoirs, nous avons le Hangar, c'est-à-dire le réfectoire, et le QG, où nous nous trouvons. Nous avons fouillé toutes les remises à voiles et à bateaux, et même les baraquements des moniteurs.

— Et ce château ? demanda Aram. Est-ce que Benjamin aurait pu y entrer ? Il s'est peut-être retrouvé enfermé dedans.

David secoua la tête.

— La tour de pierre est fermée, elle appartient à une association de voile, les Aigles de mer.

— D'où la bannière, expliqua Thomas au passage à son collègue.

— Il y a une cave sous la tour, continua David, mais nous l'y avons aussi cherché.

— Et l'auberge de jeunesse ? proposa Thomas. La dernière fois que je suis entré à Trollgården, il y avait plein de coins où un enfant aurait pu se cacher.

David sortit un portable et composa un SMS tout en répondant :

— Nous sommes déjà passés chez eux, mais je vais demander à quelqu'un d'aller revérifier.

Thomas essaya d'imaginer Benjamin. Il fallait un certain courage pour enfreindre les règles et partir tout seul. La fille qui avait fugué quelques jours plus tôt était plus grande. Pourquoi un gamin de onze ans s'enfuirait-il d'un camp de voile ? Lui était-il arrivé quelque chose ?

— Comment se passait le camp pour Benjamin ? demanda-t-il. Il s'y plaisait ?

Isak gardait une main dans la poche. Ses doigts se dessinaient à travers le tissu, ils serraient quelque chose.

— Je crois, répondit-il. Benjamin était un peu timide, mais ça s'améliorait tous les jours.

— Avec qui était-il copain ? demanda Aram.

— Il s'entendait bien avec quelques filles, Sofie, Lova et Tindra, elles aussi chez les Bleus. Deux garçons plus grands de son dortoir s'occupaient aussi de lui, Samuel et Seb.

Aram nota les noms puis :

— Qu'avez-vous fait hier soir ? S'est-il passé quelque chose de particulier qui aurait pu lui donner envie de filer ?

— Je ne crois pas, dit David. On a fait une course d'orientation et un jeu de piste.

— Benjamin était dans la même équipe que les deux garçons dont je vous ai parlé, précisa Isak. Samuel et Seb.

Il sortit la main de sa poche et se gratta le bras. Il était couvert de griffures rouges.

— Benjamin est arrivé très tard au rapport. Il a dit qu'il était allé aux toilettes, mais ça m'a paru un peu long.

Il ferma les yeux comme pour retenir un sanglot.

— Je ne sais pas si c'est important.

— Sa disparition a peut-être une autre cause, dit lentement Thomas.

Aram avait soulevé la question dès qu'ils étaient montés dans la voiture. Thomas avait réfléchi dans le même sens.

— C'est quand même une île, dit-il prudemment. Nous sommes en plein archipel.

— Vous croyez qu'il s'est noyé ? s'exclama Isak.

David posa une main sur son épaule.

— Benjamin sait nager, dit-il, comme tous les enfants ici. C'est une condition pour participer au camp.

— Certes, fit Thomas. Mais un accident peut arriver, on peut glisser sur un ponton ou perdre l'équilibre et se cogner la tête.

— Vous avez cherché autour des pontons ? demanda Aram.

Isak se gratta le bras de plus belle.

— Nous avons surtout cherché à terre, convint David.

— Ce serait bien que vous envoyiez quelques bateaux faire lentement le tour de l'île et chercher dans l'eau, dit Thomas. Vérifiez aussi sous les pontons du port de plaisance, le long des rochers.

David porta les mains à son visage et souffla lourdement par le nez.

— Je m'en occupe.

— Pouvons-nous échanger quelques mots avec les copains de Benjamin que vous avez mentionnés ? demanda Thomas.

Son fauteuil craqua quand il changea de position.

— Ils sont dans les parages ?

David indiqua la fenêtre.

— Le groupe Bleu est dans la crique de Skothalarfladen. Nous les avons gardés au camp, sachant que vous arriviez. Tous les autres sont en mer.

Aram posa son carnet sur la table.

— Pouvons-nous rester ici ? On en a sans doute pour un moment.

David se leva en donnant un coup de coude à Isak pour qu'il fasse de même.

— Je vais chercher les filles, si vous voulez commencer par elles, dit David.

Aram les regarda sortir.

— Quel âge tu leur donnes ? demanda-t-il à son collègue. Dix-neuf, vingt ans ?

— Dans ce style.

— C'est jeune pour une telle responsabilité.

64

Ils restèrent au QG à attendre que David revienne avec les copines de Benjamin. Thomas échangea un regard soucieux avec Aram, il n'aimait pas la tournure des événements.

Il espérait encore que Benjamin avait fugué : statistiquement, dans ce cas, il devrait bientôt rentrer chez ses parents. En revanche, s'il s'agissait d'un accident tragique, si l'enfant était d'une façon ou d'une autre tombé à l'eau, le retrouver pourrait prendre longtemps, surtout en raison des courants.

Thomas joignit les mains derrière la nuque pour réfléchir. La disparition de Benjamin pouvait-elle avoir une autre explication ?

Il existait une possibilité, faible, que le gamin n'ait pas quitté le camp de son plein gré.

Thomas n'avait pas abordé cette éventualité devant David et Isak pour ne pas les effrayer encore davantage. Surtout Isak, qui était tétanisé sur son canapé. Mais des kidnappings se produisaient, même s'ils étaient rares et concernaient le plus souvent des litiges sur des gardes d'enfants.

Les parents de Benjamin étaient divorcés, Margit l'avait mentionné. Il fallait vérifier de ce côté-là.

On frappa à la porte. Trois filles en short, bras fins et jambes minces, apparurent en compagnie de David.

— Bonjour à toutes les trois, dit Thomas en leur faisant signe d'entrer.

— Sofie, murmura la plus grande, sans qu'on lui ait demandé de se présenter, avant de se caser sur le canapé avec les autres filles.

Elles se blottirent les unes contre les autres, alors qu'il y avait largement la place. Une petite aux traits asiatiques lâcha un rire nerveux. Sofie guettait Thomas de sous sa frange.

David présenta les deux autres, Lova et Tindra. Il leur expliqua brièvement ce que les policiers faisaient sur l'île.

Comme si elles ne l'avaient pas deviné, pensa Thomas. *Les gamins ne sont pas idiots.*

— Si j'ai bien compris, vous êtes des copines de Benjamin, dit-il. Nous avons quelques questions à vous poser. Vous vous sentez d'y répondre ?

Techniquement, il fallait la présence d'un tuteur légal pour interroger des mineurs. Mais Aram et Thomas avaient résolu le problème en permettant à David de rester. D'une certaine façon, c'était lui le responsable des enfants pendant la durée de leur séjour au camp. Ni Thomas ni Aram n'avaient envie d'attendre l'arrivée de leurs parents.

Sofie hocha gravement la tête. Elle semblait plus mûre que les deux autres qui mâchaient du chewing-gum la bouche ouverte. Les cheveux de Lova luisaient, noirs comme de la suie, à côté de la queue de cheval blond platine de Tindra.

— Pouvez-vous nous dire quand vous avez vu Benjamin pour la dernière fois ? enchaîna Aram.

C'était à lui de commencer. Son aînée allait entrer au collège, il savait mieux s'y prendre avec les préados. Elin aussi allait un jour passer par là, mais Thomas avait du mal à imaginer ce que ce serait.

Sofie répondit la première :

— Nous l'avons vu hier soir, dans le Hangar. On a fait le compte rendu du jeu de piste à la collation du soir.

— Il était comment ?

— Ben, assez silencieux.

— Pourquoi, à votre avis ?

— Il devait être un peu triste, dit Tindra. Il n'a pas beaucoup de copains ici, les garçons de l'Étoile se connaissaient tous avant le camp.

— Mais vous êtes devenus copains, non ? intervint David. Ça ne pouvait quand même pas être si terrible pour lui.

Thomas fronça les sourcils. Il valait mieux laisser les filles parler librement.

— Pourquoi êtes-vous là ? demanda Sofie. Vous pensez que Benjamin a fugué ?

— Nous ne savons pas encore, répondit Thomas. Mais nous essayons de le retrouver.

Les yeux de Lova se plissèrent davantage.

— C'est important que vous nous disiez tout ce que vous savez, ajouta Thomas. Ça peut être n'importe quoi. Faites ça pour Benjamin.

Pas simple de comprendre la loyauté entre jeunes. Ce qu'un adulte trouvait évident de raconter pouvait paraître impensable à un enfant de leur âge.

Mais les filles les étonnèrent.

— Je crois qu'il ne voulait pas aller avec Samuel et Seb, lâcha Sofie, comme une évidence. Il avait peur de Samuel.

David sursauta et allait dire quelque chose quand Thomas l'arrêta en levant la main.

— Pourquoi ? demanda Aram.

Lova se tritura la lèvre inférieure.

— Ils n'étaient pas gentils avec Benjamin, dit-elle. Surtout Samuel, il est taré dans sa tête.

— Il pouvait être très méchant avec Benjamin, reprit Sofie. Il l'appelait « petite fiotte » quand les moniteurs avaient le dos tourné.

David se pencha à nouveau et Thomas se dépêcha de le devancer :

— Sais-tu s'il faisait autre chose que lui dire des méchancetés ?

Sofie se passa les mains sur les cuisses.

— Il a caché le gilet de sauvetage de Benjamin pour qu'il arrive en retard au rassemblement et se fasse gronder par Isak. J'ai entendu Samuel s'en vanter.

Aram marqua une courte pause dans sa prise de notes.

— Merci de nous faire savoir ça, dit-il. Je comprends que ce ne soit pas si facile à raconter.

Aram lui parlait comme à ses filles : gentil et prévenant. Mais Thomas vit qu'il était choqué. Rien ne touchait davantage Aram que les enfants maltraités. Il s'inquiétait souvent de l'évolution de l'école, en particulier de l'ambiance qui se durcissait contre les filles dans les banlieues.

— Pouvez-vous nous en dire davantage sur la journée d'hier ? demanda Thomas. Vous disiez que vous aviez vu Benjamin au réfectoire ?

Sofie se lécha les lèvres.

— On l'a aussi rencontré dans la forêt, pendant le jeu de piste.

— Seb et Samuel étaient avec lui ?

— Ils l'avaient laissé tomber, alors qu'ils étaient dans la même équipe. On les a vus courir sur le chemin en direction du camp, alors on est parties à la recherche de Benjamin.

— Benjamin était donc tout seul ? demanda Aram.

Sofie secoua la tête.

— Non. Il parlait avec quelqu'un sous les arbres.

Aram s'arrêta, stylo en l'air.

— Tu es tout à fait sûre de ça ?

Les trois fillettes hochèrent la tête de concert.

Ça n'avait peut-être aucune importance, se dit Thomas. Ça pouvait être n'importe qui, quelqu'un qui promenait son chien, un plaisancier, peut-être un touriste. Mais ça pouvait aussi être capital.

Aram tourna une nouvelle page de son carnet.

— Homme ou femme ? Grand, petit, gros ? Est-ce que tu peux me décrire cette personne, que je me fasse une idée de son apparence ?

Sofie pencha la tête de biais.

— C'était un vieux, j'ai l'impression.

Du point de vue d'une fille de treize ans, toute personne au-dessus de trente ans entrait dans cette catégorie.

— Voyons voir, fit Thomas. Est-ce qu'il était plutôt de l'âge de David, ou bien vieux comme ton père, ou peut-être même ton grand-père ?

— Comme papa, je dirais, ou un peu plus jeune. Plus vieux que David.

Sofie fronça les sourcils.

— Mais je ne sais pas vraiment à quoi il ressemblait, c'était impossible de bien le voir.

— Pourquoi ? demanda Aram.

— Il portait une casquette et des lunettes noires.

— Mais moches, précisa Tindra. Pas jolies comme celles d'Isak.

Thomas ne put s'empêcher de sourire. Il se tourna vers Lova.

— Toi aussi, tu as vu cet homme ?

— Oui, murmura-t-elle.

— Est-ce que vous pouvez vous rappeler ce qu'il portait ? demanda Aram. Un jean, un pull ? Ses vêtements avaient-ils des couleurs ou des signes particuliers ?

Aucune ne dit rien, mais pourquoi se souviendraient-elles d'une chose pareille ?

— Rien ne vous a marquées ? insista Thomas.

— C'est allé si vite, s'excusa Sofie. Il s'est retourné, et il est parti dans la direction opposée dès qu'on a commencé à appeler Benjamin.

Tindra ouvrit la bouche, puis parut se raviser.

— Et toi, Tindra ? dit Thomas. Il y a quelque chose que tu peux nous dire ? Même si ce n'est qu'un détail, ça peut nous être utile pour retrouver Benjamin.

— Je ne sais pas bien, murmura-t-elle. Il y avait un truc…

— Dis ce qui t'a traversé l'esprit.

Tindra tira sur sa queue de cheval attachée avec un élastique rouge.

— Celui qui parlait avec Benjamin… dans la forêt…

— Oui ?

Thomas essayait de ne pas la bousculer. Mieux valait qu'elle raconte à son rythme. Mais il commençait à s'impatienter, il s'était écoulé une bonne heure depuis leur arrivée sur Lökholmen. Il leur faudrait très bientôt prendre une décision pour la suite. Soit lancer un avis de recherche, faire venir la police scientifique et des chiens pour fouiller toute l'île, soit attendre en espérant que le garçon se pointerait chez ses parents.

— À quoi tu as pensé ? la relança-t-il après de longues secondes.

— Il ressemblait à celui qu'on a vu dans le port de plaisance samedi dernier. Quand on cherchait Clara.

— Mais oui ! s'exclama Sofie. Bien sûr, c'était lui !

Le visage de Tindra s'éclaira.

— Tu crois donc avoir reconnu cet homme pour l'avoir vu dans le port de plaisance ? dit Aram. Alors il devrait encore y être, avec son bateau, non ?

Les filles hochèrent à nouveau la tête.

— Il a un bateau à moteur blanc, avec un habitacle bleu, expliqua Tindra.

— Et il buvait de la bière quand on l'a vu, ajouta Sofie. D'ailleurs, il avait aussi une casquette, mais pas de lunettes de soleil.

— Est-ce que vous le reconnaîtriez ? demanda Thomas.

— J'sais pas, dit Lova.

— J'crois pas, dit Sofie.

— Vous pourriez peut-être nous montrer où était amarré son bateau ? suggéra Thomas. Quand nous aurons fini ici.

Aram avait tout noté.

— Très bien, dit-il en refermant son carnet. Merci de nous avoir parlé. Si quelque chose d'autre vous revient, nous voulons que vous nous appeliez. David a notre numéro.

Les filles se relevèrent, mais Tindra s'attarda sur le canapé.

— On aurait dit que Benjamin avait fait pipi dans sa culotte hier, lâcha-t-elle en rougissant un peu.

— Pardon ? fit Thomas.

— Quand on l'a rencontré dans la forêt, son pantalon était plus sombre sous la braguette et le long des jambes.

Lova pouffa nerveusement, mais Sofie prit une mine inquiète.

Elle l'avait remarqué elle aussi, pensa Thomas. Mais ne voulait pas le dire pour le protéger.

— Il essayait de faire comme si de rien n'était, ajouta Tindra. Mais c'était exactement comme quand mon petit frère n'arrive pas à temps aux toilettes, sauf que lui il n'a que cinq ans.

Thomas n'aimait pas l'impression qu'il avait au creux du ventre.

Un garçon qui se faisait pipi dessus quand il aurait pu se soulager n'importe où dans la forêt. Un inconnu qui quittait les lieux dès que les fillettes se pointaient.

Quelque chose clochait. Et l'heure tournait.

65

Nora s'était retirée dans une pièce privée pour être tranquille. Elle composa le numéro de Leila. Le soleil ne tapait pas autant ici que dans la salle d'audience. Elle respirait plus facilement, même si elle se sentait aussi ébréchée qu'une assiette au marché aux puces.

— Allez, quoi, réponds ! grommela-t-elle dès la première sonnerie.

Leila répondit à la seconde.

— Alors, la banque ? attaqua Nora. Qu'est-ce que ça donne ?

— Pas grand-chose.

Nora s'adossa au mur et ferma les yeux.

— J'ai parlé à plusieurs personnes chez Handelsbanken, ils cherchent toujours, dit Leila. Personne n'était en mesure de dire si ces enregistrements existaient encore.

— On le saura quand ?

— J'ai dit que c'était urgent, ils ont promis de revenir vers moi dans la journée.

Quelque chose cliqueta à l'arrière-plan. Leila était probablement en train d'entrer dans le bâtiment d'Hantverkargatan où l'ALCF avait ses locaux. C'était à deux pas du tribunal, cinq minutes à pied.

— Comment ça s'est passé ce matin ? demanda Leila.

— Pas particulièrement bien.

Nora lui résuma le témoignage de Christian Dufva et sa nouvelle version des faits. Cela suffit à lui donner des palpitations.

— C'est comme si quelqu'un faisait pression sur lui, commenta Leila. Personne ne change à ce point. Je sais exactement comment Dufva s'est exprimé pendant ses interrogatoires.

— Il n'y a qu'une personne qui puisse être à l'origine de ça, dit Nora. Mais je ne sais pas comment le prouver.

Elle s'approcha de la fenêtre, qui donnait sur un grand marronnier. Ses feuilles étaient vertes, mais ses fleurs séchaient en grappes fanées.

Les mails de menace. Il en était arrivé un de plus hier soir.

Niklas Winnerman devait en être l'auteur et, à présent, il avait réussi à faire changer de version son témoin. Mais comment prouver son implication ? Impossible d'aborder le sujet avec Dufva à la barre. S'il était prêt à commettre un parjure pour Winnerman, ce n'était pas à elle qu'il allait se confier.

— Tu penses que Dufva a été menacé ? relança Nora.

— On dirait bien.

Leila savait elle aussi que le témoignage de Christian Dufva était décisif pour l'issue du procès.

— Pourquoi aurait-il peur de Winnerman ?

— À moins qu'il ait été acheté, dit Leila.

Nora se rappela ce que Christian Dufva avait dit de sa situation financière. Winnerman avait dix millions à sa disposition.

Dans le parc du tribunal, une femme poussait un landau sur une allée de gravier soigneusement ratissée.

— Je vais mettre toute la pression sur Handelsbanken, promit Leila.

— Demain, c'est le dernier jour du procès.

Nora se laissa tomber sur une chaise près de la fenêtre.

— Après, il sera trop tard.

66

Thomas se leva du fauteuil élimé et ouvrit la porte pour faire entrer de l'air frais. Le sol devant la maison était couvert d'aiguilles et de pommes de pin. Un peu plus loin, des blocs de granit s'amassaient au pied d'un grand pin et ici et là dépassaient des rochers couverts de mousse.

David était parti chercher Samuel et Seb. Ils allaient commencer par leur parler avant d'aller au port de plaisance essayer de retrouver l'homme de la forêt.

— Je me demande si on ne devrait pas lancer tout de suite un avis de recherche ? dit Thomas à Aram par-dessus son épaule.

Ce dernier fit plusieurs fois cliqueter son stylo.

— On ne devrait pas d'abord causer aux garçons ? Tu sais bien comment ça s'est passé la dernière fois, quand Clara avait disparu. Beaucoup de bruit pour rien.

Avant que Thomas ait le temps de répondre, David entra avec les deux ados dans son sillage. Par l'ouverture de la porte, le soleil baigna la pièce d'une lumière blanche.

— Voici Samuel Karlberg et Sebastian Grandin, les présenta David. Ils logent dans le même dortoir que Benjamin et viennent de finir leur quatrième.

Même sans connaître l'âge des garçons, Thomas l'aurait deviné. Samuel et Seb étaient grands, mais pas vraiment adultes. Ils avaient au front les éruptions rouges typiques de l'adolescence et le manque de coordination dans les gestes qui trahissait une croissance un peu trop rapide.

Benjamin était un enfant, beaucoup plus petit que ces deux-là.

Les garçons entrèrent et saluèrent les enquêteurs.

— Samuel, enchanté, dit le premier en tendant la main droite.

— Sebastian, mais tout le monde dit Seb, fit l'autre.

Samuel portait une chemise à carreaux bleus aux manches retroussées et un short clair. Thomas se demanda s'il aurait dû reconnaître la petite marque sur la poitrine de la chemise.

Les deux garçons avaient des noms de famille différents, mais se ressemblaient comme des jumeaux, tous les deux coiffés court et net, propres sur eux. Deux jeunes gens bien élevés.

— Nous avons besoin de discuter avec vous de Benjamin Dufva, commença Aram.

Il croisa les bras sur sa poitrine et s'exprima de façon plus formelle qu'avec les filles.

— Vous vous connaissez bien ? demanda Thomas. Je veux dire avec Benjamin ?

— On n'est pas potes, répondit Samuel. Mais on fait de la voile ensemble et on partage le même dortoir.

Seb hocha la tête.

— Vous étiez dans la même équipe de course d'orientation, n'est-ce pas ? fit Aram. Pour le jeu de piste hier soir.

— Peut-être bien, dit Samuel.

— Mm, fit Seb.

Thomas était scandalisé par leur attitude. Il s'efforçait pourtant de se faire lui-même son opinion sans se laisser influencer par le récit de Sofie. Mais les deux garçons ne se doutaient bien sûr absolument pas que la police avait entendu parler de leurs brimades.

— C'était un oui ? demanda-t-il.

— Ben oui, dit Samuel en bâillant.

Thomas s'efforça de contenir son irritation.

— Pourquoi avez-vous voulu faire équipe avec Benjamin si vous n'êtes pas potes ?

— Il n'avait personne avec qui se mettre.

La réponse était venue si spontanément que Thomas l'aurait volontiers prise pour argent comptant. S'il n'y avait pas eu Sofie.

— C'est vrai ça ? demanda-t-il. On nous a en effet dit autre chose. Que vous étiez tous les deux assez méchants avec Benjamin.

Samuel ne sembla plus aussi sûr de lui. Il changea de position sur le canapé et tripota un peu le tissu déchiré de l'accoudoir.

— Qui a dit ça ? murmura-t-il.

— Peu importe, rétorqua Thomas. Mais ne racontez pas d'histoires, nous voulons la vérité, maintenant. C'est compris ?

Il laissa à ses paroles le temps de s'imprimer.

— Racontez-nous ce que vous avez fait dans la forêt hier soir, reprit-il.

— C'était un jeu de piste, on cherchait des questions, répondit Samuel.

Il semblait à nouveau à l'aise, mais Thomas le vit regarder à la dérobée David, assis dans le même fauteuil qu'avant.

Le directeur du camp ne disait rien. Thomas l'avait pris à part après l'entretien avec les filles pour lui demander de ne pas intervenir.

— Si j'ai bien compris, vous avez filé tous les deux en laissant Benjamin seul dans la forêt, reprit Thomas. Vous trouvez ça correct ?

En les brusquant un peu, il voulait voir comment les garçons allaient réagir.

Aram lorgna vers lui. *Doucement*, disait son regard.

Samuel fixait le sol. Il tambourinait sans arrêt d'un pied, son genou se soulevant en cadence.

— Et toi, qu'est-ce que tu en dis ? demanda Thomas en se tournant vers Seb. Tu trouves que vous avez été sympas avec Benjamin hier soir ?

Seb tripota le cordon de son sweat gris à capuche, maculé de taches d'herbe sur une manche.

— Non, murmura-t-il. Peut-être bien que non.

Il ne serait pas aussi courageux sans Samuel près de lui. Fallait-il les interroger séparément ? Peut-être la prochaine fois. C'était toujours un inconvénient que les parents ne soient pas présents. Si l'un d'eux voulait se plaindre par la suite, il valait mieux qu'ils aient parlé aux garçons ensemble : on ne pouvait pas dans ce cas parler d'interrogatoire dans les règles.

— Maintenant, il faut nous aider, hein ? dit Thomas. Pour retrouver Benjamin, nous avons besoin de savoir ce qui s'est passé hier soir.

Thomas avait l'impression que Seb était en train de mollir. Mais pas son copain.

— Benjamin était un putain de boulet, s'exclama Samuel. On était en train de chercher des questions, et il a pissé dans sa culotte. Quoi, merde, on n'allait pas rester. Qui veut être avec un mec qui pue la pisse ?

Seb lâcha le cordon de son sweat.

— Dégueulasse, lâcha-t-il.

Aucun doute, Samuel donnait le *la*, et Seb suivait. Thomas connaissait ce schéma : un comportement grégaire qu'on retrouvait dans tous les groupes, qu'il s'agisse de fils à papa boutonneux ou de gangs criminels. Le chef décidait, son entourage obéissait.

— Est-ce que ça s'est vraiment passé comme ça ? demanda Thomas à Seb. Ça me semble assez bizarre, si tu veux mon avis.

— J'en sais rien, moi.

Les yeux de Seb papillotèrent.

— D'ailleurs, on s'est pas tirés, nous, dit Samuel. C'est Benjamin qui s'est mis à causer avec un vieux bonhomme, et à la fin on en a eu marre.

Le type dont les fillettes avaient parlé, pensa Thomas en résistant à l'envie de se lever immédiatement pour aller au port.

Les garçons devaient avoir vu l'inconnu de beaucoup plus près que les filles, peut-être pourrait-on à présent en avoir une description correcte ?

— De quoi avait l'air ce bonhomme ? demanda Aram.

— Je ne l'avais jamais vu, dit Samuel.

— Pourriez-vous le décrire ?

Samuel se tut, mais Seb répondit tout bas :

— Il avait un tee-shirt vert à manches longues et des cheveux châtains. Sur sa casquette, il y avait écrit « Stadium ». Il avait à peu près la même taille que mon père, un mètre quatre-vingt-deux.

Thomas fut surpris mais reconnaissant de la précision de ces informations.

— Pas mal comme signalement, fit Aram.

— Je regarde pas mal de séries policières, dit Seb sans regarder du côté de Samuel. Je sais que les signalements sont importants.

— Est-ce qu'il a dit son nom ? demanda Aram.

— Non.

— Qu'est-ce que vous avez fait après ? Après avoir laissé Benjamin dans la forêt ?

— Rien de particulier. On est rentrés au Hangar. Il y avait le casse-croûte du soir et le compte rendu des questions.

— Avez-vous reparlé avec Benjamin au cours de la soirée ?

Les gamins secouèrent la tête.

Thomas se pencha en avant.

— Je veux savoir exactement ce qui s'est passé entre vous deux et Benjamin hier, vous pigez ?

David prit un air inquiet, mais Thomas poursuivit :

— Est-ce que vous avez fait quelque chose à Benjamin qui l'aurait poussé à s'enfuir ?

Seb changea à nouveau de position.

— On n'a rien fait ! s'exclama Samuel. Rien ! Je ne lui ai même pas causé de la soirée.

— C'est bien sûr ?

— Il s'était déjà couché quand on est arrivés au dortoir, dit Seb. Il dormait.

— Qu'est-ce que vous avez fait pendant la nuit ? insista Thomas. Est-ce que vous avez été tellement salauds avec Benjamin qu'il n'a pas osé rester ?

Il y allait fort. Quelque chose lui disait que c'était la seule manière de tirer quelque chose de ces garçons.

— On n'a rien fait de spécial à Benjamin hier, protesta Samuel. Vous pouvez demander à tous ceux qui étaient là.

Thomas ne donnait pas cher de l'air innocent de ces deux fanfarons, mais il se rappela que le cerveau des ados n'était pas comme celui des adultes. Le lobe frontal devait encore se développer pendant des années, il leur manquait des zones importantes du centre de l'empathie. Dans leur monde, tout tournait autour de leur petite personne.

— Laissons ça, trancha Aram. Et ce matin ? Est-ce que Benjamin était là à votre réveil ?

— Je ne me rappelle pas, dit Samuel.

Thomas se tourna vers Seb en espérant que sa mémoire les aiderait à nouveau.

— Et toi ? Essaie de revoir comment était le dortoir quand tu t'es réveillé. Parfois, ça aide de fermer les yeux.

Seb se gratta à nouveau le crâne sous ses cheveux blonds.

— Je ne crois pas l'avoir vu en me réveillant. Le lit de Benjamin devait être vide à ce moment-là. Mais je n'en suis pas sûr à cent pour cent.

Huit gamins mal réveillés en train de fouiller dans leur bazar à la recherche de quoi s'habiller. L'un filant aux toilettes, l'autre essayant de grappiller cinq minutes de sommeil. Qui pourrait se rappeler si l'un d'eux était encore au lit ou non ?

Isak avait confirmé que Benjamin dormait quand il était passé voir juste avant minuit. Lorsque Seb s'était levé, un peu après sept heures et demie, il semblait avoir disparu. Ça leur donnait au moins une fourchette temporelle.

Si Benjamin avait fugué, il fallait qu'il se soit levé plus tôt, avant que les autres se réveillent. Le premier bac pour Sandhamn partait à huit heures cinq, mais il n'était pas à bord. Pas non plus sur le suivant, une heure plus tard. Le bac avait une capacité d'une soixantaine de personnes, et le pilote était tout à l'arrière, avec une bonne vue sur les passagers. Impossible de se cacher.

Cela plaidait pour que Benjamin se trouve encore sur l'île.

Mais s'il s'était levé tôt et s'était aventuré mal réveillé sur un ponton glissant, ou avait perdu pied sur un rocher couvert de rosée… Le drame avait pu se jouer en quelques minutes à peine.

Impossible de déceler la moindre pitié dans les yeux de Samuel, qui attendait sur le canapé la permission de s'en aller.

Thomas regarda les deux gamins et ne put s'empêcher de se demander malgré tout si leurs brimades n'avaient pas dérapé.

67

Le niveau sonore était pénible dans le restaurant bondé au coin du tribunal. Peu importait à Christian Dufva. C'était plutôt un soulagement de laisser le brouhaha lui remplir le cerveau.

À la seconde même où la juge avait levé l'audience pour le déjeuner, il avait couru aux toilettes. Mais une fois penché sur la lunette, il n'avait rendu que des sucs aigres.

Ses tempes tambourinaient. Il fallait qu'il trouve un cachet contre la migraine s'il voulait supporter l'après-midi.

Il revoyait le désarroi de la procureure devant sa volte-face. Et la mine satisfaite de Niklas, à côté de son avocat.

Christian ferma les yeux et sentit son front se couvrir à nouveau de sueur. Il dut utiliser la serviette en papier pour s'éponger, ce qui lui valut une grimace d'une femme à la table voisine. Ils étaient beaucoup trop à l'étroit.

Il avait pris de la morue au four sauce à l'œuf, mais y avait à peine goûté. La sauce s'était figée en une bouillie peu appétissante, le poisson restait intact. L'assiette froide lui donnait des haut-le-cœur.

Il vida son verre d'eau et posa ses couverts. Il était si fatigué, si terrorisé qu'ils puissent mettre leurs menaces à exécution.

Comment avait-on pu en arriver là ?

Il était resté bien des nuits sans pouvoir dormir à tenter de mettre un semblant d'ordre dans le chaos qu'était devenue sa vie depuis la faillite. En rassemblant les miettes de ces dix dernières années, il n'arrivait pas à comprendre comment la situation avait pu partir en vrille, après tout ce temps où Niklas et lui avaient travaillé côte à côte.

Niklas qu'il considérait jadis comme son meilleur ami.

Mais Niklas avait montré un autre visage quand Christian s'était séparé d'Åsa, en prenant ouvertement parti pour elle et en lui reprochant violemment à lui le choix de sa nouvelle partenaire.

Dès cet instant, tout avait changé.

Et à présent, il en était là.

Une sonnerie stridente retentit dans son dos, un portable quelques tables plus loin. Comme le coup de téléphone ce matin dans l'entrée.

Le souvenir de la voix sourde au bout du fil le fit frissonner, malgré l'air étouffant du restaurant.

Ninna était en route avec Emil pour la maison de vacances de ses parents. Il avait été très clair dans ses instructions : ils ne devaient pas répondre au téléphone, sauf si c'était lui qui appelait.

Benjamin. Christian ne pouvait pas penser à lui maintenant.

Il avait été obligé de mentir pour survivre, pour sauver son existence et celle de sa famille. Mais il fallait qu'il protège ses proches.

Christian sortit son portable, le soupesa. Il était resté éteint toute la matinée au tribunal. Les doigts tremblants, il composa le code. L'écran clignota aussitôt et il vit qu'Åsa avait plusieurs fois cherché à le joindre.

Il hésita, puis rééteignit l'appareil. Il n'avait pas le courage de parler à son ex-femme avant la fin du procès.

68

Sofie précéda Thomas et Aram sur l'étroit caillebotis qui menait à travers bois vers le port de plaisance dans la crique de Kroksöfladen. Elle marchait le dos voûté, en se frottant parfois les yeux.

Les autres filles étaient restées au camp pour un déjeuner improvisé avant de continuer les recherches.

Sofie les conduisit en bas d'une petite pente. Elle débouchait sur un large quai en bois qui courait le long des rochers de cette anse protégée. En face se trouvait Kroksö, une île inhabitée, lieu d'excursion apprécié. Les deux îles étaient presque jointes, la passe entre Kroksö et Lökholmen ne faisant que quelques mètres de large. Au-delà de Kroksö, on apercevait la tour de Korsö, la base militaire qui autrefois hébergeait les chasseurs côtiers suédois.

— C'est là, dit Sofie en indiquant une des bouées blanches. En tout cas le bateau était là.

Thomas regarda alentour. Quelques voiliers étaient amarrés, mais pas de bateau à moteur.

Sofie se souvenait-elle mal ?

— Tu es sûre que c'était là ?

— Oui, juste au niveau de ce rocher. Je vous le jure.

— Nous te croyons, la rassura Aram. On va demander aux autres bateaux s'ils l'ont vu. Ils savent peut-être quand il est parti.

— Sinon, vous pouvez demander au gardien du port.

— Ça, c'est une bonne idée, fit Thomas. C'est ce qu'on va faire.

Le bureau du port se trouvait juste devant la passerelle entre Trollharan et Lökholmen. Il n'était pas plus grand qu'un kiosque à journaux. Avec un peu de chance, le gardien aurait bonne mémoire.

— On vérifiera là-bas après avoir parlé aux voiliers, dit Thomas à Aram. Ils devraient avoir un registre de ceux qui ont accosté, c'est que c'est payant d'y rester pour la nuit. Dans le meilleur des cas, le type aura payé avec une carte de crédit, et on aura son nom et son adresse.

— Merci pour ton aide, dit Aram à Sofie. On peut se débrouiller tout seuls maintenant.

Mais Sofie ne bougea pas.

— Qu'est-ce qui va se passer si vous ne trouvez pas Benjamin ? demanda-t-elle, les yeux à nouveau humides. Il n'avait pas fallu si longtemps pour Clara…

L'absence du bateau n'était pas forcément significative, mais Thomas avait de plus en plus le sentiment que quelque chose clochait.

— Ne t'inquiète pas, on va retrouver ton copain, dit Aram en encourageant la fillette d'une tape sur le bras.

Il n'a pas disparu depuis très longtemps, c'est juste une impression.

Thomas n'en était pas aussi convaincu. Mais effrayer Sofie était inutile, l'ambiance au camp de voile était déjà assez fébrile. S'ils ne retrouvaient pas le garçon dans les prochaines heures, ce serait l'émeute, surtout quand les parents seraient informés de la situation.

— Ça va s'arranger, dit Thomas à Sofie en se dirigeant vers les voiliers.

— Et sinon ?

Son chuchotement était presque inaudible. Elle s'en alla les épaules basses.

Le petit bureau du port de plaisance de Lökholmen était situé au bout du ponton qui permettait de passer sur Trollharan. À l'arrivée des enquêteurs, la porte était ouverte, mais il n'y avait personne.

Thomas chercha des yeux. Plusieurs bateaux étaient amarrés le long du ponton. Dans l'un d'eux était assis un vieil homme à la grande barbe grise.

— Excusez-moi, l'appela-t-il. Vous avez vu quelqu'un du bureau du port ?

— Kia était là à l'instant, répondit le barbu. Elle doit juste être allée faire un tour.

Il allait être une heure, ils n'avaient pas le temps d'attendre.

À ce moment arriva une fille de l'autre côté du ponton. Elle portait un short court retroussé et un tee-shirt bleu marine avec « Gardien du port » imprimé sur la poitrine. Un petit badge indiquait qu'elle s'appelait

Kia. Elle avait l'air d'être du même âge que les moniteurs du camp, dans les dix-neuf ou vingt ans.

Thomas alla à sa rencontre en montrant sa carte de police.

— Pouvez-vous nous renseigner sur un bateau à moteur qui est resté amarré dans Kroksöfladen ces derniers jours ?

— Bien sûr.

Elle hésita.

— Il s'est passé quelque chose ?

Inutile de chercher à cacher la disparition de Benjamin : la nouvelle n'allait pas tarder à se répandre.

— Il manque un garçon au camp de voile, dit Aram. Il s'appelle Benjamin Dufva.

— Oh.

Le visage de Kia s'arrondit encore plus sous l'effet de l'étonnement.

— Quelques filles sont passées ce matin en demandant de ses nouvelles, mais je ne pensais pas qu'on ferait appel à la police.

— Nous espérons que ce n'est pas trop grave, dit Aram. Mais si vous le voyez, il faut nous prévenir tout de suite.

Thomas sortit la photo d'identité de Benjamin et la lui montra. Elle datait un peu, Benjamin ne pouvait pas avoir plus de huit ou neuf ans dessus. Un enfant timide qui fixait l'objectif. S'ils ne le retrouvaient pas bientôt, il faudrait qu'ils se procurent un cliché récent.

— Il a onze ans aujourd'hui, précisa Aram, mais c'est plutôt un petit gabarit.

Kia entra dans la petite guérite, où un étroit bureau partageait l'espace avec une glacière. Au mur, des informations sur le port de plaisance : le bac circulait entre huit et vingt et une heures, le chenal d'accès à Kroksöfladen avait une profondeur minimale de deux mètres, le sauna était gratuit.

— Nous ne voyons pas beaucoup les jeunes du camp, dit-elle. Ils ont beau être très nombreux, ils restent d'habitude dans leur zone.

Par la fenêtre, Thomas vit de l'autre côté de la baie la rampe où étaient remontés les Deux-Couronnes.

Quelle profondeur pouvait-il bien y avoir ? Au plus un mètre au bord, nettement plus au-delà. Des petits enfants pouvaient se noyer dans cinquante centimètres d'eau, un garçon de onze ans qui se serait cogné la tête n'avait pas besoin de beaucoup plus.

Un hors-bord avec deux moniteurs était en train de quitter le ponton du camp : Thomas espérait que David avait lancé la recherche.

Kia s'était assise derrière l'ordinateur. Elle cliqua sur la souris.

— Nous cherchons le propriétaire d'un petit bateau à moteur, dit Thomas. Il est resté amarré à Kroksöfladen ces derniers jours. Malheureusement, nous ne connaissons pas la marque, mais il est blanc, avec un habitacle bleu. Nous pensons qu'il n'y avait qu'une seule personne à bord, un homme entre trente-cinq et quarante ans. Ça vous rappelle quelque chose ?

Il ne devait pas y avoir eu tant de passage que ça ces derniers temps. C'était encore la basse saison. Les deux autres bateaux présents dans le port n'avaient rien remarqué de particulier, ni petit garçon ni l'homme qu'ils cherchaient.

Avec un peu de chance, Kia pourrait les aider.

— J'étais malheureusement en congé depuis vendredi dernier, dit-elle. Je ne suis pas au courant des arrivées du week-end. Mais attendez, je vais vérifier dans l'ordinateur.

Elle se connecta, puis s'arrêta.

— Combien de temps en arrière ?

— Prenez tous les bateaux depuis jeudi, dit Thomas.

Le camp de voile avait commencé vendredi.

Kia tapa sur le clavier, puis attendit.

— Ça rame, grommela-t-elle en tapant à nouveau sur la barre d'entrée.

Le portable vibra dans la poche de Thomas. Un SMS de Margit :

Ai parlé avec la mère qui a appelé tous les copains sans résultat. Benjamin n'a pas donné de nouvelles. Le père ne répond toujours pas au téléphone.

Son sentiment de perdre un temps précieux augmentait.

— Ah, enfin, dit Kia en tournant l'écran vers les deux enquêteurs. Voici tous ceux qui ont payé la taxe du port ces six derniers jours.

Thomas parcourut la liste rapidement. Environ quarante lignes, avec les noms des propriétaires et ceux de leurs bateaux.

— Tu en reconnais ? demanda-t-il à Aram.

— Non, et toi ?

Aucun des noms ne disait quoi que ce soit à Thomas. La plupart étaient des hommes : chez les plaisanciers, l'égalité des sexes avait encore du chemin à faire. La plupart avaient des noms typiquement suédois, Andersson ou Karlsson.

— Tu trouves des Gorgis ou des Danho ? ironisa Aram.

Thomas sourit en coin et se pencha pour mieux voir.

Tout à gauche était indiquée la taxe payée. Parfois deux cents couronnes, parfois deux cent cinquante. Une personne avait payé trois cents couronnes pour une nuit et plusieurs pas un sou.

— Pourquoi les taxes sont-elles différentes ? demanda Aram.

— Ça dépend de la taille du bateau.

Kia leur tendit une feuille plastifiée.

< 10 m	200/nuit
10-12,99 m	250/nuit
13-14,99 m	300/nuit
> 15 m	400/nuit

— Si on est membre du club, c'est gratuit pour les cinq premiers jours, expliqua-t-elle.

Qu'est-ce que les filles avaient dit sur la taille de ce bateau ? Assez petit. Sofie l'avait estimé à vingt-cinq pieds, à peine huit mètres. Si on éliminait les plus gros bateaux, le nombre de propriétaires à contrôler diminuait d'un tiers. Ça ferait gagner du temps.

— Pouvez-vous nous imprimer cette liste ? demanda Aram.

— Bien sûr. Si je peux vous aider pour autre chose, n'hésitez pas.

— Pouvez-vous aussi l'envoyer par mail ? dit Thomas en écrivant l'adresse sur une carte de visite qu'il lui tendit.

Autant que les collègues de Nacka puissent se mettre tout de suite à vérifier les noms.

Son regard fut à nouveau attiré par l'eau. Chaque minute qui passait, il était de plus en plus persuadé que Benjamin ne s'était pas caché quelque part sur l'île. Il ne restait alors que deux possibilités.

69

Nora retourna dans la salle d'audience. Sa serviette ne lui avait jamais semblé aussi lourde. Elle était fermement décidée à ne laisser transparaître aucune réaction au témoignage de Christian Dufva. Mais l'air réjoui de Jacob Emilsson lui donna des aigreurs d'estomac.

Seul un homme assuré de gagner un procès souriait ainsi.

Son boulot était de démolir les preuves de l'accusation, et elle lui avait largement facilité la tâche.

Christian Dufva allait incessamment entrer. Pour Nora, ce serait sa dernière chance de faire éclater la vérité. Il fallait qu'elle utilise ce temps pour lui faire cracher des réponses sensées. Le faire se tenir à ses déclarations consignées dans les procès-verbaux.

Mais elle n'avait pas eu d'idée transcendante pendant la pause. Le déjeuner ne lui avait apporté aucune énergie nouvelle, malgré la portion de bolognaises trop cuites qu'elle s'était forcée à avaler.

Elle aurait juste voulu poser son front sur la table, fermer les yeux, et d'un coup de baguette magique se transporter hors de cette salle. Au lieu de quoi, avec des gestes contrôlés, elle sortit les dossiers de sa serviette et les disposa devant elle sur la table. Tout aussi soigneusement, elle plaça à côté deux stylos-billes bleu clair.

Sur l'estrade, Barbro Wikingsson échangeait quelques mots avec Dennis Grönstedt. Le front du greffier était déjà luisant de sueur.

Nora n'avait pas le courage de regarder les trois jurés en pleine digestion. En son temps, elle aussi avait siégé sur l'estrade au poste d'assesseur, et elle savait très bien ce qui se passait quand les débats étaient ajournés pour la pause déjeuner. C'était le moment où les membres de la cour discutaient librement de l'audience de la matinée.

Elle imaginait leurs commentaires : *Ce n'était pas son jour, aujourd'hui. La procureure devrait mieux tenir ses témoins.* Barbro Wikingsson avait sûrement opiné du chef avec son sourire pincé qui signifiait que la procureure avait bu la tasse. *L'ALCF aurait bien besoin de réformer ses méthodes*, devaient avoir ricané les jurés devant leurs plateaux-repas. *La prochaine fois, la procureure Linde ferait mieux d'y réfléchir à deux fois avant de prononcer une mise en examen.*

Maintenant, elle n'avait plus aucune chance d'obtenir ce poste de procureure principale adjointe.

La porte s'ouvrit, et Christian Dufva entra dans la salle. Les plis profonds entre son nez et sa bouche ressortaient dans la lumière vive du soleil. Ses lèvres étaient minces et décolorées, son visage grisâtre.

Il gagna sa place et se laissa tomber sur son siège. Cette fois, Nora était certaine de l'avoir vu regarder Niklas Winnerman à la dérobée. Plus elle y réfléchissait, plus elle était convaincue que c'était une histoire de corruption. Ce n'était pas la première fois que quelqu'un se laissait acheter. Nora l'avait déjà vu dans d'autres situations.

Winnerman devait s'être mis d'accord avec Christian Dufva pour partager les dix millions détournés. Ça pouvait représenter un capital de départ lui permettant de se relever, peut-être même de fonder une nouvelle entreprise.

Ils n'avaient pas examiné de très près les finances de Christian Dufva, pas scruté à la loupe tous ses revenus et comptes comme ils l'avaient fait avec Winnerman. Nora songea un instant à lancer Leila sur cette piste. Mais les chances de trouver quelque chose étaient faibles. Winnerman avait si bien su cacher les dix millions que les enquêteurs étaient restés bredouilles. Il n'en aurait jamais transféré une partie à Christian Dufva d'une façon simple à repérer.

Hier, elle avait enfin envoyé des copies des mails de menace au service sécurité, mais on l'avait informée ce matin qu'il était impossible d'en identifier l'expéditeur sans de longues recherches. Les chances de le retrouver étaient infimes.

Vu le tour désastreux que prenait le procès, ça n'avait que peu d'importance.

Nora s'aperçut qu'elle fixait Niklas Winnerman comme une idiote. Avant qu'elle ait le temps de se détourner, il surprit son regard. Il sourit légèrement. Puis il fit un clin d'œil, presque imperceptible, dans sa direction.

70

La baie idyllique devant le bureau du port était paisible, un paradis de vacances prêt pour la Saint-Jean. De temps à autre la surface de l'eau scintillait quand une épinoche pointait sa tête brune avant de replonger.

À une heure et demie, Thomas et Aram retournaient vers le camp de voile avec la liste des propriétaires de bateaux à la main. Certes il était encore possible que Benjamin se soit juste caché quelque part. Mais à l'heure qu'il était, il aurait dû se montrer, ne serait-ce que poussé par la faim. Ou aurait dû d'une façon ou d'une autre chercher à contacter ses parents.

Thomas s'arrêta devant la tente blanche du restaurant de plein air et sortit son portable.

— Il faut lancer un avis de recherche, dit-il. Il s'est écoulé plus de douze heures depuis la dernière fois qu'il a été vu, et nous n'avons aucune idée d'où il a pu passer.

Aram regarda la liste de noms.

— Tu crois que ce plaisancier est mêlé à ça ? Que Benjamin a été enlevé contre sa volonté ?

— Trop tôt pour le dire. Mais j'aimerais beaucoup retrouver ce type. Au moins savoir qui c'est, pour voir s'il peut être rayé de notre enquête.

La mer était si calme que les bouées rouges étaient au garde-à-vous, leurs anneaux d'acier dressés. L'eau était claire, mais on ne voyait pas à plus de cinquante centimètres sous la surface.

Thomas ne pouvait s'empêcher de se demander s'il n'y avait pas le corps d'un petit garçon de onze ans au fond de cette jolie baie.

— Il faut engager davantage de ressources, dit-il.

Derrière la tour de Korsö, un avion traçait un trait blanc dans le ciel bleu clair.

Thomas composa le numéro de Margit.

— Lance un avis de recherche, lui dit-il. Il n'y a aucune trace du gamin et nous doutons qu'il soit parti de son plein gré.

— Je m'en occupe tout de suite.

— Tu as réussi à joindre son père ?

— Son portable est toujours éteint. J'ai aussi appelé sa compagne, Ninna, mais personne ne répond, ni sur le fixe de son appartement ni sur son portable.

Margit devait être dans la kitchenette. Thomas entendait le bruit de la machine à café qui se mettait en route, commençant par moudre les grains.

— On leur donne encore quelques heures, reprit-elle. Ils sont peut-être occupés.

Un voilier était en train d'accoster devant le bureau du port. Le bac bleu foncé disparut devant le chenal, en route pour Sandhamn.

— Il faut plus de monde, dit Thomas. Des maîtres-chiens et la police maritime pour draguer les abords de l'île. Les gardes-côtes doivent aussi nous aider. Ça va prendre du temps.

David Rutkowski était sur le perron d'une des baraques rouges quand Aram et Thomas revinrent au camp.

— Alors ? demanda-t-il. Vous avez trouvé cet homme dont parlaient les filles ?

— Malheureusement non. Le bateau n'était plus dans le port quand nous sommes arrivés.

— Que comptez-vous faire ? s'enquit David d'une voix ténue.

— Nous lançons un avis de recherche, répondit Aram. Nous faisons aussi venir des maîtres-chiens et plus de policiers pour fouiller l'île. Il faudra probablement faire une battue à Sandhamn également, au cas où Benjamin aurait malgré tout réussi à traverser.

— Et nous allons devoir draguer, ajouta Thomas. Pour le cas où Benjamin serait tombé à l'eau.

Sous le choc, David joignit les mains derrière la tête et se balança un peu d'avant en arrière.

— Comment faire avec les autres enfants ? Qu'est-ce qu'on va leur dire ?

— Vous devriez leur exposer la situation, dit Thomas. Nous allons devoir parler avec d'autres camarades de Benjamin. Tous les garçons de son dortoir et tous les enfants du groupe Bleu.

Il regarda l'heure.

— Quand doivent-ils rentrer ?

— Pas avant ce soir, c'était une longue excursion aujourd'hui.

— Je préférerais qu'on leur demande de faire demi-tour. Nous voulons entendre le plus grand nombre d'enfants au plus vite.

David hocha la tête.

— Je m'en occupe.

— Ce serait bien qu'on puisse s'installer là où on était tout à l'heure, glissa Aram.

David hocha à nouveau la tête.

— Et que faisons-nous pour les parents ?

— Ils doivent aussi être informés, dit Thomas. Vous devez également mettre au courant votre chef, si vous ne l'avez pas déjà fait.

— Il s'appelle Björn Ekholm, dit David.

— Ça va sortir dans les médias, dit Aram. Vous en êtes bien conscient ?

Les journaux ne mettraient pas bien longtemps à flairer une nouvelle de ce genre. Un enfant disparu d'un camp de voile, et issu par-dessus le marché des classes supérieures de la société, c'était du pain bénit pour n'importe quel tabloïd. Les téléphones allaient se mettre à sonner tous azimuts.

— Je vais appeler la chancellerie pour les mettre au courant de ce que vous m'avez dit, fit David d'une voix plus sourde que jamais.

— Bonne idée, fit Aram.

Thomas s'éloigna pour appeler sa mère et lui demander d'aller chercher Elin à l'école. La journée serait longue dans l'archipel.

Il sortit son téléphone et composa le numéro, sans pouvoir s'empêcher de regarder l'eau. Une sterne plongea pour gober un poisson. Ça forma quelques ronds, puis l'eau se referma.

Comme si rien n'avait crevé la fragile surface.

71

— Maître Emilsson, vous avez la parole, dit Barbro Wikingsson.

Nora se sentait fourbue comme après un marathon. Elle avait eu beau essayer tous les angles d'attaque, ses questions à Christian Dufva n'avaient rien donné. L'interrogatoire après le déjeuner avait tourné au fiasco, il n'y avait pas d'autre mot. À un moment, elle avait envisagé de le mettre au pied du mur en affirmant ouvertement que Winnerman l'avait payé pour changer son témoignage. Mais elle savait que Jacob Emilsson l'aurait aussitôt accusée de harceler son client.

Et maintenant, c'était son tour.

Dufva attendait, les yeux baissés. Il avait vidé son verre d'eau et s'était resservi au pichet posé à côté de lui. Il était tourné vers Jacob Emilsson mais, au bout d'un petit moment, il se déplaça sur son siège, comme s'il devinait que Nora l'avait à l'œil. Le raclement des pieds de sa chaise résonna dans la salle.

Jacob Emilsson rajusta sa cravate.

— Ça a dû être un cauchemar, commença-t-il, de voir l'entreprise et tout ce pour quoi vous aviez travaillé faire faillite.

— C'était affreux. Toute l'année écoulée a été un cauchemar.

— La procureure a souligné qu'il existe quelques… disons différences entre votre témoignage et les procès-verbaux de vos interrogatoires. Voulez-vous que nous tirions au clair la chose une bonne fois pour toutes ?

Dufva hocha la tête.

— Qu'avez-vous éprouvé quand l'œuvre de votre vie s'est écroulée ? demanda Emilsson.

— C'était difficile à admettre. L'entreprise allait bien, et du jour au lendemain, la catastrophe. Tout ne faisait qu'empirer, quoi qu'on fasse pour sauver les meubles. Puis il y a eu l'enquête de police… Je n'aurais jamais cru qu'on en arriverait là.

Il fit un geste d'impuissance, mais Nora était incapable de ressentir de l'empathie pour lui.

— Comment avez-vous réagi ? continua Emilsson. Cela a sans doute suscité des émotions violentes en vous, du chagrin et de l'amertume, peut-être même de la colère ? À votre place, j'aurais été furieux.

— J'étais très indigné.

— Vouliez-vous répliquer ?

— Pardon ?

— Vouliez-vous vous venger ? (L'avocat leva un poing serré.) Dans de telles circonstances, on veut mettre l'échec sur le dos de quelqu'un, n'est-ce pas ?

Il se tut, comme pour offrir à Dufva une occasion d'abonder dans son sens.

Dennis Grönstedt attendait la réponse, les bras croisés, et même Barbro Wikingsson paraissait tendre l'oreille.

— Vous n'avez pas à avoir honte d'avoir éprouvé ça, l'encouragea Emilsson. C'est à la fois humain et normal de réagir de cette façon.

— Oui.

Malgré le silence qui régnait dans la salle, la voix de Dufva était presque inaudible. Un climatiseur ronronnait en bruit de fond, sans rafraîchir l'atmosphère étouffante de la pièce.

— Christian, reprit Jacob Emilsson. Est-ce que vous n'auriez pas transféré toute votre frustration sur votre associé ? Déversé tout votre ressentiment lors de votre premier interrogatoire, sans songer aux conséquences ?

La bouche de Dufva tressailit légèrement.

— J'imagine que c'était un soulagement de rendre les coups, continua l'avocat de la défense. De mettre ce bouillon, si je puis dire, sur le compte de Niklas Winnerman. Il fallait que ce soit la faute de quelqu'un si ça s'était passé comme ça, et vous aviez Niklas sous la main.

Nora surprit deux des jurés opiner du chef.

Le procès courait à l'abîme.

— Est-ce que ce n'était pas ça ? insista Jacob Emilsson. Vous aviez besoin, non, vous *vouliez* un bouc émissaire. Votre ancien associé Niklas Winnerman était le meilleur candidat. Même si vous aviez longtemps été bons amis, même si vous aviez bâti cette entreprise ensemble.

Dufva se cacha le visage dans les mains.

— Oui, je pensais que c'était la faute de Niklas si nous avions perdu l'entreprise, murmura-t-il.

— Et ensuite il était trop tard pour retirer vos paroles, n'est-ce pas ? Une fois dites et consignées par la police sous forme de ces procès-verbaux que la procureure a agités avant le déjeuner.

Jacob Emilsson décochait une question orientée après l'autre, mais qu'est-ce qui pouvait l'arrêter ? Dufva était le témoin de Nora, l'avocat avait droit à un contre-interrogatoire.

— Vous ne pouviez pas revenir sur votre première déclaration, continua-t-il. Il était plus simple de continuer à accuser Niklas plutôt que d'admettre la vérité.

— C'est ça.

Jacob Emilsson se pencha au-dessus de sa table.

— Alors je dois vous poser la même question que la procureure à l'instant, fit-il avec une gravité nouvelle. Comprenez-vous bien que vous déposez sous serment ? Que vous pouvez être mis en examen pour parjure si vous ne vous en tenez pas à la vérité, toute la vérité et rien que la vérité ?

— Je le comprends.

— Pouvons-nous nous fier à ce que vous nous dites, cette fois ? Vos dépositions précédentes n'étaient pas exactes, mais à présent vous êtes sincère ?

— Oui.

Nora se demanda si elle avait une poussée de fièvre, sa peau la tirait et elle transpirait sous sa jupe étroite.

— Il n'y a eu aucune trahison de la part de Niklas Winnerman, comme vous l'avez affirmé précédemment ? continua Emilsson.

— Non.

— Est-il correct d'affirmer que Niklas Winnerman a agi de bonne foi, pour faire faire une excellente affaire à l'entreprise ?

— Oui.

Jacob Emilsson veilla à croiser le regard des jurés. Annika Sandberg inclina la tête de côté.

— De votre point de vue, Niklas Winnerman s'est-il rendu coupable d'abus de biens sociaux aggravé en dérobant dix millions de couronnes à la société Byggallians ?

— Non, dit Christian Dufva.

72

Isak était assis devant le sauna du camp de voile quand Maja arriva. Le soleil brillait, mais Isak s'était retiré à l'ombre, adossé au bâtiment.

Il n'avait pas le courage de lever les yeux vers elle.

— J'étais sûr de te trouver là, dit-elle en s'asseyant à côté de lui. J'ai entendu ce qui s'était passé, alors j'ai pris un des hors-bords et je suis rentrée.

Elle lui prit la main et la caressa.

La pitié, c'était plus qu'il ne pouvait supporter. Isak détourna le visage, se secoua.

Maja se pencha. Ses lunettes de soleil lui laissaient des cercles blancs autour des yeux. Son visage s'approchait beaucoup trop, il se pencha en arrière.

— Comment tu vas ?

Cette question idiote le mit hors de lui.

— Qu'est-ce que tu crois ? cracha-t-il, si violemment qu'il lui postillonna sur la joue. Benjamin a disparu et la police est là !

Les yeux de Maja s'agrandirent.

— Écoute, tenta-t-elle. Je comprends que ce n'est pas facile. Mais personne ne t'accuse.

— Tu ne piges rien.

Il avait vu les yeux des deux policiers. Leurs mines accusatrices quand ils l'interrogeaient sur les dernières heures de Benjamin au camp.

Il était incapable de surveiller ses gamins. D'abord Clara, maintenant Benjamin.

Il méritait leur mépris.

Comme il était naïf d'avoir cru qu'au pire Benjamin avait fugué. Il réalisait à présent qu'il y avait un autre scénario, bien pire.

Que ferait-il, si Benjamin s'était noyé ? Si on le retrouvait quelque part au fond de l'eau, les cheveux flottants et la peau bleuâtre ?

C'était évident, tout était sa faute. Il n'avait pas rempli sa mission. Il n'aurait jamais dû prendre ce travail, aurait dû d'emblée comprendre que ce serait un échec comme il avait toujours tout foiré dans sa vie.

Maja interrompit ses ruminations :

— Tu ne veux pas venir manger quelque chose ? Les femmes de service ont préparé de quoi au Hangar. Ça te fera sûrement du bien.

— Je n'ai pas faim.

Des crampes intermittentes lui tordaient le ventre comme depuis le début de la journée.

— Tu ne veux pas quand même venir avec moi, Isak ?

Maja attendit sa réaction.

— David se demande où tu es passé, insista-t-elle en essayant de lui caresser la joue.

Isak la repoussa.

— Ne me touche pas !

— J'essaie juste de t'aider.

— Laisse-moi tranquille !

— S'il te plaît…, murmura-t-elle.

Elle avait les yeux luisants, mais il n'avait pas le courage de se soucier de ses sentiments.

Ce moment passé ensemble ce matin, comme il le regrettait.

— J'étais en train de chercher Benjamin ce matin, quand tu m'en as empêché, dit-il méchamment.

— *Moi*, je t'en ai empêché ?

Elle recula.

— Sans toi, je l'aurais peut-être retrouvé.

C'était injuste, il le savait, mais il ne pouvait plus retirer ses paroles.

Maja se releva brusquement et s'essuya le nez du revers de la main.

— Va te faire foutre ! lâcha-t-elle avant de partir en courant.

D'une certaine façon, il avait cru aller mieux si elle aussi allait mal, au lieu de quoi ses remords décuplèrent.

Il chercha dans sa poche la boîte de cachets. Combien en restait-il ? Pas plus d'une douzaine.

Il se griffa le bras, déjà couvert de marques rouges. Il regardait fixement le point où Maja avait disparu entre les arbres.

— Pardon, murmura-t-il. Je ne voulais pas dire ça.

73

Les Deux-Couronnes rentraient vers Lökholmen. Devant le Hangar, Thomas les regardait arriver l'un après l'autre, vent arrière dans leurs voiles gonflées. Des voix claires montaient, des rires épars fusaient sous le chaud soleil de l'après-midi.

Thomas venait de parler à sa mère qui avait récupéré Elin et l'avait emmenée chez elle. Il valait mieux qu'elle passe la nuit chez ses grands-parents, il n'allait pas rentrer de sitôt. Il ne se donna pas la peine de prévenir Pernilla, de toute façon elle n'était pas à la maison.

Il allait être quatre heures, et toujours aucune nouvelle de Benjamin.

Derrière le Hangar, on entendit un chien aboyer.

Deux maîtres-chiens étaient arrivés une heure plus tôt avec des agents de police pour participer aux recherches. Ils avaient rapidement organisé une battue. Les pompiers de Sandhamn avaient été appelés pour leur prêter main-forte.

Il devait y avoir des traces de Benjamin à de nombreux endroits autour du camp. S'il se cachait quelque part sur l'île, les chiens devaient pouvoir le localiser.

Le dragage serait du ressort de la police maritime. Plusieurs bateaux du camp cherchaient déjà tout autour de l'île.

— Salut, Thomas.

Kalle Lidwall se dirigeait vers lui avec ses lunettes noires et sa casquette bleu marine.

Thomas leva la main, soulagé de ce renfort : Kalle était un enquêteur aguerri et avait récemment suivi une formation pour interroger des enfants et des jeunes. D'un côté il fallait leur faire comprendre la gravité de la situation et de l'autre établir un rapport de confiance dans un contexte anxiogène. Les enfants apeurés avaient moins bonne mémoire, or la police avait besoin de collecter le plus d'informations possible.

Aram et Thomas avaient déjà déterminé par quels enfants commencer, quelles questions poser.

— Tu as des nouvelles du père ? demanda Thomas. On l'a localisé ?

Kalle secoua la tête en retroussant les manches de sa chemise bleu clair.

— Personne ne semble savoir où il est, son ex-femme non plus, Margit vient de lui parler. Personne ne répond chez lui et son portable est coupé. Même chose pour sa nouvelle épouse.

Ce n'était pas bon signe. Mais ils devaient pour l'heure s'occuper des priorités.

— Et cette liste de propriétaires de bateaux qu'on a envoyée ? demanda Thomas. Ça en est où ?

— Adrian s'y est mis avec Karin. Mais ça fait beaucoup de noms à vérifier. Tu sais comment c'est.

Thomas hocha la tête. Tout prenait du temps, il fallait avancer pas à pas. Le début d'une enquête exigeait qu'on procède rigoureusement et sans précipitation, aussi urgente que soit la situation.

La frustration se rappelait pourtant à son bon souvenir. Il ne pouvait s'empêcher de surveiller sa montre : déjà quatre heures cinq.

Les premiers voiliers étaient de retour et s'amarraient aux bouées devant le Hangar. Un catamaran au foc jaune fluo glissait vers la rampe en bois pour être hissé à terre.

— Thomas !

Aram arrivait du réfectoire d'un pas vif, visiblement excité.

— Un des chiens a marqué. Devant la crique de Skothalarfladen.

Thomas et Kalle se dépêchèrent de le rejoindre. Ils retournèrent de l'autre côté, sur l'esplanade devant les baraquements où logeaient les enfants.

Aram indiqua le ponton en contrebas, un peu à l'extérieur du camp proprement dit, où Thomas savait que les bateaux des moniteurs et des visiteurs avaient l'habitude d'accoster. Il s'y était lui-même amarré samedi dernier.

— Là-bas.

Thomas reconnut immédiatement la policière aux cheveux gris avec son chien. Il l'avait rencontrée sept ans plus tôt, un jour glacial de février, à Sandhamn.

Son berger allemand leur avait permis de retrouver les restes dépecés d'une jeune fille de dix-neuf ans. Six mois après le meurtre, la chienne avait pourtant marqué le cadavre.

Il espérait que cette fois ce n'était pas la découverte d'un corps qui les attendait.

— Nous nous sommes déjà vus, dit d'emblée Thomas en arrivant.

— Ça fait quelques années.

Aujourd'hui, Sofia Granit était accompagnée d'un berger belge. Elle avait à la main un tee-shirt bleu taille enfant. Un tee-shirt de Benjamin, qu'elle avait donné à flairer au chien.

Le petit vêtement lui fit penser à Elin, et Thomas sentit son cœur se serrer. Pernilla s'était empressée de partir parce que *son* travail l'exigeait. Lui recherchait un enfant disparu pendant qu'elle discutait stratégies marketing.

Impossible de continuer à faire l'autruche. Il faudrait qu'ils prennent le temps de discuter à son retour.

— Voici Jackson, dit Sofia Granit, interrompant les ruminations de Thomas. Il a beau n'avoir que quatre ans, il est déjà très doué.

Elle sortit un biscuit de sa poche et le lui tendit.

— Qu'est-ce qui est arrivé à…

Thomas chercha le nom de la chienne.

— Raja ?

— Oui, c'est ça.

— Des tumeurs.

Un voile de tristesse passa sur le visage de Sofia Granit.

— Elle est au paradis des chiens, si on veut.

Elle se pencha pour caresser le berger belge sur la truffe.

— Mais Jackson est un vrai crack. Pas vrai, mon vieux ?

L'animal remua la queue.

— Tu as trouvé quelque chose ? demanda Thomas.

— Jackson a marqué des traces à plusieurs endroits.

Elle indiqua une place libre entre deux catways en Y, sur le ponton proprement dit et sur le rivage.

— Qu'est-ce que ça signifie ?

— Le garçon disparu est très certainement monté à bord d'un bateau qui était amarré à ce ponton.

Elle indiqua le bout du catway, là où il rejoignait le ponton.

— Il y a des traces plus loin, qu'on ne peut pas atteindre d'ici. J'ai dû empêcher Jackson de sauter à l'eau.

Le port était désert, mais s'il y avait eu un bateau amarré là, les endroits marqués par le chien auraient été faciles d'accès.

Il ne fallait pas grand-chose pour laisser une trace olfactive : une main agrippée, une jambe qui frôlait le catway.

Thomas se pencha au bord du ponton.

C'était assez peu profond, il voyait le fond jusqu'au rivage. Si c'était là que Benjamin était tombé à l'eau, ils auraient dû le retrouver. Le corps d'un petit garçon n'aurait pas dû être emporté si vite par les courants.

— Est-ce que tu pourrais dire une heure ? demanda Aram.

Sofia sourit en coin.

— En gros.

Elle fit un geste, et Jackson se coucha docilement à ses pieds.

— J'ai un bon chien, mais ce n'est pas un ordinateur. Il n'a pas vraiment une horloge électronique dans la truffe.

Thomas se frotta le menton.

Le chenal vers Sandhamn était en face du ponton, à seulement une centaine de mètres. À la sortie, on avait sur la droite le détroit de Sandhamn, puis la route maritime continuait par Stavsnäs jusqu'à la terre ferme. Un bateau qui appareillait d'ici mettait à peine quelques secondes à disparaître.

— La mère n'a toujours pas de nouvelles de Benjamin, dit Aram dans son dos.

Åsa Dufva restait chez elle près du téléphone. Impensable que Benjamin ne la contacte pas s'il avait effectivement fugué, elle l'avait plusieurs fois répété à Margit. Elle avait une relation privilégiée avec son fils. Benjamin n'était visiblement pas aussi proche de son père. « Il m'aurait appelée dès qu'il en aurait eu la possibilité », avait-elle insisté.

Thomas tourna la tête de l'autre côté, vers le port intérieur, au fond de la crique. Quelle pouvait être la distance ? Trois cents mètres peut-être ?

Ce n'était pas très loin, mais étant donné le terrain accidenté, difficile d'aller en ligne droite, surtout de nuit. Il n'y avait pas d'éclairage, des crevasses et des broussailles barraient le chemin. Il fallait passer par un sentier en caillebotis, celui-là même qu'ils avaient emprunté plus tôt quand Sofie leur avait montré le chemin.

Mais avec un bateau amarré ici, faire le tour et aller accoster là-bas était l'affaire de quelques minutes. Si on avait quelque chose à faire au camp. Si on voulait enlever un petit garçon dans son lit.

Allait-il trop loin dans ses spéculations ? Il s'agissait de ne pas tirer de conclusions trop hâtives des premiers marquages du chien policier. Ils disposaient encore de si peu d'éléments, n'avaient même pas réussi à joindre le père de Benjamin.

Aram suivit son regard.

— Tu penses à ce plaisancier ? demanda-t-il. Tu penses qu'il est impliqué ?

— S'il a accosté ici dans le but d'enlever Benjamin et l'a emporté dans son bateau… c'est un endroit idéal.

— Il peut y avoir beaucoup d'explications au départ de cet homme, dit Aram. C'était la fin de ses vacances, ou il avait prévu d'aller ailleurs passer la Saint-Jean.

Thomas savait qu'il avait raison. Mais la probabilité que Benjamin ait fugué diminuait à chaque heure qui passait. Le sauvetage en mer s'était également joint aux recherches, jusqu'ici sans résultat.

Il fallait demander à David si les enfants avaient l'habitude de venir ici, si Benjamin avait une raison de se trouver sur ce ponton-ci, un peu à l'extérieur du camp. Sinon, la présence des traces olfactives repérées par Jackson pouvait avoir une tout autre signification : Benjamin n'avait pas quitté le camp de son plein gré.

74

Quand David sortit du QG, il aperçut les policiers attroupés devant le ponton des plaisanciers avec un chien. Il hésita à aller aux nouvelles.

La chancellerie venait d'appeler, avec la même sempiternelle question : « Avez-vous retrouvé Benjamin ? » Chaque fois c'était une torture de répondre que non.

Le directeur, Björn Ekholm, allait arriver pour leur prêter main-forte. Le portable de David n'arrêtait pas de sonner et les SMS défilaient à mesure que la nouvelle se répandait.

Sur le perron de l'Étoile, il aperçut Seb, assis avec une BD.

David n'avait pu cesser de penser à Samuel, au harcèlement qu'il avait fait subir à Benjamin sous leur nez, sans que personne s'en rende compte. David connaissait la mauvaise réputation de Samuel, il avait entendu ce qui se murmurait, mais rien de tangible ne l'avait alerté. Jusqu'à présent.

Quand Sofie et les autres filles avaient raconté ce qu'elles savaient à la police, il avait serré les poings. Il était censé diriger ce camp, et il n'avait pas la moindre idée de ce qui s'y passait. Sa honte avait à présent fait place à la colère. Fini les excuses, les chichis avec ces enfants gâtés dont les parents se débarrassaient au camp.

— Seb ! appela-t-il. Viens ici !

Seb lâcha sa BD et se leva. Il épousseta son short et rejoignit David.

— Qu'est-ce qu'il y a ?

— Tu sais où est passé Samuel ?

— Sais pas. Il devait sortir sur un bateau, je crois.

David l'attrapa par le bras.

— Je veux savoir exactement ce que Samuel et toi vous avez fait à Benjamin. Maintenant.

— Mais quoi !

Seb détourna le regard. Il faisait dix centimètres de moins que David et était beaucoup plus fluet. Un gros bouton était près d'éclater sur son front.

— Tu sais exactement ce que je veux dire. Samuel et toi, vous vous êtes comportés comme des trous-du-cul avec un camarade plus jeune.

David l'empoigna plus fort. Ils étaient seuls sur l'esplanade. Si Benjamin avait disparu à cause de ce salaud et de son copain, il était résolu à en avoir le cœur net. Par tous les moyens.

Ces petits cons devraient assumer leurs actes.

Thomas Andreasson, l'un des policiers, avait à plusieurs reprises évoqué la possibilité que Benjamin ait dégringolé dans l'eau et se soit noyé.

Ou qu'on l'y ait poussé.

L'image du cadavre de Benjamin au fond de l'eau lui apparut.

Les brimades des deux adolescents étaient-elles allées beaucoup trop loin ? David ne pouvait s'empêcher de se le demander depuis le témoignage des trois fillettes. En particulier ce qu'elles avaient dit de Samuel.

Les gamins pouvaient être d'une cruauté inconcevable entre eux, David avait un peu tout vu, à la longue, dans les camps de voile. C'était son quatrième été à Lökholmen, le deuxième en tant que directeur.

Parfois, il lui était arrivé de penser que ce n'était pas la faute des jeunes s'ils devenaient comme ça. Il y avait des parents bien pires que leur progéniture, les nouveaux riches quarantenaires surtout pouvaient avoir une attitude vraiment lamentable.

Il pensait avoir la situation en main. Dès le premier soir, à la réunion des moniteurs, il avait abordé le sujet. Les enfants prépubères étaient les plus terribles en matière de harcèlement. Il s'agissait d'intervenir dès les premiers signes. Il existait un manuel pour empêcher ce genre de comportement.

Mais cette fois, ils avaient totalement failli à leur mission.

Une fois encore, il se demanda s'il n'avait pas eu tort de prendre Isak, si les choses se seraient passées autrement avec un autre responsable pour le groupe Bleu.

— C'est bon, là ? demanda Seb en tentant de dégager son bras. Il faut que j'aille aux chiottes.

La colère de David s'embrasa. Une fureur qui terrorisa aussitôt l'adolescent. Il parut se liquéfier, ne chercha même plus à se dégager.

Benjamin ressemblait-il à ça quand ils le harcelaient ?

David était retourné en songeant à la peur du petit garçon. Personne ne l'avait protégé contre ces caïds.

— Maintenant, tu vas me dire ce qui s'est passé, martela-t-il d'une voix qu'il n'avait encore jamais utilisée contre un enfant du camp. Qu'est-ce que vous avez fait exactement tous les deux à Benjamin ?

Seb se ratatinait sous le regard de David. Sa voix portait à peine quand il répondit :

— C'était Samuel. Pas moi.

75

Si Benjamin s'était noyé, serait-il considéré comme responsable ?

Isak fixait la mer. Le vent soufflait à cinq-six mètres par seconde, une bonne journée pour une longue sortie. Mais elle avait dû être interrompue. Depuis le sauna, il avait vu les voiles revenir, les bateaux mettre le cap sur le Hangar, de l'autre côté des rochers.

Isak se rappela le contrat d'embauche qu'il avait signé quand il avait obtenu cette place de moniteur. Il y était question de sa responsabilité, de son engagement à prendre soin des enfants et à remplir ses obligations. Il n'avait pas pris soin d'eux, pas rempli ses obligations. Juste failli à sa responsabilité.

Pouvait-on être condamné pour ça ? Il ne le pensait pas, mais la peur le taraudait.

S'ils apprenaient qu'il était sorti avec Maja au lieu de chercher Benjamin, il serait peut-être poursuivi ?

Il avait commis une faute, en toute connaissance de cause, mais avait passé outre. *Ça va s'arranger*, s'était-il dit, tellement il avait envie d'être avec Maja.

Alors que Benjamin avait disparu.

Cette pensée lui arracha un sanglot et il se frotta les yeux. Les parents de Benjamin devaient être si inquiets, et c'était à cause de lui.

Il ne pourrait jamais expliquer à son paternel que Benjamin avait disparu alors qu'il était sous sa responsabilité. Papa pour qui l'échec était interdit. « Serre les dents, avait-il l'habitude de dire. Fais de ton mieux. »

Papa qui, pour une fois, avait été fier de lui quand il avait commencé à travailler sur Lökholmen. « Mon fiston va être moniteur à Lök, racontait-il à qui voulait l'entendre. Ce n'étaient pas les candidats qui manquaient. »

À présent, il n'avait plus aucune raison d'être fier. Maintenant, il le regarderait avec la même frustration que toute l'année passée. Comme s'il avait toujours su que son cadet ne serait jamais à la hauteur de ses attentes.

Ses crampes d'estomac s'étaient transformées en une douleur lancinante. Il n'avait rien mangé depuis hier soir. Inutile d'essayer d'avaler quoi que ce soit. En revanche, il avait soif.

Mais comment retourner au Hangar et regarder en face les autres moniteurs ? Il avait perdu la confiance de David, et lui-même repoussé Maja. Mais elle serait beaucoup mieux avec quelqu'un d'autre, il en était persuadé.

Sa gorge était complètement sèche. Isak ouvrit la porte du sauna pour voir s'il ne traînait pas quelque chose à boire, une bouteille d'eau ou un soda.

Il trouva une canette de Coca à moitié pleine dans la première pièce. Le soda éventé n'avait pas spécialement bon goût, mais étancha au moins sa soif.

Isak continua jusqu'au sauna proprement dit, dont il ouvrit la porte. Il se laissa tomber sur le banc et passa le bout des doigts sur la planche de bois brut. Il avait toujours aimé venir là après une longue journée en mer. Laisser la chaleur pénétrer sa peau, sentir ses muscles se détendre.

Désormais, cette pièce lui était étrangère.

Il ressortit. En reposant la canette de Coca vide, il aperçut une corde enroulée dans un coin, soigneusement nouée pour ne pas se défaire.

Il se pencha pour la ramasser. Elle devait faire au moins cinq mètres, sinon davantage. Neuve, sans les traces d'algues séchées ou de varech qui s'y accrochaient à l'usage.

Il leva les yeux vers le crochet, au plafond. Il avait été fixé là un jour qu'ils avaient joué à un jeu idiot : avaler une bière cul sec puis se soulever d'un bras au bout d'une corde et tenir dix secondes.

Il tira sur le cordage pour en éprouver la résistance. Les fibres étaient fraîches dans la paume de sa main.

Dans un coin, il trouva une caisse en bois assez solide pour supporter son poids.

Son regard retourna au crochet.

Le métal argenté brillait dans le soleil qui entrait par la fenêtre. De fins grains de poussière dansaient dans l'air, formant autour du crochet une gloire chatoyante.

Peut-être y avait-il une autre issue ?

76

Thomas et Aram allaient entrer dans le réfectoire quand David arriva en courant derrière eux.

— Attendez !

Tous les participants du camp étaient convoqués à une réunion au Hangar. Elle devait commencer incessamment, à dix-sept heures. Enfants et moniteurs affluaient de toutes parts.

Thomas s'arrêta sur la rampe en bois où plusieurs bateaux avaient été remontés à la va-vite, voiles au vent. Le temps avait manqué pour démâter.

Le directeur du camp se frotta la tempe.

— J'ai reparlé à Seb, dit-il. Je lui ai fait cracher ce qui s'est vraiment passé hier en forêt avec Benjamin.

Aram se contenta de secouer la tête tandis que David racontait que Samuel avait menacé le petit garçon de le fouetter avec sa ceinture et que, de terreur, le gamin avait fait pipi dans sa culotte.

— Ce n'est pas tout, ajouta David. Les garçons ont été affreux avec lui avant-hier aussi. Ils l'ont surpris sur un rocher après dîner, l'ont forcé à se mettre tout nu et lui ont pris ses vêtements. Puis ils ont tout jeté à l'eau avant de filer.

David respirait par à-coups.

— Saloperies de gosses !

Thomas l'examina avec soin. Les yeux du jeune directeur étaient injectés de sang, et n'arrêtaient pas de cligner. Il ne faudrait pas qu'il leur claque entre les mains, ils avaient besoin de son aide.

Thomas fit un pas, posa le bras sur son épaule.

— Ça va aller ?

David s'essuya rapidement le nez.

— Ces deux-là doivent être renvoyés chez eux immédiatement, s'exclama-t-il. Je vais y veiller.

Aram avait sorti son carnet.

— Est-ce que Seb a dit quelque chose sur la nuit dernière ? demanda-t-il. Ont-ils encore harcelé Benjamin ?

David secoua la tête et frissonna.

— Il jure que non. La dernière fois qu'il a vu Benjamin, c'était le soir, au rapport, au Hangar. Benjamin dormait déjà quand ils ont regagné le dortoir, et Seb s'est endormi tout de suite après.

— S'il s'est endormi tout de suite, il ne peut pas savoir si Samuel a laissé Benjamin tranquille, fit remarquer Aram.

Il se tourna vers Thomas.

— Huit heures, c'est long, couché à attendre les prochaines humiliations. Ça peut pousser n'importe quel gamin à s'enfuir.

Est-ce que c'était là l'explication ? Samuel aurait-il tellement terrorisé Benjamin qu'il avait fini par partir ?

Ou alors aurait-il attendu que tout le monde dorme pour s'en prendre à nouveau à lui ? Peut-être l'avait-il sorti de son duvet pour lui faire subir pire encore ?

Jackson avait trouvé l'odeur du petit garçon sur le catway en Y. Le baraquement Étoile était le plus proche du ponton, pas plus de cent mètres.

— Dites-moi, intervint Thomas. Est-ce que les enfants vont sur le ponton dans la crique ?

— Non. On leur interdit d'y aller, parce que c'est là qu'on gare les hors-bords d'encadrement. On ne veut pas que les gamins aillent trafiquer les moteurs.

— Savez-vous s'il y avait d'autres bateaux la nuit dernière ?

— Sûrement. Le groupe Bleu y a ses hors-bords. Le Blanc aussi.

David leur indiqua le ponton devant eux.

— Il n'y a pas de place pour tout le monde de ce côté-ci.

Aram semblait comprendre où Thomas voulait en venir : Samuel avait-il pu pendant la nuit forcer Benjamin à monter dans un de ces bateaux ?

— Savez-vous si Samuel sait conduire un hors-bord ? demanda-t-il.

David fronça les sourcils.

— Probablement. À son âge, la plupart de ceux qui ont une maison de vacances dans l'archipel savent piloter un hors-bord. Les nôtres ne sont pas spécialement compliqués. Mais il faut une clé de contact, bien sûr.

Thomas sentit le malaise l'envahir. Il fallait qu'ils interrogent à nouveau Samuel. Le plus vite possible.

— Où sont passés les deux ados ? demanda-t-il en regardant autour de lui.

— Sûrement à l'intérieur.

David indiqua le réfectoire.

— Je n'ai pas vu Samuel depuis plusieurs heures. Seb a dit qu'il était sorti avec un des bateaux, il a peut-être participé aux recherches, même si je peine à le croire. Mais tout le monde a été convoqué à la réunion.

Par la porte entrouverte, Thomas vit une centaine de personnes qui attendaient dans le réfectoire. Beaucoup portaient encore des gilets de sauvetage déboutonnés, elles arrivaient sans doute directement de leurs voiliers.

Manifestement tout le monde connaissait la situation. Les enfants du groupe Bleu avaient probablement mis au courant leurs camarades du camp à mesure qu'ils rentraient.

Du coin de l'œil, Thomas vit les moniteurs rassemblés près de l'entrée. Une fille blonde avait l'air très éprouvée. Ses yeux étaient gonflés, son nez rouge. En revanche pas trace d'Isak. À y repenser, Thomas réalisa qu'il ne l'avait pas vu depuis plusieurs heures.

Un brouhaha inquiet emplissait la salle. David jeta un coup d'œil à sa montre de plongée.

— Il faudrait commencer, dit-il.

Thomas hocha la tête, tout en continuant à chercher des yeux Samuel dans la foule. L'attroupement des moniteurs sur la véranda commençait à se clairsemer, quelques retardataires se dépêchaient de franchir les portes.

De l'autre côté, Kalle entra avec deux agents en uniforme. La rumeur enfla dans le réfectoire.

Les techniciens de la police scientifique étaient en train de passer au peigne fin le dortoir Étoile. Staffan Nilsson, le technicien le plus expérimenté de Nacka, était lui aussi arrivé sur place.

— Nous devons parler à nouveau aux deux ados dès la fin de cette réunion, dit Thomas.

77

En sortant du tribunal Christian Dufva marcha au hasard. Ça avait été un des jours les plus longs de sa vie. Il avait beau habiter Vasastan, il se retrouva une heure plus tard dans Söder, au milieu de Götgatan, où la circulation de l'heure de pointe commençait à s'estomper.

Il ne supportait pas l'idée de rentrer chez lui, encore moins de se rendre à la maison de campagne de ses beaux-parents à Norrtälje, où Ninna l'attendait avec Emil.

Quand il tomba sur un pub quelques pâtés de maisons après Medborgarplats, il y entra sans hésiter.

— Un double cognac, commanda-t-il à voix basse en sortant deux billets de cent.

La décoration s'inspirait jusqu'à la caricature d'un bar sportif américain, avec des fanions au plafond et des flippers le long des murs. Un grand écran plat au-dessus du comptoir diffusait un match de foot étranger, volume baissé.

La salle était presque vide, Christian trouva un coin à l'écart où s'affaler tranquillement.

Ninna devait se demander où il était passé, mais il n'avait pas le courage de l'appeler, pas encore. Il faudrait qu'il lui explique sa scène du matin, quand il avait exigé qu'elle parte avec Emil chez ses parents. S'il l'appelait maintenant, elle poserait des questions auxquelles il lui était impossible de répondre.

Christian imaginait déjà ses reproches, il ne les supporterait pas. Pas maintenant qu'il se sentait si misérable et impuissant.

Il se passa la langue sur les dents, sentant un épais dépôt. Sa langue devait être noire de mensonges.

Son téléphone était toujours coupé. Il le sortit de sa poche et son pouls s'accéléra en voyant la coque de métal noir luire dans la lumière du plafond. Un symbole de son malheur.

S'il allumait son portable, il deviendrait joignable, comme ce matin. Alors tout pourrait s'effondrer. Tant que son téléphone demeurait éteint, il pouvait faire comme si sa vie suivait son cours.

Effacer cette journée, comme si elle n'avait jamais eu lieu.

Christian vida son verre et fit signe au barman de le resservir. Il allait juste s'offrir un dernier verre, décida-t-il finalement, puis il allumerait son téléphone et appellerait Ninna. Il glissa une pièce de cinq couronnes dans le juke-box en face de sa table. Une vieille chanson entraînante des années quatre-vingt s'éleva, noyant le souvenir de la voix menaçante du matin.

La serveuse arriva avec son cognac.

Ses tempes palpitaient encore de douleur, comme si un cercle de métal lui comprimait le crâne. Les cachets contre la migraine qu'il avait achetés à l'heure du déjeuner ne servaient à rien. Si on lui avait enfoncé une aiguille dans le cerveau, il n'aurait pas eu plus mal.

La porte s'ouvrit, et deux hommes d'une trentaine d'années entrèrent. Des hispters typiques, avec lunettes de corne et chemises cintrées, le genre d'intellos qui peuplaient désormais les anciens quartiers ouvriers de Söder.

Ils regardèrent dans sa direction, mais il les ignora et but une rasade de son deuxième verre.

Puis il se figea.

Ces hommes n'étaient pas à leur place ici. Ils n'avaient rien à faire dans un bar sportif. Il lui sembla déceler un accent étranger quand ils commandèrent chacun une bière.

Ils avaient dû le suivre.

Christian se mit à transpirer. Comment avaient-ils pu le retrouver si vite ?

Les deux hommes étaient assis entre l'entrée et la table où il était installé. Il était pris au piège. Le barman se pencha pour leur poser une question : était-il dans le coup, lui aussi ?

Une sueur froide dégoulina dans son cou. Le regard de Christian erra dans la salle, il devait y avoir une issue de secours quelque part. Une fenêtre par où sortir ? Les toilettes des messieurs ?

Au moment où il se levait pour fuir, la porte s'ouvrit à nouveau. Une femme blonde en robe d'été jaune entra. Elle alla embrasser un des hommes sur la bouche et donna à l'autre une chaleureuse accolade.

Christian se laissa retomber sur son siège, le visage dans les mains.

Le trio près du bar n'avait rien de menaçant, c'étaient juste des gens normaux qui prenaient une bière. C'étaient ses propres démons qui le poursuivaient.

Les larmes coulèrent entre ses doigts et gouttèrent sur la table. Maudit soit le jour où il avait rencontré Niklas Winnerman.

Il vida son verre et fit signe qu'on le resserve.

78

David frappa dans ses mains pour faire taire le brouhaha dans le réfectoire. Il portait toujours sa casquette rouge, qui faisait encore davantage ressortir la pâleur de son visage.

— J'ai malheureusement une mauvaise nouvelle à vous communiquer, commença-t-il.

Il cligna plusieurs fois des yeux, cherchant ses mots.

— Comme certains d'entre vous le savent déjà, un enfant a disparu du camp. Il s'agit de Benjamin Dufva, du groupe Bleu. Nous ne savons pas où il est, s'il a fugué ou est tombé à l'eau. Mais nous sommes très inquiets à son sujet.

Chuchotements épars. Un sanglot.

Thomas aperçut Tindra au bout d'une table, à quelques mètres de là. Elle avait les larmes aux yeux, et Sofie avait passé un bras autour de ses épaules.

— Personne n'a vu Benjamin depuis hier soir, reprit David. Nous ne savons donc pas ce qui s'est passé, mais ses parents ont été prévenus, et nous sommes en contact permanent avec eux.

En réalité, ils n'avaient réussi à joindre que la mère de l'enfant. Thomas était de plus en plus préoccupé de ce que le père semblait s'être évaporé.

— Les sorties en mer sont finies pour aujourd'hui, continua David. Nous allons appeler vos parents pour les mettre au courant. Dans un moment, nous vous rendrons aussi vos téléphones pour que vous puissiez appeler chez vous. Si l'un de vous souhaite parler à un adulte, adressez-vous aux moniteurs, ils resteront toujours à votre disposition.

À l'instant où David se tut, le brouhaha reprit. Il frappa plusieurs fois dans ses mains, en vain. Il finit par donner un violent coup de sifflet.

— La police est là pour rechercher Benjamin, dit-il en montrant Thomas. Voici l'inspecteur Thomas Andreasson, de la police de Nacka. Il souhaite vous adresser quelques mots.

Thomas se leva et rejoignit David sur le palier. Derrière eux, l'escalier continuait vers une mezzanine où on entreposait tout un bric-à-brac. Quelques planches à voile dépassaient de la balustrade. Un vieux fanion de voile était appuyé à une poutre, et un gilet de sauvetage séchait.

Des visages effarés se levèrent vers Thomas mais, ici ou là, il décelait quelque chose de plus noir, comme un appétit de sensations fortes : enfin quelque chose de passionnant à raconter à l'école, quand l'été serait fini.

Seb était tout au fond, mais pas de Samuel. Thomas croisa le regard d'Aram et lui fit un signe de tête en direction de Seb.

Un vide s'était créé autour de Seb, comme si les autres enfants s'étaient instinctivement éloignés de lui dès que David avait annoncé la disparition de Benjamin. Peut-être que d'autres étaient au courant de son harcèlement ?

— Benjamin Dufva est donc porté disparu, attaqua Thomas, et nous avons pour le moment un grand nombre de policiers à sa recherche sur l'île et dans les eaux environnantes. Nous avons également lancé un avis de recherche national.

Il désigna Aram et Kalle.

— Avec mes collègues Aram Gorgis et Kalle Lidwall, nous allons avoir besoin de nous entretenir avec plusieurs d'entre vous dès que possible. Nous devons établir si quelqu'un a revu Benjamin après minuit hier soir. Nous voulons aussi savoir si Benjamin avait mentionné qu'il ne se sentait pas bien ici, ou s'il avait fait allusion à un endroit où il pourrait être parti. Toute information est importante.

Plusieurs sanglots s'entendaient à présent. On chuchotait de plus en plus sur les bancs.

— Dites-nous tout ce que vous savez, tout ce qui vous vient à l'esprit, insista Thomas. Même si ça ne vous semble être que des détails.

Thomas vit briller le téléphone d'un des moniteurs. Dans cette société de l'information, personne n'était à moins de trente secondes d'Internet. Il fallait qu'il leur dise de modérer leur usage des réseaux sociaux, avant que toute cette histoire ne s'étale sur Instagram et Facebook.

— Si quelqu'un détient une information sur Benjamin ou l'endroit où il a pu aller, il doit vraiment nous le dire, répéta-t-il. Ce n'est pas un jeu.

Thomas s'avisa qu'il lui fallait aussi évoquer l'autre scénario possible :

— Encore une chose. Si vous avez vu quelque chose de bizarre ces derniers jours, peut-être des personnes étrangères rôder autour du camp, nous devons le savoir. Nous ne pouvons exclure que Benjamin ait été enlevé.

Le brouhaha repartit de plus belle.

Thomas rejoignit David aussitôt la réunion achevée, alors que le réfectoire commençait à se vider.

Malgré huit mètres de hauteur sous plafond, l'air était immobile sous les tôles ondulées.

— J'ai vu Seb dans la salle, dit Thomas, assez bas pour ne pas être entendu par des oreilles indiscrètes. Mais Samuel n'a pas l'air d'être venu. Est-ce que vous l'avez vu ?

David secoua la tête. Il semblait plus calme qu'avant la réunion, mais son visage n'avait pas retrouvé ses couleurs.

Des voix inquiètes parvenaient par la porte. Plusieurs jeunes s'étaient assis autour des tables de la véranda. Quelques-uns pleuraient.

— Pourriez-vous nous le retrouver ? Tout de suite.

David hocha la tête.

— Avez-vous besoin d'aide pour autre chose ?

— Nous voulons commencer les interrogatoires. Je pensais m'installer au QG. Ce serait bien qu'Aram et

Kalle puissent emprunter chacun un coin de la salle de théorie.

David hocha à nouveau la tête.

Le téléphone de Thomas sonna. Le nom de Margit s'afficha : pourvu qu'ils aient réussi à joindre le père de Benjamin.

— Il faut que je réponde, dit-il. Prévenez-moi dès que vous aurez trouvé Samuel.

79

La porte du QG se referma derrière Sabina, une petite blonde de treize ans. Elle semblait à peine se souvenir de Benjamin, alors qu'ils étaient du même groupe, et encore moins avoir une idée d'où il pouvait bien être passé.

Thomas s'étira en essayant de réveiller les muscles engourdis de son dos. Les fauteuils du QG n'étaient pas spécialement ergonomiques. Sa nuque craqua désagréablement quand il tourna la tête d'un côté et de l'autre.

Il ne pouvait s'empêcher de s'interroger sur Samuel Karlberg. Que se passait-il dans la tête d'un garçon de quatorze ans pour qu'il en arrive à vouloir fouetter un gamin de onze ? Qu'est-ce qui avait mal tourné pour qu'un jeune homme devienne un harceleur ? Le manque d'empathie était une chose, ce que Samuel avait fait à Benjamin dénotait un manque total de sensibilité, une dureté difficile à imaginer chez quelqu'un de cet âge.

Samuel était le petit dernier d'une fratrie de trois, lui avait expliqué David. Il avait en outre deux demi-frères adultes issus du premier mariage de son père.

Thomas connaissait son nom : Ragnar Karlberg, PDG d'un des plus grands groupes industriels du pays. On parlait souvent de lui dans la presse économique.

Thomas jeta un œil à sa montre. Presque six heures et demie, pourquoi n'avait-il aucune nouvelle de David ? À l'heure qu'il était, il aurait dû avoir retrouvé Samuel.

La porte s'ouvrit, et Aram entra avec deux gobelets de café. Thomas en prit un avec gratitude.

— On n'aura pas le temps de finir ce soir, dit Aram. Il faudra revenir demain.

— Tu crois qu'ils seront encore tous là ?

Des parents anxieux convergeaient vers le camp après avoir appris la disparition de Benjamin. À peine diffusée, l'information avait provoqué une vague d'inquiétude. Quand elle avait appelé, Margit avait signalé qu'elle avait été submergée d'appels.

— Le mieux serait que les jeunes puissent rester au camp au moins jusqu'à demain, dit Aram.

Il était nettement plus facile de les entendre sur place à Lökholmen plutôt que d'aller les chercher à droite et à gauche en ville. Mais ils ne pouvaient pas empêcher les parents de venir récupérer leurs enfants.

— Comment se passe le dragage ? demanda Thomas. Tu as des nouvelles ?

Aram secoua la tête.

— Pas de nouvelles, bonnes nouvelles, je suppose. Vu la situation.

Thomas venait de parler avec son collègue responsable de la battue à Sandhamn. Plusieurs maîtres-chiens avaient participé aux recherches, sans résultat.

Leur meilleure trace restait le marquage sur le ponton où Jackson avait reconnu l'odeur de Benjamin.

— Il faut trouver Samuel, dit Thomas. Tu as vu David ? Il devait aller le chercher, mais ça fait plus d'une heure.

— Je croyais que tu lui avais déjà causé ?

Le téléphone de Thomas sonna. Il reconnut le numéro de David.

— Alors ?

— Malheureusement, je ne retrouve pas Samuel.

David semblait au bord des larmes.

— Comment ça ?

— Personne ne l'a vu depuis plusieurs heures. Seb ne sait pas non plus où il est.

Thomas ferma les yeux. *Pas une autre disparition.*

— Quand l'a-t-on vu pour la dernière fois ? demanda-t-il.

— Seb dit qu'ils se sont vus vers quatre heures. Samuel lui a juste dit qu'il allait partir.

— Comment ça ?

— Seb a cru que c'était avec un des hors-bords, mais aucun des moniteurs à qui j'ai demandé ne l'a vu.

Thomas posa son gobelet.

— Tous les moniteurs ont bien confirmé que Samuel n'était pas avec eux ?

— Tous sauf deux.

— Cherchez-les pour savoir ce qu'il en est. On se retrouve en salle de théorie dans dix minutes.

— Alors ? demanda Aram quand Thomas eut raccroché.

— Samuel a l'air d'avoir disparu lui aussi. Il faut qu'on rejoigne Kalle.

Il y avait tellement de questions à gérer, Thomas ne savait pas par où commencer.

C'est alors qu'on frappa. La monitrice que Thomas avait remarquée à la réunion, la blonde aux yeux gonflés, se glissa dans l'ouverture de la porte.

— Pardon si je vous dérange, dit-elle. Il y a une chose que vous devez savoir.

— On n'a pas vraiment le temps, là, dit Aram.

— C'est très important.

Elle se mâchait la lèvre inférieure, manifestement très stressée.

— S'il vous plaît, il n'y en a que pour cinq minutes.

Thomas regarda Aram, qui hocha la tête. Il lui fit signe d'entrer, même si lui-même ne tenait pas en place.

— Venez.

— Vous vous appelez ? demanda Aram.

— Maja, je suis monitrice du groupe Jaune.

Quand elle franchit le seuil, Thomas découvrit une petite fille rousse cachée derrière elle. Les nombreuses taches de rousseur sur le visage de la fillette se mêlaient pour former un curieux bronzage qui lui descendait dans le cou.

Maja la poussa devant elle.

— Voici Agnes, dit-elle. Dis à la police ce que tu viens de me raconter.

— Bonjour, Agnes, fit calmement Aram, comme s'ils n'étaient pas du tout pressés par le temps. Assieds-toi sur ce canapé. Quel âge tu as ?

— Onze ans, mais j'en aurai douze début décembre.

Elle était assez petite, avec un air juvénile et une dent de devant de travers. Ses jambes frêles étaient constellées de piqûres de moustiques au-dessus des chevilles.

Maja s'assit à côté d'elle. Elle posa la main sur celle de la fillette et l'encouragea d'une pression.

— Parle-leur de l'homme que tu as vu à l'aube devant le dortoir de Benjamin.

80

Nora regarda par la vitre du métro. Elle était presque arrivée à Slussen.

Son téléphone sonna, mais le temps qu'elle le trouve au fond de son sac à main, son répondeur avait pris le relais. Quand elle vit que c'était Jonas, elle le rappela aussitôt, mais tomba directement sur son répondeur.

Rien ne lui réussissait aujourd'hui.

La Saint-Jean avait beau approcher, l'échec prévisible du procès obscurcissait tout. Elle n'arrivait pas à se réjouir de son mariage. Tout ce à quoi elle pensait était cet affreux interrogatoire.

Elle soupesa son portable. Puis composa le numéro de Leila.

— Tu en es où ? demanda Nora sans préambule.

— J'allais justement t'appeler. Je viens de joindre un gars du service sécurité d'Handelsbanken. Il a accès aux enregistrements vidéo de l'agence de Hallunda.

Quelque chose palpita dans sa poitrine.

— Mais le type est à Kiruna, continua Leila. Il ne rentre que tard ce soir. Je vais le voir à dix heures demain matin.

Dans le haut-parleur, une voix automatique annonça que Slussen était le prochain arrêt. Nora prit ses affaires et se plaça dans l'allée centrale.

— Mais c'est l'heure du début de l'audience, dit-elle. Tu ne peux pas le voir plus tôt ?

Elle savait qu'elle s'accrochait à un espoir bien ténu, mais tout valait mieux que le tour que prenait le procès pour elle.

— Je t'appelle dès que j'ai quelque chose, promit Leila.

Quand les portes s'ouvrirent, Nora se dirigea vers son train de banlieue. Il était à quai, elle se dépêcha.

Une fois le train parti, elle réessaya le numéro de Jonas. Cette fois, il répondit. *Enfin.* Elle ne put s'empêcher de sourire. Il lui suffisait d'entendre sa voix pour que tout aille mieux. L'image hautaine de Jacob Emilsson s'éloigna, comme la mine de Niklas Winnerman et les mensonges de Christian Dufva.

— Est-ce que tu sais combien tu me manques ? dit-elle.

— Tu me manques aussi. Comment se passe le procès ?

— Pas très bien, dit-elle en se massant la tempe. Je n'ai pas le courage d'en parler.

— C'est si grave que ça ?

— Je t'en parlerai demain quand tu seras rentré. À quelle heure tu atterris ?

— Vers neuf heures et demie, en principe.

Il se racla la gorge.

— On a quelques problèmes.

À l'arrière-plan, une voix dans un haut-parleur, en thaï.

— En fait, on devait décoller dans une petite heure. Mais on a quelques soucis techniques.

— Lesquels ?

Elle avait presque crié. Elle inspira à fond et essaya de s'adoucir :

— Qu'est-ce qui s'est passé ?

— Je ne vais pas entrer dans les détails, nous avons des techniciens qui y travaillent. Je voulais juste te prévenir que je serais peut-être un peu en retard.

— En retard de combien ?

— Je ne sais pas, impossible de le dire maintenant, Nora. On décolle dès qu'ils auront résolu ce petit problème.

— Et s'ils n'y arrivent pas, qu'est-ce qui se passera ?

— Ce n'est sûrement rien de grave. Tu sais ce que c'est, quelques voyants qui clignotent en rouge plutôt qu'en vert.

Elle le connaissait assez bien pour sentir quand il tentait de noyer le poisson. Elle savait aussi comment était organisé son emploi du temps.

Si l'avion avait plus de cinq heures de retard, il n'avait pas le droit de monter le même jour dans le cockpit, car son amplitude horaire serait alors trop grande. Si les réparations traînaient en longueur un ou deux jours, on essayait de garder l'équipage sur place pour ne pas avoir à en faire venir un nouveau.

Dans ce cas, il ne rentrerait pas demain, mais au plus tôt jeudi.

Nora appuya la joue contre la vitre et ferma les yeux. *Je n'ai pas la force*, songea-t-elle. *Ça en plus, je n'ai vraiment pas la force.*

Dès qu'il lui avait annoncé ce remplacement, elle s'était inquiétée de ce genre de problème, qu'il soit retardé au retour.

— Sois gentille, Nora, dit Jonas. Ils vont régler ça rapidement.

Elle regardait fixement par la fenêtre. Les peupliers pleureurs avaient encore leur feuillage vert de printemps. Ils venaient de passer Östervik, le train allait bientôt se scinder en deux, une partie vers Solsidan et l'autre vers Saltsjöbaden.

— Le pire qui puisse arriver, c'est que j'arrive en Suède jeudi matin, dit Jonas. Nous ne devions de toute façon pas partir pour Sandhamn avant l'après-midi, hein ?

Le train entra en gare de Fisksätra.

— Nous aurons le temps de tout faire comme prévu, ajouta Jonas.

— Tu avais promis de rentrer à temps.

— Je te le promets.

Des pissenlits jaunes poussaient sur le talus ferroviaire, d'affreuses mauvaises herbes qui gâchaient les pelouses et tachaient les vêtements.

— Nous allons nous marier vendredi, assura Jonas. Exactement comme nous l'avons décidé.

81

Thomas était tout ouïe. Un homme devant le dortoir ? Il encouragea Agnes du regard.

— Je me suis réveillée tôt ce matin, dit-elle tout bas. Parce que j'avais envie de faire pipi.

Elle s'interrompit et lorgna vers Maja.

— Au moment où je rentrais des toilettes, j'ai vu quelqu'un qui ouvrait la porte de l'Étoile. Le dortoir de Benjamin.

Elle se tut à nouveau, et Maja lui donna une petite tape d'encouragement.

— Je suis restée pour voir. Au bout d'un petit moment, l'homme est ressorti.

— Combien de temps est-il resté à l'intérieur ? demanda Thomas.

— Pas longtemps.

— Cinq minutes ? Quinze ?

— Cinq, peut-être. Ou moins.

Agnes tira sur une de ses manches.

— On aurait dit qu'il portait un truc en ressortant, murmura-t-elle. J'ai cru que c'était un moniteur qui était entré chercher quelque chose. Un sac de voiles, peut-être.

Ou un enfant dans un sac de couchage ?

Thomas essaya de revoir le dortoir et le lit de Benjamin.

Quand il y était allé, tous les lits étaient défaits, les draps emmêlés en tas, des vêtements sales et des serviettes de toilette traînaient un peu partout. Mais le lit de Benjamin était vide, pas de couette ni de drap.

Si Benjamin dormait dans un sac de couchage, celui-ci aussi avait disparu.

— Tu as pu voir vers où partait cet homme ? demanda Aram.

— Vers la crique.

Agnes se blottit sur le canapé et ses cheveux lui retombèrent sur le visage. Leur teinte cuivrée brillait dans la chaude lumière du soleil.

L'homme devait être allé vers le ponton du port de plaisance. Où un bateau attendait qu'il revienne avec son butin. Peut-être avait-il posé Benjamin en le faisant trébucher sur l'amarre, à l'endroit où le chien policier avait marqué cet après-midi ?

Il n'y avait plus l'ombre d'un doute à présent : Benjamin avait été kidnappé.

Ils avaient déjà vérifié qu'il n'y avait pas de conflit sur sa garde entre ses parents divorcés. Quand Margit avait parlé à sa mère, cette dernière avait rejeté l'idée que le père ait pu avoir enlevé le garçon, tellement il cherchait peu à voir son fils.

Ça ne collait pas.

D'après le récit d'Agnes, Benjamin n'avait pas l'air d'avoir opposé de résistance. Pouvait-il avoir été drogué ? Il fallait vérifier avec Staffan Nilsson s'il y avait des traces de ce genre.

— Et ensuite, qu'est-ce que tu as fait ? demanda Aram.

— Je suis rentrée me recoucher. Mais après la grande réunion, quand David a parlé de Benjamin, je suis allée voir Maja.

— Tu as très bien fait, dit Aram.

Agnes tripota son collier, un petit médaillon au bout d'une chaîne.

Thomas mesurait leur chance.

Si Agnes s'était réveillée seulement cinq minutes plus tard, elle n'aurait pas surpris l'étrange manège. Quelle chance qu'une petite fille en pyjama se soit trouvée à l'orée du bois juste au moment où la porte de l'Étoile s'ouvrait. Quelle chance aussi, peut-être, que l'inconnu ne l'ait pas enlevée elle aussi.

Et Samuel qui était toujours introuvable…

— Est-ce que tu te rappelles quelque chose de l'apparence de cet homme ? demanda Thomas. Sa couleur de cheveux, comment il était habillé ?

Agnes déglutit.

— Il avait un bonnet, finit-elle par dire. Je crois qu'il était noir, ou peut-être bleu marine. Sombre, en tout cas.

— Pas de casquette ? glissa Aram.

L'homme dans la forêt portait une casquette, Sofie et ses amies étaient d'accord là-dessus.

Elle secoua la tête.

— C'était un bonnet en laine. Enfoncé jusqu'aux sourcils.

L'homme prenait garde à ne pas pouvoir être identifié, se dit Thomas. Avait-il aussi peur que quelqu'un le reconnaisse ?

Thomas songea un instant au père de Benjamin, puis rejeta cette idée. Restait l'homme du bateau.

— Tu n'as pas bien vu son visage ? demanda Aram.

— Non.

Cette réponse n'était qu'un chuchotement. Les lèvres d'Agnes tremblaient et Maja commençait à avoir l'air inquiète. Inutile de mettre trop la pression à la fillette.

Mais Aram ne put s'abstenir d'une dernière question :

— Tu es absolument certaine que c'était un homme, ça ne pouvait pas être une femme de grande taille ?

— Ça ressemblait à un homme.

Soudain Agnes fondit en larmes. Maja la prit dans ses bras.

— Merci beaucoup à toutes les deux, dit Thomas. Vous avez vraiment bien fait de venir nous raconter ça.

Aram les raccompagna et referma la porte derrière elles.

Thomas regarda sa montre, ils auraient dû être dans la salle de théorie depuis un bon moment.

— Ce sac de voiles dont elle a parlé, dit Aram, tu penses que c'était Benjamin dans un sac de couchage ?

Thomas hocha la tête.

Le mode opératoire avait quelque chose d'impitoyable qui l'inquiétait. Un kidnappeur qui s'introduisait dans une pièce où huit enfants dormaient, cela suggérait des nerfs solides.

Le type ne devait pas en être à son coup d'essai.

— La question est de savoir si c'était Benjamin et lui seul qu'il était venu chercher, dit Aram.

Thomas s'adossa au mur et laissa son regard divaguer par le fenêtre à moitié ouverte. Les ombres s'allongeaient, les cailloux prenaient par terre une couleur mordorée dans le soleil couchant.

— Combien de personnes savaient que le gosse était dans ce camp ? se demanda-t-il.

— Il va falloir vérifier. Mais le mode opératoire suggère qu'il était venu le chercher lui, non ? Sinon, il aurait été plus simple d'enlever un des enfants les plus proches de l'entrée.

Benjamin dormait près de la fenêtre, tout au fond. Cela signifiait que le kidnappeur avait dû traverser tout le dortoir pour s'emparer de lui.

— Comment savait-il que Benjamin dormait justement dans ce lit ? continua Aram. À moins que quelqu'un le lui ait dit ?

Il ouvrit la porte, mais garda la main posée sur la poignée.

— Samuel n'a pas l'air impliqué dans la disparition du gamin.

Mais il manquait toujours à l'appel. Était-ce un monstre dont ils n'avaient pas encore mesuré la capacité de nuisance ?

Deux garçons disparus, du même dortoir, ça ne pouvait pas être un hasard.

82

Le froid réveilla Benjamin. Son corps lui semblait curieusement étranger, comme s'il ne lui appartenait plus. Ses doigts et ses orteils étaient engourdis, la peau de son visage tirait, il avait mal à la gorge.

Il aurait voulu bouger, mais impossible d'utiliser ses bras. Ses pieds butèrent quand il essaya d'étirer les jambes et, quand il finit par réussir à soulever la tête, il se la cogna elle aussi.

Lentement, il prit conscience que ses bras et jambes étaient attachés. Il n'était plus couché dans son lit, mais recroquevillé sur une surface dure, avec quelque chose qui lui rentrait dans le dos.

Un bruit inconnu parvint jusqu'à sa conscience. Le ronron d'un moteur qui faisait vibrer tout l'espace. Ça sentait bizarre, des vapeurs de diesel ou d'essence, une odeur huileuse qui lui donnait envie de vomir.

Il était en danger.

C'était pire que le froid et l'obscurité. Une vague de panique lui coupa le souffle, il se mit à respirer de plus en plus court, jusqu'à trembler de tout son corps.

Quelqu'un l'avait enlevé. Kidnappé.

Vinrent les larmes. Les sanglots.

— Au secours, s'il vous plaît, au secours !

Ses cris étaient si pitoyables, comme étouffés par l'obscurité. Il continua pourtant jusqu'à ce que la voix lui manque.

Inutile, personne ne semblait l'entendre.

Épuisé, Benjamin se laissa retomber sur la surface dure. Impossible de trouver une position qui ne soit pas douloureuse. La corde lui sciait les poignets.

Ses lèvres étaient sèches et gercées, il essaya de se lécher le pourtour de la bouche, mais sa langue resta collée. Les gaz d'échappement qui s'infiltraient lui donnaient la nausée, mais il s'efforçait de contenir ses haut-le-cœur. Surtout pas, tout lui retomberait dessus, ce serait dégoûtant.

Il ferma les yeux. Ses larmes continuaient de couler. Il ravala de la morve en respirant par le nez.

Personne ne savait où il était retenu prisonnier. Il ne le savait pas lui-même.

83

Qui se glissait au milieu de la nuit dans un dortoir plein d'enfants pour kidnapper un garçon de onze ans ? La question tournait en boucle dans la tête de Thomas. Quelqu'un aurait dû entendre quelque chose, se réveiller. Mais David avait dit que les gamins dormaient comme des souches, les journées en mer étaient longues.

En entrant dans la salle de théorie, Aram et Thomas trouvèrent le jeune directeur du camp assis à une table avec un homme d'une cinquantaine d'années. Kalle était appuyé au mur latéral, près d'un tableau blanc et d'un chevalet de conférence. Dans un coin, une dizaine de matelas entassés.

L'homme se leva en tendant la main aux deux enquêteurs.

— Björn Ekholm, de la chancellerie, je supervise les camps de voile.

Après quinze ans passés dans la police maritime, Thomas reconnaissait l'adepte de voile : ses cheveux décolorés au soleil et ses rides profondes parlaient d'eux-mêmes. La lumière verticale des néons marquait des ombres nettes sur son visage buriné par le vent.

— Avez-vous retrouvé Samuel ? demanda Thomas.

— Son père est venu le chercher avec son propre bateau, expliqua Ekholm. Il s'est inquiété en apprenant ce qui s'était passé.

C'était un soulagement que l'adolescent soit sain et sauf. Mais l'inquiétude inutile qu'il avait suscitée ne faisait que renforcer l'opinion que Thomas avait de lui.

— Comment ça se passe de votre côté ? demanda Björn Ekholm.

Il se tenait si droit que Thomas se demanda s'il n'avait pas été militaire.

— Nous allons incessamment rentrer à Nacka avec la police maritime, répondit-il. Nous devons faire un point sur la situation.

Kalle hocha la tête. Il avait lui aussi reçu le SMS.

L'enquête venait d'entrer dans une autre phase dès lors que, de fugueur, Benjamin était devenu victime de kidnapping. Les priorités changeaient, les recherches s'intensifiaient. Mais chaque heure qui passait diminuait les chances de le retrouver.

Thomas résuma les nouvelles informations que leur avait données Agnes.

— Nous soupçonnons donc qu'il s'agit d'un enlèvement, dit-il.

David retint son souffle.

— Il a été kidnappé ?

— On a du mal à le croire, dit Björn Ekholm. Nous organisons ces camps depuis plus de cinquante ans. C'est inconcevable qu'une chose pareille puisse avoir lieu ici.

Son regard devint vitreux. Il brandit son téléphone.

— La presse n'arrête pas d'appeler. Je ne sais pas quoi dire.

— Dites-en le moins possible, recommanda Thomas d'expérience, avec une petite pensée pour Margit.

La police aussi avait reçu un flot d'appels depuis que l'avis de recherche avait été lancé. Il supputait que la nouvelle allait bientôt passer à la télévision.

— Notre conseil d'administration est en réunion de crise, reprit Ekholm. Un bref communiqué de presse sera publié à son issue.

Il lorgna vers l'emblème du club, au mur.

— C'est une catastrophe pour nous.

— J'ai une autre question, dit Thomas. Nous devons envisager la possibilité que quelqu'un du camp soit impliqué. Il semblerait que le ravisseur ait su exactement où dormait Benjamin.

On ne pouvait rien exclure à ce stade. Même si Agnes n'avait pas reconnu l'homme, il pouvait très bien avoir eu un complice.

Atterré, David s'entoura de ses bras en regardant son supérieur.

— Ce serait effroyable si l'un de nos employés était mêlé à cette histoire, dit Ekholm après un moment de silence.

— Connaissez-vous bien vos moniteurs ? Vérifiez-vous leurs antécédents ? Contrôlez-vous leur casier judiciaire avant de les embaucher ?

Thomas faisait exprès de garder une voix neutre.

— On ne va pas jusque-là, admit Ekholm. Mais tous reçoivent une sérieuse formation avant d'être habilités. Nous y veillons.

— En quoi consiste-t-elle ? demanda Aram.

— Il y a plusieurs étapes.

Ekholm posa les mains sur le dossier de sa chaise.

— Il y a d'abord un cours pratique sur les fondamentaux de la voile, de la sécurité et de la vie en mer. Un peu de pédagogie également. Avec ça, on peut travailler comme moniteur, mécanicien ou agent de service. Puis vient un cours de perfectionnement pour ceux qui veulent être chefs de groupe. Dans un troisième temps vient la formation de directeur de camp, comme pour David ici présent.

Il se racla la gorge.

— Nous prenons tout cela très au sérieux. J'espère que vous en êtes conscients.

— Personne ne prétend le contraire, dit Aram.

— Mais connaissez-vous bien ces jeunes ? insista Thomas, jugeant qu'Ekholm n'avait pas répondu à sa question. Que savez-vous d'eux, au fond ?

— Beaucoup de choses, je dirais. La plupart se connaissent avant même de commencer à travailler chez nous, et beaucoup ont été membres actifs du club. Presque tous les moniteurs sont eux-mêmes passés par les camps, plus jeunes.

Thomas se livra à un rapide calcul. Il avait vérifié l'ampleur de l'activité. Il y avait au moins six camps chaque été à Lökholmen. Avec entre soixante et quatre-vingts enfants, il fallait à chaque fois autour de vingt instructeurs. Soit environ cent moniteurs pendant cette période, si l'on supposait que certains enchaînaient plusieurs camps au cours de l'été.

Il suffisait d'une seule brebis galeuse.

— Je veux croire qu'il s'agit de jeunes comme il faut, dit Björn Ekholm. J'en connais beaucoup, leurs parents sont souvent engagés eux aussi.

— Il n'empêche qu'on se demande comment le ravisseur pouvait savoir que Benjamin se trouvait dans ce bâtiment, dit Aram. Et dans ce lit.

— Il y a des listes de la répartition des groupes dans les différents bâtiments, dit Ekholm. Il a pu s'en procurer une ?

— Qui y a accès ?

— Tout le monde à la chancellerie, et les moniteurs, bien sûr.

Ekholm sembla prendre conscience de l'effet de ses paroles.

— Mais elles sont également affichées, s'empressa-t-il d'ajouter. On les met sur les portes des baraques avant le début du camp. Pour que les enfants sachent où aller.

— Donc n'importe qui peut savoir où sont les enfants ? dit Aram. Il suffit de consulter les listes ?

Ekholm hocha la tête.

Pour résumer, le camp n'était ni surveillé ni clôturé. Pendant la journée, il était quasiment à l'abandon. Et il n'était pas difficile de savoir quel enfant logeait où.

— Les portes restent toujours ouvertes pendant la nuit ? demanda Thomas en songeant à Agnes.

— Oui, c'est forcé, si un enfant a besoin d'aller aux toilettes, dit David. Les douches et les toilettes sont dans un bâtiment à part.

C'était là qu'Agnes s'était rendue à l'aube.

— Ça a toujours été comme ça, dit Björn Ekholm, comme s'il s'excusait.

Thomas ne pouvait pas lui jeter la pierre.

Il était parfaitement logique de laisser les portes ouvertes, les enfants qui se réveillaient pendant la nuit devaient pouvoir filer aux toilettes quand ils voulaient.

Mais cette confiance avait une conséquence. N'importe qui pouvait entrer.

84

La vedette de la police maritime avait accosté au ponton de Skothalarfladen. Il était temps de rentrer en ville.

Thomas se dirigea vers la baraque Étoile. Aram l'avait précédé. Kalle devait rester pour essayer d'entendre le plus d'enfants possible avant que le camp ne se vide. Quelques policiers en uniforme lui prêteraient main-forte.

Des rubalises bleu et blanc marquées « Police » interdisaient l'entrée du bâtiment. Des chaussures de sport et des bottes s'entassaient encore pêle-mêle sur le perron.

Thomas passa sous la rubalise, gravit les marches et glissa la tête dans le dortoir de Benjamin.

Ça sentait la poussière et le linge sale. Une mallette noire de la police scientifique était posée devant le seuil. À part ça c'était comme avant, lits défaits et vêtements épars. Un gilet de sauvetage orange avait atterri par terre. Et pourtant, tout semblait différent.

Staffan Nilsson, en combinaison blanche, était penché au-dessus du lit de Benjamin. Il tenait un instrument métallique luisant.

— Qu'est-ce que ça donne ? demanda Thomas sans entrer dans la pièce.

Si quelqu'un savait chercher au bon endroit, c'était bien Nilsson. Il approchait de l'âge de la retraite, mais Thomas espérait qu'il ne partirait pas avant soixante-sept ans, ou plus. Ils avaient besoin d'experts de sa trempe autant que de jeunes informaticiens brillants écumant Internet comme des poissons dans l'eau.

Les connaissances de Staffan Nilsson les avaient bien souvent mis sur la bonne voie.

— Il n'y a aucune trace de lutte, dit Nilsson sans se retourner. Pas de touffes de cheveux ni de traces de sang. Je ne pense pas que Benjamin ait été enlevé de force.

Thomas était déjà arrivé à la même conclusion.

— Drogué, alors ?

— Peut-être, ou alors il était terrorisé, ou menacé au point qu'il n'osait pas appeler à l'aide.

Un ravisseur qui enlevait un enfant en pleine nuit faisait tout pour ne pas attirer l'attention. Encore une fois, Thomas se demanda pourquoi aucun des garçons ne s'était réveillé. Mais c'était probablement allé très vite.

— Tu as trouvé des traces de drogue ? demanda Thomas en essayant de voir ce que Nilsson fabriquait.

Avec les bonnes substances, il ne fallait pas longtemps pour endormir quelqu'un. Surtout un enfant si léger. Au plus une minute avec une seringue préparée à l'avance, pas beaucoup plus avec du chloroforme, inodore et apprécié pour cette raison.

— Je suis en train.

Staffan Nilsson brandit un sachet.

— Il faut qu'on analyse ça. Je me demande si ce ne serait pas de l'éther qui a été employé.

Un simple chiffon imbibé d'éther suffisait. On pouvait en acheter sur Internet en provenance de la plupart des pays de l'Est.

L'attention de Thomas fut attirée par la fenêtre fermée : il était aussi facile de voir de dehors que de dedans.

— S'il a été drogué, ça a dû être planifié, dit Nilsson en rangeant le sachet de prélèvement dans la grande mallette. On ne se balade pas comme ça avec de l'éther dans la poche.

Il descendit la fermeture Éclair de sa combinaison.

Thomas songea à l'homme de la forêt. Était-ce juste un hasard qu'il ait rencontré Benjamin ? Ou bien était-il là pour faire des repérages, reconnaître le terrain ?

— Nous avons relevé un certain nombre d'empreintes digitales sur le rebord de la fenêtre et le cadre du lit, ajouta Nilsson. On va voir si ça nous donne quelque chose.

Combien de personnes étaient-elles déjà rentrées dans le dortoir ? Au moins huit jeunes, leurs parents et moniteurs, plus tous les policiers. Il devait y avoir des centaines d'empreintes sur les portes et les murs, peut-être bien plus, selon la façon dont le ménage avait été fait après le camp précédent.

Ils pataugeaient.

— La vedette est là, on doit y aller, dit Thomas. Tu viens ?

85

Isak était couché par terre, les yeux clos, quand la porte du sauna s'ouvrit brusquement.

— Ah, tu es là ! Pourquoi tu ne réponds pas sur ton portable ? Je t'ai appelé je ne sais combien de fois.

David le dévisagea.

— Il a dû se décharger, répondit Isak, alors qu'il avait lui-même coupé son téléphone.

Il lâcha la corde qu'il avait serrée pendant des heures. Doucement, il la fit glisser derrière son dos, pour que David ne la voie pas.

— C'est Maja qui m'a dit que tu étais là, expliqua David d'une voix stressée. Björn Ekholm est sur l'île. Il veut te causer, tout de suite.

Les jambes engourdies et raides, Isak suivit David. Ils traversèrent le bois, passèrent devant les toilettes.

Sofie arrivait en courant, les bras chargés de vêtements récupérés à l'étuve. Elle faisait probablement ses bagages pour partir. Isak n'avait même pas le courage de la saluer de la main.

Björn Ekholm attendait sur la véranda du Hangar, téléphone à l'oreille. Il le posa sur la table et se leva en apercevant David et Isak.

— Bordel, comment ça a pu se passer ? lança-t-il au jeune moniteur dès qu'il fut à portée de voix.

David s'arrêta, fixa Ekholm, mais ne dit rien pour la défense d'Isak.

— On va se débrouiller sans toi, dit Ekholm. Je voudrais m'entretenir en privé avec Isak.

David tapa gauchement sur l'épaule du jeune homme, puis tourna les talons et disparut derrière le bâtiment.

— Est-ce que tu te rends compte ? attaqua Ekholm. Tu étais moniteur du groupe Bleu. Tu avais la responsabilité de surveiller les enfants.

— J'ai essayé, bégaya Isak.

— Pas assez, visiblement. Un jeune a disparu du camp. Et c'était aussi toi qui étais responsable de la fille qui a fugué samedi dernier.

Isak baissa les yeux.

— Pardon.

Björn Ekholm montra son téléphone.

— Je viens d'avoir un appel du père de Samuel Karlberg. Il dit que son fils est accusé de harcèlement, qu'il aurait été méchant avec le garçon qui a disparu. Samuel est complètement désespéré, il était si malheureux que son père a dû interrompre une réunion importante pour venir le chercher avec son bateau. Qu'est-ce que tu as fichu, hein ?

— Benjamin a juste disparu, murmura Isak. Mais il était dans son lit quand je suis passé voir vers minuit.

— Ne te cherche pas des excuses.

Isak ne pouvait plus émettre un son. Pendant ce temps, Ekholm allait et venait comme un lion en cage.

— Tu comprends ce que ça veut dire ? continua-t-il. À l'avenir, plus une seule famille n'osera nous confier ses enfants. Tu as détruit notre bonne réputation. Cinquante années d'efforts parties en fumée parce que tu n'as pas su prendre tes responsabilités.

Björn Ekholm frappa si fort la table du plat de la main que son portable sauta.

— Il aurait mieux valu que le gamin ait fugué. Là, les parents n'auraient pas pu nous imputer sa disparition. Mais ça, qu'un étranger soit venu enlever le garçon… c'est totalement inacceptable !

Isak suait et grelottait en même temps.

— Benjamin a été kidnappé ? parvint-il à lâcher.

— C'est en tout cas ce que croit la police.

Björn Ekholm secoua la tête.

— Comme tous les parents et les journalistes qui appellent comme des fous.

Isak avait beau déglutir, une boule dure continuait de lui obstruer la gorge.

— Je veux que tu prennes tes affaires et que tu dégages dès qu'on en aura fini avec la police, dit Ekholm. J'ai appelé ton père, il vient te chercher à neuf heures demain matin.

— Vous avez téléphoné à papa ?

Isak essaya de s'essuyer le nez du revers de la main. Ekholm ne devait pas voir qu'il était au bord des larmes.

Il se détourna. Le soleil du soir scintillait intensément sur l'eau.

Il s'était si souvent assis là avec les autres moniteurs. À cette heure, la terrasse en bois bruissait des cris joyeux des enfants rassasiés.

— Tu dois bien piger que tu es grillé chez nous, asséna Ekholm. Tu ne seras plus jamais embauché comme moniteur.

Isak aurait juste voulu se boucher les oreilles.

— Il faut que j'y aille, murmura-t-il en reculant d'un pas.

— On n'a pas encore fini.

Björn Ekholm serra si fort les poings que ses veines se gonflèrent.

— Tu as tout dit à la police ?

Isak avait déjà dit tout ce qu'il savait. À l'exception de la demi-heure passée avec Maja. Ce moment qui avait pu être décisif.

D'après la police, chaque minute comptait. C'était pour ça qu'ils l'avaient interrogé sans arrêt sur les horaires, quand il avait vu Benjamin pour la dernière fois, ce qu'il avait fait ensuite, où il était allé.

S'il avait donné l'alarme dès huit heures ce matin, Benjamin serait peut-être revenu à présent.

Isak recula encore d'un pas. Ça grondait dans sa tête.

— Il faut que j'y aille.

— Attends un peu.

Ekholm le saisit par le bras. Sa voix venait comme de très loin.

— Tu es impliqué dans tout ça ?

Son visage n'était qu'à quelques centimètres de celui d'Isak.

— Comment le ravisseur savait-il où dormait Benjamin ? C'est toi qui le lui as dit ?

Ekholm le lâcha si violemment qu'Isak faillit tomber à la renverse.

Il haletait.

La seule personne à qui il l'avait dit était le père de Benjamin. Il ne se souvenait pas dans quelle maison était logé le garçon, et Isak lui avait précisément décrit où son fils dormait, dans quel lit.

Comme s'il n'était pas déjà venu.

Isak se mit à trembler quand il comprit : le père de Benjamin n'avait jamais appelé, c'était à un inconnu qu'il avait donné tous ces renseignements.

Il songea à la corde du sauna. Au crochet luisant au plafond.

— Laissez-moi tranquille ! cria-t-il en s'enfuyant en courant.

86

Quand il se réveilla, Benjamin comprit aussitôt qu'il avait changé d'endroit. C'était tout aussi sombre, mais l'espace semblait plus vaste, l'air n'était plus aussi confiné qu'avant. Il pouvait bouger la tête sans se la cogner, ses bras et ses jambes n'étaient plus attachés. Mais il avait encore mal aux chevilles et aux poignets, à l'emplacement de la corde. Sa gorge était à vif, douloureuse.

Benjamin tendit l'oreille, sans oser bouger.

Silence. Le bruit de moteur avait disparu. Mais la sensation sourde n'avait pas disparu : vertige, engourdissement, le monde tournait au ralenti.

Il était toujours dans son sac de couchage. Il reconnaissait l'odeur, le contact de sa joue contre la surface soyeuse du tissu.

Lentement, il tenta de reconstituer ses derniers souvenirs du camp.

Le rassemblement dans le réfectoire, où il était allé après son coup de téléphone raté à papa. Il avait filé avant la fin pour vite aller se blottir dans son duvet. Quand les autres étaient rentrés, il avait fait semblant de dormir, et pareil quand Isak était passé voir. Il était couché, le visage tourné vers le mur, le corps tout raide.

Mais ensuite ? Que s'était-il passé ?

Il devait s'être endormi pour de bon, car son dernier souvenir était la voix d'Isak qui leur souhaitait bonne nuit depuis la porte.

Une image vague émergea puis disparut.

Le souvenir trouble d'un homme vêtu de sombre penché sur lui. Un truc à l'odeur forte et écœurante pressé contre sa bouche.

Benjamin ne se rappelait rien de plus. Malgré ses efforts, l'image se dérobait, de plus en plus floue et brouillée à mesure qu'il essayait de la fixer.

Il était si fatigué.

Quelqu'un l'avait enlevé. Ça, il l'avait compris.

Il sanglota. Pourquoi lui ? Est-ce qu'il avait été méchant, fait une bêtise ?

Si un jour il pouvait rentrer à la maison, il ne se disputerait plus jamais avec maman. Il ne ferait plus de caprices, ne discuterait plus ses ordres. Tous les jours, il débarrasserait la table et ferait son lit.

Si seulement il pouvait rentrer à la maison.

Il fit une prière, les mains jointes très serrées.

Puis l'obscurité l'emporta à nouveau.

87

Thomas entra dans la grande salle de réunion au troisième étage de l'hôtel de police. Les lampes étaient allumées, car la pièce était sombre, même s'il faisait encore jour. On avait collé une photo de Benjamin et une carte de Lökholmen sur le large tableau d'affichage.

La vedette de la police maritime n'avait pas mis plus de vingt minutes à gagner Stavsnäs, où la voiture attendait. Puis seulement une demi-heure de trajet jusqu'à Nacka. Encore dix minutes, et on rejoignait le centre-ville de Stockholm.

Thomas savait exactement combien il était rapide de quitter Lökholmen pour se fondre dans la foule de la grande ville. À l'heure qu'il était, Benjamin pouvait être n'importe où. Il s'était écoulé beaucoup trop longtemps depuis qu'Agnes avait vu cet homme l'enlever.

Tout ce temps perdu… c'était désespérant.

Il songea à Elin. Elle avait sûrement dîné, et regardait sûrement à présent le programme pour enfants à la télévision sur les genoux de son grand-père.

Une inquiétude insidieuse s'empara de lui.

De la voiture, il avait appelé pour dire bonne nuit à Elin. Elle avait l'air gaie, contente de dormir chez ses grands-parents, et pourtant il avait eu mauvaise conscience. Par précaution, il avait envoyé un SMS à Pernilla pour qu'elle sache où était leur fille. Il l'avait fait bref et impersonnel, il y avait tant de non-dits entre eux.

Pour l'heure, pas le temps de ressasser des problèmes personnels.

— Salut, Thomas.

Margit entra et s'installa à la table. Elle semblait elle aussi fatiguée, un peu de mascara lui avait coulé sous l'œil.

Dans son sillage, deux analystes, un homme et une femme d'une quarantaine d'années que Thomas reconnut vaguement. Des effectifs allaient bientôt arriver en renfort pour les aider à enregistrer et traiter toutes les informations qui affluaient.

Thomas ne put retenir un bâillement. Il était debout depuis six heures du matin. Trop d'heures de travail, pas assez mangé. Il était plus efficace le ventre plein, mais l'oubliait trop souvent.

Karin Ek franchit le seuil.

— Tu as l'air d'avoir besoin d'un petit café, dit-elle, une thermos à la main.

Elle servit une tasse fumante à Thomas au moment où arriva Aram, qui s'assit à côté de lui. Il eut lui aussi droit à la sienne.

Le café était fort et bon, sans l'arrière-goût métallique de celui du distributeur. Thomas savait que Karin conservait une cafetière dans son bureau, pour les situations d'urgence.

Elle poussa vers eux un plat de sandwichs. Thomas en prit un au jambon et fromage en adressant de la tête à Karin un signe de gratitude.

Adrian entra et referma la porte derrière lui en passant la main dans ses cheveux bruns coupés court. Il tenait sous le bras une liasse de documents, dont celui du dessus était abondamment surligné au marqueur jaune fluo.

— Bon, fit Margit en frappant la table du dos de l'index. On y va.

Il y avait un protocole à respecter. Les faits devaient être exposés, les informations analysées, les hypothèses envisagées validées ou rejetées.

Ils devaient se mettre d'accord sur un cap à suivre. Certaines pistes exigeaient plus d'attention que d'autres, plus de personnel et de ressources. Une fois cela défini, et alors seulement, les tâches pourraient être distribuées. Personne ne devait quitter la pièce sans avoir une idée claire de sa mission.

Comme toujours, il y aurait trop à faire en trop peu de temps.

Thomas et Aram commencèrent par un bref résumé des interrogatoires effectués à Lökholmen.

Margit se tourna vers Staffan Nilsson.

— Tu y étais aussi. Qu'est-ce que tu peux nous dire ?

Nilsson secoua la tête.

— Il est encore trop tôt pour tirer des conclusions. Nous allons commencer par les empreintes digitales, voir si on trouve quelque chose de ce côté.

— Et tu penses qu'on aura des résultats quand ? dit Margit avec une pointe d'impatience.

Le technicien de la police scientifique se gratta le nez.

— Je vous informerai dès qu'on aura trouvé quelque chose.

Margit feuilleta ses papiers dans tous les sens, comme si la réponse se trouvait dedans.

Thomas sentit le poids de tout ce qu'ils n'avaient pas eu le temps de faire à Lökholmen. Ils auraient dû interroger davantage d'enfants, examiner plus de pistes. Il y avait certainement d'autres conclusions, et meilleures, à tirer de la disparition de Benjamin.

Mais il n'existait pas de raccourci. Un pas après l'autre, la méthode de la police était immuable.

— Nous n'avons pas encore réussi à joindre Christian Dufva, dit Margit. Mais j'ai réussi à parler à sa femme, Ninna. Elle semblait inquiète, elle n'avait pas non plus de nouvelles de lui. Elle a dit qu'il devait se rendre aujourd'hui au tribunal de Stockholm, pour déposer un témoignage crucial. C'est peut-être pour cette raison que son téléphone est coupé.

— À cette heure-ci ?

Karin fronça les sourcils.

— Aucun procès ne se prolonge jusqu'à huit heures du soir, si ?

Margit se tourna vers Thomas.

— La procureure est ta copine Nora Linde.

Nora lui avait mentionné ce procès quand ils s'étaient vus sur Alskär samedi dernier. Une affaire importante à laquelle elle avait consacré beaucoup de temps.

Curieux hasard que leurs chemins se croisent ainsi.

— Tu pourras l'appeler après la réunion, dit Margit. Vois si elle a une idée d'où pourrait être passé Christian Dufva.

Thomas hocha la tête.

Le café l'avait ragaillardi. Même s'il préférait au fond le thé, il tendit sa tasse à Karin pour qu'elle le resserve.

— En savez-vous plus sur les relations entre les parents ? demanda-t-il.

— Tendues, dit Margit. Le divorce a été prononcé juste avant Noël 2012, alors que la nouvelle femme de Dufva était déjà enceinte de leur enfant. Vous imaginez ce qu'Åsa Dufva pouvait en penser. Elle accuse son ex-mari d'avoir forcé Benjamin à aller au camp de voile.

— Comment va-t-elle ? demanda Adrian.

Un anneau de fiançailles brillait à son annulaire gauche. L'avait-il auparavant ? Thomas eut honte : il devrait mieux se tenir informé de la vie de ses collègues.

— Elle est sous le choc et morte d'inquiétude, dit Margit. Benjamin est son seul enfant.

Elin aussi est une enfant unique.

Thomas but une gorgée de café. Il faudrait qu'il appelle Pernilla, malgré tout, mais il traînait les pieds.

— Åsa a mentionné un type avec qui elle est un temps sortie, reprit Margit. Qui l'a mal pris quand elle n'a plus voulu le voir. Il faut qu'on vérifie.

— Et le père ? demanda Aram.

— Christian Dufva a un alibi. Sa nouvelle femme certifie qu'il a passé toute la nuit à la maison.

Thomas ne croyait pas à cette piste. Rien ne suggérait l'implication du père. Mais il était étrange qu'il reste injoignable.

Margit alla au tableau blanc et inscrivit deux mots au feutre noir :

Pourquoi Benjamin ?

— Toutes les suggestions sont les bienvenues, dit-elle.

Elle attendit quelques secondes.

Comme personne ne disait rien, elle reprit le feutre et ajouta trois mots :

CHANTAGE VENGEANCE PRESSION

— D'habitude, c'est un de ces mobiles, dit-elle.

Thomas regarda le tableau.

Il n'y avait que quelques cas de kidnapping par an en Suède, même s'ils étaient en augmentation, comme la grande criminalité organisée. Ils étaient souvent liés à des affaires d'extorsion de fonds, de recouvrement de dettes ou de vengeance. Les kidnappings classiques, dont le but était de soutirer une rançon aux proches, étaient rares. Mais ça arrivait. Dix ans plus tôt, le fils d'un chef d'entreprise avait été kidnappé et maintenu prisonnier dans une caisse pour que la famille verse cinquante millions de couronnes.

— Comment se présente la situation financière des parents ? demanda-t-il. Ont-ils de l'argent ?

Margit se tourna vers Karin.

— Qu'est-ce que tu as trouvé ?

— Christian Dufva a une activité de consultant dans le secteur du bâtiment. Il n'a pas de salaire fixe, son dernier avis d'imposition fait état d'un revenu mensuel d'environ vingt-cinq mille couronnes. Il vit avec sa nouvelle famille, sa femme Ninna et leur fils Emil, un an, dans un appartement en location de Birkastan. Ninna est DRH d'une société immobilière, mais en congé maternité depuis mai 2013.

Karin rajusta ses lunettes de lecture.

— Dufva a connu des jours meilleurs. Quand il était marié à la mère de Benjamin, il était directeur commercial d'une société de construction, Byggallians AB, dont il possédait aussi des parts. Jusqu'en 2013, il habitait avec son ex-femme Åsa un grand appartement de Vasastan et était imposé pour un revenu de plus d'un million par an.

Un million de couronnes par an. C'était beaucoup d'argent, bien au-dessus du revenu suédois moyen. Mais pas assez pour que Christian Dufva soit dans le radar de malfaiteurs visant une rançon.

— Il a donc quitté Byggallians ? demanda Aram.

— La société a fait faillite il y a tout juste un an, et il a alors perdu son emploi.

— Dur, murmura l'analyste coiffé d'un catogan.

— Et les finances de la mère ? demanda Thomas.

— Åsa Dufva vit seule, dit Karin. Elle est sage-femme à l'hôpital Sud et occupe toujours le quatre-pièces familial.

— Apparemment, Benjamin vit la plupart du temps chez elle, glissa Margit.

Que valait un quatre-pièces dans Vasastan ? Thomas n'était pas expert du marché immobilier de Stockholm, mais un appartement de ce genre devait peser au moins quatre ou cinq millions, voire davantage. Il ne devait pas être très difficile d'hypothéquer ce logement pour se procurer de l'argent.

— A-t-elle d'autres ressources ? demanda-t-il.

— Un portefeuille d'actions d'une valeur de presque onze millions.

Adrian siffla.

— Dis donc, ils paient bien à l'hôpital Sud. Tu crois qu'ils auraient besoin d'un nouveau vigile ?

Margit haussa un sourcil.

La situation financière d'Åsa n'était pas mauvaise, mais Thomas ne s'y retrouvait pas. Une sage-femme ordinaire ne constituait pas une cible pour des kidnappeurs. Dans les cas les plus courants, un enlèvement servait à intimider ou à recouvrer des créances, mais concernait rarement des enfants. Une sage-femme n'avait pas le bon profil.

Pouvait-il y avoir autre chose ? L'ancien petit ami ?

— Nous devons chercher quelque chose dans son passé, dit Thomas. Le type avec qui elle est sortie a peut-être des accointances criminelles ?

Margit était d'accord.

— Nous en savons trop peu sur les parents de Benjamin, dit-elle. L'expérience montre que c'est souvent là que ça commence et que ça finit.

— Je peux m'en charger, dit Adrian. Je vérifie aussi le petit copain d'Åsa.

— Et la liste de Lökholmen ? demanda Thomas.

— On est dessus. (Adrian montra un document.) Jusqu'à présent, ça n'a rien donné d'intéressant.

Margit regarda l'heure.

— On continue à rechercher le père. Pendant ce temps, on approfondit le milieu familial et les parents.

Elle se tourna vers Adrian.

— Essaie de savoir au plus vite ce qu'il en est de ce petit ami.

Dehors, un éclair fusa soudain, suivi quelques secondes plus tard seulement d'un coup de tonnerre assourdissant. Puis ce fut le déluge.

88

Couché en caleçon sur son lit, Niklas Winnerman contemplait l'orage par la fenêtre. Le ciel bleu s'était transformé en un enfer d'éclairs. La pluie torrentielle qui noyait la capitale rappelait plus un jour de novembre qu'un soir de juin peu avant la Saint-Jean. Mais l'appartement était comme un sauna à son retour. Il avait besoin de pluie et de fraîcheur.

Niklas trempa les lèvres dans son verre avec un calme intérieur qu'il n'avait pas connu depuis des mois. La peur d'aller en prison commençait enfin à diminuer. Le témoignage de Christian était derrière lui.

Son ex-associé avait dû retirer toutes ses accusations.

La première fois qu'il avait lu le procès-verbal de ses interrogatoires, Niklas avait eu de la peine à se maîtriser. Si Christian avait été là, il l'aurait étranglé.

Leur longue amitié n'avait compté pour rien, la loyauté qu'escomptait Niklas avait été jetée aux orties. Christian avait traîné son nom dans la boue, sans aucun ménagement.

Un éclair violent illumina le ciel et, un instant, son vif éclat se refléta par la fenêtre. Puis un violent coup de tonnerre retentit, et il fit à nouveau noir.

Les ombres s'étaient allongées dans l'appartement, il n'y avait qu'une seule lampe allumée, dans l'entrée. Mais Niklas n'avait rien contre le noir, après la tension extrême de cette journée. C'était une libération de se reposer dans la pénombre, la tête sur l'oreiller.

Il aurait dû appeler Albert et Natan pour leur dire que ça s'était bien passé aujourd'hui, beaucoup mieux qu'hier. Mais ça pouvait peut-être attendre. Ce serait encore mieux d'appeler demain pour leur annoncer sa relaxe.

« Ça s'est très bien passé, avait glissé Emilsson avant de filer comme d'habitude, son portable à l'oreille. À demain. Avec un peu de chance, nous obtiendrons une relaxe immédiate. Ce serait quelque chose à fêter pour la Saint-Jean. »

Ça avait été sa journée.

Ses côtes le faisaient plus que jamais souffrir, mais son cœur n'avait pas été aussi léger depuis des mois.

La tête qu'avait tirée Nora Linde quand Christian avait totalement retourné sa veste en prenant sa défense : impayable ! Ça lui apprendrait, à cette salope.

Même Fanny Ferlin, l'avocate de Svensson, qui l'avait d'abord pris de si haut, l'avait considéré avec un respect nouveau.

Mais surtout, l'air misérable de Christian lui faisait chaud au cœur. Son humiliation quand il avait dû tout retirer à la barre. À bien des égards, il se réjouissait à l'idée que lui aussi allait se réveiller en pleine nuit tenaillé par l'angoisse.

Il y avait toujours un prix à payer.

Le tonnerre retentit à nouveau, c'était vraiment un sacré orage.

Tous les voyants étaient au vert. Le procès serait bientôt terminé, après des mois de cauchemar. Il en avait vraiment eu pour son argent. Sans ça, Christian n'aurait jamais modifié son témoignage.

Le premier signe positif était arrivé dès la veille au soir. Pour la première fois depuis longtemps, il s'était remis à gagner. Les dés étaient de son côté, il avait raflé une mise significative. Encore un soir pareil et finis les problèmes. Il pourrait aller chez son prêteur balte et régler ses affaires.

Cette idée lui donnait une énergie nouvelle.

Il enfila sa robe de chambre et gagna la cuisine, où l'ordinateur attendait sur la table, là où il l'avait laissé la nuit dernière. Il lui suffisait de presser quelques touches, et s'ouvriraient les portes d'un autre monde.

Niklas caressa le boîtier métallique. Ce soir, il aurait encore la baraka, il le sentait au fond de lui.

Christian lui avait déjà fait tant de mal, mais demain, le procès serait abandonné. Si seulement sa chance se maintenait ce soir, il pourrait rembourser toutes ses dettes.

Après ça, il serait libre, une vie nouvelle commencerait. La vie qu'il méritait, après tout ce qu'il avait traversé.

Niklas déplia l'écran de l'ordinateur et se connecta.

89

Thomas s'assit à son bureau. Pernilla, Elin sur les genoux, souriait depuis son cadre posé à côté de l'écran de l'ordinateur. La photo était prise sur le ponton, devant la maison de Harö. Le vent avait ébouriffé les cheveux de Pernilla, elle avait les lèvres posées sur le front d'Elin.

Comment en sommes-nous arrivés là ?

Son mobile bipa. Un SMS de Pernilla, une seule phrase :

Elin va bien ?

Était-ce tout ce qu'ils avaient à se dire ?

Thomas fixa son téléphone, puis l'appela.

— C'est moi, dit-il quand elle répondit. Elin va bien. Comme je te l'ai écrit plus tôt, elle dort cette nuit chez grand-père et grand-mère.

— Mais pourquoi ?

— Je dois travailler.

Son ton était plus sec qu'il n'en avait l'intention. Il sentit la réprobation de Pernilla lorsqu'elle inspira.

— Qu'est-ce que tu veux dire ? Tu n'es pas à la maison ?

— J'ai eu une urgence.

— Qui passe avant ta propre fille ?

Personne n'avait autant que sa femme l'art de mal le comprendre. Après vingt ans ensemble, personne ne le connaissait mieux ni ne pouvait le blesser davantage.

Thomas ne voulait pas se laisser entraîner dans une nouvelle discussion. Surtout pas au téléphone. Il ne l'avait pas appelée pour ça.

— Il ne s'agit pas de ça, tenta-t-il.

— Je ne suis absente que deux nuits, est-ce trop demander que tu donnes la priorité à Elin pendant ce temps ?

Il y avait un brouhaha en bruit de fond, elle semblait être dans un restaurant. On jouait une mélodie qu'il reconnaissait vaguement.

Donc elle pouvait, de son côté, sortir s'amuser, mais lui n'avait pas le droit de faire son travail ?

— Tu vas t'en prendre à moi alors que c'est toi qui es partie ? dit-il froidement.

— Tu as une responsabilité, rétorqua-t-elle.

Thomas gagna la fenêtre, l'ouvrit en grand, huma l'air frais du soir en s'efforçant de se contenir.

— Toi aussi, non ?

— N'essaie pas de me faire culpabiliser, Thomas.

— Un gosse de onze ans a disparu du camp de voile de Lökholmen, la situation est grave.

Pernilla soupira.

— Il y a toujours quelque chose, hein ? C'était pareil samedi dernier. Pourquoi ton travail doit-il toujours passer avant le mien ?

Des couverts heurtèrent de la porcelaine. Quelqu'un rit tout haut, très près de Pernilla.

— C'est parce que je gagne plus que toi ? C'est pour ça que ton boulot est forcément toujours plus important ?

— Arrête ça.

À ce moment quelqu'un porta un toast.

— Je ne peux pas te parler pour le moment. On verra ça plus tard.

Et elle raccrocha.

Thomas resta le téléphone à la main. Dehors, les derniers rayons du soleil se frayaient un chemin jusqu'à la façade de briques ocre. Un parfum de sureau en fleur parvenait à ses narines.

La splendeur de ce début d'été n'arrangeait rien.

Thomas regagna son bureau et donna un coup de pied dans la corbeille à papier, qui se renversa avec un choc sourd. Des boules de papier froissé volèrent et des gobelets à café s'éparpillèrent en laissant des coulures noirâtres dans leur sillage.

Il s'affaissa dans son fauteuil et ferma les yeux quelques instants, s'efforçant de ne pas céder à la frustration qui affleurait.

Pas maintenant.

Il se massa le front, se passa les doigts le long des sourcils. Au bout d'une minute, il se leva pour aller aux toilettes se rincer le visage à l'eau glacée.

De retour dans son bureau, il redressa la corbeille, ramassa les déchets et essuya au mieux. Puis il prit son téléphone et appela Nora, comme le lui avait demandé Margit.

— Tu as quelques minutes ?

Thomas lui résuma la situation.

— Le garçon qui a disparu s'appelle Benjamin Dufva. Son père est Christian Dufva.

— Christian Dufva ! s'exclama Nora. Il a témoigné aujourd'hui à mon procès, tu sais, je t'en ai parlé samedi dernier à Alskär. C'est mon témoin clé.

— C'est ça. Sa femme nous a indiqué qu'il était parti pour le tribunal dans la matinée, mais nous n'arrivons pas à le joindre.

— Comment ça ?

— Il ne répond pas sur son portable et personne ne sait où il est.

Thomas regarda sa montre, presque neuf heures. Où pouvait donc être passé Christian Dufva, à une heure pareille ?

Qu'il n'ait pas réapparu ne présageait rien de bon. Sa femme Ninna avait rappelé pour savoir s'ils l'avaient trouvé. Se pouvait-il que lui aussi soit menacé ?

Sa femme avait signalé à Margit qu'il s'était comporté bizarrement ce matin, qu'il n'était pas lui-même. Sans prévenir, il avait insisté pour qu'elle parte à la campagne avec leur bébé, ça ne lui ressemblait pas.

— Nous devons absolument le retrouver, dit Thomas. La situation est grave. Nous soupçonnons que la disparition de son fils pendant la nuit dernière soit un enlèvement.

Nora en eut le souffle coupé.

— Tu veux dire que le garçon a été kidnappé ?

— C'est pour ça que je t'appelle. Il faut qu'on joigne le père au plus vite. J'aimerais savoir jusqu'à quelle heure a duré l'audience cet après-midi. Et si tu l'as vu après.

— L'audience a été ajournée vers quatre heures et demie.

Cela faisait donc bientôt cinq heures.

— Tu ne sais pas vers où il est parti après ?

— Aucune idée.

— Est-ce que tout était normal ? Se comportait-il normalement quand tu l'as vu ?

À ce moment, Aram se pointa sur le seuil.

— Un instant.

Thomas posa son portable.

— Margit veut qu'on vienne tout de suite, lui dit Aram. Elle est chez Staffan Nilsson avec Adrian.

Ils devaient avoir découvert quelque chose.

Enfin.

Thomas se leva aussitôt.

— Il va falloir qu'on se rappelle, dit-il à Nora.

— Attends un peu…

— Il faut que j'y aille. Mais si jamais Christian Dufva se manifeste, il faut qu'on le joigne immédiatement.

Nora commença à dire quelque chose, mais Thomas raccrocha.

90

Ça devait être lié. Nora resta à la table de la cuisine, le téléphone à la main, tournant et retournant dans sa tête sa brève conversation avec Thomas.

Elle avait imaginé que Christian Dufva avait été acheté pour modifier son témoignage. Et si quelqu'un avait enlevé son fils pour faire pression sur lui ?

Nora se servit un verre d'eau et s'efforça de raisonner logiquement. Elle avait encore soif après son jogging, un peu plus tôt dans la soirée. L'effort physique avait apaisé le stress dû au retard de Jonas, mais voilà que son pouls s'emballait à nouveau.

Le verre à la main, elle gagna le séjour et s'installa sur le canapé. Elle alluma la télévision, les informations de neuf heures venaient de commencer.

Le visage grave de la présentatrice apparut. Elle avait la quarantaine, ses cheveux bruns simplement attachés sur la nuque.

— Un garçon de onze ans a disparu du camp de voile de Lökholmen, devant Sandhamn, dans l'archipel de Stockholm, annonça-t-elle.

Des vues aériennes de Lökholmen et Sandhamn s'affichèrent à l'écran. Nora reconnut la crique de Trollharan, les baraquements rouges autour de l'esplanade. Le drapeau était hissé. Mais Nora l'imagina plutôt en berne.

Malheureux parents. Pauvre Christian Dufva. Pas étonnant qu'il ait paru perturbé.

Une photo de Benjamin s'étala en grand. Thomas avait dit qu'il avait onze ans, mais il faisait moins.

— Benjamin Dufva a disparu de son dortoir dans la nuit de lundi à mardi, dit un reporter. Il a onze ans, mesure un mètre cinquante-cinq. La police en appelle à la collaboration du public.

Si c'était mon enfant...

Nora fut forcée de cligner plusieurs fois des yeux pour refouler des larmes. Elle prit un coussin et le serra contre son ventre.

Déjà, sur Alskär, quand Thomas lui avait parlé de cette fillette disparue, qui s'était par la suite avérée avoir fugué pour rentrer chez elle, elle avait eu un pincement au cœur. L'idée d'envoyer son enfant en camp de vacances et de ne pas le récupérer…

Elle se mordit la lèvre. Simon devait y aller d'ici un mois seulement, oserait-elle le laisser partir après tout ça ?

La présentatrice réapparut. Le sujet suivant concernait des grenouilles modifiées génétiquement.

Nora n'écoutait plus.

Niklas Winnerman.

Il lui avait envoyé des lettres de menace et semblait instable, mais pouvait-il vraiment être à l'origine de l'enlèvement d'un enfant pour influencer un témoin ? Un enfant qui avait joué avec ses propres fils ?

Nora ne voulait pas le croire.

91

Åsa entra dans la cuisine, mais s'arrêta devant l'évier. Qu'était-elle venue faire ? Aucun souvenir. Confuse, elle regarda alentour à la recherche d'un indice, en vain.

Elle saisit le torchon et essuya la surface déjà luisante de l'évier. Sa main tremblait si violemment qu'elle heurta le robinet. Elle lâcha le chiffon et joignit les mains.

Mon Dieu, faites qu'il revienne. Qu'il ne lui soit rien arrivé.

Au bout d'un moment, elle se versa un verre d'eau, le fixa, puis le vida dans l'évier.

La commissaire lui avait demandé si elle faisait l'objet de menaces ces derniers temps. Åsa avait mentionné Gregor, l'homme qu'elle avait rencontré sur Internet et avec qui elle était sortie quelques fois. Il s'était comme transformé quand elle avait rompu, l'avait insultée, traitée de pute. Aurait-il voulu la punir en s'en prenant à son fils ?

Åsa sanglota.

Pourvu que ce ne soit pas ça.

Elle revint dans le séjour. La télé était allumée, au cas où on annoncerait quelque chose à propos de Benjamin. Ils avaient parlé de sa disparition du camp de voile au journal de neuf heures, montré sa photo.

Benjamin.

Åsa chancela et dut se tenir au chambranle de la porte pour ne pas tomber. Ses jambes se dérobèrent pourtant, elle s'affala par terre, adossée au mur.

Entourant de ses bras ses genoux, elle y enfouit sa bouche pour ne pas hurler. Elle se balança d'avant en arrière, jusqu'à ce que son cri ne soit plus qu'un faible gémissement étranglé dans sa gorge.

Lentement, elle prit conscience qu'une fenêtre ouverte claquait. Ses muscles étaient engourdis et raides, mais elle se leva et prit le couloir vers les chambres.

Cela venait de celle de Benjamin. Le vent avait ouvert un battant de la fenêtre. De grosses gouttes d'eau coulaient le long de la vitre, une petite flaque s'était formée sur le rebord, aussi mouillé que sa joue.

Dehors, un rideau de pluie gris dissolvait tous les contours et obscurcissait le ciel. Un éclair, puis le tonnerre, violent et sans merci.

Le ciel pleure mon fils, songea-t-elle.

Les peluches de Benjamin reposaient sur son lit, près de l'oreiller. Il adorait son vieux nounours, dont le pelage était mité et usé par endroits jusqu'à la trame. Benjamin ne voulait jamais s'endormir sans lui, même s'il entrait en sixième à la rentrée.

De nouvelles larmes innondèrent ses joues. Åsa ne se donnait plus la peine de les essuyer. Elles coulaient sans discontinuer.

Elle écarta le dessus-de-lit et caressa des doigts l'oreiller de Benjamin. Fourré dessous, son pyjama bleu. Cela ne faisait que cinq jours qu'il l'avait laissé pour partir au camp de voile. Il était toujours imprégné de son odeur d'enfant.

Åsa s'assit sur le lit et pressa le pyjama contre ses lèvres.

92

Thomas monta l'escalier quatre à quatre jusqu'aux locaux de la police scientifique, au quatrième étage. Aram le suivait de près.

Ils trouvèrent Margit assise en face de Staffan Nilsson. Adrian était là lui aussi. Elle leur fit signe d'approcher et leur montra une photo couleur format A6.

— Adrian a identifié un nom sur la liste des plaisanciers, dit-elle.

Adrian se pencha en les regardant gravement.

— Il s'agit d'un pédophile notoire, Pontus Lindqvist. Apparemment, il mouillait dans le port de plaisance de Lökholmen depuis jeudi dernier.

Les enfants étaient arrivés au camp vendredi.

La liste était sur la table. Thomas saisit le papier et parcourut les noms jusqu'à celui de Lindqvist : il avait payé une taxe de séjour pour un bateau à moteur inférieur à dix mètres. Le gabarit correspondait au bateau de l'homme que Sofie et ses copines avaient vu sur le port le jour de la disparition de Clara et revu dans les bois avec Benjamin.

Simple coïncidence ou ce type était-il bien Pontus Lindqvist ?

— Qu'est-ce qu'on a sur lui ? demanda Aram.

— Il a un casier long comme le bras, dit Margit.

Elle écarta de son front ses courtes mèches grises. Quand Thomas avait commencé à Nacka, elles étaient teintes en rouge vif, mais ces dernières années, Margit avait laissé ressortir leur couleur naturelle.

— Il a trente-sept ans, dit Adrian, il a déjà été plusieurs fois incarcéré pour pédo-pornographie et agression sexuelle aggravée sur mineurs. Lors de sa dernière condamnation, on a trouvé dans son ordinateur des milliers d'images, qu'il partageait via le logiciel GigaTribe. Plusieurs photos le montraient pratiquant le sexe oral et anal avec un jeune garçon.

Thomas sentit son ventre se nouer.

Benjamin n'a que onze ans.

Margit regarda Staffan Nilsson à la dérobée.

— J'ai vérifié les empreintes relevées dans le dortoir, dit Nilsson. Plusieurs correspondent à celles de Pontus Lindqvist.

— Tu en es sûr ? demanda Thomas.

— Malheureusement. Je ne peux pas dire si c'est lui qui a enlevé Benjamin, mais je peux garantir qu'à un certain moment, postérieur au dernier grand ménage, il s'est trouvé dans le dortoir, près du lit où dormait Benjamin.

Thomas se prit le menton. Il fallait au plus vite retourner au camp avec une photo de ce Lindqvist pour voir si les filles pouvaient l'identifier.

— Nous avons également décelé des traces d'éther dans la pièce, reprit Staffan Nilsson. Ça confirme ce que je t'ai dit au camp, Thomas : le ravisseur a utilisé de l'éther pour droguer le garçon.

Un kidnappeur bien préparé. Thomas s'en doutait depuis le début.

— Savons-nous si Lindqvist a déjà commis ce genre d'enlèvement ? demanda-t-il.

Margit inspira à fond.

— Le problème, c'est que certes il a été condamné pour viol aggravé sur mineurs, mais il a toujours nié. Lors des procès, les enfants n'ont pas pu l'identifier. Mais il a été condamné malgré tout, les photos constituant des preuves accablantes.

Adrian lâcha un rire dégoûté.

— Cette ordure avait tout filmé, mais oublié d'effacer l'enregistrement d'une clé USB portant ses empreintes digitales. Elle traînait dans son appartement après son déménagement.

— Le nouveau locataire l'a trouvée et a prévenu la police, compléta Margit.

Elle marqua une courte pause, respira plusieurs fois à fond.

— Impossible de dire comment Lindqvist a été en contact avec Benjamin cette fois, par contrainte, menace ou autre. Ces gens-là ont malheureusement toutes sortes de méthodes, comme vous le savez.

La photo du pédophile était toujours sur la table. Elle montrait un homme souriant, l'air sympathique. Une petite cicatrice se devinait sur l'une de ses joues, ses dents de devant étaient régulières et jolies. Il semblait athlétique, ses muscles tendaient son tee-shirt à manches courtes.

— La dernière fois, il a séjourné à la centrale de Skogome, près de Göteborg, dit Margit. Mais il a aussi fait un tour à Kristianstad.

Il y avait en Suède six prisons qui accueillaient les délinquants sexuels. Skogome était la seule à leur être exclusivement destinée. C'était pour cette raison l'établissement le plus méprisé par les autres délinquants. Les crimes sexuels étaient tout en bas de la hiérarchie criminelle.

Aram saisit la photo. À deux doigts, comme on ramasse une crotte de chien dans un sachet plastique. Puis il la rejeta sur la table.

— Depuis quand est-il sorti ? demanda Thomas.

Margit dut vérifier dans ses papiers.

— Il y a un an et demi, dit-elle sans cacher sa frustration.

Dix-huit mois, il n'avait pas pu se retenir plus longtemps. Le taux de récidive était très élevé chez les pédophiles, même si toutes les prisons mettaient en œuvre des programmes de réhabilitation pour les délinquants sexuels.

— Est-il violent ? demanda Aram. Savons-nous s'il a déjà tué ?

Margit secoua la tête.

— Il semble que non. En tout cas, aucune de ses condamnations ne concerne des violences ayant entraîné la mort.

— Il n'y a rien non plus dans le registre des personnes suspectées, dit Adrian. J'ai vérifié là aussi.

Thomas étudia l'homme souriant sur la photo en se demandant s'il était suffisamment calculateur pour avoir pu enlever un enfant en pleine nuit.

Impossible à dire. Aucun signe extérieur ne montrait que ce type présentait de graves troubles de la personnalité, au point de s'être livré à plusieurs agressions sexuelles sur des enfants pour satisfaire ses besoins pervers.

— Si c'est Lindqvist qui a enlevé Benjamin, ça expliquerait au moins pourquoi personne ne s'est manifesté pour exiger une rançon, fit remarquer Thomas, en détestant ce qu'impliquaient ces paroles.

Margit soupira.

— L'argent ne l'intéresse pas, ce n'est pas ça qui le motive.

Staffan Nilsson détourna le regard du visage souriant de Pontus Lindqvist. Il avait plusieurs petits-enfants, l'aîné était un garçon de dix ans.

— Virez-moi ce salaud, dit-il en poussant la photo sous une pile de papiers.

Les agressions sexuelles étaient incompréhensibles, trop malsaines. Thomas était incapable de voir la personne derrière celui qui commettait de tels actes, pour lui ce n'était qu'une bête, même s'il connaissait les mécanismes psychiques à l'œuvre.

La plupart des pédophiles rationalisaient leurs comportements et y trouvaient des explications. Souvent, ils prétendaient même que c'étaient les enfants eux-mêmes qui avaient suscité le premier contact sexuel.

En tant que père, Thomas ne pouvait pas comprendre qu'un adulte s'en prenne à un petit garçon ou une fillette, qui pouvait être son propre enfant. Ce qui n'arrivait que trop souvent.

— Que savons-nous de la situation sociale de Lindqvist ? demanda Aram.

Il semblait impassible, mais Thomas le connaissait assez bien pour savoir combien il était troublé.

— Il a une formation d'instituteur de maternelle, mais travaille maintenant dans l'informatique, répondit Adrian. Programmateur free-lance. Pas de problèmes financiers, il est locataire d'un trois-pièces à Farsta.

Un pédophile qui avait travaillé avec des enfants et savait se servir d'un ordinateur. Ça allait si bien ensemble que c'en était dérangeant.

— Nous avons son adresse, dit Margit. L'appartement est tout près du centre de Farsta. Ekebergabacken 5A, premier étage.

Thomas tapa sur l'épaule d'Aram et recula sa chaise.

— On y va tout de suite.

93

La porte s'ouvrit et maman entra dans la chambre avec le petit déjeuner sur un grand plateau. Il avait tellement faim.

Maman avait rempli un grand verre de jus d'orange fraîchement pressé et préparé du chocolat au lait, exactement comme il aimait. Elle lui sourit tendrement.

Il tendait la main vers une première tartine quand elle disparut, et il ne resta plus qu'une odeur de renfermé.

Benjamin ouvrit les yeux.

Il n'était pas à la maison. Il faisait encore noir dans la pièce et maman n'était pas là.

Pourquoi se réveiller ?

Ses yeux s'inondèrent. De chaudes larmes coulèrent sur ses joues, il renifla.

Il aurait mieux valu continuer à dormir, il aurait échappé à la peur et à cette boule de larmes dans sa gorge.

Benjamin lécha ses lèvres sèches, en essayant de produire un peu de salive. Déglutir était encore plus douloureux à présent.

Il avait faim et soif. Son ventre gargouillait tout bas.

Il avait dû s'assoupir à nouveau, il ne savait pas combien de temps.

Benjamin tendit une main et tâtonna précautionneusement autour de lui. Il était toujours dans son sac de couchage, mais sur un matelas. Sa surface était rêche sous sa main, du crin en dépassait par endroits.

Il tâtonna au-delà du bord et tomba sur quelque chose de dur, un sol en pierre ou en béton.

La poussière rendait le bout de ses doigts secs et sensibles. Soudain, il heurta quelque chose de coupant, comme un tesson de verre, et la douleur lui fit monter les larmes aux yeux. Ça saignait tellement. Quand il fourra son index dans sa bouche, un goût de terre et de sang lui emplit la gorge.

Peu à peu ses yeux commencèrent à s'habituer à l'obscurité. Il parvint à distinguer des contours et des formes dans la petite pièce. Ce n'était pas grand, il avait l'impression d'être dans une cave, ou peut-être une remise.

Il tâtonna de l'autre main. Soudain, il toucha ce qui ressemblait à une bouteille. Il s'en saisit et comprit que c'était en effet une grande bouteille plastique d'un litre et demi.

Quand il dévissa le bouchon et sentit l'odeur de Coca-Cola, il faillit se remettre à pleurer. Du sang coula sur le bouchon, mais il s'en fichait. Les mains tremblantes, il porta la bouteille à sa bouche et but de grandes gorgées. Le Coca était tiède, ça ne faisait rien. C'était merveilleux d'étancher sa soif. Il n'avait rien bu d'aussi bon de toute sa vie.

Il reprit de longues goulées, avant de s'arrêter net : c'était peut-être tout ce qu'il aurait à boire avant longtemps. Au prix d'un effort, il reboucha la bouteille.

Sa blessure saignait toujours, et il se fourra le doigt dans la bouche, malgré ce goût affreux.

Où avait-il atterri ? Qui l'avait enlevé ? Sa tête lui tournait. Mais il savait une chose : il fallait qu'il s'en aille.

Lentement, Benjamin se leva. Ses jambes tremblaient, il avait le vertige, se sentait faible, mais parvint pourtant à se mettre sur pied. Il suçait son doigt pour arrêter le sang. L'entaille était assez profonde.

Il avança à tâtons, s'appuyant au mur. Pas de fenêtre, juste une surface lisse. Mais il finit par arriver à ce qui ressemblait à une poignée de porte.

— S'il vous plaît ! chuchota-t-il en essayant d'ouvrir.

Il la secoua, en vain. Ses coups de pied et ses larmes n'y changeaient rien : elle demeurait close.

94

Il y avait un Dieu, malgré tout. Niklas Winnerman fixait les chiffres de couleurs vives qui clignotaient à l'écran : il avait eu une deuxième chance.

Il ne put s'empêcher de faire encore une fois le compte, parvint à la même conclusion : avec ses gains de la veille, il avait assez pour rembourser Arturas.

Il se précipita à la fenêtre, l'ouvrit en grand et hurla de joie. Les grosses gouttes de pluie qui s'écrasaient sur son visage se mélangeaient à ses larmes de soulagement.

Il finit par fermer la fenêtre et aller à la salle de bains s'essuyer le visage avec une serviette. Quand il vit son reflet dans le miroir, il se jura solennellement de ne jamais plus se remettre dans une telle situation. Quitte à se faire aider ou participer à des groupes de parole pour joueurs compulsifs.

Jamais plus.

Il allait se botter le train et mettre de l'ordre dans sa vie. Il le devait à Albert et Natan, qui en avaient déjà assez subi. Ses garçons avaient le droit d'être à nouveau fiers de leur papa.

Niklas regagna la cuisine, où l'ordinateur était ouvert. Aussitôt l'envie le reprit.

Non, il ne fallait pas qu'il cède, au risque de tout perdre à nouveau. Cette fois, il fallait qu'il réussisse à garder le contrôle tant que la chance était de son côté.

Il demeura pourtant devant l'écran tandis que ses pensées tournoyaient sur des chemins interdits.

Une dernière partie, ça ne pouvait pas être bien grave. Ça s'était si bien passé jusqu'à présent. Rien qu'une dernière fois, avant de se déconnecter pour toujours, comme il venait de se le promettre.

Il suffisait d'un clic de souris…

— Non !

Il frappa violemment ses côtes brisées. La douleur le fit se plier en deux. L'air lui manqua, son regard se troubla et il s'effondra sur la table.

Mais cela lui éclaircit les idées et lui donna le sursaut de volonté nécessaire.

Il se dépêcha d'entrer les données bancaires pour que ses gains soient transférés sur son compte à l'étranger. Tout aussi vite, il cliqua pour se déconnecter, puis replia l'écran d'un geste décidé.

Payer ou sombrer.

Il devait tout rembourser avant mercredi, lui avait dit cet homme qui l'avait tabassé en bas de son immeuble. Niklas se rappelait sa terreur, le gravier qui lui labourait le visage tandis qu'il était à terre. Il était persuadé qu'il allait mourir.

Demain, il faudrait transférer l'argent.

Il repoussa l'ordinateur. Ce petit geste le soulagea du poids qui lui pesait sur la poitrine. Bientôt, il serait libéré de tous ses problèmes.

Puis il veillerait à ce que Christian Dufva ait ce qu'il méritait.

95

Les vannes du ciel étaient ouvertes, de grandes flaques se formaient sur l'autoroute et la pluie crépitait sur le pare-brise.

Cette fois, c'était Aram qui conduisait. L'asphalte luisait quand ils s'engagèrent dans le tunnel pour rejoindre la rocade sud. Les décorations lumineuses défilaient sur les murs, mais Thomas n'avait pas le temps d'admirer les lumières bleues chatoyantes. Il avait sur les genoux le dossier de Margit qu'il s'efforçait de lire tandis qu'Aram roulait plus vite qu'il n'aurait dû.

— Est-ce que Lindqvist peut être assez idiot pour avoir emmené Benjamin chez lui ?

— Qu'est-ce que tu crois ? fit Aram.

Il était un peu tassé, les yeux fixés sur la chaussée, une main sur le levier de vitesse.

Le regard stressé de Thomas glissait d'une ligne à l'autre, sautait d'un paragraphe à l'autre tandis qu'il essayait de se faire une vue d'ensemble.

— Le viol aggravé pour lequel Lindqvist a été condamné avait eu lieu chez lui, dit-il. On a reconnu le papier peint de sa chambre sur les images retrouvées dans son ordinateur.

— Je me demande s'il aura retenu la leçon.

Thomas continuait à feuilleter jugements et procès-verbaux. De plus en plus dégoûté au fil de sa lecture.

La lumière des réverbères formait comme des traînées au passage de la voiture.

Tout en dessous de la pile de documents, il y avait une nouvelle photo de Benjamin que Margit s'était procurée. Elle était prise à l'extérieur, on voyait des feuillages à l'arrière-plan. Benjamin souriait faiblement à l'appareil, mais ses pensées semblaient ailleurs. L'expression de ses yeux n'était pas tout à fait concentrée, et sa bouche était entrouverte, comme s'il était sur le point de dire quelque chose à la personne qui prenait la photo. Ses bras étaient minces dans les manches rayées de son pull. Mais ses joues gardaient une rondeur enfantine.

Thomas aurait voulu ne pas raisonner en ces termes, mais il devait reconnaître que l'âge et l'apparence de Benjamin correspondaient bien aux préférences notoires de Pontus Lindqvist, filles et garçons encore prépubères. Son allure frêle avait dû attirer l'œil du pédophile, contrairement à ses camarades plus âgés, qui avaient déjà commencé leur croissance.

Face au désir d'individus comme Lindqvist, la puberté était un refuge.

Ils s'étaient engagés sur Bynäsvägen et avaient dépassé Tallkrogen : plus qu'une dizaine de minutes avant Farsta. Aram accéléra, malgré la chaussée glissante. En doublant un camion, les gerbes d'eau de ses roues arrière aspergèrent leur pare-brise. Leurs essuie-glaces paraissaient impuissants. On y voyait à peine à quelques mètres.

Sur le tableau de bord, l'horloge indiquait neuf heures vingt-huit. Le temps qui filait tourmentait Thomas : Benjamin était porté disparu depuis dix-sept heures.

Aram fit de longs appels de phares à une voiture sur la file de gauche, jusqu'à ce qu'elle les laisse passer. Il accéléra et doubla. Sa roue arrière dérapa avant de mordre à nouveau l'asphalte.

— La question est de savoir où il a bien pu cacher Benjamin, rumina tout haut Thomas.

À part cet appartement en location, aucun autre logement n'était enregistré au nom de Pontus Lindqvist.

— Tu penses qu'il a accès à une remise, une cave ?

L'idée l'avait traversé tandis qu'il lisait le dossier.

Manifestement, l'enlèvement de Benjamin avait fait l'objet de soigneux préparatifs. Selon toute apparence, Lindqvist était venu à Lökholmen avec un plan, une journée entière avant le début du camp. Il avait eu tout loisir de bien choisir sa victime. Jusqu'à établir un premier contact avec Benjamin. Avec ce niveau de préparation, difficile de croire qu'il irait planquer le garçon à son domicile, à une adresse qu'on pouvait trouver très simplement. Mais s'il se servait d'un autre local ? Peut-être une cave, ou une vieille remise de jardinage ?

Thomas sortit son téléphone et appela Margit.

— Ah, Thomas. J'allais justement t'appeler. Où en êtes-vous ?

— Presque arrivés. Dis-moi, pourrais-tu vérifier si Lindqvist dispose d'une cave, ou d'un local de ce genre dans l'immeuble ?

Margit ne le laissa pas finir :

— Écoute-moi d'abord. Je viens de recevoir de nouvelles informations de la centrale de Skogome. Quand Lindqvist y était détenu, il a été mêlé à une rixe avec un autre détenu du même secteur.

Aram quitta la voie rapide et grilla un stop.

Il y avait beaucoup de vent, les peupliers s'inclinaient au bord de la route.

— Que s'est-il passé ?

— Apparemment, Lindqvist a sérieusement amoché ce type. Si violemment qu'il a dû être envoyé à l'hôpital pour y être opéré, la rate éclatée.

— Et Lindqvist ?

— Il a atterri à l'isolement. Sa peine a été allongée, mais pas de beaucoup. Tu sais comment c'est avec les aménagements de peines.

Thomas pressa le téléphone contre son oreille. Difficile d'entendre avec le ronflement du moteur et le crissement des roues sur le revêtement mouillé.

— À Skogome, on considère toujours Lindqvist comme un individu violent, ajouta Margit.

Thomas tâta instinctivement son pistolet dans son holster.

— J'envoie une patrouille qui vous retrouvera là-bas, conclut Margit. N'entrez pas avant qu'ils soient arrivés.

Aram tourna la tête quand Thomas eut raccroché.

— Pas si pacifique qu'on croyait ?

Thomas secoua la tête.

— Une patrouille arrive. Margit veut qu'on les attende.

Il examina à nouveau la photo de Benjamin.

Margit avait dit qu'on n'avait jamais pu connaître l'identité du premier enfant violé. Aussi ne savait-on pas comment Pontus Lindqvist avait réussi à entrer en contact avec lui. Lindqvist avait été condamné malgré tout, en raison des images explicites retrouvées dans son ordinateur.

Mais personne ne savait où était passé le garçon. Ni même s'il était encore en vie.

96

Nora éteignit la télévision, de toute façon elle ne savait plus ce qu'elle regardait. Elle se retrouva dans la pénombre, avec juste la lumière de la cuisine qui filtrait dans le séjour.

Allait-elle à nouveau essayer de joindre Thomas ? Il était un peu plus de dix heures, il ne l'avait pas rappelée.

La pluie battait avec insistance contre la grande fenêtre en face du canapé. Impossible de rien voir à travers les trombes d'eau, mais elle entendait siffler les rafales de vent.

Elle se rappelait sa peur quand les ombres avaient rampé sur elle. Elle était tellement effrayée par les mails de Winnerman qu'elle était restée éveillée la moitié de la nuit.

Ce soir, elle se retrouvait à nouveau seule avec Julia, Adam était chez sa petite amie Freja et Simon devait dormir chez un copain.

Le regard de Nora glissa vers la fenêtre.

Arrête de penser à ça.

Une boule était en train de se former au fond de sa gorge. Jonas aurait dû être là, ça lui aurait évité d'être si anxieuse. De se sentir abandonnée.

Comment avait-il pu donner la priorité à son travail une semaine comme celle-ci ? Elle ne lui aurait jamais fait ça, elle.

Un SMS illumina son portable. *Jonas*, se dit-elle. Mais elle vit que c'était juste Adam, prévenant qu'il restait dormir chez Freja.

Nora cligna des yeux pour chasser les larmes, en essayant de penser à autre chose.

Pourquoi Thomas ne la rappelait-il pas ? Elle devait absolument lui parler de Winnerman et Dufva.

Elle composa son numéro, mais ça sonna dans le vide avant de couper.

Nora posa son téléphone sur ses genoux. Réfléchit quelques minutes. Elle finit par composer le numéro de Leila, en espérant qu'elle n'avait pas éteint son téléphone à cette heure-ci.

— Allô ?

Leila semblait mal réveillée : était-elle déjà allée se coucher ?

— C'est Nora. Pardon, je te réveille ?

— Ne t'inquiète pas. Comment ça va ? Tu as l'air un peu stressée.

Nora lui résuma la situation.

— Je ne sais pas quoi faire, conclut-elle. Thomas ne répond plus au téléphone, et je n'ai pas eu le temps de lui parler de Winnerman avant qu'il raccroche.

Leila parut réfléchir.

— Tu crois que son fils a été enlevé pour faire pression sur Dufva ? finit-elle par dire. Tu as des preuves ? Quelque chose de concret ? Un enlèvement, c'est une accusation grave.

— Non, mais il a changé si brusquement.

Leila soupira.

— Christian Dufva nous a peut-être menti, comme l'affirme Emilsson, dit-elle. Tu sais ce qu'il a dit, que Dufva cherchait un bouc émissaire au moment de la faillite. Il a accusé son associé, faute de mieux.

Un violent aboiement les interrompit. D'un chut autoritaire, Leila ordonna à Bamse de retourner se coucher.

— Je vais contacter Barbro Wikingsson demain matin, dit Nora. Il faut qu'elle soit mise au courant.

Leila inspira à fond. Bamse geignait toujours à l'arrière-plan, mais il avait cessé d'aboyer.

— Sois prudente.

— Qu'est-ce que tu veux dire ?

— Si tu n'as pas de preuves concrètes contre Winnerman, ça pourrait se retourner contre toi. On pourrait croire que tu essaies de sauver ton procès en inventant de nouvelles accusations contre l'inculpé. Tu veux vraiment t'exposer à ça ?

Le voulait-elle ?

Nora resta son téléphone à la main quand elles eurent raccroché. Puis elle envoya un nouveau SMS à Thomas :

Appelle-moi dès que tu peux.

97

Dans la montée d'Ekebergabacken, l'immeuble à façade en crépi était muni d'un digicode. Thomas regarda alentour. Comment entrer dans le bâtiment ? La fenêtre la plus proche était sombre, et la zone était déserte. La patrouille n'était pas encore arrivée. Il leur faudrait des heures pour faire venir un serrurier qui puisse les aider.

La pluie tombait sans discontinuer, il avait déjà le cou et les épaules trempés.

— Qu'est-ce qu'on fait maintenant ? demanda Aram.

Une silhouette apparut soudain derrière le verre dépoli. La porte s'ouvrit, et un homme en blouson noir à capuche se glissa devant eux en baissant la tête.

Bien content, Thomas rattrapa la porte au vol. Il avait déjà fait quelques pas dans la cage d'escalier quand Aram s'arrêta.

— Merde, je crois que c'était lui.

Thomas fit volte-face. Le type s'éloignait. La porte était en train de se refermer.

Sofie avait bien parlé d'un bonnet rabattu ?

— Attendez ! appela Aram. Hé ! ho !

L'homme était déjà à une dizaine de mètres, mais il s'arrêta. Il était dans l'ombre de l'immeuble voisin, dos à eux. Un bonnet en laine sur la tête.

Impossible de bien le distinguer.

L'homme se retourna, et la lumière du réverbère éclaira son visage.

Pontus Lindqvist.

— Nous avons besoin de vous parler, lança Aram. Nous sommes de la police.

Erreur.

Lindqvist tourna les talons et détala.

Thomas et Aram mirent une seconde à réagir.

— Stop ! cria Thomas.

Pontus Linqvist se précipita parmi les bâtiments détrempés.

Il ne fallait pas qu'il leur échappe.

Le cœur tambourinant dans la poitrine, Thomas sortit son arme de service. Il hurla de toutes ses forces à travers la pluie battante :

— Arrêtez-vous ou je tire !

Mais Lindqvist ne fit qu'accélérer. Il était athlétique, l'écart se creusait.

— Dernière sommation ! beugla à nouveau Thomas en continuant à courir arme au poing.

Lindqvist dépassa un parking à vélos, et sauta pardessus la clôture d'une petite aire de jeux.

Il s'éloignait de plus en plus.

Ils couraient sur une pelouse que la pluie avait transformée en une bouillie glissante. Thomas pataugeait dedans, la boue lui collait aux semelles.

Soudain, Lindqvist coupa entre deux bâtiments et disparut.

— Je tire ! cria Thomas pour la troisième fois, trop tard.

Le chemin se divisait, Thomas dut s'arrêter.

— Par où il est parti ? haleta-t-il, les mains sur les genoux.

La pluie diluvienne rendait la visibilité presque nulle. Thomas cligna plusieurs fois des yeux sans que cela fasse de différence. Son front gouttait, ses cils se collaient.

Aram tournait la tête dans tous les sens.

— Regarde ! cria-t-il. Là-bas !

Il montra une silhouette qui courait à une centaine de mètres, en direction d'un passage sous la voie rapide.

— Ça doit être lui.

Thomas entendit un bruit de circulation tout près de là. Un grondement sourd retentissait chaque fois que passait un gros véhicule ou un poids lourd avec sa remorque.

— Viens ! fit Aram en s'élançant.

Ils s'engagèrent sur une pente savonnée par la pluie. Thomas glissa à plusieurs reprises, mais réussit à retrouver son équilibre. Le chemin finissait en haut d'un talus herbeux, qu'ils durent dévaler pour rejoindre l'asphalte.

Ils coururent sur l'allée étroite qui menait au tunnel, mais une fois de l'autre côté, plus aucune trace de Pontus Lindqvist.

— Où est-il passé ?

Aram s'arrêta et écarta ses cheveux mouillés.

Ils étaient face à des immeubles neufs, au loin brillaient les lumières du centre de Farsta. Chaque fois qu'un véhicule passait avec fracas au-dessus de leur tête, ses phares éclairaient les alentours.

— Il doit être par ici, dit Aram.

Ils avaient été si près de l'arrêter. Et de trouver Benjamin.

— Inutile, jura Thomas entre ses dents. On l'a perdu.

98

Il avait essayé de se retenir aussi longtemps que possible, mais là il ne pouvait plus attendre.

Il y avait quelque chose qui ressemblait à un seau dans un coin de la pièce. Benjamin y alla à tâtons, baissa son pyjama et fit de son mieux dans l'obscurité.

Un peu de pipi gicla à côté et son ventre se serra : celui qui l'avait enlevé allait-il être fâché qu'il ait sali par terre ?

Benjamin hésita, ne sachant comment faire pour s'essuyer. Il passa les mains sur son pyjama et regagna son matelas en titubant.

Il avait froid, le béton était glacé sous ses pieds nus. Mais en se glissant dans son duvet, il retrouva un peu de chaleur. Son doigt palpitait là où il s'était coupé, la peau était sensible et tendue au-dessus de l'articulation de la phalange.

Pourquoi ? La question tournait sans relâche dans sa tête. *Pourquoi m'avoir enlevé, moi ?*

Samuel était couché en face, Seb au-dessus. Il y avait huit garçons dans la chambre, pourquoi l'homme l'avait-il choisi, lui ?

La faim et la soif se manifestèrent à nouveau. Benjamin ne pouvait plus résister : il but quelques gorgées de Coca-Cola. En reposant la bouteille, il remarqua qu'il n'en restait plus beaucoup.

Sa gorge lui faisait encore plus mal après des heures passées à crier. Il avait fini par abandonner, de toute façon personne ne l'entendait.

Ses larmes montaient, alors il se recroquevilla, le nez pressé contre le duvet. En inspirant, il pouvait faire semblant d'être ailleurs, sur le bateau avec maman et papa. Quand tout était comme d'habitude, avant le divorce.

Maman était beaucoup plus gaie à cette époque. Ils partaient en excursion sur des îles pour pique-niquer, assis sur un plaid. Maman faisait des crêpes à la confiture que Benjamin avait le droit de manger avec les doigts.

L'image de ces jours ensoleillés s'estompa.

Impossible de refouler la réalité. Personne n'allait venir le sauver.

Il était seul ici, dans le noir.

99

Habillé sur son lit, Isak attendait. Bientôt, tout le monde irait se coucher et le calme reviendrait au camp. Dans quelques heures, personne ne s'occuperait plus de lui.

Avant d'allumer sa petite lampe de chevet, il avait tiré les stores, pour que personne ne puisse le voir.

Il était seul dans la petite pièce. La combinaison de voile de Wille séchait sur une chaise, mais son camarade de chambre ne s'était pas montré.

Wille l'évitait probablement, comme tous les autres moniteurs. David ne le soutenait plus, et il avait lui-même repoussé Maja.

Les animateurs devaient être rassemblés au QG. À l'heure qu'il était, les enfants devaient être au lit, en tout cas ceux qui restaient encore sur l'île. D'après ce qu'il avait compris, la plupart allaient partir demain.

Quelqu'un sanglota. Était-ce lui ?

Je suis fichu.

Il ne valait rien, et il l'avait toujours su. Pourquoi avait-il imaginé que les choses se passeraient bien pour lui cette fois ?

L'expression de Maja devant le sauna. Dégoûtée, elle l'avait quitté comme l'avait fait son ancienne petite amie quand sa dépression avait pris le dessus.

Il la comprenait, il se dégoûtait lui-même. Maja serait beaucoup mieux sans lui, il ne méritait pas une fille comme elle.

Il se griffa le bras, où sa peau commençait à se déchirer.

David, dont il avait cru qu'il deviendrait un vrai ami. Quelle naïveté. David ne l'avait pas défendu, ne l'avait pas aidé quand Ekholm était arrivé avec ses mots durs. David ne voulait pas être son ami. Personne ne voulait être son ami, et il comprenait très bien pourquoi.

Il n'était qu'un raté.

Il ne méritait pas d'avoir des amis, il ne méritait que le mépris. Il avait lui-même expliqué au ravisseur où trouver sa victime.

Isak ferma les yeux, et aussitôt apparurent les yeux apeurés de Benjamin. Il aurait pu agir autrement, prendre d'autres décisions. S'il l'avait fait, rien ne serait arrivé.

Au lieu de quoi il avait tout foiré.

C'était lui, et lui seul, qui avait aidé le kidnappeur. Il avait préféré aller bécoter Maja au lieu de prendre ses responsabilités. Il ne s'était même pas rendu compte que Benjamin était victime de harcèlement.

David lui avait parlé de Samuel, lui avait dit comment, avec Seb, il avait humilié Benjamin depuis le début du camp. Comment avait-il pu être aveugle à ce point ?

Ça l'accablait encore plus de savoir que Benjamin avait été seul et malheureux au camp avant de se faire enlever. Isak savait ce que c'était qu'être malheureux.

Il fixait le mur blanc et sentait l'angoisse bouillonner dans ses veines. Sa poitrine le brûlait quand il tentait de respirer.

Il ne fallait pas craquer. Pas encore. Les outils que son psychologue l'avait entraîné à utiliser avaient depuis longtemps fait leur office. Mais il fallait qu'il tienne, encore quelques heures.

La dernière fois, il était resté interné plus d'un mois. Il avait vu les autres malades se traîner dans les couloirs, sans arriver à admettre qu'il était comme eux.

Les cachets l'avaient rendu mou et apathique, encore plus déprimé, jusqu'à ce que l'existence lui semble noire comme la nuit. Il fallait plusieurs semaines pour que ça fasse de l'effet, lui avait expliqué le médecin. La dépression devait être aggravée avant d'aller mieux. Impossible de faire autrement, c'était comme ça qu'agissaient les médicaments. Tout le monde passait par les mêmes phases.

Jamais il n'y retournerait.

Isak pressa son poing contre sa bouche pour étouffer un nouveau sanglot. Il aurait voulu s'endormir et ne plus jamais se réveiller, disparaître pour ne plus commettre d'autres erreurs et faire davantage de dégâts.

Tout le monde se porterait mieux s'il n'était plus là. Surtout maman, elle n'aurait plus à s'inquiéter tout le temps pour lui.

La corde était sa seule issue.

Combien de temps mettait-on à cesser de respirer, une corde autour du cou ? Il avait essayé de trouver ça sur Google, mais avait reposé son portable avant que les résultats de sa recherche n'aient le temps de se télécharger.

En fait, il ne voulait pas savoir. Pourvu que ce soit très rapide.

Il arrivait qu'on se pisse dessus, il l'avait lu quelque part. C'était presque le pire. Il ne voulait pas qu'on le retrouve comme ça. Maman ne devait pas se souvenir de lui comme ça.

Par précaution, il n'avait pas bu depuis plusieurs heures. Pas mangé non plus. De toute façon, il n'avait pas faim, même si ses crampes s'étaient estompées et que son ventre avait commencé à se calmer.

Encore quelques heures, puis il irait au sauna et n'aurait plus jamais besoin de s'inquiéter.

Nul, nul, nul.

Le mot se répercutait, résonnait dans son crâne, grossissait et lui remplissait la bouche comme une énorme bouchée impossible à avaler.

Isak ferma les yeux pour rejeter le monde.

100

— Tu ne veux quand même pas dire que vous l'avez laissé filer ! éclata Margit. Alors qu'il vous est passé devant à moins d'un mètre !

Thomas était encore trempé et gelé, et les reproches de Margit n'arrangeaient rien. Il le savait bien, que Pontus Lindqvist avait disparu sous leur nez.

— Tu as bien entendu ce que j'ai dit, non ? répliqua Thomas plus sèchement qu'il n'en avait l'habitude. Qu'est-ce que tu veux que je te dise de plus ? Il s'est volatilisé, c'est tout.

— Eh bien retrouvez-le ! dit Margit.

Des patrouilles cherchaient Lindqvist dans tout le périmètre. Des chiens avaient été appelés et la police scientifique arrivait à l'appartement.

— Ah, au fait, ajouta Margit. Cet ex-petit ami menaçant mentionné par Åsa Dufva : Adrian a vérifié, il est parti en Grèce la semaine dernière. Heureusement qu'il y en a qui font leur travail.

Et elle raccrocha aussi sec.

Thomas secoua la tête. Il savait que la réorganisation des services la mettait sous pression, mais il n'avait pas mesuré à quel point.

Il s'était éloigné dans la cage d'escalier pendant que le serrurier travaillait à ouvrir la porte de l'appartement de Lindqvist. Il entendit Aram l'appeler :

— Thomas, on peut entrer.

Il se dépêcha de remonter l'escalier.

Il faisait sombre dans l'entrée. Thomas tendit la main pour chercher à tâtons un interrupteur. Quand la lumière s'alluma, il vit un étroit couloir avec plusieurs portes closes de part et d'autre.

Aram avait déjà sorti son pistolet et s'avança de quelques pas. Thomas sortit le sien, ôta la sécurité et lui emboîta le pas. L'appartement était très probablement vide, mais pas question de prendre de risques.

À droite, Thomas trouva la cuisine. Personne.

Derrière lui, Aram ouvrit une autre porte.

— Personne là non plus, lança-t-il depuis le séjour. L'appartement est entièrement sécurisé.

Il entra dans la chambre, suivi de Thomas.

— Regarde, dit Aram.

Un grand lit, soigneusement fait avec un couvre-lit, occupait la plus grande partie de la pièce. Sur la table de chevet carrée, une pile de revues pornographiques aux couleurs vives, avec des titres dans des langues étrangères.

Thomas enfila une paire de gants en latex et saisit le magazine du dessus. L'ouvrant au hasard, il tomba sur une fille asiatique aux cheveux sombres, d'une jeunesse suspecte. Couchée nue sur une table, elle écartait les jambes, paupières baissées.

L'écœurement le submergea à nouveau.

C'était impardonnable de ne pas avoir arrêté Lindqvist quand ils en avaient l'opportunité.

Il regarda sa montre : déjà dix heures et demie.

Un avis de recherche avait été lancé, mais l'homme pouvait être n'importe où à l'heure qu'il était. Adrian recherchait son bateau, les ports où il pouvait être amarré. La police maritime était alertée, au cas où Lindqvist reprendrait la mer.

Aram entra dans la salle de bains aux tons noir et blanc, suivi de Thomas. Elle était juste à côté de la chambre, et semblait avoir été récemment refaite. Le lavabo était design, en forme de vasque ovale.

Thomas ouvrit le placard, tandis qu'Aram retournait dans le séjour. Il fouilla les étagères, trouva une boîte de préservatifs sur celle du haut.

— J'ai son ordinateur ! lança Aram.

Thomas rejoignit son collègue, debout à côté d'un bureau placé devant une large fenêtre. Un gros PC occupait presque toute la place. Le grand écran paraissait d'un modèle dernier cri.

— Il faut que quelqu'un l'examine au plus vite, dit Aram. S'il a ce genre de revues sur sa table de nuit, je me demande ce qu'on va trouver dans son ordinateur.

Il appuya sur une touche et l'écran s'alluma. Une icône se mit à clignoter, demandant un mot de passe.

— Il nous faut un expert, dit-il.

Assis au bureau, Thomas constata que la fenêtre donnait pile sur la petite aire de jeux. Lindqvist venait-il là pour épier les enfants ?

Du courrier non ouvert était posé sur la table basse devant le canapé anthracite. Thomas le feuilleta, mais ne trouva que des factures et des publicités. Rien qui suggère que Lindqvist ait accès à un autre local.

Ils étaient déjà descendus à la cave et avaient constaté qu'il n'y avait personne dans les remises grillagées. L'immeuble n'avait pas de grenier.

Le domicile de Lindqvist était rangé et soigné, il y avait même des plantes en pots qui semblaient bien se porter. Thomas avait imaginé un appartement plus en désordre, plus crasseux, moins accueillant que ce foyer bien ordonné avec ses fauteuils en cuir. Ça aurait mieux correspondu à l'idée qu'il se faisait du pédophile.

Mais ça ne changeait rien, cet homme était un monstre, quelles que soient les apparences.

Il devait bien y avoir un indice pour les conduire là où Benjamin était enfermé. Où ? se demanda Thomas en s'efforçant de penser comme Lindqvist, même s'il méprisait tout ce que représentait cet homme. Où pouvait-il avoir caché Benjamin ?

Thomas ouvrit le premier tiroir du bureau. Un mélange de stylos et de trombones, des carnets de Post-it et de factures de différentes couleurs. Dans le deuxième tiroir, rien d'intéressant non plus.

Thomas ne put s'empêcher de regarder à nouveau sa montre. Le temps passait beaucoup trop vite. Qui sait ce que Lindqvist avait fait déjà endurer à Benjamin, jusqu'à le détruire peut-être.

101

— Il faut rentrer chez vous, maintenant, dit une voix à son oreille.

Christian leva les yeux de la table, mal réveillé, le bras engourdi sous le poids de sa tête.

Une serveuse se tenait devant lui, le regard soucieux.

— Vous ne pouvez pas rester dormir ici, dit-elle.

Christian regarda autour de lui.

Quelqu'un rit à la table voisine. Plusieurs verres vides s'alignaient devant lui. Il avait bu jusqu'à sombrer.

La réalité le rattrapait.

Il fallait qu'il donne des nouvelles à Ninna, mais il s'aperçut qu'il avait oublié d'allumer son téléphone avant de s'effondrer. *Et merde.*

— Pardon, dit-il. Je peux d'abord appeler ma femme ?

Il cafouilla avec son portable. Difficile de se rappeler le code, mais il y parvint à la troisième tentative.

L'écran clignota et Christian fixa les notifications qui s'affichaient.

Vingt-deux messages vocaux.

Une dizaine de numéros inconnus, le reste de Ninna ou Åsa.

Comment avait-il pu oublier d'allumer son téléphone ? Il devait pourtant juste prendre un verre avant de l'appeler, qu'est-ce qui ne tournait pas rond chez lui ?

Comment allait-il oser écouter son répondeur, à présent ?

Il se leva si brusquement que sa chaise se renversa. Tout se mit à tourner, il dut se tenir à la table pour ne pas tomber.

— Ça va aller ? lança la serveuse dans son dos, mais Christian l'ignora.

Dehors, il pleuvait à verse. En un instant, il fut trempé jusqu'aux os et trouva refuge sous un porche. Il cherchait des yeux un taxi quand son téléphone sonna.

Åsa. Impossible de ne pas répondre.

— Benjamin ! cria-t-elle. Il a disparu du camp de voile !

— Benjamin a disparu, répéta Christian.

Sa langue lui semblait avoir doublé de volume.

— Où tu étais passé ? Je t'ai appelé toute la journée. Pourquoi tu ne répondais pas ?

Åsa était tellement hystérique qu'il dut éloigner le téléphone de son oreille. Une femme qui passait le regarda avec curiosité.

— La police a cherché toute la journée à te joindre. On t'a appelé, appelé.

Vingt-deux messages sur le répondeur.

— S'il te plaît, tenta-t-il. Calme-toi.

Åsa se mit à pleurer.

— Il n'a que onze ans.

Christian avait bien trop souvent entendu ses sanglots. Il savait à quoi elle ressemblait quand elle pleurait : elle était bouffie, moche et lui donnait mauvaise conscience.

Toutes ces disputes, pensa-t-il avec lassitude. À quoi rimaient-elles, au fond ?

— J'ai appelé ses copains, murmura Åsa. Mais personne ne l'a vu, personne n'a rien entendu.

Christian dut s'adosser au mur.

— Où il peut être, Christian ? Où il est passé ?

Une violente nausée s'empara de lui. Il dut déglutir plusieurs fois pour refouler des renvois de vieux cognac et de bile.

— C'est toi qui voulais qu'il fasse ce camp de voile, sanglota Åsa. Il ne voulait pas, tu sais. Benjamin ne voulait pas y aller, mais il n'a pas osé te contrarier. Et maintenant, on l'a enlevé !

Elle hoquetait si violemment que ses mots sortaient par à-coups.

— Tout ça, c'est ta faute.

Elle avait raison. Tout était sa faute.

102

Aram s'occupait de la cuisine, tandis que Thomas fouillait encore une fois la chambre. Un bruit de couverts lui indiqua qu'Aram n'y allait pas de main morte.

Thomas chercha dans les draps et sous le matelas, sans rien trouver d'intéressant. Il avait déjà inspecté la penderie et la table de nuit, rien là non plus.

Une commode brun foncé était adossée contre un mur. Les tiroirs du bas étaient pleins de tee-shirts et de pulls soigneusement pliés, celui du haut contenait sous-vêtements et chaussettes. Thomas souleva du bout des doigts des boxers noirs d'une grande marque de prêt-à-porter.

Il allait refermer le tiroir quand quelque chose attira son attention. Un des tas n'était pas tout à fait aligné : quelque chose de clair dépassait parmi tout ce noir. Il sortit tous les sous-vêtements et les étala sur le lit.

Entre deux slips pour homme était glissé un slip d'enfant bleu clair. Une étiquette indiquait « 146 cm, 10-11 ans ».

Thomas appela Aram. Celui-ci s'arrêta sur le seuil en voyant ce qu'il avait trouvé.

— Putain. Qu'est-ce qu'il a pu se passer, à ton avis ? C'est à Benjamin ? Est-ce qu'il est déjà…

Il ne put finir sa phrase.

Thomas regardait ce petit slip qui n'aurait pas dû être là.

Ils avaient été *si près* d'arrêter Lindqvist.

— Il doit bien y avoir quelque chose ici qui montre où il peut avoir caché Benjamin, dit-il. Il faut continuer à chercher.

Aram poussa un soupir, puis retourna à la cuisine. Thomas entendit le bruit d'une porte de placard qu'on ouvrait.

Il quitta la chambre et regarda autour de lui dans le couloir.

Un étroit placard près de l'entrée retint son attention. Il l'ouvrit en grand : la penderie était surchargée de vestes et de vêtements pour toutes les saisons. En écartant les habits, il remarqua autre chose : une boîte à clés de la même couleur que le lambris sombre du placard. Encastrée de façon à ne pas être visible au premier coup d'œil.

Enfin.

Retenant son souffle, Thomas ouvrit précautionneusement sa petite porte. À l'intérieur, une rangée de clés pendaient à de petits crochets de laiton. À l'un d'eux, un trousseau accroché à un flotteur en liège plat, du même modèle qu'il utilisait pour son bateau à Harö. Ça devaient être les clés du bateau de Lindqvist – qu'ils n'avaient toujours pas localisé. Au moins, cela voulait dire qu'il n'était pas parti par la mer.

— Je crois que j'ai trouvé les clés du bateau de Lindqvist, lança-t-il à Aram.

Soudain il vit quelque chose briller. Une petite clé argentée posée sur le fond de la boîte. Sa tête arrondie était très plate, peut-être la clé d'une consigne ?

Mais il y en avait des milliers à Stockholm, plusieurs centaines rien qu'à la Gare centrale. Impossible de deviner ce que cette clé ouvrait en l'absence d'étiquette.

Thomas avait espéré quelque chose de plus concret. Si Lindqvist possédait un autre lieu, les clés auraient dû se trouver là : pourquoi sinon se donner le mal de si bien camoufler cette boîte ?

Thomas se penchait pour raccrocher la clé quand la sonnerie stridente du téléphone retentit dans le séjour. Il se redressa vivement et se cogna la tête contre le mur. La boîte à clés tomba par terre.

Sonné, Thomas se massa le crâne. Avisa la boîte renversée à ses pieds. Une clé était scotchée derrière. Il se pencha et la détacha précautionneusement. Sur le porte-clés en caoutchouc gris clair, il lut « Shurgard ».

Il gagna la cuisine, où Aram continuait de fouiller. Les tiroirs et les placards étaient ouverts. Sur les étagères, verres et vaisselle étaient impeccablement rangés, même les boîtes de conserve étaient soigneusement alignées.

Thomas présenta la clé dans la paume de sa main. Le métal luisit sous le plafonnier. Aram s'arrêta au milieu d'un geste.

— Planquée derrière une boîte à clés, dit Thomas.

— Merde alors. « Shuregard », lut-il. Ils n'ont pas un entrepôt à Trångsund ?

Mais oui. Thomas visualisa le bâtiment, jeté sur une parcelle industrielle près de l'autoroute. Il était souvent passé devant.

Trångsund n'était pas loin de Farsta, il suffisait de continuer tout droit sur Nynäsvägen.

On cachait toutes sortes de choses dans ces entrepôts. La police y avait parfois saisi des stupéfiants et des objets volés, et même des victimes de trafics d'êtres humains. Ces entrepôts étaient bien isolés contre le bruit et rarement situés à proximité des lieux d'habitation : pas de voisins curieux pour y fourrer leur nez.

Thomas entreprit d'enlever ses gants en latex. Il suait entre les doigts, ça coinçait aux articulations des phalanges.

— On y va tout de suite !

103

Par le pare-brise, Thomas aperçut l'enseigne noire qui annonçait en grosses lettres : SELF STORAGE.

Quinze ans plus tôt, il n'y avait pas de demande pour des entreprises comme Shuregard, car les gens ne possédaient pas plus de biens que n'en pouvaient contenir leurs maisons. L'offre de stockage croissait avec la société de consommation. Le secteur d'Ikea le plus florissant était le rangement intelligent. On avait calculé que la valeur moyenne de ce qui était stocké dans ces box dépassait rarement trois mois de loyer.

Thomas ouvrit la porte de la voiture et sortit sous la pluie torrentielle.

Devant lui, une vaste zone clôturée par un grillage. De l'autre côté, plusieurs portes rouges pour des box de toutes tailles.

Les grilles, assez larges pour laisser passer un camion, semblaient bien fermées, mais Thomas alla voir malgré tout.

Impossible de les faire bouger.

Au sol, pas de traces de pneus récentes. Mais il pleuvait toujours à verse : impossible de dire si une voiture ou une personne était récemment passée par là.

Aram était allé à la réception. Sous l'auvent de l'entrée, il essayait de voir à l'intérieur.

Thomas le rejoignit et vit une affiche indiquant que l'entrepôt était accessible de cinq heures trente du matin à dix heures du soir. En dehors de ce créneau, il fallait contacter le responsable du site.

— Il doit y avoir quelque part un vigile pour nous faire entrer, dit Aram.

Thomas regarda autour de lui.

La vaste zone industrielle était déserte. Le bâtiment voisin était un concessionnaire de voitures japonaises. Un peu plus loin, il vit ce qui ressemblait à un garage.

D'un coup d'œil, il évalua la clôture : trop haute à escalader.

— On ne pourra pas entrer sans aide, dit Aram en s'essuyant le front.

Sa voix trahissait son épuisement.

— C'est à se demander si on arrivera à quelque chose ce soir.

Thomas savait qu'il avait raison. Ils étaient tous les deux trempés et au bout du rouleau, la journée avait été chargée. Il leur faudrait bientôt du repos.

Mais quitter l'entrepôt maintenant allait contre son instinct.

— Nous n'avons aucune preuve que Benjamin soit là-dedans, continua Aram. Il n'est même pas sûr que cette clé soit celle d'un box de cet entrepôt. Shuregard a des douzaines de sites tout autour de Stockholm.

Thomas fixa à nouveau la haute clôture. Ses pensées partaient dans tous les sens.

Il leur fallait joindre quelqu'un de Shuregard qui puisse leur ouvrir, et il fallait faire venir des maîtres-chiens pour inspecter les box. Tout ça prendrait des heures.

Il regarda à nouveau sa montre. Presque minuit. S'ils ne revenaient que demain matin, ils perdraient encore quelques précieuses heures. Une éternité pour un détraqué comme Lindqvist.

Il regarda l'entrepôt sous la pluie battante. Y avait-il de l'air là-dedans ? Était-ce seulement ventilé ? Les box les plus petits ne faisaient que trois mètres carrés. Y avait-il du chauffage ?

Thomas vit son reflet dans la vitre près de l'entrée. Ses cheveux détrempés étaient plaqués sur son crâne. Sa veste gouttait, son jean avait foncé.

À cette heure-ci, sa fille dormait dans un lit douillet chez ses grands-parents. Probablement avec ses poupées, sous la couette. En sécurité.

— On reste, décida-t-il.

Il sortit son portable et appela les renforts.

104

Le temps s'écoulait tandis qu'il dormait et se réveillait par intermittence. Benjamin ignorait depuis combien de temps il était enfermé, ne savait même plus si c'était le jour ou la nuit.

Peut-être ne reverrait-il jamais le soleil ?

Il avait si froid. C'était venu insidieusement, il ne savait pas quand ça avait commencé, mais à présent il n'arrêtait pas de grelotter.

Un bruit lointain rompit le silence compact. Comme un moteur, mais différent, pas aussi proche ni assourdissant que la dernière fois.

Benjamin leva la tête du matelas et tendit l'oreille.

Ça ne semblait pas venir de très loin. Il attendit, les minutes passèrent. Était-ce quelqu'un qui appelait son nom ? Venait-on à son secours ?

Benjamin retint son souffle jusqu'au vertige.

Une pensée terrible surgit. Ce n'était peut-être pas un sauveur, mais plutôt son ravisseur qui revenait. Pour le tuer.

Benjamin se figea tandis que l'effroi envahissait ses veines.

Le bruit s'estompait. Il se fit de plus en plus lointain, et finit par mourir.

Ils ne me retrouveront jamais.

Benjamin savait désormais qu'il devait se faire à cette idée.

Je vais mourir ici.

Son index lui faisait mal, et toute sa main avait commencé à s'enflammer. Sa gorge était tellement gonflée qu'avaler était douloureux.

Sa faim avait passé, il ne pensait plus à la nourriture et son ventre avait cessé de se plaindre. Mais la soif le tourmentait. Du Coca il ne restait plus une goutte.

Pouvait-on boire son pipi ? Il lorgna du côté du seau, un haut-le-cœur le traversa.

Il devait s'être passé des heures depuis qu'il l'avait utilisé. Et il était beaucoup trop loin, il ne savait pas s'il arriverait jusque-là, épuisé et faible comme il l'était.

Il avait de plus en plus froid. Son pouls s'emballait alors qu'il avait à peine la force de bouger.

Un sanglot sec lui secoua tout le corps. Il ne pouvait plus songer à s'enfuir, inutile, il resterait enfermé ici. Il était plus facile de se laisser aller à l'engourdissement.

Dormir jusqu'à ne plus jamais se réveiller.

105

Thomas frissonnait dans ses vêtements trempés en attendant l'arrivée du maître-chien. Cinq voitures s'étaient rassemblées sur le parking de Shuregard. Le responsable du site avait déverrouillé les grilles dès son arrivée. Gyrophares bleus et phares illuminaient le bâtiment et ses alentours.

Aram avait pris avec lui quatre agents en uniforme pour fouiller la zone. Thomas les entendait passer de remise en remise en criant le nom de Benjamin.

Une Volvo au coffre grillagé arriva enfin. Thomas se hâta de la rejoindre.

Cette fois, Jackson et Sofia Granit étaient restés chez eux. Thomas ne connaissait pas ce nouveau collègue, qui se présenta : Lasse Theorin. En tout cas, il était content de le voir.

Theorin fit sortir de la Volvo un berger allemand, qui jappa d'excitation.

— C'est là-bas, dit Thomas en désignant le haut bâtiment gris.

— Vous avez quelque chose que le garçon a porté ? demanda Theorin.

Thomas lui montra le sachet plastique contenant le petit slip bleu.

— C'est peut-être à lui.

— Alors on essaie avec ça.

Theorin caressa le museau du berger allemand.

— Viens, mon gars !

Ils se dirigèrent vers l'allée la plus proche.

Un frisson parcourut l'échine de Thomas. Si Benjamin était drogué et incapable d'appeler à l'aide, tout reposait sur le flair du chien.

— Qui a les clés de ces box ? demanda Theorin.

— Seulement les gens qui les louent, personne d'autre. Il n'y a pas de passe.

C'était en partie le concept, leur avait expliqué le responsable du site : seuls les locataires pouvaient ouvrir leurs box, ainsi leurs bibelots étaient en sécurité.

— Mais nous avons peut-être la clé de Lindqvist, ajouta Thomas, si c'est bien ici qu'il a son box.

— Par où commence-t-on ?

— Par le rez-de-chaussée.

Thomas indiqua au maître-chien les rideaux de fer rouges qui occultaient les différents box. Une autre voiture s'arrêta sur le parking, sans doute le serrurier qu'ils avaient fait venir au cas où.

Il y avait plusieurs étages, mais Thomas imaginait que Pontus Lindqvist avait loué un emplacement au rez-de-chaussée, directement accessible pour un véhicule. À l'abri d'un hayon ouvert, il ne fallait pas longtemps pour débarquer discrètement un petit garçon.

Ils marchaient vite, mais Thomas accéléra encore.

— Vous n'avez aucune idée de quel box il s'agit ? demanda Theorin.

— Malheureusement non.

Dans l'ordinateur du responsable du site, pas de Pontus Lindqvist. Mais le type aurait été stupide de louer sa cachette à son nom. Lindqvist semblait homme à ne rien laisser au hasard. La façon dont Benjamin avait été enlevé en était la preuve.

Thomas se rappelait les verres soigneusement alignés dans le placard de la cuisine, les tee-shirts pliés dans la commode. Un type maladivement méthodique.

— Et les caméras de surveillance ? demanda le maître-chien.

— Il y en a quelques-unes à des endroits stratégiques, mais elles sont gérées de façon centralisée par une société de surveillance externe. Nous n'avons pas encore réussi à les joindre. Nous n'aurons peut-être pas les enregistrements avant demain.

Ils étaient arrivés devant le premier box. Lasse Theorin se pencha pour détacher la laisse du berger allemand.

— Cherche, mon gars, l'encouragea-t-il, cherche !

Le chien se mit en chasse, le pelage luisant de pluie.

MERCREDI 18 JUIN

106

Isak ouvrit les yeux. Il était une heure passée. Il devait s'être endormi.

Même rester éveillé, il n'y était pas arrivé. Son mépris de lui-même ne cessait de croître.

Nul, nul, nul.

Le mot martelait son crâne.

Il tourna la tête vers le lit de Wille, de l'autre côté de la chambre. Il dormait sur le dos, laissant échapper de petits ronflements par sa bouche entrouverte. Isak ne l'avait pas entendu se coucher.

Le moment était venu.

Il s'assit en silence au bord de son lit et saisit le bloc à spirale et le crayon posés sur la table. Il avait d'abord songé à envoyer un SMS à ses parents, mais ça ne lui semblait pas convenable pour une lettre d'adieu. En plus, il arrivait que les SMS se perdent, il ne voulait pas infliger ça à maman.

Il avait plusieurs fois formulé dans sa tête le court texte :

Si Benjamin a disparu, c'est ma faute, à moi et à personne d'autre.

Maman, je t'aime.
Pardon.
Isak

Il appuya si fort qu'il transperça presque le papier. Puis il resta là, stylo à la main. Cela suffisait-il pour une lettre d'adieu, fallait-il s'expliquer davantage ?

Mais il n'y avait rien d'autre à dire.

Il arracha la page en faisant le moins de bruit possible pour ne pas réveiller Wille. Il poussa son sac sous son lit puis se glissa dehors.

L'orage s'était calmé, mais il pleuvait encore très fort. Les arbres étaient accablés d'eau, la gouttière s'écoulait bruyamment au coin du bâtiment.

Isak hésita, allait-il retourner dans la chambre chercher son blouson de voile ?

Quelle importance ? Qu'est-ce que ça faisait s'il se mouillait ? Dans un petit moment, il ne s'en rendrait plus compte, de toute façon.

Soudain, il se mit à rire de s'inquiéter pour des choses si dérisoires. Il dut se mettre la main sur la bouche. Des vagues de ricanements hystériques lui secouaient le corps. Son ventre lui faisait mal, les larmes lui coulaient sur les joues.

Il ne savait plus s'il riait ou pleurait. Il tremblait tant qu'il ne tenait plus droit.

Il se laissa tomber sur le sol humide et se cacha le visage dans les mains.

Il lui fallut un long moment pour cesser de trembler et parvenir à se relever.

Il prit alors la direction du sauna.

107

Aram rejoignit Thomas, depuis l'autre côté du bâtiment.

— On a ratissé tous les étages, dit-il. Vérifié tous les box accessibles. Tapé à toutes les portes. On ne trouve rien, pas même de traces de pas devant les portes. Je ne crois pas que Lindqvist soit venu ici.

Aram avait le visage livide. De fatigue ? De désespoir ?

Thomas regarda le berger allemand. Le chien noir passait systématiquement d'un box à l'autre. Chaque fois qu'il s'arrêtait devant une porte, Thomas retenait son souffle.

— Renvoies-y les uniformes, dit-il à Aram. Fais-leur refaire le tour de tous les box.

Aram secoua la tête.

— Non, c'est inutile d'y retourner sans le chien.

Thomas était groggy d'épuisement.

— Combien y a-t-il de box en tout ? demanda Aram.

Qu'avait dit le responsable ?

— Dans les cinq cents. Cette rangée est la dernière.

Aram posa une main sur l'épaule de Thomas.

— On laisse le chien travailler, puis on s'en va. Il faut que je dorme, et toi aussi. On devra continuer demain, on n'y peut rien.

Un aboiement.

Thomas se retourna.

Arrêté devant le box le plus proche du coin du bâtiment, le chien aboyait bruyamment.

Thomas mit une seconde à réagir, puis il se précipita.

Le berger allemand fit quelques pas, flaira puis recommença à aboyer.

Thomas tira sur la poignée du box. Fermé, bien sûr.

Le chien continuait à aboyer à tue-tête, le museau pointé, la queue raide.

Où avait-il encore mis la clé ? Bon Dieu, il la tenait à la main !

— Va chercher le serrurier, lança-t-il.

Si la clé ne fonctionnait pas, il lui fallait son aide le plus vite possible.

Thomas se pencha. Derrière lui, le serrurier arriva en courant. Il commença à sortir son matériel tandis que Thomas introduisait la clé dans la serrure.

Tout se déroulait au ralenti.

Thomas tourna la clé, mais rien. À côté de lui, le serrurier eut un geste d'inquiétude.

La bouche tout contre la porte, Thomas appela à nouveau :

— Benjamin, tu m'entends ?

Enfin un déclic. Thomas saisit la poignée et tira d'un coup sur le rideau de fer rouge qui remonta vers le plafond dans un fracas métallique.

Aram éclaira l'intérieur avec sa lampe torche.

Dans le faisceau étroit apparut une remise de taille moyenne, huit ou neuf mètres carrés, trois mètres sous plafond. Le sol en béton était gris et poussiéreux, ça sentait le moisi et le renfermé.

Des cartons de déménagement bruns étaient empilés juste devant l'entrée. Ils formaient un mur qui barricadait le reste de la remise.

Thomas s'approcha. Le cône de la lampe d'Aram se promenait dans le sinistre local. Impossible de voir s'il y avait quelqu'un derrière les lourds cartons.

Thomas poussa le plus proche et avança dans le noir.

— Il est là ? demanda Aram dans son dos.

108

— Réveille-toi !

Quelqu'un secouait David, mais son corps opposait de la résistance.

— Je dors, grommela-t-il.

— Réveille-toi, s'il te plaît.

Une voix familière, au bord des larmes, tout contre son oreille.

— David, c'est urgent !

David se força à ouvrir l'œil. Wille était à son chevet en tee-shirt et caleçon.

— C'est Isak, fit-il d'une voix rauque. Je crois qu'il va faire une bêtise.

David cligna des yeux et tendit la main vers ses lunettes posées sur la table de nuit. Il était toujours stressé quand il ne voyait pas bien.

— De quoi tu parles ? dit-il en se redressant.

Wille brandit un bloc ouvert. C'était un de ceux qu'ils recevaient tous au début du camp.

— Regarde.

David fixa le bloc. La première page était blanche.

— Tu veux que je regarde quoi ?

— Mais tu ne vois pas ? insista Wille en lui mettant le bloc à spirale sous le nez.

David se pencha, et découvrit de petites empreintes sur le papier. Elles formaient des lettres, qui formaient des mots et, soudain, il comprit.

Une lettre d'adieu.

Il relut le texte, vit les derniers mots « Pardon. Isak ».

Mon Dieu.

David entreprit d'enfiler un jean, et attrapa un tee-shirt au pied du lit. Son corps ne voulait pas lui obéir, ses doigts raides s'emmêlèrent pour fermer la braguette.

— Tu sais par où il est parti ?

— Aucune idée. Quelque chose m'a réveillé, sans doute quand il a refermé la porte derrière lui.

Ses mots sortaient staccato.

— Je me suis levé parce qu'il n'avait pas éteint la lampe de son côté. Le bloc traînait sur le lit, j'ai trouvé ça bizarre. Je ne sais pas bien pourquoi je suis allé le prendre. Et puis les lettres sont apparues distinctement dans la lumière.

Wille regarda David.

— Tu crois qu'il est sérieux ? Qu'il est vraiment allé se sui…

Le mot était trop dur.

David s'efforça de réfléchir. Où Isak pouvait-il être parti ?

— Est-ce qu'il t'a parlé de tout ça ? demanda-t-il. Une allusion ?

Wille rougit.

— Vous n'avez causé de rien avant d'éteindre ?

— Il dormait déjà quand je suis rentré de la réunion au QG. Je ne pouvais pas me douter qu'il… pensait à ça.

David fixa les lettres en se demandant où Isak pouvait avoir décidé de mettre fin à ses jours. Des cachettes, il y en avait tellement. Les derniers jours le leur avaient enseigné. Les deux fois, il avait fallu des heures pour fouiller l'île.

Isak pouvait être n'importe où, dans la tour d'Heineke, dans un des ports. Il avait peut-être même pris un des hors-bords et filé sur un îlot.

Il y avait trop de possibilités. Ils ne le retrouveraient jamais à temps.

— Il est parti quand ? demanda-t-il à Wille.

— Je ne sais pas.

Wille piétinait nerveusement.

— Peut-être dix minutes, un quart d'heure. Je suis venu directement ici dès que j'ai compris ce qu'il avait écrit.

Combien de temps fallait-il pour mourir ?

— Maja sait peut-être quelque chose, dit Wille. Isak a l'habitude de traîner avec elle.

Maja. Pourquoi n'avait-il pas tout de suite pensé à elle ?

David se rua vers la porte, le bloc à la main.

— Réveille tous les autres moniteurs, lança-t-il par-dessus son épaule. Et appelle Björn Ekholm, il loge à l'hôtel des Navigateurs. Fais en sorte qu'ils commencent à chercher partout.

Maja logeait dans le baraquement voisin. David fit le tour en courant et ouvrit à la volée la première porte qui se présenta.

— Maja ! cria-t-il dans le noir.

— Chambre d'à côté, marmonna une voix endormie.

David se jeta sur la porte voisine.

— Où est Maja ? glapit-il.

— Qu'est-ce qu'il y a ?

C'était sa voix. Elle se redressa et alluma la lampe de chevet.

Dès qu'elle vit le visage livide de David, elle porta la main à sa bouche.

— Isak !

David hocha la tête.

— Qu'est-ce qu'il s'est passé ?

Il lui tendit le bloc et lui montra la page avec les mots en creux. Maintenant qu'il les avait vus, ils lui paraissaient gravés en lettres de feu.

— Je crois qu'il a l'intention de se suicider, parvint-il à lâcher. Il a écrit une lettre d'adieu.

— Oh non…, gémit Maja. Il ne faut pas qu'il…

— Il faut le retrouver, dit David. Tu sais où il aurait pu aller ?

— Le sauna…, murmura-t-elle en écartant ses cheveux blonds ébouriffés. C'est son endroit favori.

Il aurait dû penser à ça aussi. C'était là qu'il avait trouvé Isak plus tôt dans la journée.

Maja passa le doigt sur les empreintes des lettres, puis se glissa hors du lit et enfila la paire de bottes de voile à son chevet.

— Il faut l'en empêcher, dit-elle.

109

Isak ouvrit la porte du sauna et chercha à tâtons l'interrupteur. La lumière se fit, il dut cligner plusieurs fois des yeux.

Trempés de pluie, ses vêtements gouttaient au sol. Il ne put s'empêcher de songer que la dame de service ne serait pas contente.

Il s'arrêta sur le seuil de la première pièce, le crochet était toujours en place.

Après quelques secondes, il s'avança jusqu'au milieu et leva les yeux. Ce n'était pas très haut, à peine deux mètres vingt.

Mais ça suffirait.

Il éprouva le crochet de la main droite, il l'atteignait tout juste du bout des doigts en se mettant sur la pointe des pieds.

Il était solide, profondément vissé dans le bois.

Isak alla chercher la caisse et la plaça en dessous. Puis il prit la corde et défit lentement la boucle qui la maintenait enroulée. Il fit un nœud coulant, un nœud de pendu dans les règles de l'art, exactement comme les enfants l'apprenaient en cours de matelotage.

En passant la corde par la boucle, il ne put retenir un sanglot. Un instant il hésita, laissa tomber la corde à terre.

Puis il se souvint du couloir stérile de l'hôpital psychiatrique, de la mine de papa quand il était venu le ramener à la maison.

Nul.

C'était mieux ainsi, maman et papa n'auraient plus à avoir honte de lui. Ils se porteraient bien mieux sans lui qui gâchait toujours tout. Son frère et sa sœur aussi.

Isak grimpa sur la caisse et passa le nœud coulant autour de son cou.

La corde rêche sur sa peau lui donna envie de vomir. Il se força à rester là, attendit que le réflexe d'ôter la corde se dissipe.

Fallait-il éteindre la lumière ?

Non. Il ne voulait pas que quelqu'un entre et tombe sur son corps par hasard.

Il avait commis tellement d'erreurs. Il pouvait au moins essayer de faire quelque chose correctement, pour finir. Montrer quelques égards.

En équilibre au bord de la caisse, Isak leva un pied en l'air.

Maintenant, maintenant il fallait le faire.

110

Il lui sembla ne s'être endormie que quelques minutes quand son téléphone retentit, mais en regardant les aiguilles de son réveil, Nora réalisa qu'il était bientôt une heure et demie du matin.

Elle chercha à tâtons son portable sur la table de nuit.

— Allô ?

— Nora, c'est moi.

— Jonas ? murmura-t-elle, les yeux clos. Tu es où ?

— Encore à Bangkok.

Son engourdissement disparut d'un coup.

— Attends une seconde.

Elle ne voulait pas réveiller Julia, qui ronronnait à côté. Elle l'avait laissée dormir avec elle.

Elle posa ses lèvres sur le front de sa fille et se glissa hors de la chambre. Ses mouvements étaient lourds et lui rappelèrent l'époque où Julia était bébé. Elle se sentait littéralement éreintée quand elle était réveillée après seulement quelques heures de sommeil. À quarante-deux ans, elle avait oublié la fatigue qui accompagnait la venue d'un nouveau-né.

— Quand est-ce que tu rentres ? demanda-t-elle tout bas.

— Ne te fâche pas, commença Jonas.

Nora ferma les yeux. Elle le savait.

Elle continua jusqu'au séjour et s'approcha de la fenêtre. Posa la paume de sa main contre la vitre rafraîchie par la nuit. Il pleuvait encore à verse.

Une partie d'elle aurait voulu raccrocher avant que Jonas ait le temps de rien ajouter.

— L'avion n'est malheureusement pas réparable, dit-il. On doit attendre que Stockholm nous trouve un autre zinc.

— Qu'est-ce que ça veut dire concrètement ?

— Dans le meilleur des cas, l'avion sera ici demain.

— Et sinon ? demanda-t-elle, les dents serrées.

Ses lèvres et son visage étaient comme figés. Nora se sentait sur le point de tomber en miettes si elle bougeait le moindre muscle.

— Ça peut prendre plusieurs jours pour trouver un 747 disponible et l'amener jusqu'ici.

— Quelques jours, qu'est-ce que tu veux dire par là ?

— Ça ne devrait pas dépasser quarante-huit heures. C'est en tout cas ce qu'ils ont dit.

Le décalage horaire entre la Thaïlande et la Suède était de six heures, il était à présent sept heures du matin à Bangkok. Dans deux jours, on serait vendredi. Une fois l'avion en Thaïlande, il faudrait encore le ravitailler et le charger. Jonas ne serait pas de retour à temps pour le mariage…

— Tu m'avais promis de rentrer ! éclata-t-elle. Tu me l'avais promis !

— Ma chérie, est-ce que tu pourrais m'écouter maintenant ?

Nora regarda le vase sur la table, qu'elle avait garni de pivoines. Ses fleurs préférées. Leurs beaux boutons roses avaient éclos dans toute leur splendeur.

Vendredi, elle devait avoir des pivoines et du muguet dans son bouquet de mariée.

— On n'est pas forcés d'envisager le pire scénario, dit Jonas. Avec un peu de chance, l'avion arrivera dès ce matin, et tout s'arrangera.

Nora était incapable de dire le moindre mot.

— Je suis aussi déçu que toi, continua Jonas. Mais pour le moment, on ne peut que croiser les doigts.

Le dîner qu'elle préparait depuis des mois. Le plan de table avec tous les invités. Le pasteur et la chapelle réservés pour quinze heures. Sa robe de mariée pendue à un cintre dans le placard.

Elle allait se retrouver toute seule et devoir expliquer que son futur mari était retenu de l'autre côté de la planète.

Les larmes lui brûlaient les paupières.

Après son divorce, elle s'était fait une promesse : elle ne se remarierait jamais, le jeu n'en valait pas la chandelle, c'était trop de souffrance quand ça tournait mal.

Jonas le lui avait fait oublier, maintenant elle se rappelait pourquoi.

Mieux valait quitter qu'être quittée.

Ce projet de mariage n'avait jamais été sérieux. Elle se leurrait depuis le début.

Les mots lui sortirent tout seuls de la bouche :

— Tu peux rester là où tu es. Comment peux-tu me faire une chose pareille ?

111

David et Maja coururent à travers les buissons et les broussailles humides. Les branches battantes leur griffaient le visage. Les rochers étaient glissants de pluie.

David y voyait à peine avec ses lunettes trempées. Son cœur tambourinait follement.

Il aurait dû aller parler à Isak ce soir, aurait dû se rendre compte qu'il était désespéré. Il savait pourtant qu'il était fragile. Mais il avait choisi de le laisser tranquille, pensant qu'il valait mieux lui épargner davantage de questions sur tout ce qui s'était passé.

Il avait bien compris que Björn Ekholm reprochait à Isak la disparition de Benjamin, devinait qu'il avait eu des mots très durs envers le jeune moniteur quand il les avait laissés en tête à tête. Il aurait dû rester pour prendre sa défense. Pourquoi n'avait-il rien fait ?

Le vent était encore violent, arrachant des crêtes d'écume aux vagues, s'acharnant en sifflant sur la cime des pins.

Le cabanon du sauna se dessina au bord de l'eau, le toit luisant de pluie. Une vague lueur sortait de la fenêtre au milieu du mur.

David tressaillit : à cette heure-ci, normalement, il n'y avait personne.

Il était si souvent venu là, après de longues journées en mer, pour se délasser à la fin d'un camp ou du grand ménage d'automne. Toute la bande avait coutume de venir au cabanon pour bavarder autour d'une bière, tandis que le soleil se couchait lentement derrière Telegrafholmen.

Maja s'arrêta soudain à quelques pas.

— Je n'ose pas, murmura-t-elle.

Elle avait les yeux écarquillés. Des sanglots muets faisaient trembler sa bouche.

Le souffle court, David s'approcha de la vitre. Il lui sembla voir une ombre à l'intérieur. Une ombre qui pendait.

Il fit le tour du bâtiment, saisit la poignée humide et ouvrit la porte.

112

Nora ne put empêcher ses larmes de tremper son oreiller. Voilà quelques jours encore elle était si heureuse, et il n'en restait plus rien.

Une partie de son cerveau continuait pourtant à fonctionner rationnellement, lui disait que Jonas ne pouvait être tenu pour responsable de cette situation. Après tout, ce n'était pas sa faute si cet avion était tombé en panne à Bangkok. Mais l'amertume était la plus forte.

Elle l'avait mis précisément en garde contre les risques de retard. Et malgré ça, il avait mis en jeu leur mariage pour assurer un vol.

Maintenant, au moins, elle savait où étaient ses priorités, ce qui comptait pour lui finalement.

Elle passait après.

Elle ne put s'empêcher d'effleurer la bague de fiançailles à sa main gauche. Elle ne l'avait pas quitée depuis que Jonas lui avait fait sa demande, à Sandhamn, ne l'enlevait pas même pour dormir.

Quelle idée stupide. Elle n'aurait jamais dû lui promettre de se marier.

Elle s'essuya les yeux avec un coin du drap, songea que s'ils se séparaient elle ne serait pas obligée de déménager. L'appartement lui appartenait, c'était au moins une sécurité.

Mais qu'adviendrait-il de Julia ? Serait-elle obligée d'habiter une semaine sur deux chez chacun de ses parents, comme ses demi-frères l'avaient fait tout au long de leur puberté ? Nora ne voulait jamais revivre ça. Voir partir ses garçons chez Henrik était chaque fois une torture, elle ne s'était jamais habituée à ne pas les avoir tous les week-ends et toutes les vacances.

Julia n'avait même pas cinq ans.

Nora se remit à pleurer.

Il commençait à faire jour, le soleil n'allait pas tarder à se lever. Comment arriverait-elle à s'habiller pour aller au tribunal dans seulement quelques heures ?

Elle se tourna sur le côté en position fœtale, se balançant doucement dans le creux du lit.

Tout n'était que douleur.

113

David poussa un cri en voyant le corps pendu au plafond. Le temps s'arrêta.

La corde blanche autour du cou était si serrée que la peau avait gonflé tout autour. Isak avait la bouche à demi ouverte, la langue sortie, les lèvres exsangues. Le visage bleui, il semblait fixer le mur.

Soudain, David put se remettre en mouvement. Il se précipita, entoura de ses bras les jambes d'Isak et essaya de le soulever pour que le nœud coulant cesse de comprimer ses voies respiratoires.

Mais le corps inerte était lourd comme du plomb.

David avait le visage pressé contre son thorax : impossible de savoir s'il respirait encore.

— Maja ! gémit-il. Aide-moi !

Il perçut un mouvement derrière lui.

— Maja !

Il avait déjà une crampe dans les bras, il n'allait pas tenir longtemps.

Du coin de l'œil, il vit Maja approcher une caisse en bois et grimper dessus. Elle tendit les mains vers le plafond. En levant les yeux, il vit que la corde était nouée à un crochet métallique.

— Détache la corde !

David essaya de redresser l'épaule pour remonter Isak, en vain. Le corps était trop désarticulé, prêt à lui échapper d'une seconde à l'autre.

David pleurait de rage désespérée.

Maja s'activait gauchement au-dessus de sa tête, hissée sur la pointe des pieds, les bras tendus vers le crochet au plafond.

David se souvint soudain de ce qu'il faisait là, se rappela le jeu stupide qui les avait fait l'y visser.

— Impossible, sanglota Maja. Elle est trop tendue.

Au prix d'efforts dont il ne se croyait pas capable, David parvint à soulever le corps de quelques centimètres. Son front était trempé de sueur, sa joue glissa contre le ventre nu d'Isak, dont la chemise était remontée.

Sa peau était-elle déjà froide ?

David ferma les yeux et banda ses muscles pour gagner encore quelques centimètres.

— Essaie maintenant ! haleta-t-il.

Il avait l'impression que la tête d'Isak roulait d'avant en arrière, alors qu'elle était tenue par le nœud coulant.

Les doigts de Maja s'échinaient sur la corde.

Soudain, elle parvint à défaire la boucle.

David s'effondra à terre, Isak sur lui. Il roula pour se dégager et se redressa.

Isak gisait sur le dos, la tête basculée de côté.

Maja tomba à genoux à côté de lui. Elle dévisagea David.

— Il est encore vivant ?

David se pencha sur le jeune homme, livide.

Sa cage thoracique ne bougeait pas.

— Isak, tenta-t-il. Tu m'entends ?

David dut cligner des yeux pour chasser ses larmes. Tenta de mettre de l'ordre dans son esprit : la réanimation, le bouche-à-bouche, comment s'y prenait-on déjà ?

— Tu m'entends ? essaya-t-il à nouveau.

Rien.

Maja pressa ses poings contre ses lèvres.

— Oh non…

Dans un sursaut, elle se pencha et ouvrit la bouche d'Isak, y insuffla de l'air tout en lui pinçant le nez entre le pouce et deux doigts.

David posa l'oreille contre la poitrine du jeune homme. S'efforça de percevoir des battements de cœur, un pouls, même infime.

S'il te plaît.

Quelque chose battait là-dedans. David en était presque sûr.

114

Des pensées inquiètes traversaient la conscience de Thomas. Des serpents qui allaient et venaient en se lovant, des silhouettes d'ombres et de lumière qui s'interpénétraient.

Il brassait du vent.

Chaque fois que quelque chose allait prendre forme, ça disparaissait, se dérobait ou s'estompait. Tout se dissipait dès qu'il s'en approchait.

Rien n'était distinct ni compréhensible.

Il avançait dans un épais brouillard, dans un labyrinthe d'impasses emplies d'une brume épaisse qui lui collait au corps.

Thomas se mettait à courir, mais ne trouvait pas la sortie.

Quand son téléphone sonna à six heures et demie, il se réveilla en un instant, du chagrin plein la poitrine.

— Christian Dufva a donné des nouvelles, dit Margit sans préambule. Tu peux venir ?

Aucune trace de Benjamin dans le box Shuregard. Rien que des cartons de déménagement et des sacs contenant des vêtements et effets personnels de

Lindqvist. Le chien avait dû réagir à son odeur : le slip d'enfant avait été trouvé parmi ses sous-vêtements.

« Vengeance », avait notamment écrit au tableau Margit lors de la réunion de la veille. Le mot vint à l'esprit de Thomas en voyant l'air hagard de Christian Dufva. Si quelqu'un avait voulu se venger du père de Benjamin, il y avait sans conteste réussi. Il avait le teint grisâtre et n'arrêtait pas de lécher ses lèvres exsangues.

Si on avait enlevé Elin, est-ce que je ressemblerais à ça ?

— Voulez-vous un peu d'eau ? proposa Thomas en indiquant la carafe sur la table.

— Oui, merci.

Tandis que Thomas le servait, Aram enclencha le magnétophone et énonça les formules d'usage avant tout interrogatoire.

Le regard de Christian Dufva errait sur les murs. L'apaisant gris-vert des murs avait été choisi avec soin, mais il ne semblait en rien calmer l'inquiétude de cet homme.

— C'est bien que vous soyez là, dit Thomas. Nous vous avons cherché toute la journée hier.

— Pardon, mon portable était éteint, je ne me doutais pas que…

Sa voix mourut. Il tripota la serviette de cuir posée sur ses genoux.

Thomas entreprit de lui résumer l'état des recherches.

— Vous allez le retrouver ? éclata Dufva avant qu'il ait fini.

— Une intervention à grande échelle est en cours, dit Aram. Nous faisons de notre mieux pour retrouver votre fils. Plusieurs équipes y travaillent jour et nuit.

— Je comprends.

Dufva n'arrivait pas à rester tranquille, il ne cessait de changer de position.

Tous les indices convergeaient vers Pontus Lindqvist, mais il leur fallait s'assurer que l'enlèvement de l'enfant ne cachait pas autre chose.

— Nous aimerions savoir si quelqu'un vous a contacté au sujet de Benjamin, dit Thomas.

— Comment ça ? bégaya Dufva.

— Avez-vous reçu un message ? Est-ce que quelqu'un vous a appelé pour exiger une rançon ?

— Non.

Sa réponse semblait fragile.

— Si cela arrivait, vous nous le feriez savoir ?

— Naturellement.

— Même si cette personne vous interdisait d'en parler à la police ?

— Oui, je vous l'ai dit.

Sa voix se brisa à nouveau.

— Comment décririez-vous votre relation avec votre fils ? demanda précautionneusement Aram.

— Bonne.

Un profond soupir.

— Ça n'a pas été facile pour lui. Après le divorce, je veux dire. Åsa est toujours très en colère contre moi. Ça a aussi marqué ma relation avec lui. L'année dernière, nous ne nous sommes pas beaucoup vus.

Il eut un geste d'impuissance.

— Ce n'est pas simple de fonder une nouvelle famille. J'ai dû faire face à beaucoup de choses. Malheureusement au détriment de Benjamin.

— D'après Åsa, c'est vous qui avez insisté pour qu'il aille à ce camp de voile, dit Aram.

— Elle raconte tellement de choses.

Les traits de Dufva se crispèrent plus nettement.

— Mais c'est vrai que c'était mon idée. J'y étais moi-même allé à son âge, je voulais que mon fils fasse lui aussi l'expérience de l'esprit du camp.

Il détourna le visage.

— Åsa le couve, reprit-il avec lassitude. Je trouvais que ça ferait du bien à Benjamin de se faire de nouveaux copains, de ne pas passer tout son temps dans les jupes de sa mère.

— Avez-vous des ennemis qui pourraient vous vouloir du mal, à vous ou votre famille ? demanda Thomas.

— J'espère que non.

— Vous n'êtes pas en conflit avec quelqu'un ?

— Non.

— C'est bien sûr ?

Dufva saisit son verre d'eau et but quelques gorgées.

— Vous n'avez pas subi des menaces, ces derniers temps ? demanda Aram. Une forme de chantage ?

Dufva secoua la tête en fixant le fond de son verre.

Thomas eut la forte impression qu'il ne leur faisait pas confiance.

— Est-ce qu'il vous est arrivé quelque chose de particulier, de bizarre, récemment ? demanda Aram.

De petites gouttes de sueur apparurent au front de Dufva.

— Où voulez-vous en venir ? s'exclama-t-il. Pourquoi me poser ce genre de questions alors que vous devriez être en train de rechercher mon fils ?

— Votre femme nous a dit qu'hier, vous avez témoigné dans un important procès, dit Aram. Nous voulons juste nous assurer que la disparition de Benjamin n'est pas liée à ça.

Christian Dufva serra si fort sa serviette que ses phalanges blanchirent.

— Je ne peux pas vous aider, murmura-t-il. Est-ce que vous ne pourriez pas juste retrouver Benjamin ?

115

Si elle avait pu retirer ses paroles, l'aurait-elle fait ?

Nora entra dans la douche, les yeux irrités par le manque de sommeil. Lorsqu'elle s'était enfin assoupie, elle avait plongé dans un brouillard entre sommeil et veille. Tous ses muscles étaient encore tendus quand son réveil avait sonné.

Elle fit couler l'eau chaude. Sa nuque était douloureuse. Elle augmenta la chaleur, sur le point de s'ébouillanter, et laissa l'eau la masser, sans se sentir mieux pour autant.

Après un long moment, elle éteignit le robinet, attrapa une serviette et se frictionna si fort que sa peau tourna au rouge vif.

L'appartement était calme, Julia ne s'était pas encore réveillée. Au moins, elle était dispensée de se forcer à faire bonne figure devant les enfants.

Il ne fallait pas qu'elle pense à Jonas maintenant, sans quoi elle allait s'effondrer. Ses soucis privés attendraient jusqu'à ce soir. Si elle devait appeler partout pour annuler la cérémonie, quelques heures de plus ou de moins n'avaient aucune importance.

En entrant dans la cuisine, elle vit sur l'écran de son portable qu'elle avait un appel en absence, passé il y a un quart d'heure, à huit heures moins dix.

Jonas, espéra-t-elle en dépit du bon sens, alors qu'il n'y avait plus rien à se dire. Elle le lui avait clairement signifié cette nuit.

C'était le numéro de Leila.

Nora n'avait toujours pas réussi à joindre Thomas, mais la mise en garde de Leila résonnait encore à ses oreilles : peut-être inventait-elle de toutes pièces des accusations contre Winnerman par pur désespoir, après la volte-face de Dufva.

Elle n'osait plus faire confiance à son propre jugement.

Quant à se présenter devant Barbro Wikingsson sans preuves concrètes, inutile d'y penser : elle se mettrait dans une position vraiment intenable.

Elle composa le numéro de Leila en priant en silence pour que ce soit une bonne nouvelle. La douleur de sa nuque se diffusait à présent dans ses épaules. Même sa tasse de café lui paraissait lourde.

Leila répondit aussitôt. Elle semblait survoltée.

— Le type de la banque m'a appelée. Il est allé très tôt au travail ce matin, et il pense avoir trouvé les enregistrements que nous cherchons.

Enfin.

— Tu veux venir avec moi les regarder ? Il peut nous retrouver au siège de la banque à neuf heures moins le quart. Tu peux y être si tu te dépêches.

Nora regarda l'horloge au mur de la cuisine.

L'audience commençait à dix heures. Elle avait prévu de consulter quelques documents, mais si les enregistrements de la vidéosurveillance contenaient ce qu'elle espérait, il était peut-être encore temps d'éviter la catastrophe. Au moins celle-là.

En taxi, elle y serait au plus en une demi-heure.

— J'arrive.

116

Margit vint dans le couloir à la rencontre de Thomas, qui sortait de la salle d'interrogatoire.

— On a retrouvé Pontus Lindqvist, annonça-t-elle. Une patrouille l'a intercepté au centre commercial de Huddinge. Il est dans la 5.

Elle regarda Thomas attentivement.

— Ça va aller ?

— Mais oui.

Elle n'avait pas l'air convaincue, mais passa outre.

— Est-ce que quelqu'un a eu le temps de fouiller dans l'ordinateur de Lindqvist ? demanda-t-il.

— C'est trop tôt. Ils nous tiennent au courant.

— Et l'appartement ? Les affaires dans le box ?

Le trois-pièces de Farsta avait été pris en charge par la police scientifique.

— Je compte sur un rapport pour la réunion du matin. Les vérifications sur les parents sont aussi terminées, rien de notable de ce côté-là.

Margit regarda sa montre.

— Il faut que j'y aille, à tout à l'heure.

Thomas rejoignit Aram à la machine à café, et prit la tasse qu'il lui tendait. Il la vida en grimaçant à l'arrière-goût amer.

L'interrogatoire de Christian Dufva ne leur avait rien donné qui puisse les conduire à Benjamin. Thomas s'en était un peu douté, tout en espérant se tromper.

Il remplit à nouveau sa tasse et se dirigea vers l'ascenseur, son café à la main.

Au moment où l'appareil arrivait, Margit les interpella, portable vissé à l'oreille. Elle avait une expression bouleversée qui ne dit rien de bon à Thomas.

— Il s'est passé une chose horrible au camp de voile cette nuit, lâcha-t-elle.

Thomas bloqua d'une main la porte de l'ascenseur.

— Un des moniteurs a tenté de se suicider. Il a été retrouvé dans le sauna, une corde au cou.

— Son nom ? demanda Aram.

— Isak Andrén.

Un frisson parcourut la nuque de Thomas.

Isak. Le chef de groupe de Benjamin.

— Que s'est-il passé ? demanda-t-il.

— Ce n'est pas clair, on ne peut pas encore lui parler. Le directeur du camp l'a détaché in extremis, il a été transporté à l'hôpital Karolinska cette nuit. Comme toi.

Plusieurs années plus tôt, Thomas était tombé à travers la glace d'un lac et fait un arrêt cardiaque en état de forte hypothermie. Le corps de l'homme qu'il poursuivait n'avait jamais été retrouvé.

— Comment va-t-il ? demanda Aram.

— Il est inconscient. D'importantes lésions cérébrales à la suite du manque d'oxygénation ne sont pas à exclure. Apparemment, son état est critique.

Margit se mordit la lèvre.

— Il n'a que dix-neuf ans.

Les deux enquêteurs échangèrent un regard.

— On l'a rencontré hier, dit Thomas.

Isak lui avait paru sensiblement stressé, pâle et éprouvé. Mais Thomas n'avait pas deviné qu'il prenait la situation à cœur au point de vouloir mourir.

— Il a laissé une lettre d'adieu où il dit que tout est sa faute, dit Margit. Il demande aussi pardon à ses parents.

— C'est précisément ça qu'il a écrit ? Que tout est sa faute ? releva Thomas.

— Oui.

Dans cette affaire, tout semblait indiquer que Lindqvist avait su exactement où trouver Benjamin. L'hypothèse la plus sombre suggérait que Lindqvist avait été aidé. Par quelqu'un qui savait comment les enfants étaient logés dans le camp.

Certes, Isak n'avait que dix-neuf ans, mais les délinquants sexuels débutaient souvent bien avant. Il y avait eu plusieurs cas de jeunes pédophiles surpris à agresser des enfants dans des maternelles où ils travaillaient en extra.

Mais le geste d'Isak pouvait aussi bien signifier que la disparition de Benjamin était un poids trop lourd à porter pour les épaules du jeune moniteur.

Que même si lui-même n'avait rien commis contre l'enfant, il se sentait submergé par la culpabilité.

— Il faut qu'on lui parle pour savoir s'il est mêlé d'une façon ou d'une autre à tout ça, dit Thomas.

— Impossible, il ne s'est pas encore réveillé, dit Margit d'une voix sourde. S'il se réveille un jour.

117

La tête pleine de questions, Thomas et Aram prirent l'ascenseur pour les cellules, au deuxième étage. Quand ils franchirent le seuil de la salle d'interrogatoire stérile, Pontus Lindqvist y attendait déjà en compagnie de son défenseur.

Encore un qui n'avait pas beaucoup dormi cette nuit.

Lindqvist avait bien meilleure allure en photo. Il avait à présent des cernes sombres sous les yeux et une grosse éraflure au-dessus d'un œil. Peut-être se l'était-il faite hier en fuyant dans les broussailles.

L'avocat, Hjalmar Andersson, la soixantaine, moustache et cheveux grisonnants, portait une veste sombre sans cravate. Thomas ne l'avait encore jamais rencontré, mais la profession était nombreuse dans la région de Stockholm.

Comment faisait-on pour défendre un délinquant sexuel ? Comment supportait-on un client qui commettait des viols sur des gosses ? On avait sûrement souvent posé la question à Andersson, qui avait tout aussi sûrement dû y trouver une réponse qui lui permette de bien dormir la nuit.

Thomas n'arriverait jamais à comprendre.

Il le salua d'une poignée de main raide et s'assit. Aram s'occupa de lancer l'enregistreur.

Thomas servit à son collègue et lui deux verres d'eau au pichet gris posé sur la table, puis attaqua :

— Où est Benjamin ?

— Qui ça ?

Pontus Lindqvist le regarda, impassible.

Thomas serra les poings.

Il n'avait ni le courage ni l'envie de jouer au chat et à la souris avec Lindqvist, de lui renvoyer la balle pendant des heures, voire des jours, jusqu'à ce qu'il avoue. Il aurait aimé pouvoir quitter la pièce et faire enfermer cette ordure pour le restant de ses jours sans autre forme de procès.

Mais ça n'aiderait pas Benjamin.

Aram se racla la gorge.

— Vous êtes forcé de nous compliquer la tâche ? Ça ne fait qu'aggraver votre cas. Le kidnapping est une chose, mais si le garçon meurt, vous serez mis en examen pour meurtre. C'est la perpétuité qui vous attend.

L'avocat regarda son client à la dérobée.

— Et certainement pas dans un endroit tranquille comme Skogome, ajouta Thomas. Je peux vous promettre que j'y veillerai personnellement.

Hjalmar Andersson parut vouloir protester contre ces menaces à peine dissimulées, mais Thomas ne se laissa pas interrompre :

— Dites-nous où vous avez caché Benjamin. Nous ne bougerons pas d'ici tant que vous n'aurez pas avoué.

Il se pencha en avant jusqu'à n'être plus qu'à quelques centimètres du visage de Lindqvist. Sa profonde écorchure au front avait des bords noirs de sang séché.

Mais Lindqvist ne se démonta pas :

— Je ne sais pas de quoi vous parlez. Je n'ai kidnappé personne.

Aram soupira.

— Pourquoi alors être parti en courant hier soir ? demanda-t-il. Si vous étiez innocent, vous n'auriez pas déguerpi comme un lapin.

L'avocat toussota.

— Mon client a pris peur en voyant deux inconnus se présenter à sa porte tard le soir. On peut dans une certaine mesure le comprendre.

Hjalmar Andersson fit mine de s'excuser.

— Étant donné son passé, s'entend.

— Nous étions la police, dit sèchement Thomas.

— Il a cru que vous veniez l'agresser. Il y a des gens vindicatifs, si vous voyez ce que je veux dire. Et, si j'ai bien compris, ajouta l'avocat en souriant, vous n'avez pas produit de carte de police.

Inutile de lui faire remarquer que Lindvist ne leur en avait pas laissé le temps.

Un lourd silence emplit la pièce.

— Dites-nous où est Benjamin, répéta Thomas.

Pontus Lindqvist secoua la tête.

— Encore une fois j'ignore qui c'est. Je n'ai kidnappé personne.

La matinée allait être longue.

118

Nora régla le taxi et descendit devant le siège d'Handelsbanken sur Kungsträdgården, au centre de Stockholm.

Elle ferma les yeux. *Pourvu que l'enregistrement montre Winnerman.*

Leila était déjà à l'entrée quand Nora franchit le lourd porche. Le bâtiment du début du vingtième siècle faisait penser à un palais princier. Rien de commun avec les immeubles de bureaux en verre et acier qu'on trouvait la plupart du temps.

Un jeune homme, cheveux aux épaules, les attendait. Il se présenta : Rasmus Skoglind. Ils descendirent d'un étage en ascenseur et entrèrent dans une pièce aveugle dont un des murs était occupé par un grand écran. Un ordinateur était installé sur une table.

— Merci de nous recevoir si vite, dit Nora. Le procès qui nous occupe doit s'achever aujourd'hui, voilà pourquoi c'était si pressé.

Rasmus tira un câble noir et le connecta à l'ordinateur.

— Pas de souci, sourit-il. Nous essayons toujours de collaborer avec la police.

Il indiqua un projecteur au plafond.

— J'ai sorti les images de l'agence de Hallunda et je les ai téléchargées. Mais je suppose que vous ne voulez pas voir tout ce qui s'est passé dans la banque ce jour-là ?

Bertil Svensson n'avait pas très clairement indiqué l'heure de sa rencontre avec Niklas Winnerman. C'était dans la matinée, entre dix heures et midi, peut-être même après l'heure du déjeuner.

— On peut regarder en accéléré ? demanda Leila en tirant une des chaises recouvertes de tissu.

— Bien sûr, dit Rasmus. Pas de problème.

— Commencez à l'heure de l'ouverture.

Rasmus baissa l'éclairage et saisit quelques données. L'intérieur d'une agence bancaire apparut à l'écran, avec un décor en bois clair et le logo bleu de la banque.

— C'est parti.

Les images défilaient à grande vitesse. Nora, tendue, surveillait l'heure. À dix heures moins vingt au plus tard elle devrait partir, sans quoi elle serait en retard à l'audience.

Il ne semblait pas y avoir eu affluence ce matin-là. Une petite vieille entra en se traînant derrière son déambulateur, deux hommes disparurent dans une salle de réunion avec le directeur de l'agence. Puis arriva une maman avec une poussette, tenant la main d'un enfant de quatre ans en train de geindre.

Nora s'efforçait de rester concentrée devant ce va-et-vient ordinaire.

La porte s'ouvrit à nouveau, et un homme à casquette noire pénétra dans l'agence. Il portait des lunettes et un manteau sombre.

Bertil Svensson avait mentionné une casquette.

— Attendez ! s'exclamèrent en même temps Nora et Leila. Vous pouvez arrêter ?

Rasmus pianota sur le clavier, l'image se figea.

— Pouvez-vous reculer de quelques secondes et repasser ça au ralenti ? demanda Leila, la voix légèrement tremblante.

Lentement, l'homme franchit le seuil. Sa casquette cachait le haut de son visage, il n'y avait pas d'image nette de lui. Il se dirigea vers une des tables où étaient distribués les formulaires de retrait et sortit un stylo pour en remplir un.

Nora se leva et s'approcha mais, de près, l'image était trop granuleuse. Elle se rassit, étudia le dos tourné vers la caméra. Impossible d'en tirer des conclusions.

Mais quand l'homme se dirigea vers le guichet, il apparut sous un autre angle, cette fois de profil. Ne portait-il pas des lunettes à monture brune ?

— On dirait les lunettes de Winnerman, chuchota Leila, tout excitée.

La caissière échangea avec l'homme quelques mots inaudibles – la vidéosurveillance n'avait pas le son. Puis elle lui tendit deux billets de mille et un de cinq cents.

La somme exacte que Svensson avait mentionnée à propos du retrait de Winnerman.

C'était forcément lui.

Ils avaient vérifié le compte de Winnerman pour trouver trace de ce paiement à Svensson, sans résultat. Nora réalisa alors qu'ils n'avaient pas contrôlé les comptes de ses fils, présents au procès le premier jour. Ces garçons étaient mineurs, ce qui signifiait que Winnerman pouvait également disposer de leurs comptes. Peut-être s'était-il aussi servi de leurs noms ?

L'homme se retourna en relevant un peu le menton, et soudain la caméra captura la majeure partie de son visage.

— Stop ! s'exclama Nora.

Le visage s'affichait en gros plan. Sa casquette était enfoncée sur le front, si bien que ses cheveux bruns se voyaient à peine. Ses lunettes étaient descendues sur le nez. On devinait une chemise blanche avec cravate sous l'épais manteau boutonné jusqu'au cou.

Leila cessa de mâcher son chewing-gum.

Nora fixait l'image.

Elle avait prié les instances supérieures de trouver une nouvelle preuve. Maintenant, elle l'avait.

119

Christian Dufva se trompa plusieurs fois de clé avant de parvenir enfin à ouvrir la porte de l'appartement. Il tituba jusqu'à la chambre, où il s'affala sur le lit sans ôter ses chaussures.

Il faisait une chaleur étouffante à l'intérieur, et pourtant il frissonnait. Il avait une douleur lancinante dans le bras gauche. Il resta étendu, les yeux clos, se demandant s'il aurait jamais la force de se relever.

La police lui avait dit de rentrer chez lui et d'attendre près du téléphone, au cas où le kidnappeur se manifesterait. Il ne devait à aucun prix couper à nouveau son portable.

Si quelque chose lui revenait, n'importe quoi, il devait les prévenir.

Si le ravisseur le contactait, il devait également les appeler.

Il se mit à suer de plus belle.

Il n'avait pas osé répondre aux questions de la police, pas osé leur parler de la voix menaçante qui l'avait appelé vingt-quatre heures plus tôt : « Si tu préviens la police, ce sera pire que tout pour ta famille. »

Il avait fait tout ce que demandait l'inconnu. Modifié son témoignage, retiré ses accusations contre Niklas et même pris sa défense au tribunal.

« Fais seulement comme on te dit, et ton gosse sera rentré d'ici quelques jours. » Ces paroles résonnaient dans la tête de Christian.

Benjamin devrait être rentré maintenant, l'homme l'avait promis. Christian avait suivi ses instructions à la lettre.

Mais l'inspecteur Thomas Andreasson avait dit qu'ils soupçonnaient un pédophile qui avait été vu sur Lökholmen. Ils avaient même trouvé ses empreintes digitales dans le dortoir de Benjamin.

Christian haleta.

L'avait-on mené en bateau depuis le début ? Poussé à faire un faux témoignage au bluff, sur un simple appel téléphonique ?

Il n'avait aucune preuve que ses maîtres chanteurs avaient vraiment kidnappé son fils, et pourtant il avait eu si peur qu'il avait obéi aveuglément, sans rien demander. Il n'avait même pas téléphoné au camp de voile.

Il leur avait suffi de tirer sur les fils et il s'était agité comme une marionnette.

Benjamin.

Personne ne savait s'il était vivant ou mort.

Christian vit le visage de son fils devant lui, et dut se forcer à respirer plus calmement.

Au bout d'un moment, il se tourna sur le dos. Le plafond avait une petite fissure, où la peinture blanche s'était décollée.

Son téléphone sonna.

Pourvu que ce ne soit pas à nouveau Åsa, il ne pourrait pas se laisser encore une fois cracher dessus.

Christian se redressa et sortit son portable de sa poche. C'était Ninna, Dieu merci.

— Allô ?

— Christian, qu'est-ce qui se passe ? Ils n'ont toujours pas retrouvé Benjamin ?

Il tenta de trouver les mots justes. En entendant le babillage d'Emil à l'arrière-plan, il se mit à pleurer.

Il ne pouvait rien raconter.

— Pas encore, murmura-t-il en tentant de réfréner ses sanglots. Ils le cherchent toujours.

La culpabilité lui comprimait la poitrine comme un étau.

Mais qu'est-ce qu'il avait fait…

120

Benjamin tenta de se retourner sur le dos, mais son corps refusait de lui obéir. Son doigt, toute sa main étaient bizarres, et cette sensation gagnait son bras, de plus en plus haut.

Même ouvrir les yeux était un effort.

Il finit malgré tout par réussir à rouler sur lui-même, sans trouver de position plus confortable. Son bras endolori le lançait. Il avait cessé d'avoir froid. À présent il avait tellement chaud qu'il s'était depuis longtemps débarrassé de son duvet pour se coucher à même le matelas.

Il avait plus soif que jamais.

De petites gerçures étaient apparues aux commissures de ses lèvres, qui le brûlaient au moindre mouvement. Il avait l'impression que celles-ci se rétractaient, petites lignes creusées qui collaient aux dents.

Sa bouche était si sèche qu'avaler était une torture.

Benjamin tendit sa main valide vers la bouteille de Coca-Cola, bien qu'il sache qu'elle était vide. Il la saisit pourtant et la porta à sa bouche. Ça sentait toujours le Coca, mais pas la moindre goutte.

Il lâcha la bouteille avec un sanglot, elle tomba sur le sol en béton et roula plus loin, disparaissant dans l'obscurité.

Benjamin se remit à pleurer. L'effort avait décuplé ses palpitations.

En clignant des yeux, il sentait combien ils avaient gonflé. Même ses paupières étaient sèches et collantes.

Un instant, il lui sembla voir le visage de maman venue le chercher. Puis elle disparut et tout fut à nouveau noir.

121

Nora se dépêcha de quitter le siège d'Handelsbanken. Elle avait encore du mal à vraiment réaliser ce qu'elle venait de voir.

Si seulement elle avait eu accès plus tôt à cette vidéosurveillance…

Il fallait qu'elle appelle le tribunal et demande un ajournement de l'audience de quelques heures, le temps de quelques préparatifs pour pouvoir présenter ces preuves à la cour après le déjeuner.

Leila était restée pour faire faire une copie de l'enregistrement. Elle devait la rejoindre aussitôt après.

Dix heures moins le quart.

Les premiers touristes flânaient déjà parmi les plates-bandes fleuries de Kungsträdgården. Un homme en combinaison poussait sa poubelle dans la rue en ramassant les papiers gras. Les magasins d'Hamngatan avaient déjà mis de grandes affiches dans leurs vitrines pour annoncer les soldes de la Saint-Jean.

Nora était tellement survoltée qu'elle avait du mal à respirer.

Elle fouilla dans son sac à main à la recherche de son portable, composa le numéro du tribunal de Stockholm et demanda à parler à Barbro Wikingsson.

Ça sonna dans le vide.

— Désolé, personne ne répond, dit sans conviction la standardiste.

— Vous pourriez réessayer, s'il vous plaît ?

Nora hâta le pas vers la borne de taxis tout en attendant en ligne.

Enfin, la voix de la juge retentit.

— Ici la procureure Nora Linde, dit Nora en s'efforçant de se calmer.

— Oui ?

— J'ai de nouvelles preuves qui peuvent influer sur l'issue du procès. Je dois en conséquence demander un report d'audience à treize heures aujourd'hui.

Puis elle expliqua pourquoi.

122

Plusieurs heures d'interrogatoire, et toujours rien qui puisse les guider jusqu'à Benjamin.

— Mon client va bientôt avoir besoin d'une pause et de quelque chose à manger, dit Hjalmar Andersson.

Thomas n'était pas prêt à lâcher l'affaire.

— Votre client patientera, rétorqua-t-il. Je veux qu'on reprenne tout depuis le début.

Hjalmar Andersson poussa un soupir. Thomas n'y prêta pas la moindre attention.

— Nous savons que vous avez mouillé avec votre bateau dans le port de plaisance de Lökholmen pendant le camp de voile, dit-il à Pontus Lindqvist. Nous savons que vous êtes entré dans le dortoir de Benjamin et allé jusqu'à son lit. Nous avons même un témoin qui vous a vu emporter Benjamin de son dortoir à l'aube. Maintenant, j'aimerais que vous nous disiez où il est.

— Je ne sais pas. Je vous l'ai déjà dit. Je ne l'ai pas enlevé.

Pontus Lindqvist commençait à paraître épuisé. La main qu'il tendit vers son verre d'eau tremblait.

Thomas se dit que s'il n'avait tenu qu'à lui, il l'aurait aussi privé de boire.

— Pourquoi avez-vous quitté Lökholmen si précipitamment ? demanda Aram.

Lindqvist regarda son avocat à la dérobée.

— J'avais entendu dire qu'un enfant avait disparu, répondit-il. Les jeunes faisaient le tour des pontons en demandant si quelqu'un l'avait vu.

Il sourit de travers.

— Avec mon passé, ça sentait le roussi pour moi de rester là.

— Vous croyez vraiment nous faire gober ça ?

Lindqvist haussa les épaules.

— Croyez ce que vous voulez, c'est la vérité.

— Nous allons retrouver l'ADN de Benjamin dans votre bateau, inutile de continuer à nier.

Aram y allait au bluff : ils ne savaient toujours pas où son bateau était amarré. Lindqvist refusait aussi de leur donner cette information – sans doute parce que Benjamin y était enfermé, soupçonnaient-ils.

Il y avait des douzaines de petits ports de plaisance tout autour de Stockholm, c'était comme chercher une aiguille dans une botte de foin. Adrian était en train de contacter toutes les compagnies d'assurances pour tenter d'obtenir des informations par ce biais.

Bientôt trente heures que Benjamin avait disparu.

Si Lindqvist avait livré le garçon à un complice, il pouvait être loin à l'heure qu'il était, peut-être même hors du pays. S'il avait agi seul et que Benjamin était enfermé quelque part, il allait manquer d'eau et de nourriture.

Ou d'oxygène.

Il y avait beaucoup trop de scénarios possibles, plus effroyables les uns que les autres.

Thomas frappa si fort du poing sur la table que la carafe d'eau sauta.

— Vous avez déjà été condamné pour agressions sexuelles sur des enfants, hurla-t-il. Un témoin vous a vu sur les lieux du crime et vos empreintes sont partout. Qu'espérez-vous gagner à prolonger ce petit jeu ?

— Nous avons même retrouvé un slip de Benjamin chez vous, renchérit Aram. Vous ne faites qu'aggraver votre cas.

Lindqvist cligna plusieurs fois des yeux, puis continua à regarder obstinément devant lui.

— Je n'ai kidnappé personne.

— Nous en avons plus qu'il n'en faut pour vous envoyer au trou, dit Aram. Votre incarcération va être requise cet après-midi, nous en avons déjà parlé avec le procureur.

Thomas se tourna vers l'avocat.

— Vous devriez conseiller à votre client de se montrer un peu plus bavard.

Il avança la photo de Benjamin pour qu'il soit impossible à l'avocat de ne pas la voir.

— Il n'a que onze ans, martela Thomas. Vous imaginez combien il doit se sentir terrorisé ?

Hjalmar Andersson regarda son client à la dérobée.

Lindqvist étudiait son pouce. Il le porta à sa bouche et en détacha une petite peau près de l'ongle, qu'il recracha sur le côté.

— Nous parlons d'un petit garçon qui a été enlevé à ses parents, dit lentement Aram. Et qui va probablement mourir si votre client ne se décide pas à nous aider.

Hjalmar Andersson garda le silence.

— Où est Benjamin ? hurla Thomas. Dites-nous où vous l'avez caché !

— Mais putain, vous êtes débiles ou quoi ? lâcha Lindqvist. Combien de fois il faut vous le répéter ? Je ne sais pas où il est.

123

Ils s'étaient assis comme lundi matin, au premier jour du procès : Nora sur la gauche et Svensson avec les deux avocats de la défense en face.

Le soleil de midi entrait par la fenêtre. Le procès allait s'achever d'ici quelques heures.

Un écran avait été déployé au milieu de la salle et un projecteur installé sur une petite table. Le haut-parleur grésilla quand le greffier Dennis Grönstedt se pencha pour brancher son micro.

— Christian Dufva est convoqué en salle d'audience n° 5.

Nora avait requis une nouvelle audition de son témoin.

Les portes furent ouvertes par un vigile et Christian Dufva apparut sur le seuil, mal rasé, la chemise froissée. Son visage marqué de rides nouvelles avait un teint de cendre. Il avait l'air d'avoir dormi tout habillé.

Nora attendit qu'il se soit approché et assis au milieu de la salle. Elle le regarda et il demanda pourquoi il avait été à nouveau convoqué.

— Merci d'être venu, se contenta-t-elle de répondre, sans mentionner son fils disparu.

Ce n'était pas à elle d'aborder le sujet devant le tribunal.

Dufva saisit la carafe d'eau. Quand il se servit, ses mains tremblaient tellement qu'il en renversa à côté.

Nora posa la télécommande noire sur la table.

— J'ai ici un enregistrement que j'aimerais vous montrer, à vous et à la cour, dit-elle. Ensuite j'aurai quelques questions à vous poser. Vous voulez bien ?

Dufva opina du chef, avec toujours la même mine interloquée.

— D'accord, dit-il en essuyant son front luisant.

Nora fit un signe au greffier Dennis Grönstedt, qui baissa la lumière. Puis elle pressa le bouton vert qui lança la projection. Pile au moment où on voyait l'homme à la casquette franchir le seuil de l'agence bancaire.

On n'entendait que le bruit sourd de la circulation à l'extérieur du tribunal.

Niklas Winnerman se pencha en avant pour mieux voir. Sa bouche réduite à un trait fin.

Nora avait fait en sorte que la vidéo passe un peu plus lentement que sa vitesse réelle. Elle voulait que la cour ait tout le temps d'apprécier le déroulement des faits.

À l'écran, l'homme entra. Son visage caché par la casquette, il alla prendre sur une table un formulaire de retrait. Puis il s'approcha de la caissière et soudain on le vit partiellement de profil.

Niklas Winnerman poussa alors un cri à moitié étouffé.

Nora, tendue comme un arc, ne lâchait pas Dufva du regard. Ses yeux étaient exorbités, comme s'il n'arrivait pas vraiment à croire ce qui se déroulait devant lui. Ses doigts s'ouvraient et se refermaient autour de son verre d'eau.

À l'écran, la caissière de la banque remit de l'argent liquide à l'homme à la casquette et au manteau sombre, deux billets de mille dépliés et un billet de cinq cents, exactement comme l'avait déclaré Bertil Svensson.

L'opération terminée, il se retourna. Visage vers la caméra.

Nora figea l'image.

— C'est lui, s'exclama Bertil Svensson. C'est lui qui m'a donné l'argent.

Christian Dufva, portant les mêmes lunettes de soleil que Niklas Winnerman, regardait fixement les spectateurs.

124

Ils étaient censés faire craquer Lindqvist, mais Thomas se demandait si ce n'était pas l'inverse qui était en train de se produire. Ils n'avaient pas fait le moindre progrès, malgré des heures d'interrogatoire, et l'avocat de Lindqvist avait fini par les menacer en agitant le code de procédure pénale s'ils ne marquaient pas une pause.

Thomas avait ingurgité un hamburger sans le moindre appétit, tandis que son cerveau tentait fébrilement de classer tous les faits.

Rien d'important n'avait été trouvé dans l'appartement de Lindqvist, malgré une perquisition de fond en comble, et les techniciens travaillaient toujours sur son ordinateur. Kalle, revenu de Lökholmen, était occupé à passer au peigne fin le contenu du box Shuregard avec un technicien de la police scientifique.

Ils piétinaient. Alors que la moindre minute comptait pour retrouver Benjamin.

— Thomas, tu es là ?

Margit entra dans son bureau d'un pas vif.

— L'hôpital vient d'appeler. Isak Andrén s'est réveillé. Il semble ne pas avoir de lésions cérébrales, mais il est très abattu.

— J'y vais tout de suite, dit Thomas en prenant son blouson. Demande à Aram de continuer à cuisiner Lindqvist sans moi. Il ne faut pas le lâcher.

Thomas prit l'ascenseur jusqu'au troisième étage. Là, une infirmière l'informa qu'Isak était hospitalisé chambre 7.

L'odeur de désinfectant le fit s'arrêter dans le couloir.

Il avait horreur de cette ambiance d'hôpital. Impossible de se prémunir contre les souvenirs. Son pied se mit aussitôt à lui faire mal, là où on l'avait amputé de deux orteils après son accident sur la glace. Malgré les années, les douleurs fantômes étaient toujours très fortes. Il dut plusieurs fois secouer le pied avant de repartir.

La chambre était tout au fond du couloir. Thomas frappa doucement et entrouvrit la porte.

Isak était allongé comme un gisant. À côté de lui, une perfusion reliée à son bras droit. Un fin tube à oxygène attaché sous son nez avec du sparadrap. Autour de son cou, une bande bleue gonflée, comme un grotesque collier de chien.

Une femme de l'âge de Thomas était assise au chevet du lit. Elle sursauta à son entrée et leva vers lui des yeux rougis.

— Je suis de la police, dit-il tout bas. Excusez-moi de vous déranger, mais je dois parler à Isak, c'est très important. Vous êtes sa mère ?

Les yeux de la femme s'emplirent de larmes. Elle s'essuya la joue du revers de la main.

— Je m'appelle Ulrika. Tout ça est incompréhensible…

Elle regarda Thomas.

— Pourtant il allait bien. Pourquoi s'est-il fait ça ? Alors que tout allait enfin à nouveau bien…

Thomas demanda s'il pouvait s'asseoir et souleva précautionneusement l'autre chaise pour se placer à côté d'elle.

Isak n'avait pas bougé depuis qu'il était arrivé. Un moniteur ronronnait en bruit de fond.

— L'hôpital m'a dit qu'il s'était réveillé il y a un petit moment, c'est exact ?

Ulrika hocha la tête.

— Oui, mais il s'est rendormi.

Elle essuya de nouvelles larmes, puis caressa le bras droit de son fils, où était fichée la perfusion.

— J'ai tellement peur qu'il garde des séquelles, chuchota-t-elle. Que son cerveau ait été abîmé. Ils m'ont dit que le manque d'oxygène pouvait affecter le mouvement et la parole.

Thomas observa Isak.

Quelques vaisseaux avaient éclaté sur ses joues, formant comme une toile d'araignée sous sa peau blême. Ses cheveux pâlis au soleil étaient aplatis sur son front.

— Il est très important que je puisse lui parler, dit-il. Ça concerne Benjamin, le garçon qui a été enlevé au camp de voile. Nous ne l'avons toujours pas retrouvé.

125

Nora laissa l'image arrêtée sur l'écran même si la lumière avait été rallumée.

Christian Dufva détourna le visage.

En tant que procureure, il était du devoir de Nora de tout prendre en considération, y compris des faits en faveur de l'inculpé. Et elle avait l'intention de faire son devoir. Au nom de la vérité.

— J'aimerais que vous nous expliquiez ce que vous faisiez au centre commercial de Hallunda le 11 janvier 2013, dit-elle. Et pourquoi vous avez retiré la somme correspondant à celle versée à Bertil Svensson.

Christian Dufva ouvrit puis referma la bouche, sans produire un seul son.

— On dirait que vous nous avez beaucoup menti dans ce procès, reprit Nora.

Elle attendit, en se doutant que Dufva ne s'expliquerait pas.

— Alors je vais vous montrer autre chose.

Elle saisit la télécommande. L'image arrêtée fut remplacée par celle d'un relevé de compte bancaire montrant un transfert vers le compte d'Åsa Dufva.

Des lettres et des chiffres. Et tout en bas, surligné en jaune clair, un montant : dix millions de couronnes.

— Reconnaissez-vous ce document ? demanda Nora. C'est un versement sur le compte de votre ex-femme. Cet argent a été envoyé trois jours après la conclusion de l'affaire entre Byggallians et Druvan.

Le silence dans la salle était total, tout le monde semblait retenir son souffle.

— Vous avez versé cette somme pour solder votre divorce, n'est-ce pas ?

Sans Leila, il aurait été impossible de reconstituer le puzzle. Elle avait accompli un véritable exploit durant les quelques heures dont elle avait disposé avant la reprise de l'audience. Faisant éclater la vérité.

Ce n'était pas Niklas Winnerman qui avait trompé sa société. C'était son associé et cofondateur, Christian Dufva. Le même qui, pendant des heures d'interrogatoire devant Leila, avait accusé Winnerman, tout en parlant avec amertume de son divorce, de son ex-femme restée dans leur bel appartement sans aucun souci d'argent.

Leila avait fait le rapprochement, lancé l'idée que Christian Dufva avait dû être en grave difficulté financière entre 2012 et 2013. La période où il avait dû dédommager son ex-femme.

La part de Christian dans Byggallians avait une valeur d'environ trente millions de couronnes. Åsa Dufva avait droit à la moitié, selon les lois régissant le divorce. Mais en lui versant dix millions comptant et en lui laissant un appartement qui en valait cinq, Dufva avait pu conserver sa part de l'entreprise.

— Je vous le demande encore une fois, reprit Nora. Niklas Winnerman avait-il quelque chose à voir avec le versement à Bertil Svensson ?

Silence.

— Oui ou non ?

— Non, chuchota Christian Dufva d'une voix brisée.

— Niklas Winnerman a-t-il été trompé quand il a signé avec Druvan un contrat pour l'achat d'une concession sans aucune valeur ?

— Oui.

— Qui était à l'origine de cette affaire avec Druvan ?

— Moi.

De l'autre côté de la table, à côté de Jacob Emilsson, Niklas Winnerman était comme paralysé.

— Comment tu as pu me faire une chose pareille ? lâcha-t-il soudain.

Une faible rougeur monta aux joues grises de son ex-associé. Mais il continua à fixer un point indéfini sur le mur.

— Dites-nous comment ça s'est passé, le pria Nora.

Elle misait sur le fait que le choc ferait perdre contenance à Christian Dufva. Les aveux spontanés au tribunal étaient chose rare, mais cette fois tout penchait dans cette direction.

Christian Dufva était à bout, en particulier depuis qu'il avait appris la disparition de son fils. Nora refoula la mauvaise conscience qu'elle éprouvait à tirer profit de cette situation.

Quand il se décida enfin, sa voix était presque inaudible. Nora espérait que Barbro Wikingsson n'allait pas l'interrompre pour lui demander de parler plus fort, alors qu'il était si près d'un aveu.

— J'étais désespéré, commença-t-il, le souffle court. Åsa avait exigé une évaluation de la société. Elle demandait la moitié de tout. Je n'avais pas les moyens de lui verser sa part. Je ne pouvais pas la laisser me prendre mes actions, après tout le mal que je m'étais donné. Et puis j'attendais déjà un enfant avec Ninna. Åsa aurait détruit ma vie en devenant actionnaire de Byggallians. J'étais obligé de faire quelque chose.

Il se racla la gorge, haussa un peu la voix :

— Je n'avais aucun moyen d'emprunter une telle somme. Il y avait une clause dans le contrat d'actionnaire qui me liait à Niklas : je n'avais pas le droit d'hypothéquer mes actions pour emprunter, à moins de les lui vendre… Mon idée était de prendre de l'argent à la société puis, une fois remis sur pied, de rembourser, d'une façon ou d'une autre. Au fond, c'était quand même mon argent, à la base, je n'avais pas l'impression de commettre un vol.

Pour la première fois, il tourna la tête de façon à croiser le regard de Niklas Winnerman.

— Je le jure, je comptais tout rendre.

— Et ça ne s'est pas passé comme ça ? demanda Nora.

— Je n'aurais jamais imaginé faire faillite. Jamais. J'ai paniqué.

Des gouttes de sueur commençaient à perler à son front.

— L'administrateur de la faillite a découvert la situation et l'a signalée à la police. Mais il pensait que c'était Niklas le responsable de l'escroquerie.

Les mains devant la bouche et le nez, Christian Dufva respira à fond plusieurs fois.

— J'étais obligé d'abonder dans son sens. J'ai fini par croire à mes propres mensonges.

Nora avait encore des détails à éclaircir.

— Mais avant cela, pourquoi vous être fait passer pour Niklas Winnerman, quand vous êtes allé trouver Bertil Svensson et que vous êtes allé retirer l'argent à la banque ?

Christian Dufva rougit de plus belle.

— Nos relations s'étaient tellement envenimées à cette époque. Niklas avait pris le parti d'Åsa lors du divorce. Il disait que je me comportais comme un salaud avec elle.

Il fit une grimace.

— Niklas avait lui aussi traversé un divorce, sans que je lui adresse la moindre critique. Mais quand ça a été mon tour, il est monté sur ses grands chevaux et s'est permis de me faire la leçon.

Barbro Wikingsson haussa les sourcils. Pour la première fois, sa façade de neutralité se fissurait.

— Un jour, Niklas a oublié une paire de lunettes chez moi, continua Dufva. Je les ai mises et j'ai utilisé son nom quand j'ai rencontré Bertil Svensson. Ça me semblait plus sûr de me cacher derrière son identité.

Les deux hommes se ressemblaient indéniablement, même taille, même couleur de cheveux et yeux enfoncés. Maintenant Nora voyait combien il avait été facile de tromper Bertil Svensson.

En tout état de cause, les poursuites contre Niklas Winnerman devaient être abandonnées.

— Voilà, je n'ai plus d'autres questions, dit Nora à la présidente.

— Attendez ! cria Christian Dufva en se levant à moitié.

Il dévisagea Niklas Winnerman d'un air suppliant.

— Le témoin voudrait ajouter quelque chose ? demanda Barbro Wikingsson.

— Niklas ! Je t'en prie…

Winnerman se contenta de secouer la tête en détournant le visage.

Christian Dufva se laissa retomber sur sa chaise.

Nora avait deviné plus qu'entendu les mots chuchotés : *Où est Benjamin ?*

126

Un murmure sortit de la bouche fermée d'Isak Andrén. Un peu de bave coulait à la commissure de ses lèvres.

Ulrika s'approcha de son fils.

— Isak, tu m'entends ?

Elle lui tapota doucement le bras.

— Mon chéri, la police est là.

Lentement, Isak ouvrit les yeux.

— Vous avez la force de parler quelques minutes ? lui demanda tout bas Thomas. De Benjamin.

— Benjamin.

Isak referma les yeux.

Pourvu qu'il ne se rendorme pas.

— Isak, nous nous posons quelques questions.

Isak rouvrit les yeux. Thomas vit son désespoir. Ce garçon était si fragile. Mais il ne pouvait pas renoncer à l'interroger.

— Savez-vous quelque chose de plus que ce que vous nous avez dit au sujet de la disparition de Benjamin ?

À côté de lui, Ulrika Andrén eut le souffle coupé.

— Qu'est-ce que vous insinuez ?

Thomas la tranquillisa en posant la main sur son bras.

— Isak, tenta-t-il à nouveau. Vous m'entendez ?

— Partez maintenant. (Ulrika Andrén se leva d'un bond.) Allez-vous-en !

— Ne vous inquiétez pas, je ne vais pas rester longtemps, c'est promis.

— Je vais chercher le docteur.

Elle disparut en claquant la porte.

Thomas se pencha à l'oreille d'Isak. Il n'avait que quelques minutes.

— Benjamin est toujours porté disparu, chuchota-t-il. Nous essayons de le retrouver. Si vous savez quelque chose, il faut nous le dire. C'est sa seule chance.

Combien de temps Isak était-il resté pendu avant que David ne le retrouve ? La peau tout autour de son cou était déchirée et bleu-rouge. On avait peine à concevoir qu'il ait survécu.

Après cinq minutes de privation d'oxygène survenaient des lésions cérébrales définitives. Parfois, c'était encore plus rapide. Peut-être était-ce irréaliste d'imaginer qu'Isak soit capable de formuler une réponse.

— Quelqu'un a appelé…, murmura le jeune homme.

Sa cage thoracique se souleva sous le drap blanc. Sa poche à perfusion était bientôt vide.

— Comment ça ?

— Lundi soir. Un homme a appelé… s'est présenté comme le père de Benjamin… il avait oublié où était le dortoir de Benjamin.

Une larme sortit de sous ses paupières closes et coula sur sa joue. Une veine battait sous sa peau fine, ses cils tressaillirent.

— C'est ma faute, je le lui ai dit.

Sa voix s'enroua. Il avait de plus en plus de mal à parler.

— Je… croyais… que c'était… son père.

Thomas éprouva un sentiment de vide en réalisant ce qu'impliquaient ces mots : Isak avait aidé le ravisseur, de bonne foi, puis endossé la responsabilité de l'enlèvement de Benjamin.

Des pas dans le couloir, la porte allait bientôt s'ouvrir.

— Vous vous souvenez de l'heure ? Du numéro ?

Si seulement il était possible de repérer cet appel…

Thomas attendit, tendu à l'extrême.

La porte s'ouvrit, laissant entrer la lumière du couloir. Un médecin en blouse blanche se précipita.

— À quoi vous jouez ?

Derrière lui, Thomas aperçut Ulrika Andrén flanquée d'un infirmier.

— Laissez-le tranquille, dit le médecin. Je ferai un rapport à vos supérieurs. Je vous le garantis.

Thomas s'était déjà levé.

— Le soir…, fit faiblement Isak.

Il saisit la main de Thomas.

— Le téléphone du camp.

127

Avec un grand sourire, Jacob Emilsson tendit la main à Niklas Winnerman.

— Je vous souhaite un magnifique week-end de la Saint-Jean, et on se reparle la semaine prochaine. Il faudra envisager de demander des dommages et intérêts, mais on en discutera plus tard. Maintenant, vous allez souffler et bien vous reposer. Sans oublier un ou deux schnaps avec le hareng.

Ils étaient devant le tribunal en haut du grand escalier. Il était trois heures de l'après-midi. Niklas était relaxé.

Son sourire était figé.

Le soulagement que le procès soit fini était en train de s'estomper. Remplacé par une colère grandissante.

— Que va-t-il se passer pour Christian ? demanda-t-il.

— Eh bien… il s'est vraiment mis dans de sales draps.

Un taxi s'arrêta en bas des marches. L'avocat leva la main pour se signaler.

— Il va être mis en examen pour différents délits, d'escroquerie aggravée à parjure. La procureure va avoir un sacré os à ronger.

Jacob Emilsson avait l'air de trouver la situation assez réjouissante.

— Il a détruit ma vie, dit Niklas d'une voix sombre. Je n'arrive pas à comprendre comment il a pu me faire ça. Il était prêt à me laisser aller en prison…

— Ne pensez pas à ça pour le moment, sourit Emilsson. Elle a fait du bon boulot, cette procureure. Vous lui devez une fière chandelle.

Il regarda sa montre.

— Bon, il faut que je file. Appelez-moi la semaine prochaine.

Niklas Winnerman regarda l'avocat monter dans le taxi noir et disparaître.

Il était encore sous le choc, ses genoux tremblaient.

Le cauchemar était terminé, mais cela ne lui apportait aucune satisfaction. Pas plus que de savoir qu'une longue peine de prison attendait Christian.

Une femme passa à vélo, le porte-bagages chargé de sacs de courses. Niklas la suivit des yeux.

Il voulait faire du mal à Christian, lui faire tout payer, avec les intérêts. Le voir souffrir comme il avait souffert. Cette dernière année avait été un enfer.

Le peu qu'il avait fait à Christian ne suffisait pas. C'était loin du compte.

128

Thomas passa la première et roula dix mètres avant de devoir à nouveau s'arrêter. Le stress le faisait bouillir, même s'il avait déjà appelé Aram pour lui communiquer la nouvelle information.

Il était quatre heures moins le quart, il était dans les embouteillages depuis déjà une demi-heure. Comme tous les après-midi, ça ne roulait pas sur Klarastrandsleden. Depuis l'hôpital de Solna, il lui fallait traverser toute la ville pour arriver à Nacka, mais les voitures se traînaient.

Son portable était sur le siège passager. Il venait de recevoir un SMS de Pernilla, son avion n'atterrissait qu'à minuit. Évidemment, elle n'avait pas rappelé après leur dernière dispute.

La sonnerie retentit. D'un coup d'œil, il vit sur l'écran que c'était le numéro de Nora.

Mais oui, il lui avait promis de la rappeler ! Il avait reçu un SMS hier soir, mais ne l'avait vu qu'en rentrant à la maison dans la nuit.

— Tu peux parler ?

Nora avait l'air au bout du rouleau, au-delà de l'épuisement. S'était-il passé quelque chose ?

— Comment ça va ? demanda-t-il.

Nora répondit par une question :

— Vous avez retrouvé Benjamin Dufva ?

— Malheureusement non. Mais nous avons un suspect, un pédophile notoire. Il est en train d'être interrogé à Nacka en ce moment, je suis en route.

Nora inspira.

— Tu es absolument certain que c'est lui ?

— Il a laissé des empreintes digitales dans le dortoir de Benjamin. Et on a trouvé un slip taille enfant dans son appartement.

— Je comprends, mais… et si ce n'était qu'un simple hasard ?

Elle hésita, avant de continuer :

— Et s'il y avait une autre explication ?

— Qu'est-ce que tu veux dire ?

Nora résuma l'après-midi à Thomas, les derniers développements du procès, les aveux de Christian Dufva et la relaxe de Niklas Winnerman.

— J'ai essayé de te le dire hier, que Dufva avait changé son témoignage à l'improviste. Je suis persuadée qu'il avait dû subir des pressions. Et il ne peut y avoir qu'une seule personne derrière un tel retournement de veste : Winnerman.

Thomas repensa à l'audition du père de Benjamin dans la matinée, ils l'avaient justement interrogé à ce sujet : faisait-il l'objet d'un chantage ? Dufva avait déclaré n'avoir reçu aucune menace. Il semblait éprouvé, mais Thomas avait mis ça sur le compte de son inquiétude pour son fils.

Et voilà que Nora proposait une autre interprétation.

Il roula un peu avant de s'immobiliser à nouveau.

— Comme tu n'as pas rappelé hier soir, je pensais laisser tomber, reprit-elle. Il n'y avait pas de preuves concrètes, je commençais à croire que je me faisais des idées. Mais Christian Dufva a dit quelque chose aujourd'hui, juste à la fin de son témoignage.

Thomas passa un barrage, sans doute à l'origine de l'embouteillage. La file se dédoubla, fluidifiant un peu la circulation.

— En fait il a plutôt murmuré quelque chose, en s'adressant à Winnerman. On aurait dit qu'il le suppliait de lui dire où était Benjamin.

Thomas passa la troisième. Il était à présent sur le pont Centralbron, avec l'hôtel de ville sur sa droite.

— Pourquoi aurait-il dit une chose pareille si Winnerman n'était pas à l'origine du kidnapping ? s'interrogea Nora avec un tremblement dans la voix. Je n'arrive pas à me défaire de cette idée.

L'air était brûlant dans la voiture, Thomas mit la ventilation à fond. Une odeur de gaz d'échappement envahit l'habitacle.

L'histoire de Nora le troublait plus qu'il ne voulait bien se l'avouer. Lindqvist était forcément coupable : il avait laissé des empreintes digitales dans le dortoir. Son casier, ses précédentes condamnations, tout le désignait. Mais Nora avait mis le doigt sur un point sensible.

Christian Dufva, le témoin principal du procès, avait radicalement changé sa version à la dernière minute. Quelle était la probabilité que son fils ait été kidnappé le jour même où il devait témoigner ?

D'un autre côté, il y avait parfois dans les enquêtes criminelles des coïncidences auxquelles on ne croirait jamais si on les trouvait dans un roman.

Thomas n'aimait pas du tout ce qui se dessinait.

— Tu ne pourrais pas au moins vérifier ? le supplia Nora. Pour Benjamin.

129

Niklas Winnerman s'était offert un taxi pour rentrer du tribunal. À un feu rouge, il vit deux policiers qui avaient arrêté un type en treillis, avec une grande barbe et l'air étranger. La vue des forces de l'ordre le mit mal à l'aise. Il détourna le visage jusqu'à ce que le taxi redémarre.

À peine arrivé à son appartement, il fila au bar se servir un grand cognac. Il en but la moitié debout, avant de s'affaler sur le canapé.

C'était fini. Il était relaxé. Plus besoin d'envoyer des mails de menace à la procureure pour mettre la parole de Christian en doute.

Christian était mis en examen, il allait payer pour son escroquerie. Mais ça ne suffisait pas. Sa colère ne faisait que croître chaque fois que Niklas pensait à sa trahison.

Il aurait dû appeler Albert et Natan, leur dire que leur père avait enfin été déclaré innocent. Mais raconter tout ce qui s'était passé au tribunal était au-dessus de ses forces.

Une inquiétude l'effleura à nouveau : y avait-il un risque que Christian révèle à la police les pressions qu'il avait subies pour changer son témoignage ? De toute façon, rien ne désignait Niklas. Tout était passé par Arturas et ses sbires.

Et d'ailleurs, qui croirait Christian après tous ses mensonges ?

Niklas termina son cognac et approcha de lui son ordinateur. Le plus important était d'apurer ses dettes, de payer aux Lituaniens ce qu'il leur devait et de ne plus jamais avoir affaire à eux.

Il se connecta au compte étranger pour virer les fonds sur la banque d'Arturas. Le Lituanien lui avait donné jusqu'à aujourd'hui. Niklas comptait le faire dès ce matin, mais il ne s'était pas réveillé et s'était retrouvé pressé par le temps.

Il resta là, la main sur la souris.

Les pensées tournaient dans sa tête. Le cognac n'arrangeait rien. Il se sentait au bord du malaise et en même temps tendu comme un ressort.

Il saisit la télécommande. Il n'avait pas regardé la télévision ni lu les quotidiens depuis plusieurs jours, le procès avait absorbé toute son énergie.

Il sélectionna la chaîne de télétexte et fit défiler les rubriques au hasard.

Il dut relire le texte plusieurs fois pour en comprendre le contenu.

Petit garçon kidnappé au camp de voile.

D'une main tremblante, il passa à la page suivante.

La police soupçonne que Benjamin Dufva, onze ans, a été enlevé au camp de voile au large de Sandhamn dans la nuit de lundi à mardi, et demande l'aide de la population.

La vue de Niklas se troubla. Mon Dieu, qu'avaient fait les Lituaniens ?

Il les avait contactés, leur avait demandé de faire peur à Christian pour qu'il change son témoignage. Mais ça ?

« Qu'est-ce que tu veux qu'on fasse ? » avait demandé Arturas.

Niklas ne voulait être au courant d'aucun détail. « Fichez-lui une bonne frousse. Menacez sa famille, sa nouvelle femme. Ou alors, attendez, dites-lui qu'un truc affreux va arriver à son fils, il fait un camp de voile devant Sandhamn. Benjamin est son point faible, Christian a toujours mauvaise conscience à cause de lui.

— OK, c'est toi qui paies. » Le Lituanien avait presque une expression amusée dans la voix.

« Faites ce que vous voulez, pourvu que Christian témoigne à mon avantage. »

Mais Niklas n'avait jamais parlé d'un kidnapping.

Il serra son verre.

Tout était la faute de Christian. C'était lui qui avait provoqué cette situation absurde. Tout ce que Niklas avait fait, c'était se protéger contre ses mensonges. Si Christian n'avait pas pris l'argent et laissé son ex-associé porter le chapeau, rien de tout ça ne serait arrivé.

Niklas fixait l'écran de la télévision en s'efforçant de ne pas perdre les pédales.

La chaleur de l'ordinateur traversait l'étoffe de son pantalon. Le site de la banque était toujours ouvert, il suffisait de quelques clics pour effectuer le transfert.

D'abord se vider la tête, il en avait besoin. Il n'y avait qu'une chose capable de le détendre.

Hier soir, il s'était promis de ne plus jamais jouer. Mais la journée avait été éprouvante, inhumaine.

Il alla chercher la bouteille de cognac et se resservit en contemplant le liquide brun aux forts effluves de vanille et de vieux fût de chêne.

Rien qu'un petit moment, se promit-il. *Juste le temps de me calmer les nerfs*.

Il lui fallait ça.

Plus rien ne comptait.

130

À peine sorti du parking, Thomas fila rejoindre Aram.

Son bureau était jonché de gobelets à café vides. Aram était penché sur une pile de papiers.

— On en est où ?

Thomas s'assit et sentit en lui la fatigue palpiter.

— Lindqvist affirme toujours qu'il est innocent, répondit Aram en levant les yeux. Il nie savoir quoi que ce soit au sujet de Benjamin et de son kidnapping. Mais maintenant, il reconnaît au moins être entré dans le dortoir du gamin.

Il secoua la tête.

— Lindqvist prétend qu'il avait trouvé un tee-shirt perdu et qu'il voulait le rapporter. Il s'est rendu au camp, mais comme il n'y avait personne, il l'a laissé dans la première baraque venue.

— Qui se trouvait être celle de Benjamin, compléta Thomas.

Il imaginait déjà comment l'avocat de la défense allait présenter les choses.

— En tout cas, reprit Aram, les techniciens ont réussi à entrer dans son ordinateur. Il y a largement de quoi l'inculper pour pédopornographie aggravée, quoi qu'il arrive.

Thomas sentit la nausée le reprendre.

— Il y avait des photos de Benjamin dedans ?

Il avait marché vite, la sueur lui colla le dos quand il s'appuya au dossier de son fauteuil.

— Rien pour le moment, ça va être long de tout passer en revue. C'est plein de merde en tout cas.

Des pas rapides dans le couloir. Karin entra, un papier à la main.

— J'ai les numéros et les noms des personnes qui ont appelé le camp lundi. Regardez.

Elle posa sur le bureau un papier annoté à la main.

— Quinze appels ont été reçus dans la journée de lundi. L'avant-dernier à dix-neuf heures trente. Puis silence jusqu'à vingt-deux heures trente-quatre.

Thomas examina la liste.

Un tiers de numéros en 08 en provenance de Stockholm, le reste en 07, donc des portables. Tous sauf le dernier étaient flanqués du nom de l'abonné soigneusement noté par Karin.

— Ça doit être lui, dit Aram en pointant la dernière ligne.

— Malheureusement, il s'agit d'une carte prépayée, fit Karin. Impossible à repérer.

Thomas soupira. Les mots de Nora lui revinrent.

Lindqvist avait reconnu qu'il était encore à Lökholmen au moment de cet appel. Il avait déclaré être parti le mardi, quand avaient commencé les recherches pour retrouver Benjamin.

Lindqvist n'avait aucune raison de téléphoner au camp pour demander où logeait l'enfant. Même s'il s'agissait d'un complice, un tel appel était absurde, Lindqvist aurait très facilement pu trouver l'information par ses propres moyens : pendant la journée, il n'y avait personne au camp.

Niklas Winnerman, en revanche, n'avait aucune idée de l'endroit où dormait Benjamin.

Thomas n'arrivait pas à se défaire de la logique du raisonnement de Nora, malgré tous les indices matériels qui désignaient le pédophile. S'était-il trop polarisé sur lui à cause de l'horreur qu'il avait pour ses penchants ?

Thomas se leva.

— Il faut qu'on parle à nouveau à Christian Dufva.

131

Niklas était étendu sur son lit, les bras serrés autour du corps malgré la douleur de ses côtes cassées.

Qu'avait-il fait ?

Un gémissement s'échappa de ses lèvres. Il enfouit le visage dans son oreiller pour ne pas s'entendre. Il avait beau respirer de plus en plus vite, son champ visuel se rétrécissait.

Il pensait juste se calmer les nerfs. Un moment de détente, s'était-il dit en jetant aux orties toutes ses bonnes résolutions.

Il s'était laissé entraîner, misant de plus en plus gros à mesure qu'il perdait. Jusqu'à ne plus avoir les moyens d'arrêter : sa seule issue était de regagner son argent.

Il fallait que la chance tourne, s'était-il dit, elle allait forcément tourner. Personne ne pouvait être aussi malchanceux.

Tous les chiffres avaient fini par clignoter en rouge : il n'avait plus le droit de continuer sans nouveau versement.

Il avait tout perdu, absolument tout, en seulement quelques heures…

Son portable bipa. Trois mots s'affichèrent sur l'écran, qui lui donnèrent un haut-le-cœur.

Il faut payer.

Un bruit dans la cage d'escalier, l'ascenseur s'arrêta à son étage.

Niklas serra la mâchoire à s'en faire mal aux dents.

Étaient-ils déjà là ?

À la seconde même où ils comprendraient qu'il était incapable de payer, ils le démoliraient.

Les portes de l'ascenseur s'ouvrirent. Un bruit de clés. La porte du voisin s'ouvrit et se referma aussi vite.

Niklas était couvert de sueur.

Il se releva et lissa ses cheveux humides. Il ne pouvait pas rester ici. C'était le premier endroit où ils viendraient le chercher.

La maison de vacances d'Ingarö. Là, il pourrait se cacher quelques jours, le temps de trouver une solution.

Niklas sortit un sac et y jeta quelques vêtements. Puis il prit ses clés de voiture et se rua dehors.

132

Écroué dès la fin du procès, Christian Dufva avait été transféré à la maison d'arrêt de Kronoberg, à un jet de pierre de l'hôtel de ville.

Thomas et Aram venaient d'arriver dans la salle d'interrogatoire, où un gardien leur amena le détenu, vêtu de la tenue verte de rigueur. Ses pantoufles paraissaient trop grandes, il marchait en traînant les pieds.

— Vous avez retrouvé Benjamin ? demanda-t-il d'une voix rauque, à peine entré.

Thomas secoua la tête.

— Malheureusement non. Mais nous avons quelques questions à vous poser.

Dufva se laissa tomber sur la chaise la plus proche du mur. Il avait l'air lessivé, de la sueur perlait à ses tempes.

Les deux enquêteurs s'assirent en face de lui.

— Nous pensons que vous et votre famille avez reçu de graves menaces ces derniers jours, dit Thomas. Liées à ce procès où vous étiez le témoin principal. N'est-ce pas ?

Le visage déjà ravagé de Christian Dufva se déforma.

— Oui, murmura-t-il.

— Est-ce pour cette raison que vous avez modifié votre témoignage contre Niklas Winnerman ?

Christian Dufva hocha la tête.

— Pourquoi ne pas nous l'avoir dit ce matin ? demanda Aram.

— Je n'osais pas. Pardon.

— Pouvez-vous nous raconter comment ça s'est passé ?

— J'étais chez moi hier matin, dans l'entrée, en route pour le procès. Quelqu'un m'a appelé sur mon portable, en numéro caché. Bien sûr, il ne s'est pas présenté.

Dufva renifla.

— Il m'a dit qu'ils avaient enlevé Benjamin, et qu'il ne me serait rendu que si je témoignais en faveur de Niklas, afin qu'il soit relaxé.

Il s'essuya le nez du revers de la main.

— Si je faisais ce qu'on me disait, Benjamin devait vite rentrer à la maison.

Thomas pesta intérieurement.

Dufva n'était pas le premier à mentir à la police dans une telle situation. Chaque fois c'était totalement contre-productif. S'ils avaient été informés de cette menace plus tôt, ils ne se seraient pas fixés exclusivement sur Lindqvist, ils auraient pu dès le début élargir les recherches.

— C'est Winnerman qui vous a appelé ? demanda Thomas.

Dufva secoua la tête.

— Non. J'aurais reconnu sa voix. Mais Niklas devait forcément être à l'origine de tout ça. Qui, sinon ?

Exactement ce que Nora avait dit.

Winnerman avait sûrement un complice. Thomas réalisa qu'il avait pensé la même chose au sujet de Pontus Linqvist quelques heures plus tôt. Une fois encore, il se reprocha d'avoir orienté l'enquête exclusivement sur lui.

— Au fait, l'homme avait un accent, dit Dufva. Le suédois n'était pas sa langue maternelle.

— Vous avez réussi à identifier d'où il pouvait venir ? demanda Aram.

— Je ne sais pas bien, peut-être d'un pays slave, mais pas forcément. C'est allé si vite.

— Est-ce qu'il a dit autre chose ?

— Que je ne devais pas prévenir la police si je voulais éviter le pire à ma famille. Il l'a répété plusieurs fois.

Il se tassa encore davantage.

— Benjamin devrait être rentré à présent. Ils l'avaient promis, chuchota-t-il. J'ai fait tout ce qu'ils m'ont demandé.

— Une vaste intervention est en cours, dit Aram.

Le portable de Thomas vibra dans sa poche. Un SMS de Margit :

Personne chez Winnerman.

Ils avaient envoyé une patrouille le chercher pour l'interroger tandis qu'ils se rendaient à la maison d'arrêt.

— Nous essayons de joindre Niklas Winnerman, dit Thomas. Mais il n'a pas l'air d'être chez lui. Savez-vous s'il a un autre point de chute ?

Christian Dufva, inquiet, changea de position sur sa chaise.

— Je ne crois pas, finit-il par dire. Ou alors peut-être à Ingarö…

Son visage était encore plus tourmenté, il se prit le bras gauche.

— Il partage une maison de vacances avec sa sœur. S'ils l'ont encore…

Il se massa la poitrine. Grimaça. Pâlit, le visage en sueur.

— Il faut que vous trouviez Benjamin…, chuchota-t-il.

Il chercha à tâtons à quoi s'agripper. Puis il glissa de sa chaise. Son corps heurta le sol avec un choc sourd.

133

Cent trente kilomètres-heure. Niklas Winnerman accéléra encore, pied au plancher, en se penchant si violemment en avant que la ceinture de sécurité lui scia les côtes.

La douleur l'électrisa, lui rappelant que les Lituaniens seraient sans pitié.

Il serra fort le volant. Ils ne le laisseraient jamais en paix. Il n'avait pas le choix : s'il ne trouvait pas l'argent, il devrait quitter le pays.

Sur la route quasiment déserte, il rattrapa une Honda rouge qui ne le laissait pas passer. Il klaxonna furieusement jusqu'à ce qu'elle se rabatte sur la file de droite. Il la frôla de si près en doublant qu'il vit la mine effrayée du conducteur.

Et merde. Ça vaudrait peut-être mieux pour tout le monde s'il se crashait. Tout serait réglé.

Albert et Natan.

En voyant les visages de ses garçons, Niklas poussa un gémissement.

Tout ça à cause de Christian.

Il avait la belle vie avant que la société fasse faillite et que son existence bascule. C'était la trahison de

Christian qui lui avait fait perdre le contrôle, sa faute si ses dettes de jeu avaient explosé.

Sur le siège passager, une bouteille de vodka à moitié pleine qu'il avait prise dans le congélateur. Il la saisit d'une main moite et but directement au goulot.

L'alcool n'aidait en rien à calmer son angoisse. Ses pensées divaguaient. Où trouverait-il autant d'argent, plusieurs millions ? Il n'avait plus personne vers qui se tourner.

À tout hasard, il avait emporté un couteau de cuisine. Petit, très coupant, qu'il avait fourré dans la poche arrière de son pantalon.

Pas question d'être pris au dépourvu comme la dernière fois, s'ils le retrouvaient.

Il toucha ses côtes. Fouilla dans sa poche et en sortit une plaquette d'antalgique dont il avala deux cachets avec de la vodka.

La route se rétrécit, une voie était fermée pour travaux. La pluie violente de la nuit précédente avait fait place à un grand soleil, le sol avait séché.

La sortie vers Ingarö approchait. Niklas ralentit à peine. Il s'engagea à gauche sur Ingarövägen sans marquer le stop. Il roulait sans vraiment regarder la route : il la connaissait par cœur, après tant d'années.

Le dernier tronçon était un chemin de gravier poussiéreux qui serpentait dans la forêt. La voiture brinquebala à cause de la vitesse et Niklas stoppa en dérapant dans une gerbe de gravillons.

La maison était la dernière du petit chemin forestier, à l'écart derrière une haute haie de lilas qui cachait la vue aux voisins.

Niklas attendit quelques minutes, aux aguets à travers le pare-brise. Les stores étaient baissés, la porte close. La grille était entrouverte, mais sinon tout était normal.

Il pourrait rester là quelques jours, pour réfléchir. Tenter de trouver une issue.

Il n'était pas venu à Ingarö depuis l'été passé, trop préoccupé par le procès qui se profilait. Katrin vivait à l'étranger, elle ne venait que quelques semaines pendant l'été. Elle n'y serait pas avant fin juillet.

Niklas but encore quelques gorgées de vodka, en songeant à Christian qui avait détruit sa vie. Puis il sortit son portable et relut le message.

De nouveau ces trois mots lui arrachèrent un gémissement.

134

La voiture de police banalisée filait sur l'autoroute, où Aram enchaînait les dépassements sportifs.

— Attention ! s'exclama Thomas quand la voiture oscilla, une roue arrière à moitié sur le bas-côté.

Le téléphone sonna. Margit. Thomas brancha le haut-parleur.

— Nous avons lancé un avis de recherche pour Niklas Winnerman, dit-elle. Et j'ai du nouveau sur la maison de vacances. Elle est enregistrée au nom d'une certaine Katrin Dupont, sa sœur, qui vit à Bruxelles.

— Et alors ?

— Je l'ai eue au téléphone. Elle n'a aucune idée d'où pourrait être son frère. Elle dit ne pas lui avoir parlé depuis longtemps.

Ils sortirent de l'autoroute au panneau indiquant Ingarö.

— Mais elle m'a signalé autre chose quand je lui ai expliqué la gravité de la situation : elle soupçonne son frère d'avoir des dettes de jeu. Il a plusieurs fois tenté de lui emprunter de l'argent sans lui expliquer pourquoi. Il est aussi revenu à la charge pour vendre la maison de vacances. Il avait l'air aux abois, presque paniqué, la dernière fois qu'elle l'a eu au téléphone.

Nora avait mentionné les mails incendiaires qu'elle avait reçus au cours du procès. Elle disait être persuadée qu'ils venaient de Winnerman. Elle l'avait qualifié de « criminel », même s'il venait juste d'être relaxé.

Le profil de ce type devenait de plus en plus inquiétant.

— Il conduit une Audi noire, termina Margit.

La route se divisait en T. Aram consulta la carte sur son portable et prit à gauche.

Le chemin de gravier se rétrécissait, ils passèrent devant une maison, puis une autre, et aperçurent bientôt celle des Winnerman tout au bout.

Thomas imagina les yeux effrayés de Benjamin.

Le chaud soleil du soir teintait d'or les prairies. Des nuages blancs cotonneux flottaient dans le ciel.

Aram laissa la voiture parcourir les derniers mètres en roue libre.

— Regarde, dit-il tout bas.

Une voiture noire était garée dans l'allée.

135

Ouvrir les yeux était pénible, mais le bruit de l'autre côté de l'épaisse cloison tira Benjamin de sa somnolence.

Ça ressemblait à une voiture. Un ronron de moteur qui déchirait le sombre silence.

Soudain, il s'arrêta. Quelqu'un venait.

Tout son corps se mit à trembler. De peur ou de fièvre ? Ses muscles le tiraient, des crampes le traversaient par moments. De petits sursauts incontrôlables dans les bras et les jambes.

De nouveaux bruits au-dessus de sa tête. Des pas lourds et des craquements, une porte qui claquait.

Je ne veux pas mourir.

Benjamin gémit.

Ses oreilles bourdonnaient. Il n'avait même plus la force de lever la tête, mais tenta de se recroqueviller sur le matelas et de son bras valide tira le sac de couchage pour se cacher. Quand il toucha sa main blessée, il eut si mal qu'il poussa un cri.

S'il restait absolument immobile, peut-être qu'ils ne le trouveraient pas.

Benjamin s'efforça de respirer aussi silencieusement que possible, mais très vite il eut l'impression d'étouffer sous le duvet.

Son cœur battait comme jamais.

Des marches grincèrent. Benjamin comprit qu'il devait y avoir un escalier de l'autre côté de la porte fermée à clé.

Était-il enfermé dans une cave ?

Il entendit un bruit de serrure, une clé qui tournait.

Mon Dieu, s'il vous plaît, sauvez-moi !

136

Niklas avait descendu en titubant l'escalier de la cave. La vodka était finie. Mais il devait rester une bouteille d'eau-de-vie de la dégustation d'écrevisses de l'été précédent.

Plus il buvait, plus sa rage s'amplifiait. Penser à Christian lui faisait palpiter les tempes. C'était à cause de ce salaud que Niklas était forcé de se terrer là, dans ce trou paumé, au lieu de fêter son acquittement en famille.

La serrure était grippée, il n'avait aucun souvenir d'avoir verrouillé la dernière fois. Quand il parvint enfin à faire tourner la clé, la porte s'ouvrit si violemment qu'elle rebondit contre le mur.

L'odeur de renfermé et de vieille pisse le fit reculer. Ça puait, comme s'il y avait un animal crevé.

Niklas chercha à tâtons l'interrupteur, l'actionna, mais rien. L'ampoule du plafond devait être grillée, décidément aujourd'hui tout était contre lui.

Il plissa les yeux pour scruter la pièce carrée. La lumière de l'escalier ne portait pas très loin, mais il finit par découvrir une bouteille d'eau-de-vie presque pleine en haut d'une étagère. Avec un soupir de soulagement il l'attrapa et tourna les talons pour remonter.

Cette puanteur, c'était à vomir…

Malgré l'obscurité quelque chose retint son attention au moment où il allait refermer la porte derrière lui.

Un matelas contre le mur, avec dessus comme un baluchon en boule. Il avait beau ne pas être venu depuis longtemps, il n'avait aucun souvenir de ça.

Les Lituaniens, pensa-t-il immédiatement. Ils avaient deviné où il viendrait se cacher et lui avaient laissé…

Il fallait qu'il aille voir.

Niklas reposa la bouteille. Il avait toujours le couteau dans la poche de son pantalon. Il le sortit et fit quelques pas vers le matelas.

Ça sentait de plus en plus mauvais.

Soudain, il entendit quelque chose, un gémissement qui venait de sous le baluchon.

Niklas leva le couteau, et continua d'avancer.

De près, le baluchon se révéla être un sac de couchage usé et poussiéreux. Il se pencha et tira le tissu d'un rapide coup de poignet.

Devant lui, le visage blême et trempé de larmes d'un petit garçon.

Benjamin.

Niklas Winnerman resta bouche bée quelques secondes, tandis que la vérité lui apparaissait. Non seulement ces maudits Lituaniens avaient kidnappé le garçon, mais ils l'avaient planqué dans sa propre maison. Le condamnant à être envoyé au trou.

Putain.

Si on retrouvait Benjamin ici, il serait condamné pour enlèvement et séquestration. Il ne s'en tirerait jamais.

Niklas serra plus fort le manche du couteau.

Ces dernières heures, il avait rêvé de détruire la vie de Christian de la même façon que celui-ci avait détruit la sienne. Une noirceur l'envahit, violente et irrésistible, anéantissant toute raison.

Il regarda l'enfant qu'il connaissait depuis toujours. Son petit visage était sale et creusé, ses yeux enfoncés.

La haine aveuglait Niklas, effaçait les traits du garçon et l'emplissait d'une lave brûlante.

Il ne voyait plus que le visage de Christian.

Le sang palpitait à ses tempes.

Il regarda le couteau dans sa main, vit la lame luire dans l'obscurité.

Benjamin ouvrit la bouche, mais Niklas n'entendit pas son cri.

137

Aram s'était garé derrière un grand massif de lilas. Thomas défit son holster et sortit son pistolet avant de descendre de la voiture.

Devant lui, Aram s'accroupit tout en poussant la grille. Thomas posa sa main sur le capot de l'Audi : il était encore chaud.

— Il doit être là-dedans, chuchota-t-il en essayant d'apercevoir un mouvement derrière les rideaux.

Aucun signe de vie.

— Je fais le tour.

Aram disparut, tandis que Thomas continuait d'avancer doucement vers l'entrée, tous ses sens en éveil. Son pistolet tendu à bout de bras, il tâta de la main gauche la porte d'entrée : ouverte.

Thomas la poussa légèrement et jeta un coup d'œil par l'embrasure. Ça sentait le renfermé et un peu l'humidité, comme si personne n'avait séjourné là depuis longtemps.

Il tendit l'oreille. Aucun bruit ni aucune voix.

Winnerman était forcément à l'intérieur. Peut-être en embuscade dans un coin.

Thomas entra, aux aguets.

Le vestibule conduisait à une cuisine au mobilier rustique. Sur l'évier, une bouteille de vodka vide. Thomas la toucha, elle était froide : Winnerman devait l'avoir posée là assez récemment.

Thomas tendit à nouveau l'oreille. Il lui sembla entendre quelque chose tinter, sans qu'il sache en dire avec certitude la provenance.

Une porte était entrouverte devant la cuisine. En s'approchant, il découvrit un escalier de cave faiblement éclairé. Il faisait un coude, impossible de voir jusqu'en bas.

Attendre Aram, ou descendre ?

Un nouveau bruit : Thomas était presque sûr que ça venait d'en bas.

Il chercha Aram par la fenêtre de la cuisine, sans le voir.

Sans bruit, il descendit la première marche, puis la deuxième. Partout des crottes de souris.

L'escalier finissait devant une porte en bois sombre entrouverte. Des toiles d'araignée grises pendaient du plafond.

Thomas s'arrêta et ôta la sécurité de son pistolet. Fit un pas, encore un, et poussa la porte du pied. Dans l'embrasure, on devinait la silhouette d'un homme de dos, accroupi à l'autre bout de la pièce. Que faisait-il ?

— Police ! hurla Thomas. Sortez les mains en l'air.

Lentement, l'homme se retourna. Niklas Winnerman.

— Ne tirez pas ! cria-t-il.

Derrière lui, Thomas découvrit un enfant qui semblait inconscient.

Benjamin.

— Ne tirez pas ! cria à nouveau Winnerman.

Quelque chose brillait par terre à côté de lui. Un couteau ?

Thomas respirait lourdement. Il serrait si fort son pistolet que sa main tremblait. Il ne pouvait prendre aucun risque, la vie de Benjamin en dépendait.

— Levez-vous et venez jusqu'à moi les mains au-dessus de la tête !

Dans son dos, il entendit les pas d'Aram dans l'escalier.

— Benjamin est là, lança-t-il par-dessus son épaule.

Sans quitter Winnerman des yeux.

— Éloignez-vous de Benjamin, hurla-t-il. Je vais tirer si vous ne mettez pas tout de suite les mains en l'air.

Winnerman esquissa un mouvement vers l'enfant.

— Touchez-le et je tire ! cria Thomas.

Il suait tellement que ça lui coulait dans les yeux.

Quelques secondes s'écoulèrent, puis Winnerman se redressa lentement, les mains levées, et se dirigea vers Thomas.

— Je viens juste de le trouver, se défendit Winnerman. Quelqu'un l'avait enfermé là. Il n'a pas l'air blessé.

Aram avait déjà sorti une paire de menottes. Tandis qu'il l'emmenait, mains attachées dans le dos, Thomas se précipita vers Benjamin.

Il gisait par terre, le souffle ténu. Son visage était strié de sueur, ses lèvres gercées.

— Tu n'as plus à avoir peur, lui dit doucement Thomas. Je suis policier, on va s'occuper de toi. Tout va bien maintenant.

Les yeux de l'enfant se révulsèrent.

Thomas le prit dans ses bras comme il avait tant de fois porté Elin. Benjamin avait beau avoir deux fois son âge, il était si léger. Et anormalement inerte. Thomas posa la main sur son front brûlant.

— Appelle une ambulance ! cria-t-il à Aram.

138

Une odeur de cuisine accueillit Nora quand elle ouvrit la porte de l'appartement. Adam avait dû s'occuper de faire manger Julia. Tant mieux. Elle rentrait tard et épuisée, le corps lourd comme du plomb.

Ça avait été une des journées les plus étranges de sa vie professionnelle. La mise en examen de Niklas Winnerman pour abus de biens sociaux aggravé avait été annulée, le jugement à l'encontre de Bertil Svensson reporté une semaine plus tard. Sa condamnation pour complicité ne faisait aucun doute, à en croire les regards des jurés. Christian Dufva était écroué, mais venait d'être hospitalisé à la suite d'un grave infarctus. Son état était critique, une grande partie du muscle cardiaque était endommagée.

Elle avait transmis son dossier à un collègue et échangé quelques mots avec son supérieur. Officiellement, elle était en vacances à partir de demain. Quant à ce poste vacant de procureur principal adjoint, elle n'avait pas le courage d'y songer.

Il fallait maintenant qu'elle s'occupe d'annuler le mariage. Appeler tous les invités et leur dire ce qu'il en était.

Cette perspective lui fit monter les larmes aux yeux.

Avec un soupir las, elle ôta ses escarpins bleu marine et enleva son manteau.

Un énorme vase de roses et d'orchidées blanches trônait sur la table de l'entrée. Les fleurs étaient toutes fraîches.

Jonas avait déjà rapporté des cartons d'orchidées lors de vols vers Bangkok. On les vendait tout emballées à l'aéroport. En Asie, une douzaine coûtaient le prix d'une seule fleur en Suède.

Posée par terre, une mallette noire de pilote.

— Il y a quelqu'un ? appela Nora d'une voix tremblante.

Elle n'osait ni espérer ni croire ce qu'elle avait sous les yeux.

Quelques secondes passèrent. La hotte de la cuisine ronronnait. La porte du four se referma en claquant.

— Il y a quelqu'un ?

Ses yeux se noyèrent de larmes.

— Mais quoi, tu pleures ?

Jonas était sorti de la cuisine, un torchon sur l'épaule. Il rejoignit Nora en quelques pas rapides, l'attira contre lui et lui caressa la joue.

— Tu es vraiment rentré ? murmura-t-elle.

— Je t'avais bien dit que tout allait s'arranger.

— Oui, c'est vrai.

Elle appuya son front contre le sien, ferma les yeux.

Elle s'était enferrée dans des futilités. Ce n'était pas la faute de Jonas s'il avait été retardé.

Ça aurait pu être bien pire.

Thomas n'avait pas donné de nouvelles. Le petit Benjamin était toujours porté disparu. Ce qu'éprouvait sa maman en cet instant, Nora ne pouvait pas l'imaginer.

Peu importe qu'ils se marient vendredi ou samedi ou un autre jour. Le principal était qu'ils soient là l'un pour l'autre. Et que les enfants aillent bien.

— Qu'est-ce qui s'est passé ? murmura-t-elle au bout d'un long moment.

— Ils ont fini par trouver la panne. On a embarqué tous les passagers et hop, retour en Suède.

Il en parlait comme d'une bagatelle.

— Je suis tellement désolée de ce que je t'ai dit, lui chuchota-t-elle à l'oreille. Merci d'être revenu.

— Mais bien sûr que je suis revenu. On se marie vendredi, non ?

139

Il y avait des moments où Thomas se rappelait pourquoi il avait choisi d'être policier. Par exemple quand Åsa Dufva accourut à l'hôpital Sud, où Benjamin avait été transporté en hâte. Son manteau volant autour d'elle, elle manqua d'entrer en collision avec une infirmière qui poussait un pied à perfusion.

Thomas était dans le couloir, il s'apprêtait à rentrer à Nacka pour commencer à interroger Niklas Winnerman. Aram était déjà à l'hôtel de police, mais Thomas avait tenu à accompagner Benjamin à l'hôpital.

— Merci d'avoir retrouvé mon fils, balbutia Åsa, en larmes, en lui étreignant les mains. Je ne l'oublierai jamais.

Benjamin dormait, son petit corps éprouvé perfusé de glucose et d'antibiotiques.

Thomas espérait qu'il n'aurait pas trop de mal à s'en remettre. Le traumatisme de ce kidnapping exigerait beaucoup de soins et d'amour, et son père était en soins intensifs.

Mais pour l'heure, il s'agissait de le tirer d'une septicémie sévère. Les médecins étaient optimistes. Quelques heures de plus, et l'issue aurait pu être fatale.

Thomas se libéra doucement de l'étreinte d'Åsa.

— Je suis content qu'on l'ait trouvé à temps.

Restait à comprendre pourquoi et comment Niklas Winnerman en était arrivé à cette extrémité. Margit avait proposé d'assurer le premier interrogatoire, mais Thomas avait refusé catégoriquement. Il fallait qu'il affronte lui-même cet homme dès son arrestation.

Aram l'attendait devant la salle d'interrogatoire.

— Comment va Benjamin ? demanda-t-il dès que Thomas sortit des portes vertes de l'ascenseur.

— Les médecins ont l'air optimistes, mais il est encore trop tôt pour se prononcer. Sa mère ne le quitte plus des yeux.

— Quel sac de nœuds…

Thomas hocha la tête et ouvrit la porte. Il reconnut immédiatement l'avocat, téléphone vissé à l'oreille : Jacob Emilsson, un des plus célèbres ténors du barreau.

Mauvaise nouvelle. Thomas savait comment Emilsson travaillait. Maintenant, tout allait prendre plus de temps.

Niklas Winnerman leva la tête à l'entrée du policier, ses yeux injectés de sang s'écarquillèrent dans un mélange de peur et de confusion.

Thomas s'efforça de masquer son dégoût. Kidnapper un enfant pour sauver sa peau : Winnerman était autant un salaud que son ancien associé.

— Ce n'est pas moi ! s'exclama-t-il comme dans la cave. Vous devez me croire, je vais tout vous raconter.

Jacob Emilsson se hâta de toucher l'épaule de son client.

— Vous n'êtes pas obligé de dire quoi que ce soit. Personne ne peut vous y contraindre.

— Je ne suis pas un criminel !

Thomas se demanda avec lassitude combien de fois il avait entendu cette phrase dans cette salle.

— C'était un cauchemar, continua Winnerman, les yeux exorbités. Je savais que Christian mentait, que ses accusations contre moi étaient inventées de toutes pièces. Je ne comprenais juste pas pourquoi.

— Ses aveux ont été une surprise totale pour tout le monde au tribunal, glissa Jacob Emilsson.

Winnerman regarda longuement son avocat.

— J'ai tout le temps essayé de vous le dire, mais vous ne me croyiez pas.

Thomas s'attendait à une réaction outrée d'Emilsson, Nora lui avait raconté comment s'était déroulé le procès. Mais l'avocat demeura impassible.

— C'est vous qui m'avez dit que le témoignage de Christian serait dévastateur pour moi, continua Winnerman. Vous disiez qu'il me ferait couler s'il ne changeait pas de version.

Il se gratta le cou et, en levant le bras, dégagea de légers effluves de sueur.

— J'étais forcé de faire quelque chose pour l'arrêter. Vous ne comprenez pas ? C'est Christian qui m'a forcé. Il ne fallait pas que j'atterrisse en prison, je savais ce qui m'y attendait. J'aurais sombré.

— Donc vous avez kidnappé son fils pour lui faire changer son témoignage ? proposa Aram.

— Non, non !

Winnerman haussa la voix :

— Vous ne comprenez rien !

— Qui l'a fait, alors ? demanda Thomas.

Winnerman se tut. Thomas vit passer des sentiments contradictoires sur son visage.

— J'avais quelques relations, marmonna-t-il. En Lituanie.

Jacob Emilsson posa la main sur le bras de son client dans un geste de mise en garde, mais Niklas Winnerman passa outre. Il semblait avoir pris sa décision.

— J'ai des dettes de jeu. L'année dernière, j'ai perdu de grosses sommes. La situation a fini par être intenable. Mon appartement était hypothéqué, j'avais vendu tout ce que je pouvais vendre.

Sa sœur avait vu juste.

— Par l'intermédiaire de connaissances, je suis entré en contact avec un Lituanien qui m'a prêté de l'argent.

Winnerman se tint les côtes avec une grimace.

— Ça s'est passé dimanche dernier. Deux côtes cassées. J'étais en retard de mes remboursements. Ils m'ont dit que c'était le dernier avertissement. Ça m'a donné une idée : avec leurs méthodes, ils pourraient peut-être m'aider pour Christian.

Le rouge lui monta aux joues.

— C'était idiot, je sais, mais j'étais hors de moi. Je les ai contactés pour qu'ils fassent pression sur lui.

— Et ils ont accepté comme ça ? demanda Aram, bras croisés.

— J'ai dû payer. Ils ont ajouté dix pour cent à ma dette, plusieurs centaines de milliers de couronnes, mais je n'avais pas le choix. J'étais prêt à tout pour ne pas aller en prison.

Thomas avait du mal à gober cette histoire.

— Mais je ne leur ai jamais demandé de kidnapper Benjamin, répéta Winnerman.

Sa façon de se tordre les mains évoqua à Thomas un petit vieux.

— Encore une fois, je voulais juste faire changer son témoignage à Christian. Je le connais, ce n'est pas un type courageux. Je pensais qu'il suffirait de le menacer, lui et sa famille. Peut-être le passer à tabac, comme moi…

— C'est en ces termes que vous avez parlé à vos copains lituaniens ? demanda Thomas.

— Je leur ai demandé de faire en sorte que Christian ne témoigne pas contre moi.

Ce serait un défi pour Jacob Emilsson de défendre son client dans le procès à venir.

— Comment se fait-il alors que Benjamin ait été kidnappé au camp de voile ? demanda Aram.

— Je ne sais pas.

— Comment ont-ils su qu'il y était ?

Winnerman baissa les yeux.

— Je le leur ai dit.

— Qui est allé enlever Benjamin ? demanda Thomas.

— Je ne le sais pas non plus.

Aram se contenta de secouer la tête.

— Je sais l'impression que ça donne, mais c'est comme ça que ça s'est passé, plaida Winnerman. Je le jure. Tout ce que j'ai fait, c'est leur demander de menacer Christian et sa famille, rien d'autre. J'ai mentionné Benjamin, c'est vrai, mais je n'aurais jamais pu imaginer qu'ils le kidnapperaient.

Aram se pencha au-dessus de la table.

— À supposer que ce soit vrai. Que ces mafieux baltes aient décidé de vous en donner pour votre argent. Pourquoi avoir caché Benjamin dans votre cave ?

Jacob Emilsson devança la réponse :

— J'ai évoqué ce point avec mon client. Je pense qu'ils voulaient que tout pointe vers lui, si les choses tournaient mal. Si ça s'est passé comme le décrit mon client, l'intervention des Lituaniens n'aura duré que quelques heures. Entrer, ressortir, un boulot rapide et rentable. En plus sans risque, puisque tout accuserait mon client en cas de problème.

Thomas secoua la tête.

— Admettons. Mais que serait-il arrivé à Benjamin ? Comptaient-ils le laisser mourir dans cette cave ?

Emilsson échangea un regard avec Winnerman.

— La dette devait être payée aujourd'hui. Notre hypothèse était que les Lituaniens prévoyaient de révéler où était caché Benjamin aussitôt l'argent versé.

Il se cala au fond de sa chaise.

— En utilisant la maison de mon client, ils avaient une double assurance. Et peut-être aussi un moyen de pression pour l'avenir, à toutes fins utiles.

Thomas ne put s'empêcher de se demander s'ils parviendraient un jour à retrouver les vrais ravisseurs, pour autant que les choses se soient passées comme le prétendait l'avocat. Cela paraissait si invraisemblable que c'était peut-être la vérité.

— Mon client n'a pas intentionnellement participé à ce kidnapping, martela Jacob Emilsson. Il nie toute préméditation.

— Dans tous les cas, il sera mis en examen, rétorqua Aram. Avec une longue peine de prison à la clé.

140

Il allait être dix heures et demie quand Aram et Thomas remontèrent au troisième étage. Margit était encore dans son bureau. Elle les appela dès qu'elle entendit leurs pas.

Thomas s'assit en face d'elle, Aram resta adossé à la cloison.

Margit grelottait malgré son gros pull.

— Comment ça s'est passé avec Winnerman ? demanda-t-elle.

Aram lui fit un bref résumé.

— Ça sonne vraiment comme une version élaborée a posteriori, dit-elle.

Thomas aurait été tenté d'abonder dans son sens, mais il entendait encore Emilsson argumenter – de façon assez convaincante, il fallait le reconnaître – en faveur de la version de son client.

— Il y a une certaine logique dans son histoire, admit-il à contrecœur. On verra bien ce qu'en dira le labo.

Il se frotta le front, ses paupières étaient lourdes.

Dans tous les cas, Winnerman serait condamné à une lourde peine. Faire pression sur un témoin, les tribunaux ne prenaient pas du tout ça à la légère.

— Peut-être qu'on réussira à prélever de l'ADN des ravisseurs sur le duvet, dit Aram. Ou quoi que ce soit qui conforte l'histoire de Winnerman.

— Le principal, c'est que vous ayez retrouvé Benjamin, dit Margit. J'ai rappelé l'hôpital, ça va mieux. Il semble réagir au traitement, et on commence à venir à bout des streptocoques qui ont déclenché la septicémie.

— Tu as eu d'autres nouvelles d'Isak Andrén ? demanda Thomas.

Il songea au bourrelet mauve au cou du jeune homme. Au désespoir de sa mère.

— Il ne semble pas souffrir de lésions neurologiques graves, Dieu merci. En revanche, Christian Dufva est très mal, il ne s'est pas encore réveillé.

Elle fit glisser quelques documents sur la table.

— Vous vous rappelez la dernière condamnation de Lindqvist ? Elle se basait sur une vidéo où on le voyait violer un jeune garçon. Cet enfant n'a jamais été retrouvé.

Pontus Lindqvist. Thomas n'avait plus pensé à lui ces dernières heures.

Il n'avait pas cru une seconde à l'explication de sa présence dans le dortoir de Benjamin. Il y avait quelque chose de malsain derrière ces empreintes digitales laissées dans le dortoir des garçons. Même si ce n'était pas lui qui avait kidnappé Benjamin, Lindqvist restait un grand pervers, animé des pires pulsions.

Margit indiqua les documents :

— Je viens de parler à nos confrères de Göteborg.

Sa cellule était petite, pas plus de quatre mètres sur quatre. Effondré sur la couchette, Niklas fixait le mur.

Tout était gris là-dedans. Le sol, les murs, même le plafond. Tout sauf le cercle jaunâtre autour de la cuvette des toilettes.

Maintenant dégrisé, il se sentait oppressé et il avait froid, malgré la vieille couverture jetée sur son dos. Des coups de marteau retentissaient sous son crâne. Il essayait de retenir ses gémissements.

Il s'était transformé en monstre. Comment pourrait-il continuer à vivre avec le souvenir du visage terrifié de Benjamin, tandis qu'il levait le couteau ?

À présent que son ivresse s'était dissipée, il ne comprenait pas qu'il ait pu vouloir assassiner un petit garçon pour punir son père.

L'espace d'un instant, un brouillard rouge avait tout recouvert. La fureur avait fait bouillir son sang. Ce n'était qu'à la dernière seconde qu'il avait suspendu son geste, et laissé tomber le couteau.

Albert et Natan ne lui pardonneraient jamais quand ils apprendraient ce qui s'était passé. Et il ne pourrait rien dire pour se racheter.

Il avait tout perdu, jusqu'à sa famille.

Il allait croupir en prison, peut-être s'y faire assassiner, mais cette fois par sa faute.

Les Lituaniens seraient sans pitié.

Pour la première fois, l'idée de mourir ne lui parut pas la pire alternative.

141

Quand Thomas et Aram entrèrent dans la salle d'interrogatoire, Pontus Lindqvist était affalé sur son siège, à côté de son avocat. Il semblait vaseux, comme si on venait de le tirer du lit.

— Est-il vraiment nécessaire de procéder à un nouvel interrogatoire à une heure pareille ? attaqua d'emblée Hjalmar Andersson. Ça ne pouvait pas attendre demain ?

Thomas lui adressa un regard glacial.

— Nous avons retrouvé Benjamin Dufva. Ça vous intéressera peut-être de savoir que votre client n'est plus soupçonné d'enlèvement ?

Pontus Lindqvist se redressa sur son siège.

— Je vous l'avais bien dit !

Un sourire satisfait glissa sur son visage.

Hjalmar Andersson esquissa un geste vers sa serviette.

— Donc nous pouvons partir, maintenant ?

Ignorant l'avocat, Thomas s'adressa directement à Lindqvist :

— Il y avait un sac de vêtements dans votre box Shuregard.

Kalle avait été très minutieux dans son inventaire.

— Ce sac contenait un peu de tout. Entre autres des vêtements qui semblaient appartenir à un garçon de dix ans, à qui était aussi le slip que vous n'avez pas pu vous retenir de garder chez vous.

Le chien avait bien fait son travail, ils n'avaient juste pas compris qu'il s'agissait d'un autre enfant.

Pontus Lindqvist détourna le regard. La peau fine sous ses yeux était bleuâtre.

— Ces vêtements étaient pliés avec la carte d'une zone en périphérie de Göteborg, continua Thomas. Un endroit où vos parents possédaient autrefois une maison de vacances.

— La police de Göteborg s'y est rendue ce soir avec des chiens, enchaîna Aram. Ils n'ont pas eu de mal à trouver, avec la carte détaillée.

— Et là, il y avait un petit garçon enterré. Ou plutôt ce qu'il en restait.

Hjalmar Andersson retint son souffle.

— L'ADN du corps va être comparé aux vêtements trouvés en votre possession. L'âge du cadavre semble correspondre à celui du garçon qui vous a valu une condamnation pour viol aggravé sur mineur voilà quelques années. L'agression que vous avez filmée. Nous connaîtrons bientôt l'identité de la victime.

— Nous allons demander votre incarcération demain matin, dit Aram. Attendez-vous à être inculpé de meurtre. Ça signifie la prison à vie.

Pontus Lindqvist se détourna. Toute couleur avait quitté son visage, il faisait dix ans de plus.

Thomas éprouva une amère satisfaction qu'ils aient malgré tout réussi à envoyer cette ordure au trou. Mais à présent il se sentait surtout éreinté.

Il regarda sa montre. Dans une heure, l'avion de Pernilla allait atterrir. Il était temps de rentrer à la maison.

JEUDI 19 JUIN

142

Une clé tourna dans la serrure. Ce petit bruit ne procura pas de joie particulière à Thomas. Il s'était assoupi sur le canapé en attendant Pernilla, mais se demandait si c'était une si bonne idée. Peut-être n'avaient-ils plus grand-chose à se dire ?

Il était une heure passée. La nuit était encore bleu sombre. Malgré l'épuisement physique et psychique de ces derniers jours, il ne tenait plus en place, avec des impatiences dans tout le corps. Ce court somme ne lui avait pas permis de se détendre.

Ce que Margit lui avait dit dans l'ascenseur avant qu'ils se séparent le tracassait. La nouvelle organisation… Apparemment, Karin Ek serait surnuméraire et Staffan Nilsson devrait prendre sa retraite.

À quoi bon ?

La porte d'entrée s'ouvrit, créant un appel d'air depuis le balcon. Thomas entendit le roulement d'une valise, un manteau qu'on pendait à un cintre.

Pernilla apparut sur le seuil.

— Toujours réveillé ?

Elle s'appuya au chambranle de la porte.

— Je t'attendais, dit Thomas.

Il lui fit signe d'approcher. Pernilla se mordit la lèvre inférieure, mais resta là où elle était.

— On ne peut pas continuer comme ça, lâcha Thomas. Si tu as l'intention d'être tout le temps absente, il vaudrait mieux qu'on aille habiter de notre côté, Elin et moi.

S'il fallait en passer par une séparation, tant pis. Certes, il détestait l'idée qu'Elin ne grandisse pas avec ses deux parents unis, mais elle ne serait pas le premier enfant à vivre ça. En Suède, la moitié des mariages s'achevaient par un divorce, ils arriveraient eux aussi à gérer ça.

Pernilla fit un geste de lassitude.

— Enfin, Thomas…

Il n'avait rien à ajouter. Il n'avait jamais été très doué pour les épanchements. Maintenant qu'il avait dit ce qu'il avait sur le cœur, ils pouvaient aussi bien aller se coucher et essayer au moins de dormir quelques heures. Demain, de nouveaux interrogatoires l'attendaient. On verrait plus tard pour les questions pratiques.

Thomas allait se lever quand Pernilla l'arrêta d'un geste.

— Attends un peu.

Elle avait les yeux humides.

— Mes mots ont dépassé ma pensée au téléphone, l'autre jour. Pardon. J'avais tellement mauvaise conscience pour tout que je m'en suis prise à toi. Je sais que j'ai beaucoup travaillé ces derniers temps. Mais tu ne comprends pas comment c'est.

Non, il n'en avait aucune idée. Tout ce qu'il savait, c'était que sa compagne préférait être au boulot qu'auprès de lui et de leur fille.

— Je t'aime, et Elin aussi, il ne s'agit pas de vous deux, dit tout bas Pernilla.

L'irritation de Thomas s'était apaisée. Il n'était plus aussi en colère et frustré qu'avant, juste las de tout. Las d'être celui qui devait gérer la déception d'Elin chaque fois que sa mère faisait des heures supplémentaires. Las qu'ils ne soient plus jamais ensemble.

Il se laissa retomber au fond du canapé.

— Dis-moi de quoi il s'agit, alors.

Pernilla avait de nouvelles rides autour des yeux. Ses cheveux teints en rouge étaient attachés par une pince, et quelques mèches dépassaient.

— Je ne sais pas non plus si je vais pouvoir gérer ça, avoua-t-elle. Je suis toujours fatiguée et irritable, toujours à l'arrache. Je sais que je ne trouve pas le temps qu'il faudrait pour Elin et toi.

Elle lâcha quelque chose entre un soupir et un sanglot.

— Évidemment, j'ai remarqué que ça n'allait pas bien entre nous.

Elle se massa une tempe, comme elle faisait toujours quand elle était triste.

— Je suis débordée. C'est comme une crue qui ne s'arrête jamais. Quand je me couche le soir, j'ai tout juste traité les mails du jour. Et le lendemain, il y en a cent autres.

Thomas ne savait pas quoi dire. Son travail aussi était exigeant, lui aussi avait parfois l'impression de se noyer. Mais il ne voulait pas jouer à comparer qui avait le travail le plus prenant. Ce serait indigne.

— Je ne sais pas comment faire face à tout ça, reprit Pernilla. Tout le monde appelle sans arrêt. Il y a des réunions, des prévisions budgétaires, des entretiens. Je n'y suffis pas, c'est tout.

Un courant d'air arriva du balcon. Thomas se leva pour aller fermer.

— Tu ne veux pas t'asseoir ? proposa-t-il.

Pernilla se posa tout au bord du fauteuil en face de lui.

— Je me sens coupable tous les soirs où je suis absente ou accaparée par mon ordinateur. Tu ne me croiras peut-être pas, mais je remarque bien à quel point ça t'irrite. Je sais comment tu vas réagir quand je te demande d'aller chercher Elin alors que c'est mon tour.

Elin était encore chez sa grand-mère paternelle. La dernière chose qu'elle avait demandée avant de s'endormir, c'était quand maman allait rentrer.

— Pourquoi crois-tu que j'envoie des SMS plutôt que d'appeler ? reprit Pernilla en s'essuyant les yeux. Je n'ai pas le courage de me crêper le chignon avec toi quand je suis stressée.

Thomas fit son examen de conscience. Lui aussi avait parfois des réactions exagérées. Et lui aussi s'absorbait parfois dans son travail.

Pernilla se pencha au-dessus de la table, lui prit la main, précautionneusement, comme persuadée qu'il allait la retirer.

— Tu n'y es pour rien. Je suis juste tellement usée. Je vais essayer de régler tout ça, promis. Au pire, je changerai de boulot.

Elle défit sa pince et secoua la tête.

Quand ses cheveux se répandirent sur ses épaules, Thomas reconnut la Pernilla qu'il avait épousée quatorze ans plus tôt, à l'église de Djurö. Qui l'avait quitté après la mort d'Emily. Puis était revenue vers lui.

Quelque chose commençait à se libérer.

— Je veux que ça fonctionne, murmura-t-elle. Je le veux vraiment.

Pourraient-ils se retrouver tous les deux ? Encore une fois ?

Thomas se leva et l'attira à lui. Des lèvres, il frôla son front.

— Moi aussi, je le veux, lui chuchota-t-il à l'oreille, même s'il ne savait pas comment faire, ni où il trouverait la force.

Mais ils étaient deux dans cette relation. Ce n'était pas uniquement la faute de Pernilla si tout s'était dégradé.

— Viens, on va se coucher, dit-il. On en reparlera demain.

La chaleur de son corps se communiqua au sien. Malgré sa fatigue, son désir s'éveilla. Comme toujours.

143

Nora sentit la fraîcheur de la rosée en s'avançant pieds nus sur le ponton. Il était onze heures passées. Le soleil s'était couché depuis une demi-heure, mais le ciel était encore rose au-dessus de Harö, où les derniers rayons avaient disparu derrière les pins.

Demain, elle allait se marier.

Elle se tourna et leva les yeux vers les fenêtres sombres de la villa Brand.

Jonas dormait, le décalage horaire avait fini par le rattraper. C'était aussi bien, mieux valait qu'il soit reposé demain. Les premiers invités allaient arriver avec le bateau de neuf heures.

Un voilier glissait vers Sandhamn, feux de position allumés. La coque blanche se reflétait sur le miroir de l'eau, tandis qu'un petit canot pneumatique sautait comme un bouchon dans son sillage.

Nora huma le parfum de la mer et du varech, sentit la paix qui toujours descendait sur elle quand elle contemplait la baie calme, où les phares et balises s'étaient mis à clignoter au loin pour indiquer les voies maritimes.

Au bout d'un moment, elle revint sur ses pas et alla s'asseoir dans un des fauteuils à la racine du ponton.

Faisait-elle une bêtise ?

Une semaine plus tôt, elle était certaine de vouloir se marier avec Jonas, avant-hier tout aussi certaine d'en rester là.

Vingt et un ans étaient passés depuis son précédent mariage. Ce jour-là, elle était persuadée qu'elle vivrait avec Henrik pour le restant de ses jours.

Nora frissonna.

Toutes les horreurs qu'ils s'étaient dites. Toutes ces larmes, ces déceptions. Sa douleur quand elle avait découvert l'infidélité d'Henrik. Il leur avait fallu bien des années pour comprendre que leur mariage était fini, et plus encore avant de pouvoir se reparler comme deux personnes civilisées.

Mais sans Henrik, elle n'aurait pas eu Adam et Simon.

Nora sourit en songeant à ses fils. Tous les deux étaient partis avec leurs copains dans la nuit d'été. Ils se réjouissaient de ce mariage, tous deux aimaient bien Jonas et adoraient leur petite sœur.

Elle ne pouvait pas regretter son mariage avec Henrik, juste ce qu'ils avaient fini par en faire.

Nora resserra sa veste de laine.

Elle aimait Jonas et il l'aimait. Mais la joie sincère qu'elle éprouvait une semaine plus tôt s'était teintée d'un doute jusqu'alors inconnu. Le souvenir de cette nuit affreuse où elle avait tout envoyé balader ne passait pas. La rassurante sécurité qu'elle pensait aller de soi avait pris un accroc.

Elle ramassa quelques graviers et les laissa couler entre ses doigts.

Trop tard pour changer d'avis. Demain, elle allait se marier, et ce serait un jour merveilleux. Ils s'aimaient, se rappela-t-elle une fois de plus.

Pourvu seulement qu'elle ne se trompe pas cette fois.

VENDREDI 20 JUIN

144

Thomas et Pernilla s'engagèrent sur le petit sentier qui montait vers la chapelle de Sandhamn, dont l'entrée avait été décorée de rameaux de bouleau vert clair. C'était un des points culminants de l'île, offrant la plus belle vue. De là, on avait un panorama complet sur l'archipel.

Thomas apercevait Harö à travers la brume de soleil.

Une noria de bateaux faisaient route vers Sandhamn pour fêter la Saint-Jean. Ils passaient l'un après l'autre, drapeau suédois flottant en poupe.

Il tourna la tête vers Lökholmen en songeant aux jours écoulés. À la nouvelle du matin : Benjamin avait réussi à s'asseoir dans son lit et avait ri avec sa mère. Åsa ne lui avait pas encore annoncé ce qui était arrivé à son père, son décès jeudi à l'hôpital, suite à son grave infarctus.

— On entre ? proposa Pernilla en souriant à l'aimable diacre qui distribuait le programme sur le seuil.

Pernilla était belle dans sa robe d'été turquoise.

Ils s'assirent dans un des premiers rangs, sur la gauche, juste derrière les parents de Nora.

Adam et Simon attendaient déjà près de l'autel. Ils étaient tous les deux témoins.

Thomas leva le pouce à l'intention des deux garçons qui n'avaient pas l'air tout à fait à l'aise dans leur costume bleu marine avec cravate et chemise blanche. Simon fit un sourire gêné à son parrain en glissant l'index dans son col d'un geste exagéré.

Des vases de fleurs de la Saint-Jean, marguerites, bleuets et boutons-d'or, entouraient le chœur.

L'orgue se mit à jouer, tout le monde se leva.

En se retournant, Thomas vit Nora et Jonas qui s'avançaient main dans la main. Elin et Julia les précédaient, chacune tenant une corbeille en osier remplie de pétales de rose. Elin marchait légèrement derrière Julia, pour bien garder l'œil sur la grande fillette de cinq ans.

Thomas ne put s'empêcher de sourire fièrement au passage de sa fille.

Derrière les mariés marchait Wilma, la fille de Jonas. Elle était demoiselle d'honneur, avec un bouquet assorti à celui de Nora.

Il y avait eu quelques complications cette semaine, mais finalement ils étaient là, Jonas et elle. Nora n'aurait pas pu mieux tomber. Aujourd'hui, elle était rayonnante.

La musique se tut, et le prêtre se retourna, un sourire lumineux aux lèvres. La cérémonie allait commencer, Nora et Jonas allaient bientôt échanger leurs consentements.

Thomas prit la main de Pernilla.

La veille, elle avait à nouveau travaillé au lit avec son ordinateur, l'air coupable, alors qu'ils en avaient parlé l'autre jour. Son ancienne frustration s'était réveillée, mais il avait réussi à s'abstenir de tout commentaire.

Elin avait été si heureuse en trouvant sa maman à son retour de chez ses grands-parents.

Thomas voulait tellement que leur couple fonctionne.

Il approcha la main de Pernilla de sa bouche et y pressa ses lèvres. *Je t'aime*, songea-t-il. *Ça ne suffit pas ?*

REMERCIEMENTS

Au nom de la vérité m'a donné l'occasion de combiner deux scénarios qui me tournaient depuis longtemps dans la tête. D'une part l'histoire d'un enfant qui disparaît de Lökholmen, où mes enfants et moi avons fait des camps de voile. D'autre part un procès dramatique, où les apparences initiales se révèlent trompeuses. Un beau jour, l'intrigue s'est imposée d'elle-même, et écrire ce livre a été un véritable plaisir. Un plaisir que j'espère partagé par mes lecteurs.

J'ai pris quelques libertés – avec l'organisation des camps de voile, les données conservées au bureau du port de Lökholmen et la gestion du personnel embarqué d'une compagnie aérienne. Le déroulement d'un procès a également été dans une certaine mesure dramatisé. Tous les personnages sont fictifs, et les éventuelles ressemblances avec des personnes réelles purement fortuites. J'endosse toute la responsabilité des erreurs qui auraient pu se glisser dans le texte.

Bien des personnes m'ont gentiment aidée au cours de l'écriture de ce livre, je souhaiterais toutes les remercier.

La juriste Cecilia Klerbo, amie chère et camarade d'études, a vérifié tous les détails du procès raconté dans le livre, en montrant une grande patience à l'égard d'une ancienne avocate d'affaires n'ayant pas mis les pieds dans un tribunal depuis des lustres. Mon collègue auteur, l'avocat Jens Lapidus, m'a aidée à mieux comprendre le rôle d'un avocat de la défense, et m'a prodigué de nombreux et précieux conseils.

Le club nautique KSSS m'a laissée suivre les camps de voile qu'il organise et a généreusement partagé avec moi des informations sur cette activité.

Filip Bäckström, moniteur à Lökholmen, a été un véritable roc, en m'aidant à faire le tri au cours de ce voyage.

Les directeurs de camp Nisse Wikland et Axel Eklund ont répondu à mille questions, et m'ont prise avec eux en mer pour suivre de près les exercices de navigation.

Les procureures principales adjointes Anna Remse et Anna Karin Hansen, ainsi que le procureur Michael Målqvist, tous membres de l'Agence de lutte contre la criminalité financière, m'ont fourni des informations sur leur expérience concrète au sein de l'ALCF.

Le commissaire Rolf Hansson a comme toujours été d'une grande aide concernant le travail de la police et le capitaine Janne Tannlund, pilote chez SAS, m'a donné tous les détails sur son métier et les procédures d'une compagnie aérienne. Le médecin-chef Nils Kuylenstierna m'a expliqué comment se déclenchaient les septicémies.

Des parents, amis et voisins de Sandhamn ont lu et commenté le livre en cours d'écriture : Anette Björklund Brifalk, Helen Duphorn, Gunilla Pettersson et bien sûr Lennart et Camilla Sten. En tant qu'étudiante en psychologie, Camilla m'a également aidée à propos des maladies psychiques des jeunes.

Karin Linge Nordh, ma fantastique éditrice, tu es toujours la meilleure.

John Häggblom, puis-je te nommer meilleur correcteur de Suède ?

Sara Lindegren et tous les autres de chez Forum, c'est une vraie joie de travailler ensemble !

Karin, Annika, Therese et tous les autres de chez Bindefeld, merci pour tout le travail que vous avez fourni.

Anna Frankl, Joakim Hansson et toute la bande de Nordin Agency, votre engagement compte tellement, ensemble nous allons à la conquête du monde !

Enfin, *last but not least*, mes chers Lennart, Camilla, Alexander et Leo, merci d'être là. Vous êtes tout pour moi.

De la même auteure
aux éditions Albin Michel :

La Reine de la Baltique, 2013.
Du sang sur la Baltique, 2014.
Les Nuits de la Saint-Jean, 2015.
Les Secrets de l'île, 2016.
Au cœur de l'été, 2017.
Retour sur l'île, 2018.
Dans l'ombre du Paradis, 2019.

Viveca Sten
au Livre de Poche

Au cœur de l'été n° 34960

Week-end de la Saint-Jean sur l'île de Sandhamn. Les jeunes fêtards ont envahi les pontons, le port grouille de bateaux blancs. Musique à fond et alcool à flots. Nora Linde s'apprête elle aussi à célébrer la Saint-Jean avec son nouveau compagnon, Jonas, et sa fille, Wilma. Mais la fête tourne au cauchemar lorsque, dans la nuit, Wilma disparaît. Le lendemain, le cadavre d'un garçon de seize ans est retrouvé sur la plage. L'inspecteur Thomas Andreasson, l'ami d'enfance de Nora, est dépêché sur les lieux. Les premiers éléments de l'affaire lui en révèlent toute la difficulté, chacun ayant sa propre version des faits. Qui est la victime et qui est le meurtrier de cette nuit d'été ?

Nora Linde, désormais en poste à l'Agence de lutte contre la criminalité financière, profite de ses vacances à Sandhamn avec son compagnon, Jonas, et leur fille de quatre ans, Julia. Mais le bonheur estival est vite troublé par l'arrivée de Carsten Jonsson, un requin de la finance engagé dans des affaires troubles en Russie. Jonsson a acheté la belle et grande plage au sud de l'île, et la villa de luxe qu'il y a fait bâtir éveille la rancœur des insulaires. Le soir de la pendaison de crémaillère, une partie de la demeure prend feu et on découvre un cadavre dans les décombres. Nora Linde n'a d'autre choix que de solliciter son meilleur ami et collaborateur, Thomas Andreasson, pourtant en plein doute après vingt ans de métier. Incapable de lui refuser son aide, celui-ci accepte.

Du sang sur la Baltique nº 33731

Un an après l'affaire Krister Berggren, un nouveau crime vient troubler les eaux de l'île de Sandhamn. Cette fois, l'inspecteur Thomas Andreasson et Nora Linde enquêtent sur la mort du vice-président de la Royal Swedish Yachting Society, assassiné au cours d'une régate. Crime passionnel, règlement de comptes ou visée politique ? Les pistes sont multiples, et lorsqu'un autre membre de la Yachting Society est retrouvé mort devant sa maison, la liste des suspects se resserre autour de cette élite mondaine, prête à tout pour sauver les apparences.

Les Nuits de la Saint-Jean n° 34150

Sur l'île de Sandhamn, une jeune fille a disparu au cours de la nuit. L'inspecteur Thomas Andreasson et son équipe ratissent les lieux, mais Lina Rosén est introuvable. L'enquête conclut à une noyade accidentelle. Quelques mois plus tard, Nora Linde décide de prendre quelques jours de vacances sur l'île avec ses enfants. En jouant dans la forêt, ses deux garçons font une découverte macabre : des restes humains dans un sac enfoui sous la neige. Est-il possible que ce soit le cadavre de Lina ? Et quelle est cette ombre qui menace les Rosén ? Malgré l'absence de pistes, Thomas et Nora ont un étrange pressentiment : l'assassin de Lina n'en a pas fini avec sa sinistre mission.

La Reine de la Baltique n° 33487

Un corps retrouvé sur une plage de l'île de Sandhamn, au large de Stockholm... Suicide ou noyade ? L'inspecteur Thomas Andreasson, un habitué de ce petit bout de terre jusqu'alors paradisiaque, est chargé de l'enquête. Nora Linde, devenue avocate, lui propose son aide. Mais l'été vire au cauchemar quand une femme est assassinée dans sa chambre d'hôtel. Et si, désormais, plus personne n'était à l'abri ?

Retour sur l'île n° 35421

C'est l'hiver sur l'île de Sandhamn. La tempête de neige qui fait rage contraint les habitants à rester chez eux. Un matin, on découvre le cadavre d'une femme sur la plage : la célèbre correspondante de guerre Jeanette Thiels était connue pour son franc-parler avec certaines personnalités influentes, issues notamment du parti xénophobe Suède Nouvelle. Crime politique ou vengeance personnelle masquée ? L'inspecteur Thomas Andreasson n'a pas le temps de répondre qu'un nouveau meurtre a lieu.

Les Secrets de l'île n° 34510

Par une froide journée de septembre, l'étudiant Marcus Nielsen est retrouvé mort dans son appartement de Nacka. Tout indique un suicide. Mais sa mère, convaincue qu'il a été assassiné, supplie la police de ne pas classer l'affaire. Les recherches de l'inspecteur Thomas Andreasson le mènent tout droit à la base militaire de Korsö, devant l'île de Sandhamn, où le corps d'un autre homme vient d'être découvert. Contactée par Thomas, Nora Linde, qui passe beaucoup de temps sur l'île, essaie d'en savoir plus sur cette base fortifiée où ont été formées les unités d'élite des chasseurs-côtiers. Y a-t-il quelque chose qui ne doit à aucun prix surgir au grand jour ?

PAPIER À BASE DE
FIBRES CERTIFIÉES

Le Livre de Poche s'engage pour l'environnement en réduisant l'empreinte carbone de ses livres. Celle de cet exemplaire est de :
650 g éq. CO_2
Rendez-vous sur www.livredepoche-durable.fr

Composition réalisée par PCA

Achevé d'imprimer en avril 2021 en Espagne par
LIBERDUPLEX
Dépôt légal 1re publication : mai 2021
LIBRAIRIE GÉNÉRALE FRANÇAISE
21, rue du Montparnasse – 75298 Paris Cedex 06

32/2340/5